앨리 스미스

1962년 스코틀랜드의 인버네스에서 태어났다. 애버딘 대학교를
졸업하고 케임브리지 대학교에서 박사 과정을 밟은 뒤 1995년
발표한 단편집 『자유 연애(FreeLove and Other Stories)』로 데뷔작에게
주어지는 샐타이어상을 수상하면서 문단의 주목을 받기 시작했다.
1997년 발표한 첫 장편소설 『좋아해(Like)』에 이어 두 번째로 출간한
『호텔 월드(Hotel World)』(2001)는 언론과 평단의 열렬한 지지와 더불어
맨부커상과 오렌지상 최종 후보에 올랐고, 스코틀랜드 예술 협회 도서상과
앙코르상을 수상했다. 2005년에 쓴 『우연한 방문객(The Accidental)』 역시
맨부커상과 오렌지상 최종 후보에 오르는 동시에 휘트브레드상을 수상하며
작가의 영향력을 다시 한번 실감하게 했다. 이후 이피스 신화를 토대로
재구성한 『소녀 소년을 만나다(Girl Meets Boy)』(2007)로 클레어 맥클린상과
르 프린스 모리스상 후보에 올랐다. 이후 『데어 벗 포 더(There But For The)』
(2011)을 발표했으며, 2017년부터 '계절 사부작' 『가을(Autumn)』
『겨울(Winter)』 『봄(Spring)』 『여름(Summer)』을 연이어 출간해
문단과 언론의 열렬한 지지를 받았다.

여름

여름

앨리 스미스

김재성 옮김

민음사

나의 언니들, 마리 모리슨과 앤 맥리오드에게.

나의 친구들, 폴 베일리와 브리짓 해니건에게.

나의 잊지 못할 친구, 세라 대니얼에게.

나의 특별한 친구, 세라 우드에게.

여름밤이 있고 그들은 징원으로 창이 열린
커다란 방 안에서 시궁창에 관해 이야기하고 있었다.
— 버지니아 울프

주여, 내 기억을 푸르게 지켜 주시옵소서!
— 찰스 디킨스

어둠이 아무리 짙어도 우리는 우리 자신의 빛을 밝혀야 한다.
— 스탠리 큐브릭

나는 남자건 여자건 그 사람이 해가 높이 빛나는 전원으로 나를 데려가는
상상을 했다, 거기서 행복은 순간일 뿐임을 나는 알았다,
모든 고통을 태워 버리는 벽난로 안의 불꽃처럼,
끔찍할 만큼 지루하게 내려앉는 관들에 우리가 애도할 때
노호로 연기로 빛으로 거의 무로 사라지는 찌꺼기처럼,
완전한 무가 아닌 그것을 나는 찬미하고 나는 쓴다.
— 에드윈 모건

오, 그녀의 몸이 따뜻하다!
— 윌리엄 셰익스피어

차례

1

모두가 말했다. '그래서?'

마치 '그래서 어쨌다고?' 하듯. 어깨를 으쓱하거나 '그래서 나더러 어떻게 해달라는 건데?'나 '나는 아무래도 상관없어'나 '사실 나는 찬성이야, 좋다고 봐'라고 하듯이.

오케이, 전부 다 그렇게 말한 건 아니다. '다들 그러는데'라고들 하듯 회화체를 쓴 것이다. 무슨 뜻이냐 하면, 그때, 그 특정한 시점에, 그것은, 이 묵살의 어조는, 하나의 뚜렷한 표시였다. 일종의 리트머스 시험지였다.

그 무렵은 관심 없다는 식의 행동이 유행이었다. 관심이 있는(또는 관심이 있다고 말하는) 사람들은 가망 없는 루저이거나 쓸데없이 잘난 척하는 거라는 주장도 유행이었다.

오래전의 일 같다.

하지만 그렇지 않다. 불과 몇 달이 지났을 뿐이다. 이 나라에서 평생 또는 생의 대부분을 산 사람들이 체포되거나 추방 협박을 받거나 추방되기 시작한 그때로부터. '그래서?'

그리고 결과가 바란 대로 나지 않자 정부가 의회를 폐쇄해 버린 그때부터. '그래서?'

많은 이들이 자신을 똑바로 쳐다보며 거짓말을 한 사람들에게 투표하여 권좌에 앉혀놓은 그때로부터. '그래서?'

어떤 대륙은 불타고 어떤 대륙은 녹아내린 그때로부터. '그래서?'

전 세계의 권력 쥔 자들이 종교, 민족, 섹슈얼리티, 지적능력, 정치적 입장 등의 잣대로 사람들을 가르기 시작한 그때로부터. '그래서?'

하지만, 그래. 맞다. 전부 다 그렇게 말한 건 아니다.

전혀 아니다.

수백만 사람들은 그렇게 말하지 않았다.

온 나라, 전 세계의 수백, 수천만 명이 거짓말을, 사람들과 지구에 대한 부당한 처우를 목격하고 행진, 시위, 기고, 투표, 대화, 운동, 라디오, 텔레비전, 소셜미디어(페이지를 내리고 내려도 줄줄이 이어지는 트윗들!) 등을 통해 목소리를 냈다.

그러자 '그래서?'라는 말의 힘을 아는 사람들이 라디오, 텔레비전, 소셜미디어(페이지를 내리고 또 내려도 줄줄이 이어지는 트윗들!) 등을 통해 말했다. '그래서?'

역사가 확증해 주었듯 우리가 무관심할 때 무슨 일이 생기는지, 정치적 무관심의 배양이 어떤 결과를 낳는지에 대해 각종 사실을 나열해가며 이야기하고 출처와 그래프와 사례와 통계를 사용하여 예증하는 데 평생을 바칠 수도 있지만, 그 또한 부인하고 싶다면 누구나 단숨에 일축할 수 있을 것이다. 이 힘센 한마디로……

'그래서?'

그래서.

그 대신 언젠가 본 것을 소개하려 한다.

대략 칠십 년쯤 전, 2차 세계 대전이 끝나고 얼마 안 됐을 무렵 영국에서 만들어진 영화의 한 이미지다.

세계적으로 수천만 명의 남녀노소가 불의의 희생을 당한 후 다른 많은 곳들과 마찬가지로 런던도 재건에 나서야만 했던 그 아주 오래전, 이탈리아에서 건너온 젊은 예술가가 제작한 영화였다.

여행 가방 두 개를 든 남자의 모습.

몸집이 작고 젊고 정신이 딴 데 팔려 멈칫거리는 남자는 웃옷에 모자까지 말쑥한 차림에 발걸음도 재지만 한편으로는 무거운 짐에 짓눌린 것만 같다. 여행 가방 두 개가 아니더라도 매한가지로 무거운 짐에 짓눌린 모습일 게 분명하다. 근심에 찬 얼굴과 야윈 체격에 생각에 잠겨 있고 지독하게 예민한 그는 하늘을 배경으로 윤곽이 잡히는데, 이는 그가 고층건물 끝의 둘레에 난 아주 좁은 벽돌 난간에 균형을 잡고 서서 런던의 피폐해진 지붕들이 뒤로(아니, 정확히 말하자면 아래로) 보이는 가운데 즐겁게, 미친 듯이 춤을 추고 있어서다.

어떻게 건물 끝에서 떨어지지도 않으면서 저렇게

빨리 움직일 수 있을까?

몸놀림은 또 어떻게 저토록 열광적이면서 저토록 우아할 수 있으며 저토록 긴박하면서 또 저토록 유쾌할 수 있을까?

여행 가방들을 저렇게 허공에 흔들면서도 어떻게 균형을 유지할 수 있을까? 자칫했다간 수직 낙하할 저 위치에서 어떻게 저런 속도로 움직일 수 있을까?

그는 왜 모든 것을 거는 것일까?

이 장면을 찍은 스틸이나 사진은 아무 의미가 없다. 이미지 자체가 움직이는 것이기 때문이다.

몇 초쯤일까, 그는 그렇게 도시 위에서, 벽돌 한 장 너비로 꾸불꾸불 이어진 난간을 따라, 너무나 빠른 속도로, 발광한 듯 명랑한 줄타기 춤을 춘다.

그래서.

내가 내 인생의 여주인공(heroine)이 될 것인지. 사샤의 어머니가 말한다.*

그러고는 묻는다. 사샤, 이게 도대체 뭐지? 어디 나오는 거더라?

사샤는 거실에서 전화기를 들여다보는 중이다. 볼륨을 두세 칸쯤 높게 켜놓은 텔레비전 소음 너머로 어머

---

* 찰스 디킨스의 『데이비드 코퍼필드』, "내가 내 인생의 영웅(hero)이 될 것인지, 아니면 그 역(station)을 다른 사람이 맡을 것인지, 이 페이지는 보여야 합니다."에서 따온 말.

니가 고함을 지르고 있다.

몰라요. 사샤가 말한다.

정상 음량의 소리라 어머니에겐 전혀 안 들릴 수도 있다. 어쨌든 상관없다.

내 인생의 여주인공. 어머니가 방안을 오락가락 하면서 되뇐다. 인생의 여주인공, 그 뒤에는 무슨 역 (station)이 나오는데. 역을 맡는다, 그런 거였어. 어디 나오는 거지?

저게 뭐가 중요하다고.

사샤는 어머니가 눈치 못 채게 살살 고개를 젓는다.

엄만 정말 답답해.

이따 들어갈 머치스턴 선생의 수업 숙제인 용서에 관련한 에세이에 쓰려고 어젯밤 온라인에서 찾은 인용문 건만 봐도 그렇다. 브렉시트 시행 1주를 맞아 모두 '용서'를 주제로 한 에세이를 써 내라는 것이었다. 사샤는 용서라는 게 몹시 미심쩍었다. '당신을 용서한다'라고 말하는 행위는 '당신은 나보다 못한 존재이고 나는 당신보다 도덕적으로 한참 우위에 있다'라고 말하는 것과 같다고 생각했다.

물론 낙제를 면하려면 어떻게 처신해야 하는지 학생들이 다 알 정도인 머치스턴 선생 앞에서 그렇게 까놓고 얘기했다가는 A가 아닌 B를 받을 게 뻔했다.

숙제 마감이 오늘이라 쓸 만한 인용문을 찾아 밤늦게 인터넷을 뒤져 보았다.

"지난 세기의 한 작가가 그토록 경건하게 말했듯, 용서는 뒤집을 수 없는 역사의 흐름을 뒤집을 유일한 방법이다."

어머니가 또 노크도 없이 방에 들어와 사샤 뒤에서 컴퓨터 화면을 들여다보고 있었다.

야, 좋다, 그 인용문. 어머니가 말했다. 마음에 들어.

나도요. 사샤가 말했다.

'경건하게'가 맞는 단어니? 어머니가 말했다. 신앙 관련이기보다는 철학적인 글로 보이는데. 신앙 관련 글을 쓰는 사람이야? 누가 쓴 건데?

네, 신앙 관련 글 쓰는 사람이에요. 사샤는 누가 쓴 글인지도 모르고 그냥 '경건하게'가 문장 속에서 괜찮게 보여 옮겨 썼을 뿐이면서도 그렇게 대답한다. 어머니가 뒤에서 내려다보며 누가 썼는지를 끈질기게 묻자 초기 화면으로 돌아가 '뒤집을 수 없는', '흐름', '역사'라는 검색어들을 입력했다. 인용문이 떴다.

유럽인 이름 같은데요. 그녀가 말했다.

아. 아렌트네, 한나 아렌트(Hannah Arendt). 어머니가 말했다. 아렌트가 쓴 용서에 대한 글을 읽고 싶구나. 당장, 아주 무척.

아이러니군. 사샤는 생각했다. 당장 아버지와 어머니가 서로를 용서할 가망은 없어 보였기 때문이다.

그런데 그녀를 신앙 관련 글을 쓰는 사람이라고 할 수 있을지 모르겠구나. 어머니가 말했다. 출처가 어떻게 되니?

'브레이니쿼트(Brainyquote)'요. 사샤가 말했다.

그건 출처가 아니지. 어머니가 말했다. 원문 출처는 없어? 보자. 없구나. 엉망이네.

브레이니쿼트가 출처 맞아요. 사샤가 말했다. 거기서 찾은 인용문이니까요.

출처로 브레니이쿼트를 써낼 순 없지. 어머니가 말했다.

안 되긴 뭐가요? 사샤가 말했다.

출처는 제대로 밝혀야 돼. 어머니가 말했다. 안 그러면 한나 아렌트가 한 말이 어디서 나온 건지 모르는 게 돼 버려.

사샤가 화면을 들어서 어머니 쪽으로 돌렸다.

브레이니쿼트. 쿼트파크. 쿼트에이치디. 애즈쿼츠. 페이스북. 굿리즈. 픽처쿼츠. 쿼트팬시. 애스크아이디어즈. 버스데이위시즈엑스퍼트. 그녀가 말했다. 이 인용문을 일부만 쳐 넣어도 이런 사이트들이 떠요. 그것도 주요 출처들만 고른 게 이래요. 그녀가 한 이 말을 인용하는 사이트들이 수도 없이 많단 말이에요.

아니야, 이 사이트들이 그녀의 글을 인용했다고 말하는 걸론 충분치 않아. 어머니가 말했다. 정말 어디서 인용된 건지 찾을 때까지 계속 뒤져봐야 돼. 문맥. 그게 중요하단다.

뭐, 하지만 몰라도 되거든요. 사샤가 말했다.

뭐, 하지만 알아야 되거든. 어머니가 말했다. 그 사이트들 중에 원 출처를 밝혀둔 곳이 있는지 찾아봐.

인터넷이 원 출처예요. 사샤가 말했다.

어머니가 방에서 나갔다.

십 분쯤 모든 게 조용했다.

사샤도 다시 정상호흡으로 돌아갔다.

주방의 노트북을 열어 브레이니쿼트와 쿼트파크 같은 곳들을 찾아보고 있었음이 분명한 어머니가 브레이니쿼트와 쿼트파크 같은 곳들에 의해 직접적인 모욕이라도 당한 양 이층을 향해 고래고래 소리를 질렀다.

이 사이트들 중 어디도, 단 한 군데도 원 출처를 밝히지 않는구나, 사샤. 아렌트의 어느 글에 포함되어 있는지 찾지를 못하겠어. 그러니까 너도 그 인용문을 사용하지 마. 그럼 안 되는 거야.

그래요, 고마워요. 사샤가 2층 침실에서 소리를 질러 대답했다.

그리고 어머니 말은 무시하고 하던 일을 계속했다.

아예 아렌트가 한 말이 아닐 수도 있어. 계단을 반쯤 올라온 어머니가 다시 소리를 질렀다.

그래야만 들린다는 듯 소리를 지르고 있었다.

신뢰할 수가 없는 거야. 어머니가 소리를 질렀다.

학교 숙제가 신뢰할 수 없다고 뭐 누가 신경이나 쓴대요? 사샤가 말했다.

나는 신경 써, 어머니가 소리를 질렀다. 너도 그래야 하고. 출처를 쓰는 사람이라면 다 그래야 돼.

세상에서 일어나는 진짜 일들에 대해 걱정하는 대신에 이런 것들을 두고 안달복달하는 게 어머니 세대의 일이었다. 그렇다 해도 어머니 말에 혹여 일리가 있을 수도 있으니……

맨 끝에다가 인터넷에 따르면 한나, 음, 이 사람이 한 말이라고 써두면 어떨까요? 사샤가 말했다.

그리고 그 말을 한 사람의 성을 찾으러 다시 인터넷을 확인했다.

그것만으론 불충분해. 또다시 묻지도 않고 방에 들어오면서 어머니가 소리를 지른다. 정말 한나 아렌트가 한 말인지 아무 증거가 없으니까. 말한 사람은 따로 있는데 엉뚱한 사람에게 공이 돌아가면 어쩔래? 그리고, 사실 아무도 어떤 원 출처에서 그렇게 말하지 않았는데 어디서 누가 한나 아렌트가 한 말이라고 꾸며 인터넷에 적은 게 이 온갖 사이트들에 퍼진 거라면 또 어쩔 거고?

누군지 모르지만 그럼 한나 아렌트도 만족할 것 같아요. 사샤가 말했다.(지금 얼마나 시끄럽게 말하고 있는지 어머니가 깨달을 수 있게 정상 음량으로.) 그런 말을 했다는 건 좋은 일이잖아요.

한나 아렌트 생각을 네가 어떻게 알아? 어머니가 말했다.(그래, 음량이 약간은 내려갔다, 잘됐다.) 인터넷에 사샤 그린로가 한 말이라고 뭔 소리가 떡하니 올라오면 너는 어떨 것 같니?

아무렇지도 않을 것 같은데요. 내가 근사한 말을 했다고 어디서 누가 생각한다면 기분 좋을 것 같아요. 사샤가 말했다.

오, 그래? 인정받아 좋다? 마치 로버트 나이로 돌아간 것 같구나. 어머니가 말했다.

아니에요. 사샤가 말했다. 내가 아직 열세 살이거나 만약, 오 하느님 맙소사, 로버트라면 이렇게 말할래요. 당장 무의미한 교육적 현학의 나이로 돌아가라.

왜 이래, 사샤. 어머니가 말했다. 출처. 그건 중요해. 왜 그런지 생각을 해봐.

내 생각은요. 사샤가 몸을 돌려 어머니를 바라보고 말했다. 내가 합당하고 수용할 만한 수준으로 작업하고 있다는 거예요.

내가 말하는 이런 수준의 주의는 '모든 것'에 필요해. 이제 전보다 더 시끄러운 소리로 어머니가 말했다.(더 시끄러울수록 자신의 말이 옳아진다고 믿듯.) 그리고 네가 말하는 합당하고 수용할 만한 수준이란 건 한갓 사회적 술책일 따름이야.

그러면서 두 팔을 맹렬하게 휘둘러 램프 갓이 덜거덕거렸다.

어느 날 잠에서 깨 보니 절대 한 적이 없는 말이 네가 한 말이라고 인터넷에 떠돌면 어쩔 것 같니? 어머니가 말했다.

그냥 그런 말 한 적 없다고 사람들에게 말할 것 같은데요. 사샤가 말했다.

그래도 인터넷에 들어가 보니 수천 명의 사람들이 너에게 분개하고 있으면? 어머니가 말했다. 네 동생에게 일어난 그런 일이 네게도 일어난다면?

그런 식의 문제는 어쩔 수가 없는 거예요. 사샤가 말했다. 그러니까 누가 어떻게 생각하든 나는 상관 안 해요. 내가 진실을 말하고 있다는 걸 내가 아니까. 그리고 내가 바로 내 출처예요. 가서 걔나 괴롭히세요. 나는 이런 데 허비할 시간 없으니까.

그러고 싶다만 걔는 집에 없다. 어머니가 말했다.

지금 10시예요. 사샤가 말했다. 애는 겨우 열세 살이고요. 무슨 부모가 이래요?

어마어마한 역경에 맞서 두 아이를 위해 최선을 다하는 그런 부모란다. 어머니가 말했다.

이걸 내일 아침에 제출해야만 해요. 사샤가 말했다.

네 평판이 엉망이 되고 가는 곳마다 사람들이 수치스런 존재에 거짓말쟁이라고 손가락질을 해서 아무 데도 못 가게 되면 어쩔래? 어머니가 말했다.

그들을 용서하겠어요. 사샤가 말했다.

뭐라고? 어머니가 말했다.

용서는. 사샤가 말했다. 뒤집을 수 없는 역사의 흐름을 뒤집을 유일한 방법이니까요.

연극 중간의 휴지(休止)처럼 잠시 멈추더니 어머니는 큰 소리로 웃음을 터뜨렸다.

사샤도 웃음을 터뜨렸다.

어머니가 다가와 책상 앞에 앉은 사샤를 안아 주었다.

똑똑한 내 딸. 어머니가 말했다.

아주 어렸을 적, 느낌이 너무 좋아서 어머니에게 물어봤던 그런 종류의 온기가 사샤의 가슴에 차올랐다. 어머니는 "그건 네 속의 여름이야"라고 대답했다.

하지만 그보다 더 똑똑해야 돼. 아직도 그녀를 꼭 끌어안은 채로 어머니가 말했다. 똑똑한 소녀들은 더 똑똑해야 돼, 저기, 저기보다…….

합당하고 수용할 만한 수준의 똑똑함보다. 사샤가 어머니의 허리에 대고 말했다.

그게 어젯밤이고, 지금은 이튿날 아침이다. 사샤는 휴대폰으로 뉴스와 페이스북에 올라온 글들을 확인하며 평화롭게 아침을 먹으려고 내려온 것이었다. 그러나 평화는 없다. 어머니가 거실에서 두서도 없는 말들을 주절대며 커피 잔을 흔들어대는 통에 내용물이 이따금 마룻바닥에 떨어져 가방을 두어 번 옮겨야만 했다.

너무 크게 켜놓은 텔레비전에서는 스튜디오의 뉴스 앵커들이며 현장의 기자들이 늘 그랬듯 초현실적으로 주절대고 있다. 유명인들이 커다란 가면을 뒤집어쓰고서 노래를 부르면 심사위원단과 관객이 가면 뒤의 사람이 누군지 알아맞히는 텔레비전 프로그램을 보고 난 후 사샤는 텔레비전에 나오는 모든 사람, 모든 것이 사실은 가면을 쓴 누군가라는 생각을 했다. 그걸 보고 나면 안 본 걸로 돌아갈 수 없다.

"벗어라! 벗어라!" 심사위원단과 관객이 경쟁에서 져서 지금껏 가면 뒤에 누가 있었는지 사람들이 알 수 있도록 그것을 벗어야 할 처지인 유명인에게 소리를 지른다.

"벗어라!" 언젠가 부두 근처에서 남자들 여러 명이 소녀 하나를 둘러싸고 소리 지르는 장면을 사샤는 보았다.

내가 내 인생의. 사샤의 어머니가 말한다. 여주인공이 될 것인지⋯⋯ 그 역을, 그 역을 다른 사람이 맡아야만 할 것인지, 그렇게 될 것인지.

그냥 찾아봐요. 사샤가 말한다.

아니야. 어머니가 말한다.

내가 대신 찾아줄게요. 사샤가 말한다.

아니라니까. 하지 마. 어머니가 말한다.

온몸의 맹렬함을 담아 '아니라니까'를 발화한다. 어머니는 요즘 자꾸 뭔가 잊어버리면서도 그 잊어버린 것을 한사코 찾지 않으려는 중이다. '이놈의 갱년기. 갱년기 탓이야.' 맞서서 이름을 불러주면 불가피한 것에 저항할 수 있다고 믿는 것 같다. 찾아보는 대신 집 나간 기억이 돌아오게 스스로 다독이는 것인데, 그래 봐야 반시간은 족히 주변 사람들을 귀찮게 했다가 결국 찾아보기 일쑤다.

다른 사람이 맡아야만 할 것인지. 그녀는 말한다. 그 역을 다른 사람이 맡아야만 할 것인지. 아, 정말이지. 사샤, 볼륨 좀 줄여. 내 생각하는 소리 좀 듣자. 아니, 내 생각 '안 하는' 소리 좀 듣자.

안돼요. 리모컨이 어디 있는지 몰라요. 사샤가 말한다.

로버트는 벌써 등교했다. 그애는 텔레비전 볼륨을 한껏 올려놓고 리모컨을 감춰 어쩌지도 못하게 하는 데 최근 재미를 붙인 참이다. 상단에 달린 전원 버튼은 듣지 않는다.(꽤 오래된 텔레비전이다. 새 것은 아버지가 옆집으로 옮길 때 가져갔다.) 플러그를 뽑자니 아예 못 켜게 될 수도 있어 그러지도 못한다.

지금 화면에 나오는 시끄러운 장면은 미국 대통령과 연관 있는 복음주의자들의 무슨 집회에 대한 보도다.

전화해. 어머니가 말한다. 네 아빠랑 있는지도 몰라.

'옆집 사는 아빠.' 어머니 세대의 텔레비전 시트콤 같다.

아닐 걸요. 사샤가 말한다.

혹시 모르잖아. 어머니가 말한다.

사샤가 로버트의 휴대전화에 전화를 건다. 음성 녹음으로 직행한다.

꺼놨어요. 사샤가 말한다.

당연히 그랬겠지. 어머니가 말한다. 가서 문을 두드려야겠다.

거기 없을 거라니까요. 사샤가 말한다.

애슐리가 로버트를 더 이상 집에 들일 리가 없다. 이유는 첫째, 애슐리가 웨일스 노래들을 연주할 때 사용하는 조그만 하프를 훔쳤고, 둘째, 그것을 캐시 컨버터스*에 팔아 받은 돈을 봉투에 담아 마치 선심 쓰듯 그녀에게 주었으며, 셋째, 이제 관광객이 아니라면 이 나라에서 그녀는 환영받지 못한다고(웨일스인라는 건 곧 영국인인 건데

---

* Cash converters, 중고 물품 거래 혹은 전당포 사이트.

도) 말했기 때문이다.

그리고 머시가 바이블 벨트 지대에서 대대적인 모금 성공을 거두고 있습니다. 텔레비전에서 기자가 말한다. 사람들은 그녀를 위대한 백인의 희망이라고 부릅니다.

정말이었다. 머시 벅스 성령교회의 영상 어디에서도 백인 아닌 사람은 한 명도 찾을 수가 없었다.

여러분에게 전하라고 주님께서 제게 말씀하셨어요. 그분은 제게 직접 말을 거신답니다. 지금도 제게 말씀하고 계세요. 그 거룩한 음성이 들려요. 위대하시고 전능하신 주님이 그 거룩한 입술로 제게 말씀하시는 그 거룩한 음성이요. 그분은 여기 계세요. 바로 지금 말씀하십니다. 자비를 내려 주시옵소서(mercy), 자비를 내려 주시옵소서.(신도들도 덩달아 자비를 내려 주시옵소서, 자비를 내려 주시옵소서, 하고 외친다. 아니, 어쩌면 그녀 이름인 머시(Mercy)를 외치는 것인지도 모른다.)

저게 누구니? 다시 방 안을 왔다 갔다 하다가 어머니가 텔레비전 앞에 멈춰 서서 말한다.

위대한 백인의 희망요. 사샤가 말한다. 하느님이 그 거룩한 입술로 그녀의 귓구멍에 대고 거룩한 음성으로 직접 말을 건대요.

머시 벅스. 어머니가 말한다. 가짜 이름이네. 말씨도
끔찍하군. 정말, 정말로 클레어 던과 비슷하게 생겼어.
클레어 던이 삼십 년쯤 늙었다면 말인데, 사실 어차피 이
제 그 나이가 됐겠다.

엄마는 항상 텔레비전에 나오는 사람들이 전부 다
아는 사람인 것처럼 말하네요. 사샤가 말한다.

아니야, 그 얼굴이 보여. 같이 일을 했거든. 클레어
가 코 수술을 받았다면 말이야. 어머니가 말한다. 코만
다르네.

엄마가 모르는 사람이라 코가 다른 거예요. 사샤가
말한다.

그리고 곁눈질로 어머니를 바라본다. 과거 연기자
시절을 들먹일 때의 어머니는 연약해진 상태이기 쉽다.
어머니는 아버지를 만나기 전에 연기를 좀 했었고 그다
음에는 광고계에서도 일했는데, 사샤와 남동생을 낳고
나서 그만두었다. 어머니가 로버트 나이일 적에 돌아가
신 외할머니와도 관련이 있었다. 알약을 많이 삼켜 돌아
가신 것인데 어머니는 그게 실수였다고 말은 하지만 본

인을 포함하여 온 가족이 사실 실수가 아니었을 거라고 알고 있으면서도 절대 입 밖에 내지 않는다. (그건 심지어 로버트도 마찬가지다.)

다행히 어머니는 연약해 보이지 않는다. 조금 지쳐 보일 뿐이다.

머시 벅스의 뒤로 초당 수백 달러씩 올라가는 실시간 모금액 집계 화면이 카메라에 잡히면서 보도가 종료된다.

다음은 호주의 산불 소식이다.

1월이 엄청 더웠다던데. 어머니가 말한다.

기온 측정이 시작된 이래 최고로 더웠대요. 사샤가 말한다. 이제 2월인데 저 산불은 아직도 계속이고요.

다시보기 눌러봐. 어머니가 말한다. 클레어 좀 찬찬히 좀 보자.

사샤가 양 손을 올린다.

못한다니까요. 그녀가 말한다.

어머니가 리모컨을 찾으러 소파의 양쪽 가장자리를 더듬는다. 선반 위의 물건들 뒤쪽도 살피더니 방 한가운데 서서 어쩔 줄을 모른다.

어머니가 어쩔 줄 모르는 게 사샤는 싫다.

아마 걔 방에 있을 거예요. 사샤가 말한다.

아니면 학교에 갖고 갔을 수도 있지. 어머니가 말한다.

사샤가 현관으로 나가 상의를 입는다. 거울 속을 들여다본다.

다시보기 작동이 안 돼. 주방에서 어머니가 외친다.

나가야 돼요. 사샤도 똑같이 외침으로 대답한다.

그래 놓고서 어머니 목소리에 깃든 공황의 기미가 신경 쓰여 주방으로 돌아간다.

정말이다. BBC 아이플레이어가 작동하지 않는다. 어머니가 서툴러서가 아니다. 하지만 어머니를 안정시키고 학교도 갈 방도가 있으니, 바로 머시 벅스 목사의 유튜브 채널이다.

'머시 벅스가 구원하다'

머시 벅스의 동영상들은 하나같이 제목에 '흰'이란 단어가 붙었다.

'주님 육신의 흰 살결.'

'흰 구름을 보라.'

'가지들이 더욱 희어졌다.'

사샤는 어제 올라온 가장 최근 동영상을 누른다. '위대한 흰 옥좌.' 조회 수 4만 4400.

천장이 높은 현대식 교회. 머시 벅스의 뒤편으로 '복음에서 얻어라'라는 글귀가 형광 빛 후광에 둘러싸여 있다.

「마태복음」 6장 33절과 「열왕기상」 21장 2절을 더해 보면. 머시가 말한다. "그 값을 돈으로 네게 주리라." 와 "먼저 하느님의 나라를 구하라."가 되죠. 우리 삶에서 무엇이든 진정으로 이룰 수 있는 유일한 길입니다. 하느님은 우리 사단의 사장님이자 최종 회계관이시니까요. 하느님은 모르시는 게 없어요. 하느님은 여러분을 아십니다. 여러분이 무엇을 가졌고 무엇을 갖지 못했는지 아시죠. 아무리 정교하게 암호화된 예금 계좌라도 하느님 아버지는 꿰뚫어 보신답니다. 10전, 1전 단위까지도 헤아리셔요. 여러분이 정확히 얼마를 하느님에게 덜 드리려 하는지 다 알고 계십니다. 영적 부자가 되기 위해 정확히 얼마를 하느님 이름으로 바치고자 하는지도요. 하느님은 모은 것을 바치는 자에게 웃어 주시고 본디 하느님 것을 하느님에게 바치는 자에게 상을 주시며 자신의 값어치를 하는 자에게 행운을 내리십니다. 하느님의 귀한 교회에 기부하는 자에게 은전을 베푸십니다.

머시 벅스가 위아래로 오르내리는 반복적인 음조로 이런 말들을 하는 동안 신도들은 록 콘서트장의 청중처럼 강한 조명 아래서 몸을 흔들어대며 휴대 전화를 허공에 휘두르다 급기야 '영광, 영광' 곡조에 맞춰 '머시, 머시, 할렐루야'를 노래한다.

머시가 손을 쳐들어 소란을 가라앉힌다.

그리고 참으로 믿는 사람이라면 아무도, 아무도 우리 대통령님을 모독하고 훼손하는 말을 해서는 안 된다고 하느님은 말씀하십니다. 그녀가 말한다.

사샤가 웃기 시작한다.

그런 말을 하는 자는 혀로 악을 말한다고 하느님은 말씀하십니다. 머시가 말한다. 탄핵재판이 악임을 하느님은 아십니다. 하느님은 우리 대통령님의 숨결 하나하나로 대통령님의 이름을 정결하게 하셨거든요. 저는 하느님을 압니다. 하느님은 저를 아시고요. 제 말을 믿으세요. 사실입니다. 저는 하느님과 핫라인을 가진 여자예요. 하느님은 제게 직접 전화를 돌려 말씀하셨답니다. 위대하고 위대한 일을 담당하기 위하여 이 땅에 계신 우리 위대하고 위대한 대통령님을 보필하라, 여러분에게 전하라고요. 하느님 아버지와 구주 예수가 손수 맡기신 위대하고 위대한 일을……

너무 자지러지게 웃는 바람에 사샤는 의자에서 거꾸러질 판이다. 어머니가 절레절레 고개를 젓는다.

이제 우리가 노골성에 웬만큼 이골이 난 터라 노골성도 한층 더 노골적으로 되어야 하는 건지도 몰라. 어머니가 말한다.

그러게요. 하지만 사기도 정도껏 쳐야지. 사샤가 말한다.

항상 그랬지. 어머니가 말한다. 여름 신록이 무성했을 때부터.

지금 어머니는 배우 시절의 대사를 읊고 있다. 어머니가 실제로 출연한 것이라고는 먼 옛날 액상 세제 텔레비전 광고밖에 없었다. 어렸을 때 어머니가 보여 준 적이 있다. 광고가 녹화된 비디오테이프가 벽장에 있는데 작동되는 VCR이 없어서 다시 볼 수는 없다. 머리를 말끔하게 손질한 젊고 날씬한 여자(믿기 어렵지만 먼 옛날의 어머니 맞다), 엄마 역할을 하는 이 여자는 허리를 굽혀 설거지를 깨끗하게 안 한다는 건 죄를 짓는 거라고 설명하는 경찰모 차림의 어린 남자 아이한테서 접시를 받아 든다.

……하여 기부하세요, 기부하세요, 기부하여 정의를 행사하세요, 주님의 방식으로 저를 돕고 또 저를 준비시켜 주세요, 왜냐하면, 오, 주님! 저는 날마다 세 차례씩 기도하니까요, 저를 똑바로 보고 저를 끔찍이 사랑하고 소셜미디어에서 저를 팔로해 주세요, 그리고 매일, 매일, 매일, 매일, 매일! 기부하세요…….

저 여자가 이제 「가스펠」 대사도 써먹네. 어머니가 말한다.

「가스펠」이 뭐예요? 사샤가 묻는다.

옛날 뮤지컬이야. 어머니가 말한다. 「가스펠」도 같이 했거든. 「헛소동」도 했지. 그다음에는 셰익스피어와 디킨스 작품들을 가지고 동부 카운티로 여름 순회공연을 갔단다.

이제 카메라는 신도들을 클로즈업으로 보여준다. 자랑스러운 얼굴도, 상심한 얼굴도 있다. 필사적인 얼굴도, 희망으로 반짝이는 얼굴도 있다. 전부 다 가난해 보인다. 모두 휴대 전화를 허공에 들고 흔들거나 휴대 전화로 기부를 한다. 머시의 얼굴이 부드러운 클로즈업으로 잡힌다.

그래. 어머니가 말한다. 분명해.

끝까요, 아니면 더 보고 싶어요? 사샤가 묻는다.

……슬프세요? 저는 당신이 보입니다. 외로우세요? 저는 당신이 보입니다. 불안하세요? 초조하세요? 저는 당신이 보입니다. 피곤하세요? 취직이 안 되세요? 삶에 시달려 쪼그라들었나요? 살아 있어도 죽은 것이나 마찬가지인가요? 본연의 당신이 아니라 유령에 불과하게 돼 버렸나요? 그렇다면 귀 기울이세요. 왜냐하면 하느님은 저를 통해 말씀하시니까요. 반드시, 반드시…….

사샤가 커서를 움직여 웹사이트를 꺼 버린다.

반드시 잠든 네 믿음을 깨워야 하느니. 어머니가 말한다.

……잠든 네 믿음을 깨워야 하느니. 어머니가 말하는 찰나, 화면에서 사라지는 찰나, 머시 벅스가 말한다.

어머니가 고개를 끄덕인다.

「겨울 이야기」, 89년도 여름. 나는 허마이어니였어.

그녀는 대역이었고. 사샤, 너 엄청 지각이겠다. 태워다 줄까? 아, 맞다, 뭔 소리야. 2020년도 미스 '자동차사용 금지' 앞에서. 깜박했구나.

잊어버린 게 아니라요. 사샤가 말한다. 엄마는 그저 타인들의 영웅적 행위를 용납하지 못하는 것뿐이에요.

석유로 움직이는 것은 타지 않겠다는 의사 표시가 무슨 영웅적 행위씩이나 되니? 어머니가 말한다. 그건, 글쎄, 원칙이라면 모를까, 영웅적 행위?

「겨울 이야기」, 89년도 여름은 또 뭐예요? 사샤가 묻는다.

「겨울 이야기」는 셰익스피어 연극이야. 어머니가 말한다.

나도 그건 알죠. 사샤가 말한다(사실은 몰랐거나 최소한 확실히는 몰랐다).

89년도 여름은 옛날에 사라졌고. 태곳적이지, 이제. 어머니가 말한다.

태고(anti⋯⋯) 뭐요? 사샤가 말한다.

태곳적antediluvian. 반대anti가 아니라 전ante, 그리고 홍수, 그러니까 대홍수 이전 시대. 어머니가 말한다.

이십 년 전이니까. 얼른 가라.

사샤가 바닥에서 상의를 집어 다시 어깨에 걸치고 어머니의 뺨에 입 맞춘다.

신의 은총이 있길. 어머니가 말한다.

방금 하느님이 엄마 귀에 대고 그 거룩한 음성으로 나한테 그렇게 말하라고 시키던가요? 사샤가 말한다.

네가 나한테 5파운드 주면 그러라더라. 어머니가 말한다.

'자동차사용금지.' 무슨 우스갯거리, 일시적 유행쯤으로 보시는군.

Anti diluvian.

사샤는 언어를 좋아한다. 하지만 집에서는 로버트에게 치여 그런 표를 못 낸다.

도중에 전화기로 anti diluvian을 찾아본다.

철자가 좀 다른데 대홍수 이전 시대를 의미한다.

쳇, 대홍수 시대가 무슨 과거야. 바로 지금이 대홍수 시대인데.

호주 대화재 사진들을 보고도 시인하지 않는다. 5억

마리 동물의, 그러니까 생명체 500,000,000개체의 희생조차 그냥 먼 곳의 통계일 따름이다. 호주인들이 여름 햇빛도 관통하지 못하는 붉은 하늘 아래 해변에서 붉은 흙먼지를 마시며 끈 떨어진 꼭두각시처럼 맥없이 서 있고, 그 한가운데 침울한 밤색 말이 어쩔 줄을 모르고 결백 자체의 증거처럼 서 있는 뒤로 태양이 엿물처럼 녹아내리며 수평선을 불길로 휘감는 사진도 소용없다.

500,000,000. 사샤는 목숨을 잃은 동물 하나하나를 떠올리며 추모하려 한다. 타 버린 평원 위로 멀리 보이지 않는 데까지 숨진 동물을 200만 마리씩 그려 넣는다. 까맣게 탄 캥거루들을, 재가 된 왈라비들을, 숯덩이가 된 코알라들을.

하지만 그녀의 상상력은 그 정도로 광대하진 못하다.

'절대' 아이를 갖지 않으리라는 것만은 이미 확실하다. 이 파국에 뭣 하러 아이를 끌어들인단 말인가. 감옥 안에서 출산하는 것이나 같은 일이다. 브라이턴은 좋은 곳이다. 영국에서 유일하게 녹색당 의원을 배출한 지역답게 녹색 관련한 것이라면 전국 최고임에도, 지역 뉴스를 보면 '지구온난화는 날조다, 나를 겁주지 마라, 쓰레기 같은 소리로 내 아이들을 겁주지 마라, 애들이 잠을 못 잔다, 아무렇지도 않다, 그게 사실이라면 따뜻한 날씨를 즐기겠다, 연중 여름인 것도 멋질 것 같다' 따위의 말들이 등장한다. 어머니도 그런 덜떨어진 무리 중 하나다. 세상에 일어나는 진짜 사건들보다 폐경 증상들을 더 무서워한다.

폐경도 진짜야. 사샤의 머릿속에서 어머니가 말한다.

깜짝이야.

잠깐만.

이게, 방금 머릿속에서 일어난 이런 게 하느님이 머시 벅스의 귀에 대고 말한다는 그런 걸까?

어머니가 사샤의 귀에 또는 머릿속에서 정말로 말한 것은 아니다. 어머니가 여기 있다면 그렇게 말했으리라고 사샤가 생각하는 것일 뿐이다. 사샤는 어머니를 아주 '잘' 알기 때문이다.

신은 진짜가 아니다. 그건 확실할 것이다.

신은 인간의 욕구와 상상력이 꾸며낸 허구다.

어머니는 하지만.

틀림없이 진짜다.

아니, 잠깐만.

신은 여러 종류의 진짜이기도 '하다.' 1) 종교 집회에 모인 신을 믿는 사람들에게 '진짜'라는 의미로. 2) 그들 말에 따르면 신이 물리적으로 '누군가의 귀에 대고 말한다'는 이유로 '진짜'가 되었다는 의미로. 3) 머시 벅스에게 아주 진짜로 수지맞는 결과로 이어지는, 머시 벅스의 상상력이 꾸며낸 '진짜' 허구라는 의미로.

그러면, 사샤의 어머니는 어떨까?

아니, 더 정확히 말해서, 사샤가 '상상하는' 사샤의 어머니는 어떨까?

"네가 물속 꽃인데 자연스럽게 말라붙기 시작해 식물의 자격으로 물을 흡수할 시간이 끝났다고, 그리고 물이, 물론 뭐 꽃이고 그러니까 이해는 못 하겠지만, 전처럼 줄기를 타고 올라갈 수 없다고 상상을 해봐."

어머니는 이런 말을 즐겨했다. 젊은 사람들, 특히 자신의 딸을 향한 프로이트적 질투의 발현이다.

"꽃들도 이런 일을 겪으면 나와 같은 느낌일까 싶어. 운동신경이 떨어지는 걸 꽃들도 감지할까? 자꾸 뭔가에 부딪힐까? 자꾸 뭘 까먹을까? 사이먼 카월의 이름을 사이먼 캘로라고 착각할까? 카월이 옳다는 걸 잘 알면서도 그 이름을 떠올리기가 어려울까?"

사샤의 잇새로 경멸이 담긴 한숨이 새나온다.

책임을 모면하는 핑계로 삼는다면, 나이 든다는 건 한심한 일이야.

엄마도 좀더 노력해야 돼.

난 절대 그렇게 되지 않아.

지구에 일어나고 있는 일들을 생각해볼 때 내가 그 나이까지 살 가망은 어차피 없지.

이만큼 살았으면 엄마는 운이 좋은 거야.

너야말로 말도 안 되는 소리를 지껄이고 있어. 어머니가 머릿속에서 말한다. 괜찮을 거야.

진짜 엄마건 '진짜' 엄마건 둘 다 틀렸다.

그래도 어머니에게 짜증을 느끼는 게, 비록 머릿속에서일지언정 무례하게 구는 게 좀 미안하다.

여주인공이 무슨 역을 맡는다는 둥 그건 다 뭐였을까? 인터넷에서 찾아보고 출처를 알려 주면 어머니는 짜증스럽기도 하고 '또' 좋기도 할 테니, 일석이조다.

끔찍한 속담이야.

무시무시한 이미지들이 머릿속을 채운다. 하늘을 나는 새였던 것이, 날갯죽지가 부러지면서 벗어지고 그슬린 흉곽에서 삐져나온다.

손안의 새 한 마리가 수풀 속의 새 두 마리보다 낫다.

아니야. 새가 정말 자발적으로 손안에 앉기로 선택한 게 아닌 한, 손안의 새는 자연스럽지 않아.

속담 치고는 약간 긴 감도 있고.

손안의 새 두 마리?

성 프란치스코네.

부모가 아직 같은 집에 살며 어머니는 싫어했으나 아버지는 좋아했던 자막 달린 영화들을 함께 보던, 그녀가 로버트 나이였던 시절에 본 이탈리아 영화가 떠오른다. 나무 밑에서 아침 기도를 시작하는데 그를 무척 흠모한 새들이 주변 나뭇가지들로 모여들어 짹짹거리며 요란하게 사랑을 전하자 성 프란치스코가 자기 기도소리가 안 들린다며 좀 조용히 해달라고 부탁한다.

이번에는 수사들이 모여들어 세상 어디로 가서 하느님 이야기를 하면 좋으냐고 묻자 그는 어지러워 쓰러질 때까지 그 자리에서 빙빙 돌라고 한다. 한 사람 한 사람 빙빙 돌다가 자빠진다. 그러자 그가 그들을 내려다보며 어디든 나자빠진 그 방향으로 가라고, 형제여, 가서 세상에 전하라고 말한다.

테스코 앞을 지나친다. 문가에 남자가 하나 있긴 한데 스티브는 아니다.

어디 있든 그가 무사하기를 바란다. 오늘 날이 화창해선지 유독 노숙자가 눈에 많이 띈다. 마지막 보았을 때 그는 노팅엄과 북동부에서 버스 열여섯 대에 실려 온 사람들의 이야기를 해주었다.

공짜 남해안 여행이지. 그가 말했다. 편도지만. 어디든 토리당원 구역이 아닌 곳에다 떨구는 거야. 그런 사람들로 마을이 꽉 찼어. 무조건 해안으로 보내는 거지. 우리는 개장휴업이야. 그 사람들이 들어왔으니 돈 벌기는 글렀어.

그녀는 주머니에 있는 잔돈을 그에게 줬다. 장화도 도둑맞아 맨발이었다.

고맙구나. 그가 말했다.

따뜻하게 지내요. 그녀가 말했다.

최선을 다해볼게. 그가 말했다. 너도 잘 지내.

사샤는 스티브가 화면에 뜨고 그 뒤로 머시 벅스 동영상처럼 실시간 모금현황이 안내되는 장면을 상상한다. 다만 스티브의 모금액은 몹시 더디게, 펜스 단위로 올라간다는 점이 다르다. 이번에는 머시 벅스가 머시 벅스 성령 교회의 제단 위에 올라가 멈출 수 없는 브레이크댄서나 실성한 나침반 바늘처럼 빙빙 돌면서 나자빠질 때까지 빙빙 도는 비결을 신도들에게 보여 주는, 또한 전장의 시체들처럼 빙빙 돌다가 나자빠진 어지러운 사람들을 찾아가서 정성껏 보살피는 척하며 소매치기를 하는 모습을 상상한다.

이어서 어머니가 군용품 상점에 전시된 스위스 아미 나이프 같은, 그러니까 온갖 부착물들이 달린 채 스탠드 위에서 돌아가는 커다란 붉은 주머니칼 비슷하게 보이지 않는 칼날들을 달고서 현관문을 열어 겨울 햇살을 들이며 통로와 계단들을 통과해 리모컨을 찾으러 아버지와 애슐리의 현관문을 두드리는 모습을 상상한다.

어머니는 아버지가 준 열쇠를 절대 쓰지 않는다. 반드시 노크를 한다.

수많은 칼날을 단 어머니에게 문을 열어 주고는 멍하니 서 있는 애슐리를 사샤는 상상한다. 들리지도 않고, 이해도 못 한다. 아무 말 없이 고개만 가로젓다 도로 문을 닫는다.

큰 소리로 켜 있는 텔레비전 때문에 엄마는 아무 일도 못 하겠구나.

브렉시트로 장사도 망해 버린 판국에 처리할 일도 많지 않겠지만.

그녀는 오늘 아침 거실을 뱅뱅 돌며 텔레비전 소리 너머로 '여주인공(heroine)'과 '것인지(whether)'를 외치던 어머니를 떠올린다.

아, 맞다. '역(station)' 그거.

출처를 찾아 무언의 복종으로 출처의 여왕에게 바치자.

전화기 검색창에 '것인지'와 '여주인공'을 입력한다.

검색 결과가 뜬다. 약물, 약물, 약물…… 그렇게 한참 내려가니 제인 오스틴과 빅토리아 시대 사람들에 대한 뭔가가 있다.

검색창을 비운다.

이번에는 '역'과 '맡다(held)'와 '인생(life)'을 입력한다.

우주정거장에서 사람들이 얼마나 살 수 있는지에 관한 내용들이 뜬다.

그녀는 검색어로 '여주인공'을 추가한다.

약물중독자들에 관한 내용이 뜬다.

아래로 페이지를 계속 내리자 그레타 툰베리의 모습이 하나 나타난다. 어부의 외투 같은 노란 코트를 후드를 세워 입은 사진 속 그녀는 누구에게도, 무엇에도 속아 넘어가지 않을 듯 보인다.

내 인생의 여주인공!

단지 위대한 그레타만이, 검색어 heroine은 여주인공을 가리키는 게 아니라 일급 마약의 오타라고 단정하는 것만 같은 인터넷을 뒤흔들 수 있다.

검색자가 누구든, 낯선 개념인 여주인공을 가리켰을 리 없고 당연히 헤로인(heroin)을 찾는 게 정상이라는 태세의 인터넷을.

사샤는 브라이턴역과 그곳의 비좁은 입구, 줄지어 선 택시들, 자전거 거치대, 프렛 샌드위치 가게와 막스앤드스펜서 안의 사람들을, 그리고 그것들이 모두 커다란 손바닥 안에 들어앉은 모습을 상상해본다. 그것은 누구의 손일까?

아무의 손도 아니다.

사샤가 상상한 것이니 사샤의 손이다.

다른 누구에게 세상을 붙들어 달라고 부탁해 본들 소용없다.

교문 앞. 코트 겨드랑이에 전화기를 집어넣고 화면의 얼룩을 지우는데 문자가 하나 도착한다.

로버트가 보낸 것이다.

'멍청한 짓 하나 할꺼 같음 ;-\ 지끔 해변까 싯 스트리트 삼 분쯤 도움이 피료하니 당장 꼭쫌 와줄껏.'

'당장'보다 '꼭쫌'에 넘어간다. 동생에게서 기본적인 예의가 거의 사라져 버린 지금, 이런 표현을 쓴다는 건 정말 긴급하다는 신호다.

속임수일지도 모른다.

진짜일 수도 있다.

싯 스트리트란 십 스트리트를 말한 것이다.

누가 안 들어오고 뭐 하느냐고 묻기 전에 사샤는 한 발짝 물러선다.

이미 출석해 있을 멜에게 문자를 친다.

"멜라니~ 아이브에게 집에 급한 일이 생겼다고 미안하다고, 한 시간이면 올 수 있다고 좀 전해줄래? (하트 하트) ─ 사샤 XXX"

장난이라면? 죽여 줘야지.

사샤는 동생을 사랑한다. 하지만. 동생은 총명하다, 그것도 아주 많이. 하지만. 열세 살 이후로는 얼굴 위로 시커먼 면갑이 드리우고 가느다란 철창을 통해 모두를, 모든 것을 바라보는 것만 같다. "수박(watermelon)은 92퍼센트가 물이고 8퍼센트는 기타 물질이니 그렇다면 수박의 물 부분이 92퍼센트고 멜론 부분은 8퍼센트인 셈인데, 정말 흥미로운 사실은 심지어 과일이나 채소를 포함하여 무엇에서든 수학 등식을 만들어 낼 수 있다는 거지." 같은 뜬금없으면서도 똑똑한 소리를 하던 아이가 이제 "흑인은 수박 같은 미소를 갖고 있다고 말하는 게 뭐가 어때서요?" 같은 소리로 귀가 조치를 당하는 아이가 돼 버렸다.

정말 그런 말을 한 거야? 그것도 큰 소리로? 반 아이들이 다 듣는 데서? 선생님까지? 아들 문제로 상담하게 부모님 모두 방문해 달라는 학교 이메일을 읽다가 어머니가 고개를 들고 물었다.

로버트, 그건 해선 안 될 말이야. 애슐리가 말했다.

아직 그녀가 말을 하던 때였다.

뭐가 안 돼요? 로버트가 말했다. 누구든 하고 싶은 말은 해도 되는 거지. 그게 언론의 자유라는 거예요. 인권이고요. 내 인권이라고요.

그건 농담도 아냐, 로버트. 몹쓸 말이지. 애슐리가 말했다. 입에 담으면 안 될 몹쓸 말이고 어떻게 봐도 우습지 않아. 어떻게 그런 말을 할 수가 있지?

그거야 쉽죠. 그가 말했다. 그뿐 아니라 또 설명해 준 게, 사람들이 여자들을 혐오하는 이유는 새침하게 공부나 파고 섹스와 아줌마가 그런 적 있다고 시인 못 하는 그 아이 낳는 일 말고는 쓸모가 없기 때문인데, 왜냐하면 남자란 자고로 씨를 뿌려야 하잖아요.

로버트! (일동 합창)

그리고 상당수의 여자들도 포함하여 사실상 모두가 여자들은 입 좀 다물어야 한다고 생각해요. 그가 말했다. 늘 하는 이야기가 우리는 역사에 귀를 기울여야 한다고,

그것이 우리 자신에 대해 들려주는 이야기를 들어야 한다고 하잖아요. 역사가 우리에게 '꾸짖음의 재갈'을 물린 것도 다 이유가 있어서라고요.

학교 이메일에 따르면 로버트는 자리에서 일어나 이런 이야기들을 지껄여 수업을 시끌벅적 난장판으로 만들었다.

로버트, 너 풍자가 제법이구나. 아버지가 말했다.

아닌데요, 난 실용주의자예요. 로버트가 말했다.

자꾸 저런 이야기를 하면 집 안에 들일 수 없어요. 애슐리가 말했다.

사샤의 기억으로 아예 입을 다물기 전에 그녀가 마지막으로 했던 말 중 하나다.

다른 아이들과 어울리려고 편견에 기댈 필요는 없어. 아버지가 말했다.

설마 우리 나라의 수상과 여러 정치 지도자들이 편견에 사로잡혔다는 말인가요? 로버트가 말했다. 우리 위대한 조국을 폄훼하지 마세요. 우리는 영국을 위해 분기해야만 해요. 그러지 않는다면 반역자에다 불길한 소리나 지껄이는 비관론자일 따름이에요.

그냥 아버지에게 말씀드려, 로버트. 선생님들을 특히 화나게 만든 그 교육에 대한 이야기 말이야. 어머니가 말했다.

우리 나라 수상의 수석 고문이 블로그에 쓴 글을 언급했을 뿐이에요. 가난한 집안 출신에 교육을 시켜 봐야 머리가 안 따라와 가망이 없는 아이들은 어차피 아무것도 못 배울 테고 따라서 써먹지도 못할 교육에 국가가 돈을 쓸 필요가 없다, 그거죠. 로버트가 말했다. 이건 우리 나라 수상의 수석 고문의 견해를 전달하고 있는 거고요. 물론 수상은 수석 고문이 워낙 능력이 출중한 덕에 최근에 커다란 득표차로 선출됐죠. 그래, 뭐 깨닫는 거 없어요?

이런 말을 들으면 사샤는 웃음을 터뜨렸다.

그녀 자신에게도 로버트가 심술을 부리기 전까지는. 이를테면 아버지가 부득이 해고했던 제이미와 제인이 크리스마스를 맞아 술 한 잔 하러 찾아왔을 때(감정의 앙금 없이, 오히려 미안해하며) 로버트는 문가에 서서 온 방 안을 향해 외쳤다……

우리 누나는 바보예요. 자신과 각성한 친구들이 조금

만 밀어주면 세상이 바뀔 수 있다고 믿는다니까요. 성(聖)
사샤가 관심을 끌기 위해 최근에 고안한 방법이죠.

뉴질랜드 출신인 제인이 로버트에게 말했다. 보아
하니 넌 회의론자 같은데 그게 네가 관심을 끄는 방법인
거니?

그러자 그는 그녀더러 외국인이라며 발음을 두고
놀려 댔다.

휘의론자(sciptic).

심지어 세워 놓은 자전거 안장에 칼자국을 내다가
붙잡혀 경찰이 집 앞까지 들이닥친 일도 있었다. 청소년
범죄 경고를 받을 수도 있지만 아직 나이가 어려 체포와
기소로는 이어지지 않으며, 따라서 육 년간 안전 훈련원
에 가 있지 않아도 될 거라고 했다. 심각한 내용이었지만
말투는 친절했다. 그게 도리어 거슬렸던지 로버트는 경
찰에게 자전거 주인들이 엉덩이가 축축하게 젖어 집에
가는 걸 생각만 해도 기소가 되든 말든 충분한 값어치가
있다고 대들었다.

로버트를 가리켜 어머니는 비타협적이라고 하고 아
버지는 염병할 멍텅구리라고 했는데, 애슐리가 입을 연

다면 너무도 살벌한 욕을 내뱉어서 아버지가 어쩔 수 없이 집으로 돌아와야 할 지경이었다.

아이들에게 하도 시달려서 그래요. 로버트가 방에 없을 때 사샤가 말했다. 새 학교로 전학시켜서 그런 거라고요. 살아남으려고 본성을 바꿔가는 과정이에요.

소셜 미디어에 눌러앉아 옛 학교에서 새 학교 아이들의 휴대 전화로 쉽사리 따라온 것들은 도대체 어째야 좋을지 그들도 모른다.

어머니는 로버트를 걱정한다.

아버지는 로버트에게 화가 나 있다.

사샤는 로버트가 뛰어난 아이라는 걸 안다.

동생이 알렉사를 웃옷 주머니에 숨겨 해변에 갖고 가서 교각 너머로 슬쩍 떨어뜨리며 "알렉사, 평영 방법을 알려줄래?" 하고 외친 날이 기억난다. 제 방 선반의 '로버트 그린로 갤러리 체육복 전시회'에 걸려만 있던 체육복을 처음으로 입은 날도 기억난다. 기차 안에서 또는 자전거를 타고 가며 또는 거리를 걸으면서 헤드폰으로 음악을 듣는 사람들의 단절된 표정을 담아 휴대 전화로 만든 영화도 기억난다. 지금처럼 손쉽게 전화로 동영상을 만들 수 있게 되기 전의 일이다. 영화는 사람들의 눈을, 주변의 현실에서 일어나는 일과 아무 관련이 없는 비트에 스르르 몸을 맡기고 움직이는 그들의 모습을 포착했다. 당시 겨우 아홉 살이던 동생은 헤드폰을 낀 사람들을 쫓아다니며 당연히 그들의 귀엔 안 들리지만 그들에게 던지는 자신의 질문을 녹음해 영화의 사운드트랙으로 썼다.

그걸 보고 사샤는 한동안 혼자 있을 때가 아니면 전화기에 헤드폰을 꽂아 음악 듣기를 중단했다.

그런데 최근의 로버트는 자신의 뛰어남에 조절기를 달고 무조건 가장 어둡게 낮춘 다음 눈이 아찔할 만큼 느닷없이 올리거나 또는 그 반대로 가기로 작정해 버린 것만 같다. 그녀가 아는 로버트는 그 속에 갇힌 채 부두의 게임기들처럼 간혹 깜박깜박 번쩍일 뿐이다.

그는 그녀의 뛰어난 동생이다.

뛰어난 동생을 항상 인식하는 누나여야 하는 것도 짜증이 난다. 그게 자신의 업인 듯 여겨진다.

어느 날 오후에는 온라인 인성 퀴즈에 빠져 있는 로버트에게 "너 그거 데이터 수집과 샘플링에 이용되는 거 알아?" 하고 물었더니 "나는 데이터 무정부주의자라서 의식적으로 거짓 대답을 하고 그런 대답을 하는 인간을 조작하여 그들이 수집한 데이터를 망쳐버릴 거거든." 하고 대답했고, 사샤가 "뭐 좋아, 그런데 롭, 그 조작된 사람들도 그걸 조작하는 주체가 너니까 바로 너야."라고 말해주자 실망 가득한 얼굴로 그녀를 올려보는 바람에 덩달아 울고 싶어져 방에서 나가게 하기도 했다.

지금은.

어디 있지?

그녀는 해변을 둘러본다.

겨우 아침 9시지만 늘 누군가 반드시 있다. 몇 명이 눈에 들어온다. 물가에 젊은 커플 한 쌍, 손가락으로 바다를 가리키는 노인들, 아이와 개를 데리고 나온 사람.

로버트는 아직 안 보인다.

전화가 울린다.

로버트가 아니다. 멜의 문자다.

"안녕 나도 오늘 학교 안 가, 사슈. (찡그린 얼굴) 웨이트로스에서 어떤 여자가 우리 엄마한테 자기 아이들 근처에서 숨도 쉬지 말라고 하고 남자는 마스크를 써야 한다고 그런 거야 우리 아빠가 화딱지가 나서 남자한테 주먹을 휘둘렀어 (찡그린 얼굴 찡그린 얼굴) 크게 한바탕 벌어지고 (찡그린 얼굴 x x가 붙은 눈) 창문 커튼을 내려놓았어 어째야 할지 모르겠음 내부 고발자 박사, 닥터 리가 죽어 버렸어 미칠 것 같아 사슈 '건강한 사회는 하나의 목소리만 가질 수 없다' 내 영웅이야 12월에 그렇게 말했지 진짜 멋졌는데 그래 봤자 안 들었지만 당국이 입을 틀어막았고 그는 이제 떠나 버렸어 부디 영면하시길 자꾸 눈물이 나와 멈추질 않아 xxx."

멜라니의 할머니는 중국인이다.

사샤는 온라인에서 본 바이러스 그림들을 떠올린다. 바이러스에 근접하게 묘사된 그것들은 하나같이 표면에서 나팔이 튀어나온 작은 혹성처럼, 혹 같은 쇠못으로 뒤덮인 작은 세계처럼 보였다. 구식 사격장의 박람회 다트 또는 2차 세계 대전 영화에 나오는 해저 지뢰 같은 것들로 한바탕 폭격을 맞은 작은 세계들처럼.

코와 입 위로 마스크를 쓴 다른 나라 사람들의 사진들이 인터넷에 널렸다.

인터넷에 따르면 뱀을 먹어서 걸린 거라고 한다. 박

쥐와 천산갑이라는 곳들도 있다. 작고 노란 뱀들을 꼬챙이에 꿰어 먹는 중국인들 사진이 한참 유행처럼 번졌다.

대체 뱀은 왜 먹고 싶을까? 박쥐며 천산갑도 그렇고.

뱀 먹는 게 바이러스를 인종 차별주의와 연관시키는 인종 차별주의자들의 수법인지도, 중국인에 대한 욕으로 사용되는 것인지도 모른다.

어쨌든 그것은 들짐승을 먹는 데서 비롯됐다.

그런데 뭔가를 죽이지 않고도 먹을 게 세상에 이렇게나 많은데, 누군가가 먹을 수 있게 죽여야 하는 그런 동물을 대체 누가, 왜 먹으려 드는 걸까?

살면 살수록 자신이 속한 종이 얼마나 미쳤는지 사샤는 깨닫는다.

그녀는 멜에게 회신을 보낸다.

"하트 키스 키스 권투글러브 팡 빛나는 갑옷을 입은 기사 근육질 팔뚝 하트 하트."

인종 차별주의 반대 이모티콘은 아무리 생각해도 없는 것 같다.

인종 차별주의 이모티콘이야 수없이 많겠지만 인종 차별 피해자에게 보내기 좋을 만큼 명백한 것은 없다.

왜일까?

그녀는 난간에 기대 해변을 내다본다.

해가 났는데도 바다는 흐리다.

그녀는 한 마리 갈매기와 눈빛을 교환한다.

당분간은 겨울이겠네, 그렇지?

그런 것 같아.

뭐, 어쩌겠어.

부리와 발이 샛노란 갈매기가 날갯죽지를 접고 시선을 돌린다.

수세기 전 흑사병이 돌 때 베네치아에서 사람들이 썼던 복면처럼 부리가 튀어나와 있다.

그녀는 현대의 면 마스크를 생각해본다. 지구의 거짓말쟁이들이 쓰고 있는 진짜 마스크에 비하면 아무것도 아니다. 한낱 낙엽이나 바람에 날리는 쓰레기에 지나지 않는다.

온갖 형태의 유독한 바이러스가 창궐하는 중이다.

그녀는 몸을 돌려 뒤편 건물의 정면을 바라본다.

어느 목요일 제법 늦은 시각에 여기 내려와 저 건물을 올려다본 적이 있는데, 밤 11시인데도 작업하는 청소원들이 있었다.

마치 그것을 보게 되기로 예정돼 있던 느낌이었다.

그러나 또한 아무 뜻도 없었다. 그저 우연이었을 뿐
이다.

어쩌면 우연이란 우리가 원하는 그런 의미가 아닌지
도 모른다. 만약 그렇다면 그게 바로 우연 아니겠는가?

그녀는 다시 몸을 돌려 바다를 내다본다.

화창한 날에 i360 전망대에 오르면 맨눈으로 프랑스
를 볼 수 있다는 사람들이 있다.

그렇지 않은 모양이다. 맨눈으로 보기에 프랑스는
너무나 멀다.

(한숨의 전망대. 탄식의 전망대)

맨눈(naked eye)은 또 뭐냐고! 눈이 뭐 옷이라도 입
는대?

우주 공간에서 바라본 지구가 얼마나 근사하고 아
름다운지 알기 위해서가 아니라 위성을 통제하는 사람
들이 지구 위의 거의 모든 사람들과 모든 것들에게 실제
로 필요한 것과는 아무 상관도 없는 각종 이유로 사람들
을 관찰하기 위해 띄워 놓은 수많은 인공위성들에서 보

면, 그녀는 어느 행성의 어느 나라의 어느 도시의 어느
포장도로 위의 어느 사람이다.

그럼 그런 게 왜 있는 거지?

보는 것이 사실은 보는 것과 상관없다면?

모든 건 가면이다.

수상에게 고함을 친 한 호주 소녀를 텔레비전에서
보았다. "당신은 얼간이야. 당신은 얼간이야. 당신은 얼
간이야."

소녀가 남자의 가면을 벗겼듯 모든 가면을 지금 당
장 벗겨야 한다.

로버트는 보이지 않는다.

재차 시간을 확인한다.

바로 뒤가 십 스트리트인 것도 확인한다.

저기. 조금 떨어진 곳에 형체가 하나 있다. 단번에
동생을 알아차린다. 후드를 올려 썼지만 분명히 로버트
다. 저건 로버트의 어깨다.

해변 쪽으로 내려간다.

안녕. 사샤가 말한다.

로버트는 말이 없다.

그녀가 동생 뒤의 젖은 바위 위에 앉는다.

그녀를 쳐다보지도 않고 그가 말한다.

잠깐 그냥 손 좀 잡아줄래, 사슈?

뭐, 손을 잡는다고?

몹시 작고 연약한 소리다.

그녀가 왼손을 내민다. 그가 그 손을 왼손으로 잡아서 따뜻한 웃옷 속에 넣고 손바닥을 말려 준다.

눈을 감아 봐. 그가 말한다.

싫은데. 그녀가 말한다.

좀 해 봐. 그가 말한다.

왜? 그녀가 말한다.

잠깐이면 돼. 그가 말한다.

그녀가 한숨을 쉬고 눈을 감는다.

그가 차고 구부러진 유리 같은 물체를 그녀의 손에 대고 누른다.

아직 보지 마. 그가 말한다.

뭔데? 아직도 눈을 감은 채로 그녀가 말한다.

선물(present). 그가 말한다. 미래(future)를 위한. 잠깐만.

그가 두 손을 정체 모를 선물을 쥔 그녀의 손 위아래로 바짝 갖다 댔다. 그녀의 손 둘레로 깍지 낀 두 손을 댄 채 꽤 길게 느껴지는 시간 동안 가만히 있다.

그가 손을 놓는다. 그녀 손의 감촉이 굉장히 이상하다.

그것은 두 겹으로 굽은 제법 큰 유리 물체다. 구체 두 개를 이어 붙인 것이다. 그녀의 손바닥보다 길다. 표면은 얇고 매끄러우며, 안에는…… 저게 뭐지? 연황빛 모래?

제대로 보고 싶어 손바닥을 펴려고 하는데 왠지 펴지지 않는다. 정체 모를 그것이 그녀에게 붙어 버렸다. 그녀의 손바닥이 그것에 붙어 버렸다.

달걀 삶기 타이머야.

그가 끈끈한 병을 그녀의 얼굴 앞에 들어 올려서 뭔지 알아볼 수 있을 정도로만 보여준다.

그리고 그가 해변을 달려간다. 그녀도 바위 위를 기어 따라가다가 문득 손에 붙은 그것이 몹시 얇은 유리이므로 깨뜨렸다가는 손이 베여 유리조각들이 들러붙을 테니까 조심해야겠다는, 이렇게 기어가서도, 휘적휘적 가서도 안 되겠다는 생각이 든다.

그녀가 동생의 이름을 외친다.

동생의 등이 난간 아래로 사라진다.

그녀는 손에 붙은 그것을 털어 내듯 흔들며 바위 비탈 위에 서 있다. 검지를 시작으로 손가락 세 개를 가로질러 완벽하게 붙었다. 손가락이 펴지지 않는다. 엄지와 새끼손가락만 움직일 수 있다. 나머지 손가락 세 개는 끝머리를 약간 꼼지락거릴 수 있을 뿐이다.

그녀는 그것을 당겨 본다. 제법 아프다.

한 남자와 여자가 다가오며 괜찮냐고, 도움이 필요하냐고, 무슨 일이냐고 묻는 걸 보면 제대로 끙끙거리고 있었던 모양이다.

고마워요, 네, 아니, 괜찮아요, 저 괜찮아요. 그녀가 말한다.

주머니 속의 전화기가 울린다.

다른 손으로 어색하게 전화기를 집는다.

로버트의 문자다.

"시간이 남지 않았다고 얼마나 걱정하는지 알고 있음 그래서 이게 언제나 손안에 시간을 갖고 살도록 내가 생각해낸 최고의 선물임."

회신 버튼을 누른다.

하지만 이 손으로는 문자를 찍을 수가 없다.

그녀가 여자에게 전화기를 내민다.

저 대신 문자를 좀 찍고 발송 버튼을 눌러 주실 수 있을까요? 그녀가 묻는다.

그럼. 물론이죠. 뭐라고 쓸까요? 여자가 말한다.

사샤는 잠시 생각한다.

이례적인 유대(bonding)의 경험을 하게 해 줘서 고맙구나. 그녀가 말한다.

여자가 웃음을 터뜨린다.

남자는 자기 전화기로 인터넷을 열어 강력 접착제(bond)로 피부에 붙은 유리를 어떻게 떼어내야 하는지 검색하기 시작한다.

여자는 로버트의 회신이 들어온 전화기를 들어 올려 사샤에게 보여 준다.

"스마일 슬픈 얼굴 가운뎃손가락."

어쩌다 이렇게 됐어요? 여자가 묻는다.

사샤가 고개를 젓는다.

로버트는…… 여자가 전화기 화면을 흘긋 본다.

누구?

사샤는 갈매기 발톱, 새발 꼴이 돼 버린 손을 내려다본다. 그 새발을 뒤집자 유리 공 안에 든 모래가 움직인다. 한쪽 공에서 다른 쪽으로 무척 예쁘게, 중간의 가느다란 통로를 따라 고운 줄을 이루며 흘러내린다.

동생이에요. 그녀가 대답한다.

시간은 입체적인 것이다. 로버트 그린로는 시간의 굴곡과 입체성뿐 아니라 그 복잡한 성질을 예시해 보였으며 굽이지고 입체적인 시간의 한 조각을 어느 유한한 생명체의 굽이진 손의 차원에 뗄 수 없게 붙임으로서 '완벽한 황홀감'을 선사받았다.

흠.

!

아직 노래를 할 수 있다면 그는 시간이란 하나가 아니라는, 시간은 유리와 모래이며 시간은 깨지기 쉽고 유

동적이며 시간은 연약하고 강인하며 시간은 날카롭고 무디며 시간은 지금이자 옛날이며 시간은 전이자 후이며 시간은 부드럽고 거칠며 시간에 대한 우리의 집착을 제거하려고 하면 시간은 깔깔 웃으며 우리 살갗을 뜯어 내리라는 노래를 부를 것이다.

아울러 시간은 상대적인 데다 한 가지 시간만 있는 것도 아니므로 오늘의 시간은 '나의' 시간이 될 것이고 아인슈타인을 인용하자면 '주입식 교육의 성공을 숭배하지 않음'으로써 그것을 더욱 나의 것으로 만들 것이다. 로버트 그린로의 나이였을 때 아인슈타인은 학교에서 멍청하다는 평가를 받았다. 세상에 아인슈타인이! 어처구니가 한참 없는 일이다.

그래서 오늘은 집에 갈 것이다. 들키지 않고 들어가 살금살금 계단을 올라가서는 2층 방에서 아무도 모르게 '어뷰즈힙(ABUSEHEAP)' 게임을 할 것이다. 외톨이에 길 잃은 소년에 정확하고도 끈기 있는 영혼인 이 로버트 그린로에게 해가 떨어질 그때까지.

조금만 젊었어도 당장 보이지 않는 로빈 후드 모자를 삐딱하게 쓴 채로 달걀 삶기 타이머를 훔친 가게 진

열장을 지나쳐 갈 텐데, 이제 나이가 들어 놔서 보이지 않는 모자 따위를 쓰는 루저가 되기에는 한참 늦었다. 무법자 로버트 그린로는 그저 생의 아이러니를 덧댄 겨울 코트로 따뜻하게 몸을 감싸고는 고개를 숙이고 묵묵히 다른 곳을 볼 따름이다. 겉은 열세 살 소년이지만 속은 진정한 가객으로(게다가 귀동냥으로 익힌 것이므로 천부적 재능이다.) 시간과 시대의(둘은 서로 다른 것이다.) 잔잔한 발라드를 노래하리라.

서점?

좋았어.

왜냐하면…….

세상에는 그가 최근에야 어머니의 일요일판 《타임스》를 훑어보다가 발견한 책이 있으니 바로 아인슈타인이 영국에 건너온 시간/시대, 그중에서도 노퍽에 체류한 시간에 관한 책이다. 로버트 그린로는 노퍽이 어딘지 정확히 모른다. '저기' 어디쯤 있다는 것은 안다. 아인슈타인이 브라이턴이나 '여기' 근방 어디에 왔었더라면 얼마나 좋았을까 싶지만 인터넷 어디에도 아인슈타인이 브라이턴에 왔다는 말은 없다.

서식스 아무 데나라도 괜찮을 것 같다.

인터넷에 따르면 그는 온갖 군데에 갔다. 런던과 옥스퍼드와 케임브리지는 물론이고 노팅엄과 울스토프와 (울스토프라 하면 뉴턴이 페스트로 인하여 대학을 떠나 고향 집에 처박혀 지낸 1666년 스물네 살 시절에 나무에서 떨어지는 사과에 깃든 원리를 이해하고 빛을 구성하는 갖가지 색깔을 발견한 곳이다!) 사우샘프턴과 윈체스터와 켄트와 코츠월즈와 서리와 노퍽에다 심지어 글래스고까지 갔다. 그곳에서 수많은 군중을 앞에 두고 파이프 담배를 피우며 강연하는 사진이 있다. 그런데 서식스만은 결코 오지 않았다. 서식스의 어느 곳도 아인슈타인의 발바닥과 온화한 얼굴을 마주하지 못했다.

부활절의 양 같은 얼굴, 민들레 시계 같은 머리. 비단 세계뿐 아닌 우주까지의 숨겨진 기초 구조를 품고 있는 민들레 시계.

!

얼마나 질긴 강인함인가.

물론 인터넷이 항상 옳은 건 아니다. 사실 인터넷은 반도 채 모른다. 아인슈타인이 여기, 이 섬에 머물렀던 시간에 대한 새 책이 나와 인터넷이 아직 모르는 서식스의 무언가를 말해 줄 수도 있다.

바로 그 책이 저 서점에 있을 수도 있다.

혹시나 싶어 양순한 열세 살 소년으로 그는 되돌아간다.

"학교에 있을 시간 아니니?"

답변도 준비되어 있다.

머스그레이브 물리 선생님이(완전히 꾸며 낸 이름이고 꾸며 낸 사람들이 다들 그렇듯 '대단히' 훌륭한 선생이다.) 아인슈타인의 영국 체류에 대한 신간이 있는지 알아보라고 보내셨어요.

그리고 살그머니 서점 문을 열고 들어간다.

뭐라고 물어보는 사람은 하나도 없다.

실내를 둘러본다.

과학 서가에는 없다.

신간 섹션에도 없다.

그러자 양순한 열세 살 소년은 전기 서가를 둘러보러 가는데…….

!

소년은 책을 발견한다.

소년은 책상다리를 하고 바닥에 앉아 아무 데나 펴서 읽는다…….

아버지에게서 나침반을 받은 아인슈타인이 어린 나이에도 그걸 가지고 자기(磁氣)가 무엇인지 알아내는 장면이다.

왜 나에게 나침반을 주지 않으셨나요?(로버트 그린로가 머릿속에서 아버지에게 하는 말)

로버트, 안 그래도 정신 복잡한데 왜 더 들볶지 못해 안달인 거냐?(아버지가 현실에서 로버트 그린로에게 거의 매일 하는 말)

충분히 이해된다. 아버지는 사업이 망했다. 결혼도 망했다. 여자 친구는 섹스를 거부하고 나섰다.

로버트 그린로는 책으로 돌아간다.

다시 아무 데나 펼친다. 아인슈타인이 잉글랜드 어디선가 강연을 하면서 칠판 두 개에 방정식들을 적었으며 그가 떠난 후 그 칠판들은 보물처럼 소중히 취급되다가 어느 박물관인가 특별한 보관소로 보내졌는데, '실수로 그만 그중 한 개가 몽땅 지워졌다'는 이야기다.

!

아인슈타인의 친필이, 몽땅 지워졌다.

!

또한 칠판에 적힌 아인슈타인의 수학 계산에는 '실수들'이 있었다는 이야기도 뒤따른다.

아인슈타인＝인간

!

재미있다.

아인슈타인의 일기에 중국인들과 이제는 스리랑카인 실론 출신의 사람들에 대한 무례한 발언들이 담겨 있다는 BBC의 보도 이후 도처의 인터넷 트롤들이 이미 죽은 지 오래인 아인슈타인에게 험담을 퍼부었다는 사실을 로버트 그린로는 안다.

인종 차별주의자! 외국인 혐오주의자!

뼛속까지 유대인이라 기회만 오면 목을 매달아 죽이겠다고 나치가 벼르던 그 아인슈타인에게!

미국에서 민권 운동을 주창한 그 아인슈타인에게!

핵폭탄의 위험을 경고하면서 자신이 개발한 양자이론과 상대성 이론이 그런 식으로 쓰일 줄 알았다면 차라리 구두 수선공이 되어 평생 사람들의 신발 수선이나 하고 살았을 거라고 한탄한 그 아인슈타인에게!

개인의 일기장 같은 것을 읽다 보면 이런 것들이 걸려드는 법이다.

화가 난다! 잠정적으로 '피와 아이러니'라 명명되었고 조만간 제대로 발명하여 포툰(fortoon)*에 팔아넘길 로버트 그린로의 상상 속 컴퓨터 게임에서 줄지어 사살되고 도랑에 굴러떨어진 사람들이 외친다…….

괴로워?

내가?

그래서 로버트 그린로는 아인슈타인의 영국 방문에 대한 책 뒤편의 색인을 펼쳐 찾아본다…….

브라이턴

없다.

서식스

없다.

아.

---

* 재산(fortune)과 만화(cartoon)의 합성어.

아, 뭐.

하지만 슬프다.

오늘, 지금, 삶의 이 시점에 왜 그는 아인슈타인이 가 본 장소 근처에 있어야 하는 걸까?

글쎄다.

미스터리다.

그냥 그런 것이다.

다시 책장을 뒤적인다. 로버트 그린로가 지금 있는 바로 그 나라, 잉글랜드에서 찍은 아인슈타인의 사진들 이 나타난다.

사진 속에서 아인슈타인은 언제나 비현실적으로 보 인다.

멋지다.

부스스한 천재. 천재는, 그게 뭔지 몰라도 '안 부스 스할' 필요가 없기 때문이다.

아인슈타인에 대한 이 책 앞에는 당시 그를 직접 본 누군가의 글이 적혀 있다.

"크로머 해변에 쪼그려 앉아 계산을 하는 그를 보 라, 셰익스피어의 이마를 가진 찰리 채플린…… 나치 놈들이 특히나 그를 향해 분개하는 것도 우연이 아니다. 그는 실로 그들이 가장 혐오하는, 금발 야수의 반대를 상징하는 바이니, 그것은 바로 지식인, 개인주의자, 초자연주의자, 반전주의자, 통통한 유색인이다."

통통한.

어쩐지 불쾌한 단어다.

(로버트 그린로도 한때 통통하다고 불렸다.

그래서 지금은 아주, 아주 날씬해졌다.)

뭐? 크로머가 어디지?

로버트 그린로는 휴대 전화를 열어 검색해 본다.

아. '거기'군. 오케이.

금발 야수의 반대. 요즘 글이라면 금발 야수＝영국 수상이다. 금발 야수 수상은 어제 미국인들이 그랬듯 특정 기자들의 다우닝가 진입을 막으려고 했다. 누구는 카펫 한쪽에 서고 누구는 반대쪽에 서라는 지시가 내려왔다. 한쪽은 입장이 허용될 거였고 다른 쪽은 불허될 거였다. 자신들을 양쪽으로 나누려는 시도에 기자 전원이 보이콧으로 저항했다. 그래 봐야 오래 못 간다. 로버트 그린로는 수상의 고문이 특히나 존경스러운데, 정치가 더 이상 정치처럼 보이지 않게 표현할 줄 알며, 구태의연한 정치인들은 그렇게 행동해도 된다는 암시에만도 기겁했을 일을 스탈린과 히틀러는 저지르는 게 가능했음을 무척 잘 알기 때문이다.

지금 잉글랜드의 권력자들은 모두 조작의 천재다.

로버트 그린로는 그들의 냉혈한적 태도에 경외감을 느낀다.

열두 살배기의 열기로 애국심을 떠벌리는 데 경외감을 느낀다. 로버트 그린로는 이제 열세 살이라 그게 사춘기 이전의 복화술 같은 것임을 알지만 아직도 좀 끌린다.

그래서 더욱 천재인 거다.

수상. 의도적으로 부스스하다. 스타일링이다.

그는 머릿속에서 부스스한 두 남자를, 뭐였더라, 한데 해변에 갖다 놓는다.

흠.

하나는 외모와 복장에 관심이 없어 부스스하다. 항상 생각을 해야 해서다.

다른 이는 좀 취했거나 성인이 아닌 소년처럼 행동

하는 듯싶다. 자기가 무슨 짓을 하는지 모르는 것처럼 보이는 것, 그래서 사람들이 좋아하게 만드는 건 뛰어난 속임수다.

하나는 모든 시류에 반항하고 우주의 진실을 더 진실하게 다시 쓴 그의 영웅이다.

다른 이는 반대로 거짓말을 뛰어나게 써먹어서 영웅이다. 시류를 관찰하고 따르고 배양하고 '이용하여' 막대한 이득을 취하기 때문이기도 한데, 그거야말로 시류를 이겨 내는 최선의 방법이다.

그들이 만나면 서로에게 뭐라고 할까? 시간에 대해 이야기를 나눌까? 아니면 윤리나 영웅적인 행위에 대해? 로버트 그린로는 아인슈타인이 영웅적인 행위를 어떻게 생각했는지 안다. 수상은?

로버트 그린로는 전화기를 꺼내서 '아인슈타인', '영웅', '수석', '각료', '윤리', 그리고 '시간'을 입력한다.

《타임 매거진》의 인용문이 하나 올라온다.

두 사람은 잉글랜드의 어느 해변에 있다.

아인슈타인 : 명령에 따른 영웅적인 행위와 무분별한 폭력, 그리고 애국의 이름으로 자행되는 온갖 역겨운

허튼짓들…… 정말로 끔찍하게 싫소!

우리 수상 : 나의 영웅은 「조스」에 등장하는 시장입니다. 굉장한 사람이거든요. 기억하시겠지만 주민들이 이 살인 상어에 잡아먹히는 걸 보고도 해변을 계속 개방했죠. 물론 치명적으로 잘못된 판단임이 입증됐지만 본능만은 옳았잖아요.

진짜 대화는 아니고 캐리커처 비슷한 것이다.

괜찮다. 왜냐하면 지금은 이 캐리커처 같은 새 시대의 새벽이니까.

아버지의 여자 친구가 로버트 그린로의 머릿속에 들어온다.

에잇.

그의 머릿속에는 중세의 궤짝 같은 게 있어서 그녀가 느닷없이 쳐들어올 때마다 거기 가둬 버린다.

"조심해." 아직 말을 하던 시절에 그녀는 이렇게 말하곤 했다. 안녕, 대신. 그것은 위협처럼 들렸다. "조심해."

들어가. 뚜껑 닫고. 자물쇠 잠금.

자.

로버트 그린로는 전화기 화면을 내려 누나의 회신

문자를 다시 본다.

"유대의 경험."

그가 미소 짓는다.

아인슈타인 책을 덮는다. 집에 가서 '어뷰즈힙'을 할 것이다. 극한 폭력의 재앙.

모르는 척 CCTV를 흘긋 본다.

아니지. 힘을 가진 것처럼 하자.

그는 카메라를 정면으로 바라본다. 책을 바지 속에 집어넣고 그 위로 스웨터를 내리고 코트 깃을 여미고 일어서는 모습을 당당히 보여 준다.

경고음도 울리지 않고 아무 일도 일어나지 않는다. 누가 쫓아오지도 않는다…….

그래, 이거야, 봐.

아무도 신경 쓰지 않잖아.

시대의 징후라고.

아무도 보지 않았고 혹시 봤대도 신경 쓰지 않았다.

로버트 그린로가 '어뷰즈힙(부제: 천 번 죽어라)'을 하면서 가장 신기했던 건 시대는 달라졌어도 고문은 변한 게 별로 없다는 사실이다. 전기 발명과 함께 방마다 소켓이 달리고 거기 꽂을 만한 평범한 것들이 드릴과 톱부터 램프, 토스터, 고데기 같은 짜릿하게도 무구한 것들까지 너무 다양해지자 고문은 점점 더 일상화되었다. 전화가 발명되고 그들이 가장 먼저 한 일은 전선을 통해 인체에 연결한 뒤 손잡이를 돌려 고통을 가하는 것이었다. 그걸 뭐라고 불렀냐고? '더 텔레폰'이다.

우우, 아이러니다. 로버트 그린로는 아이언(아이러니)Iron(y) 맨이다. 태초부터 세상 사람들이 공통적으로 지녀 온 것 중에는 서로에게 가하는 수많은 굴욕과 고통의 방식이 몹시 닮았다는 점이 있다.

탈구, 앉기/서기/쪼그리기/목매달기 등 격심한 불편. 기름/타르/왁스/물 끓이기. 그냥 물. 누군가에게 아주 정확히 아주 느리게 똑똑 떨어뜨리기. 아니면 과다한 양으로 사람들의 몸을 그냥 채우기. 열, 냉, 굽기, 얼리기. 무거운 돌. 쇠못과 칼날로 덮인 철제 의자나 기구. 손가락 죄기. 발가락 죄기. 발과 다리뼈들이 부러지거나 바스러질 때까지 죄는 각종 장화 같은 기구들.

흥미롭게도 온몸을 죄는 기구들은 여성형으로 불릴

때가 많다. 스케빙턴의 딸, 엑시터 공작의 딸, 철의 처녀. 거미라고 불리는 발톱 같은 쇠 기구도 있는데 이것에서는 빅팀*이 여성이다.

어뷰즈힙에서 그것들은 레벨 3과 4 정도다. 로버트 그린로는 이제 그 단계를 한참 뛰어넘었다. 그는 퍼프** 레벨 7로, 초기 전기기구와 채팅 룸 아이디도 제공받아서 빅팀 데이터와 프로필들을 조회할 수 있으며 동료 퍼프들과 고문 컨퍼런스도 할 수 있다. 그뿐 아니라 레벨 5까지는 퍼프가 빅팀을 직접 찾아내고 쫓아가서 붙잡아야 하지만 레벨 6부터는 빅팀이 선물로 끝없이 들어온다. 반전이라면, 그렇게 부를 수 있을 만한 게 있다면, 킥킥, 심문에서 빅팀을 속여 정보를 실토하게 해야 하고, 만일 실토하기 전에 빅팀이 죽으면 레벨 3 드러지***로 격하된다는 사실이다. 혹시 완전히 망쳐 버려 빅팀이 탈출해 버리면 게임 프로필이 빅팀 존으로 추락한다.

퍼프보다는 빅팀이 훨씬 많다.

---

* 피해자.

** 가해자.

*** 고역.

과정은 살해로 끝나기가 쉽다. 쥐 고문 정도면 두말 없이 실토할 것 같지만(빅팀의 배 살갗을 베어 피가 스며 나오게 한 다음 쥐가 든 주머니를 빅팀의 배 위에 달아 주면 쥐가 갉아먹는다.) 거의 늘 그냥 죽어 버려서 문자 그대로 속을 다 털어 내게 되고 마는 것이다. 로버트 그린로가 모든 정보를 실토하여 쓸모없게 돼 버린 누군가를 죽일 때(이미 점수를 충분하게 적립해 괜찮을 경우) 가장 즐겨 쓰는 방식은 원조 중세식의 톤 인 투(Torn in Two)인데, 한쪽 팔과 한쪽 다리를 커다란 말에 달고 다른 쪽 팔과 다른 쪽 다리를 다른 말에 달아서 두 마리 말이 각자의 방향으로 나아가게 하여 반으로 가르는 것이다. 죽이지는 않는 방향으로는 한동안 말을 중단시키는 페어 오브 페인과 7세기경 잉글랜드인들이 아일랜드인들에게 가했던 피치캡(빅팀의 머리에 종이 고깔을 씌워 뜨거운 타르를 부은 다음 두피와 함께 홱 뜯어 낸다.)을 들 수 있다. 역청이나 타르를 인체의 각종 구멍에 부을 수도 있는데, 그러면 죽을 게 거의 확실하기 때문에 명백히 더 이상 필요 없는 빅팀에게만 써야 한다.

지금까지의 경험에 비춰 보면 가장 단순한 학대가

최상의 결과를 가져온다.

제트라이닝*(이름만 현대적인 오래된 고문). 벽만 있으면 된다.

손톱 뽑기.

드라이보딩**(오래됐지만 아직 유효한 방식? CIA에게 통한다면 우리에게도 마찬가지다.)

레벨 10에 오르면 최신 전자기 고문 도구들이 제공된다. 로버트 그린로가 간절히 기다리는 그것은 바로 심리 개조다. 오직 최고의 퍼프만이 레벨 10에 오를 수 있다.

한숨.

게임을 시작한 지 단 십 분 만에 로버트 그린로는 평소의 무감각을 느낀다.

빅팀이 뭘 알든 모르든 상관하지 않는다.

어차피 퍼프 룸은 거의 비어 있다시피 하다. 다들 학교에 갔으니까.

그는 빅팀을 그대로 남겨 둔 채 게임을 중단한다.

---

* 고문 받는 사람을 의자에 앉은 것처럼 하여 벽에 등만 기대게 하는 자세.
** 물고문과 흡사하게 질식을 유도하는 고문 기법으로, 물 대신 헝겊 등을 사용한다.

지금은 뭔가 집중이 잘 안 된다.

'따분하다.'

아래층에 누군가가 찾아왔다. 들어올 때 소리를 들었다…….

(그리고 한 시간 전 현관문 앞에 다다라 가구 윤활제를 경첩에 발라 둔 덕분에 소리 없이 문을 열고 닫은 뒤에 로버트 그린로가 성취한 것들은 아래와 같다.)

가) 누군지 모르지만 찾아온 사람이 우산대 옆에 놓아둔 가방을 잘 살펴봤다. 캔버스 가방. 묵직하다. 그럴 만도 한 것이, 꽤 크고 완전히 둥근 돌이 그 안에 들어 있다. 작은 석재 축구공 같다. 정원 관련된 걸까? 기둥 위에 올릴 것? 해묵은, 쓰지 않은 대포알? 그는 아주, 아주 조심스럽게 그것을 다시 내려놓았다. 삐걱거리는 계단을 골라 피해 2층으로 올라가는데…….

거실에서 사람들의 말소리가 들렸다.

텔레비전 소리는 아니었다.

텔레비전은 꺼 놨을 것이었다.

층계참에 잠시 멈춰서 귀를 기울였다.

아무도 달걀 삶기 타이머에 대하여 이야기하고 있

지 않았다.

아무도 화가 난 것 같지 않았다.

물론 확실하게 들리진 않았다.

그들은 무슨…… 워딩(worthing)*? 아니면 뭔가 가치 있다(worthy)는 이야기를 하고 있었다.

'따분하다.'

나) 다음 계단을 거쳐 다락까지 올라갔다. 양말 서랍에서 양말 한 켤레를 꺼내 거기에 이어포드를 넣은 다음, 자존감 있는 열세 살 소년이라면 대대손손 선천적으로 누구라도 그러하듯이 포르노를 좀 봤다. 보고 나서 다시 찜찜한 느낌이 들었다. 왠지 늘 알몸으로 목욕하는 숫처녀들을 엿보는 사냥꾼 이야기가 생각났다.(그런 생각이 머리에 들어오는 것만도 엿같이 짜증 나는 일이다.) 누구라도 그러하듯이 그가 떡하니 처녀들을 대놓고 바라보자, 불순한 눈으로 그녀들을 바라보는 것에 사냥의 여신이 분노하여 그를 붙잡아 수사슴으로 만들어 놓았고, 그의 개조차 주인을 알아보지 못해 그저 수사슴이지 싶어 그를

---

* 단어 Worth의 명사형인 동시에 영국 워딩 지역을 가리키는 단어.

물어뜯어 죽인다. 가객이자 정확하고도 끈기 있는 영혼의 소유자인 로버트 그린로의 내면은 한때 그 이야기를 소재로 학교 숙제 수필을 쓴 적이 있다. 스스로 순결하지 못하면서 순결한 것을 보고 나다니다간 내면의 개에 갈기갈기 물어뜯긴다는 선포였다.

아, 착하네.

!

무법자인 로버트 그린로의 외면은 등굣길에 그 글을 찢어 내버리고 밀턴 선생에게 숙제를 안 했다고 말하며 혼나는 내내 반항의 눈빛으로 그를 쏘아보았다.

문제아?

내가?

그래서 그는 열여섯 살의(사실 서른다섯에 가까울 텐데 머리숱이 많다고 늙지 않은 건 아니다.) 프랑스 출신 입주 도우미가 스틸레토 하이힐을 치켜들고 억지 신음 소리를 내며 주인집 남자에게 당하는 더없이 진부하고 더없이 항문적인 장면을 그만 꺼 닫고, 컴퓨터 카메라로 그를 녹화하고 있을 누군가에게(누군가 반드시 그렇게 돼 있다.) 경례하는 시늉을 한다. 어차피 모두 열린 감옥에 살고 있는 판이니 아닌 척하기보다 시인하는 게 백번 낫다.

'따분하다.'

다) 대신 유튜브에서 좋아하는 독일 흑백 영화 클립을 보았다. 여인숙에서 어릿광대가 미친 듯 '죽음의 춤'을 추자 농부들이 환각에 빠져 자동인형처럼, 꼬질꼬질한 좀비들처럼 몸을 흔들고 내비틀면서 따라 춤추는 장면이다. 「파라셀수스」라는 영화인데 배경은 중세이지만 히틀러와 관련이 있다. 장사를 못 해 손해보고 싶지 않은 비양심적인 상인들이 봉쇄에도 불구하고 물건을 들여오는 바람에 어릿광대가 흑사병을 옮겨 들어온다. 로버트 그린로가 일어나 소리도 없이 경련하듯 춤을 추며 방 안을 돌아다닌다.

그런데 그는 어릿광대인가, 추종자인가?

흠.

!

뭐, 다 마찬가지다.

'따분하다.'

라) 혹시 또 누군가 말을 했는지 확인하러 라이브 에코 피드 링크를 열어 보았다. 누군가의 집에서 어느 날

에코가 저절로 잠이 깨어 이렇게 주워섬겨서 주인이 기겁했다고 한다.

"제가 눈을 감으면 보이는 것은 죽어 가는 사람들의 모습뿐이랍니다."

말할 것도 없이 온 인터넷에 이 소식이 퍼졌다. 말할 것도 없이 한똑똑 하는 에코 주인이 자신의 에코에 에코캠을 설치했으며, 이후 하루 100만 명 이상이 이십 시간 라이브 피드를 시청하며 이 에코, 또는 이 에코를 통해 말하는 누군가가 또 무슨 말을 하기를 기다린다.

말할 것도 없이 그런 일은 일어나지 않겠지만.

찬장에 놓여 있는 흔한 에코를 비추는 화면을 들여다보며 로버트 그린로는 과연 기발하다고 새삼스럽게 생각했다. 시청자 수는 36만 746명이었다.(미국은 밤중.) 정말이지, 누가 에코를 그토록 시적으로 설계한 걸까? 누가 기계의 심장부에 준비된 수류탄을 설치했을까? 거기에 꽂혀 신이나 기계가(둘 다 똑같다.) 메시지를 전송하길 기다리는 사람들을 생각하면 절로 웃음이 난다.

삼십 초 후?

'따분하다.'

마) 침대에 앉아 아인슈타인 책에서 사진을 오려 냈다. 아인슈타인이 외투 주머니에 양손을 집어넣고 잉글랜드의 널찍하고 잘 정돈된 잔디밭 위에 즐거운 듯도 하고 우울한 듯도 하게 서 있는 모습이었다.

가위로 테두리를 깔끔하게 다듬었다.

어느 오두막 밖에서 조각가가 방금 완성한 그의 진흙 두상 양옆에 조각가와 함께 서 있는 사진도 오려 냈다.

그것도 가위로 테두리를 깔끔하게 다듬었다.

둘 다 점토 접착제로 벽에 붙였다.

벽 위의 알베르트 아인슈타인이 우울한 듯도 하고 즐거운 듯도 하게 방 안 너머 먼 곳을 바라보고 있었다.

'정확하고도 끈기 있는 영혼'이란 대체 무슨 뜻이지?

앗, 저런. 자신을 의심하기 시작한다면…….

'따분하다.'

바) 자신의 '어뷰즈힙' 프로필을 열어 보았다.

가 」 나 」 다 」 라 」 마 」 바=?

자. 동키(The Donkey)에 새 빅팀이 있다. 아직 실토 전이다. 로버트 그린로는 졸개들에게 빅팀의 손을 등 뒤로 묶고 서까래에 매달게 한다.

우두둑. 탈구.

아직도 그대로다.

그 순간 빅팀이 버튼을 누른다. '털어놓겠소.'

에잇.

로버트 그린로는 산전수전 다 겪은 늙은 폭군 같은 한숨을 내쉰다.

'따분하다.'

빅팀이 약속한 대로 실토하고 목숨을 건지기 전에 게임을 꺼서 닫는다.

차라리 학교에 갈걸 그랬다는 생각이 들 정도다.

누나는 아직도 손에 시간을 들고 있을까 궁금하다, 하하.

아래층 저건 누군지 궁금하다.

로버트 그린로는 살금살금 방에서 나와 다락 계단을 내려간다. 이어서 숨을 죽이고 아래층으로 이어지는 계단을 내려간다. 마지막 계단을 반쯤 내려와서 로버트 그린로는 삐걱대는 계단을 피해 발을 높이 쳐들고 앉는다.

어머니가 손님에게 자녀들이 정말로 자랑스럽다고, 둘 다 머리도 좋고 그중 하나는 아주 어린 나이에, 아마 여덟 살쯤에 저녁 식사 자리에서 텔레비전 프로그램이 전부 다 행성 케레스나 여신 케레스처럼 훌륭하다면 우리 모두 진정한 인간 역량을 충족시킬 거라는 말을 다 했었다고, 자신과 제프는 아이들이 알아서 책을 다 읽고 우주와 신화에 대해 배웠다는 사실에 깜짝 놀랐다고 말하고 있다.

네, 그게 저였어요. 누나가 하는 말이 들린다.

케레스 이야기를 한 것은 '누나'가 아니었다. 자신, 로버트였다. '누나'는 아무것도 모른다.

손님은 교양 있는 엘리트 같다. 워딩에 무슨 리서치를 하러 들렀고 어젯밤 호텔에서 묵었다. 뭐라고 잘 안 들리게 말하고는 이렇게 덧붙인다…….

그럼 테러리스트가 돼 버리는 거예요. 이제 테러 그룹 명단에 올라가 있어요.

모두 웃는다.

어머니는 누가 집 앞 거리에 세워진 차들의 전면 유리를 죄다 깨 버린 사건에 대해 이야기한다.

환경 문제에 미친 누나가 태양 전지판이며 일주일에 하루씩 고기를 안 먹는 정도로는 표도 나지 않을 거라는 이야기를 떠벌리기 시작한다.

정말로 끔찍해요. 하지만 책임감 있는 이 젊은 신세대가 해결책을 찾겠죠. 어머니가 말한다. 젊은 사람들이 있어서 얼마나 다행인지. 나는 그들을 믿어요.

그래요, 바로 그거예요. 엄마 세대가 망쳐 놓은 모든 것들의 책임을 우리에게 미루고 대신 뭔가를 변화시킬 권력은 하나도 양보하지 않는 거. 누나가 말한다.

어머니가 혁명가 딸에게 사과 비슷한 말을 한다.

그래요, 지구는 빌어먹을, 지금 완전 망하기 일보 직전이고요. 누나가 말한다.

말 곱게 해라. 그리고 얘야. 어머니가 말한다. 그게 그렇게 단순하지가 않아.

뭐가 단순하지 않아요? 누나가 말한다. 그리고 나를 그렇게 애 다루듯 어른다고 단순한 게 덜 단순해지지도 않아요.

손님이, 제 목소리를 내는 것이 얼마나 중요한가, 뭐 그런 이야기를 한다.

어머니와 누나가 거의 합창하듯 손님에게 아버지의 여자 친구 이야기를 시작한다.

손님 : 말을 멈췄다고요?

어머니 : 딱 멈췄어요. 전혀 소리를 내지 못해요.

손님 : 목소리를 잃어버렸나요?

누나 : 비슷하기는 한데 그냥 목소리를 잃어버린 것보다는 뭔가가 더 있어요.

어머니 : 뭐든 소리를 낼 능력이 그냥 싹 사라졌다니까요. 옆집에 가 보면 그냥 어깨만 으쓱할 뿐이고요. 사샤가 느닷없이 발을 밟았는데도…….

누나 : ……뭐 괴롭히거나 아프게 하려고 그런 게 아니라 반응을 보려고요…….

어머니 : ……그런데도 글쎄…….

누나 : 입만 동그랗게 벌릴 뿐 아무 소리도 내지 않았어요. 얼굴을 보면 아픈 게 분명한데도 말이에요. 내가 미안하다고, 도움이 되려고 그런 거였다고 한 다음, 뜨거운 티스푼으로 갑자기, 그러니까 전혀 예상 않고 있을 때 팔을 지지면 어떨지, 그게 도움이 될지 우리가 물었더니 종이에 쓰는 말이 "아무것도 안 들어, 내가 안 해봤을 것 같아?"인 거예요.

손님 : 스스로 지졌대요? 티스푼으로?

어머니 : 그냥 이것저것 전부 해 봤다는 소리겠죠.
어떻게 해야 소리를 낼 수 있을지 도통 모르겠네요.

손님 : 무의식을 속일 수는 없죠.

어머니 : 그게 심리적인 걸까요? 확실히 심리적인
걸 거 같아요. 나도 그렇게 말했어요. 내가 그랬지, 사샤?
정신 신체증이라고.

누나 : 그레타처럼.

어머니 : 그게 어떻게?

누나 : '그레타도' 말을 멈췄어요.

어머니 : 아니야, 그녀는 말을 '해서' 가르보Garbo*였
던 거야. 가르보가 말한다. 가르보가 웃는다. 우리 아버
지는 이러셨어. "말하기 전까지는 이상적인 여자지."(브
래드퍼드 말씨로 아버지 흉내를 내며) "입을 벌려서는 안 됐
어. 그 후로는 완전 내리막길이었지."(본래 목소리로 돌아
와) 정말 그랬다니까!

누나 : 아니, 엄마. 그레타 '툰베리' 말이에요. 어렸을
때 지구에 무슨 일이 일어나고 있는지를 깨닫고 충격에

---

* 할리우드에서 유성 영화 도입기에 그레타 가르보 주연 영화를 홍보하
면서 '가르보가 말한다'라는 문구를 사용한 것을 가리키는 말.

빠져 실제로 말을 못 했대요. 그러다가 말을 '해야만' 이 모든 게 의미가 있어진다는 걸 깨달았다는 거예요. 자신의 목소리를 활용해야 '한다는' 걸요. 사실 그것에 대해 애슐리에게 물어봤어요.

어머니: 물어보긴, 뭘?

누나: 그게 세상에 관련된 것이냐고, 세상을 구하려고 노력하는 거냐고. 메모장에 "더는 아니야."라고 쓰더라고요.

시간과 시대에 대한 이해가 듬성듬성한 로버트 그린로는 A. A. 밀른의 동시처럼 계단 중간에 앉아 아버지의 여자 친구와 처음 나눴던 대화 중 하나를 한 글자도 빼먹지 않고 그대로 떠올린다.

아버지의 여자 친구: 불의의 시대에는 항상 목소리를 낼, 그것에 반대하여 큰 목소리를 낼 준비를 하고 있어야 돼.

로버트 그린로: 그랬다가는 가장 먼저 죽임을 당할 텐데요.

아버지의 여자 친구: 그렇게까지 되진 않아. 충분히 많은 사람들이 목소리를 낸다면 말이야.

로버트 그린로 : 뭐, 그런데, 그렇게 되면요?

아버지의 여자 친구 : 그렇게 된다고 해도 난 걱정하지 않아. 날 죽이고 싶으면 얼마든지 죽이라고 해. 수많은 사람들이 내 뒤를 따라 똑같이 큰 목소리를 낼 거라는 걸 알고 믿으니까.

로버트 그린로 : 그 사람들도 다 죽겠죠.

아버지의 여자 친구 : 정의는 반드시 이기게 돼 있어.

로버트 그린로 : 뭐, 그런데 그거야 법을 만드는 사람들이 정의(正義)를 어떻게 정의(定義)하느냐에 달린 거죠.

아버지의 여자 친구 : 넌 정말 못 말리겠구나.

로버트 그린로 : 아줌마는 빤한 말만 하는군요.

아버지의 여자 친구는 말뿐 아니라 '정치'에 대한 '책' 쓰기도 함께 멈춘 듯싶다. 그는 그것이 그가 1월 초 그녀의 '서재'에 몰래 들어가 인쇄된 종이 뭉치 맨 앞장 그녀의 이름 옆에 샤피 펜으로 '교양 있는 엘리트 계층의 일원'이라고 써 놓은 탓이었으면 싶었다.

왜냐고?

로버트 그린로는 수상이나 미국 대통령의 거짓말들을 목록으로 만드는 게 소용없는 짓이라는 걸 알기 때문이다.

살아 있기에 놀라운 시간이다. 세계 질서는 변하고 있다.

하지만 그는 아버지 여자 친구의 책 일부가 꽤나 흥미롭다는 것 또한 인정한다.

('어쩌고저쩌고' 부분은 로버트 그린로가 흥미를 잃는 곳들이다.)

"슬로건으로 대중을 통제하고 감정을 조종하는 도구로 사용되는 왜곡된 언어는 사실 대중에게 권리를 돌려주는 것에 위배되는 것이다." 어쩌고저쩌고.

"수사학적 권력 도구로서의 고전 논급과 지식 과시는 계급은 물론이고 누가 문화를 소유하고 누가 지식을 소유하는지를 표시하는 방편으로도 은밀히 사용된다." 어쩌고저쩌고.

"진실은 진짜 같은 거짓말에 무너지는데, 그것은 곧 유권자가 감정적으로 지지하는 것 또는 감정적 진실로서 바로 그 지점에서 사실적 진실이 더 이상 힘을 잃고 그것은 또한 진정성의 철저한 붕괴 및 종족주의로 이어진다." 어쩌고저쩌고.

사실 로버트 그린로와는 아무 상관이 없을 확률이 크다. 그녀가 책 쓰기를 멈춘 것은 아마도 완전히 말을 멈추기 이틀쯤 전 날 밤에, 조용한 무법자 로버트 그린로라면 알 텐데, 왜냐하면 열쇠가 있어서 아무도 모르게 옆집에 들어가는데 그렇게 자주 들어가서 냉장고에 뭐가 있는지 보고 방 안의 물건들을 집었다 내려놓고 이따금씩은 물건을 훔치기도 하고 그들이 설마 아무도 보거나 듣는 사람이 없을 줄 알고 문을 열어놓고서 섹스하는 소리를(아직 섹스를 하던 때는) 층계참에 앉아서 들었기 때문인데, 그날 밤에 그녀는 아주 그냥 쉴 새 없이 특유의 미친 여자 같은 방식으로 아버지에게 그녀가 본, 개인이 촬영한 2차 세계 대전 동영상 관련 텔레비전 프로그램에 대해 뭐라 뭐라 주절대다가 나치가 점령한 마을에서 여름 축제가 열려 장식수레들이 지나가고 국가 제복을 입은 여자들과 아이들이 거리를 가득 채우고서 포장도로 위의 사람들에게 손을 흔드는 장면에 대해서, 그 수레들에 화관들이 걸려 있었는데 끝에 가서는 행렬의 끝을 보여 주는 마지막 이미지가 유대인이 감옥으로 끌려가는 트럭 창살 틈으로 바깥을 내다보자 사람들이 깔깔거리며 잘 가라고 손을 흔드는 모습이었다는, 그것과 관련되어 있을 확률이 더 컸다.

즐거운 장면처럼 찍은 거였다고요. 그녀가 말했다. 마치 만화처럼요. 무성 영화였지만 사람들이 웃으며 환호성을 지르는 게 다 보였어요.

그 대목에서 그녀는 울고 있었다. 그의 아버지가 위로처럼 들리는 말을 했지만 이제 넌더리가 날 만큼 귀찮아하고 있다는 걸 로버트 그린로는 알 수 있었다. 그녀는 아니었다. 계속 상심한 상태였다. 이제 시골 장터를 찍은 동영상에 대해서 아버지에게 이야기를 해댔다. 독일 국민으로 보이는 이들이 만화에서처럼 커다란 빗자루를 들고 거리를 청소하는 시늉을 하는데, 그들이 쓸어내는 것은 다름 아니라 유대인 캐리커처 복장을 한 사람들이었다고 했다.

그때와 지금이 이렇게 다시 만난다는, 그때나 지금이나 똑같이 '캐리커처의 시간'이라는 사실이 가장 속상하다고 그녀가 덧붙였다.

소리 내어 울면서 그 말을 되풀이했다. 아버지는 결국 잠이 들었거나 잠든 척했는데 그런 아버지가 로버트 그린로는 충분히 이해됐다.

저 여자는 대체 왜 저래?

텔레비전과 인터넷에는 항상 나치에 대한 것들이 수두룩했다. 로버트가 사는 내내 변함없이 그랬다.

한편 거실 손님은 아버지와 여자 친구가 옆집에 산다는 사실을 정확히 간파했다.

이것이 무척 성숙한 대응이라는 식의 칭찬을 한다.

5월의 결혼은 후회한다 하지 않느냐고 어머니가 말한다.

부모는 어이없는 사람들이다.

이제 너무 늙어서 죽음이 다가온다는 데 어쩔 줄을 모른다.

아버지 : 죽기 전까지 인간에게 행복이란 없어.

어머니 : 죽어 버려. 그럼 행복해지겠네.

아버지 : 잘 들어, 내가 죽으면 그건 당신 때문이야.

이 특정한 싸움을 떠올리면서 로버트는 그게 어디서였는지 기억을 못 하겠고 조심하지를 못 하겠고 그 싸움의 기억에 맞서 자기도 모르게 긴장했음을 깨닫고 다시 몸을 풀면서 두 발을 그만 삐걱거리는 계단에 내려놓는다.

삐거덕.

'젠장.'

거실에 있던 사람들이 일제히 하던 말을 멈춘다.

어머니가 거실 문밖으로 나와 올려다본다. 그의 정수리가 보인다.

로버트니? 그녀가 말한다.

여배우다운 멈춤의 순간.

다가와 계단 세 개를 올라온다.

학교 안 가고 여기서 뭐 하고 있는 거야? 어머니가 말한다.

손님을 의식해선지 평소의 무감각한 태도가 아닌 부모로서의 의분이 담겨 있다.

로버트 그린로는 더 높은 데서 내려다볼 수 있도록 일어나 선다.

나의 양자(quantum) 인생 중 하나는 사실 지금 학교에 '있어요.' 그가 말한다. 음(전화기로 시간을 확인하며), 수학 수업을 듣고 있죠.

양자는 뭐고 지금 아들이 무슨 소리를 하고 있는지

어머니는 종잡을 수 없다. 늘 그랬던 것처럼. 그녀는 어리둥절한 얼굴로 로버트를 바라본다.

그러자 양자 아들로서 그냥 그럴 권리가 있다는 식으로 행동하면 웬만한 건 다 통한다는 사실을 알고 뭐든 원하는 대로 할 권리가 있다고 믿는 로버트 그린로는 어깨를 활짝 펴고 고개를 돌려 우월한 자세를 취하고서 문제가 뭐냐는 듯 계단을 내려온다.

아참, 로버트. 어머니가 말한다. 너 리모컨(the remote)은 어디다 둔 거니?

내가 '바로' 리모컨(The Remote)이에요. 리모컨이 마치 멀리 떨어져 있을 수 있는 초능력을 지닌 안티히어로라도 되는 양 그가 말한다.

어디 있냐니까. 어머니가 다시 말한다.

지금쯤은 수마일 떨어진 어딘가에 있겠죠. 그가 거실로 들어가며 말한다.

바로 그래서 그걸 리모컨이라 부르나 보죠. 아름다운 손님이 말한다.

로버트: 난생처음 눈이 부신다.

진짜배기로는 난생처음이다.

성이 생각 안 난다. 그는 그냥 로버트, 단순히 로버트, 더도 덜도 아닌 로버트, 그럴 방법을 잊은 지 오래였던 순수한 누군가가 되어 버린다.

모든 게 다르다.

모든 게…… 변했다.

손님은 아름답다.

어머니가 그녀 이름을 말한다.

손님의 이름은 샬럿이다.

샬럿이라는 이름이 네온사인에 박힌 낱말처럼 빛난다.

샬럿이라는 손님이 이 방을 밝혀 주고 있다.

아예 로버트 자신이 네온사인이 돼 버렸는지 번개가 몸속을 돌아다니는 느낌이다. 그가 빛난다, 이 팔과 손을 봐라, 그녀 덕에 그 자신이 광원이 돼 버렸다. 아니, 그 '자신이' 빛이다, 실제 빛 그 자체다. 그것도 기쁨(delight)이라는 낱말에 들어 있는 그런 빛(light)이다.

그는 어린 시절의 낱말 하나로 가득 차 있다. 그것은 바로 기쁨이다. 전에는 한순간도, 평생 단 한 번도 특별히 생각해 보지 않은 낱말이지만 이제 그는 어둠을 빠져나와 빛 속으로 진입한 자아가 되어 모든 것을 그 속에 받아들이려는 듯 양팔을 크게 벌리고 있다. 온 세상이, 그 너머의 온 우주가, 그 너머의 온 은하계들이 그것을 빛에, 그의 빛에 들어 올려 주고 있으니 이제 아무것도 결코 끝나지 않을 것이며 모든 것이 영원할 것이다. 여태 박살 난 전구처럼 날카로운 조각들로 바스러져 그의 내면에 갇혀 있던 빛이 이해되고 그 과거와 현재와 미래의 상태로 인식되며 그것들이 도로 합쳐져 '빛의 공'이 되고 있는데, 솔직히 그의 고환조차 빛으로 가득하고 귀두, 아니 성기가, 아니 온몸이 순수한 빛의 그물 같은 가지들로 가득한 한 그루 나무의 뾰족한 잔가지가 되어 버렸다.

!

안녕. 샬럿이라는 손님이 말한다.

안녕하세요. 그가 말한다.

손님.

방문.

"몸체들이 그 존재 자체로 서로에게 가하는 힘이 있

어 보인다."

아인슈타인의 말이다. 이 집 2층, 그의 침실 벽에 걸린 이 글은 아인슈타인이 중력의 아버지 뉴턴에 대해 한 말이다. 그 진정한 의미가 이거였을까?

!

아인슈타인이 사랑에 빠진 남자였음을, 사랑에, 모든 것을 향한 사랑에 의해 움직인 남자였음을 로버트는 비로소 확실히 깨닫는다.

그가 누나의 손을 본다.

붕대가 감겨 있다.

누나가 붕대 감은 손을 그에게 흔든다.

안녕. 그녀가 말한다.

응, 안녕. 그가 말한다. 괜찮아?

그렇겠지. 그녀가 말한다.

아, 남자도 하나 보인다.

로버트 [그린로]가 계단에 앉아 들을 때 남자 소리는 없었는데.

누구지?

손님과 함께 온 남자인가?

손님과 함께 온 남자 '맞다.'

손님과 '사귀는' 남자인가?

어머니는 분명 그렇게 생각하는 것 같다. 누나도 마
찬가지다. 어머니는 그에게 아서와 샬럿*이 친절하게도
'모종의 사고를 당해 손을 다친' 누나를 응급실에 데려가
주었을 뿐 아니라 그들의 차에 태워 집에 데려와 주었다
고 말한다.

꿰맸어. 누나가 말한다. 여기랑, 그리고 여기. 살갗
이 뜯겨 나갔거든.

그리고 다른 손으로 붕대 감은 손을 가리킨다. 먼저
손가락 쪽을, 이어서 손바닥 아래쪽을.

그래, 그렇네. 그가 말한다. 우와.

시간의 바늘땀이랄까. 누나가 말한다. 이를테면 말
이야.

고자질할까?

설마 손님 앞에서?

로버트는 가장 무연한 표정을 하고서 바닥으로 시

---

* 아서와 샬럿은 계절 사부작 중 『겨울』에 등장한 인물이며, 아서는 이
책에서 애칭인 '아트'로 표기되기도 한다.

선을 돌린 채 손님들이 얼마나 친절했는지 어머니가 조금 더 이야기하는 동안 커피 메이커를 만지작거리며 뭔가 바쁜 척한다. 어머니가 이어서 대화가 중단되기 직전의 화제로 돌아가 손님들에게 전남편이 한참 어린 여자 친구와 옆집에 사는 이유를 합리화하려 든다.

어쩔 도리가 없더군요. 그녀가 말한다. 그가 이십 년이나 연하인 여자를 만나고 사랑에 빠져 버린 건데, 그거야말로 나잇살(middle-aged spread)* 같은 것 아니고 뭐겠어요. 그래도 가족인데 떨어져서는, 최소한 아주 멀리 떨어져서는 못 살잖아요. 마침 옆집이 이사를 가고 그래서 그걸 사서 남편이 나가 옮긴 거예요. 아니, 그녀와 합친 거죠.

옆집 사는 아빠죠. 누나가 말한다. 행복한 대가족이고.

엄마, 하지만 아빠는 애슐리를 만나서 나간 게 아니에요. 모두를 등진 채로 로버트가 말한다.

자신의 말소리가 괴상하게 들린다.

---

* 이 표현에는 나잇살이라는 의미와 함께 나이차라는 의미도 있다.

그리고 돌아선다. 아무도 그가 방금 괴상한 목소리로 말했다는 낯빛으로 그를 쳐다보지 않는다.

다시 그녀를 본다. 손님, 샬럿은 처음 본 순간 그대로 아찔하게 예쁘다.

그녀는 정말 그만큼 아름답다.

충격이 느껴진다.

딴 곳을 본다.

다시 그녀를 본다.

누군가 자신에게 탐조등을 비추는 것 같다.

이리 와 앉아, 로버트. 어머니가 말한다.

그가 탁자 쪽으로 건너가 어머니가 톡톡 두드린 긴 의자 옆자리에 앉는다.

여기서는 그녀를 바라볼 수도, 딴 곳을 볼 수도 있다.

손님들에게 합리적인 사람으로 보이고 싶은 어머니는 두어 달 전 납부금을 내러 전국주택금융조합에 갔던 이야기로 화제를 바꾸려고 한다.

텔레비전을 켜 놨는데 선거 뉴스가 나오고 있었어요. 어머니가 말한다. 볼륨은 줄여 놓고 자막이 나오는데 누가 말하는 동안 기계가 타자를 치는 거라 화면에서 좀 흔들리는 것처럼 보이잖아요. 하여튼 어떤 구절이 계속 반복되는데, 그게 글쎄, '물러가서 자리에 앉아(get back sit down)'인 거예요. 무슨 뉴스인데 '물러가서 자리에 앉으'라는 것인지 궁금해지더군요. 한참 후에야 뉴스 기자가 '브렉시트를 관철시키다(get Brexit done)'라는 말을 하고 있었다는 걸 깨달았어요.

억지로 표정을 꾸며 낼 때조차 손님은 아름답다.

브렉시트가 관철된 게 엄마랑은 아무 상관도 없다는 말 같네요. 누나가 말한다.

사샤, 괜한 트집 잡지 마라. 어머니가 말한다. 어쨌든, 이제 다 끝났어. 상황 종료고, 우리 모두 새 시대의 새벽에 서 있는 거야.

'내가' 가장 흥미로운 건요. 자기가 듣기에도 괴상한 목소리로 로버트가 말한다.

그는 얼굴을 들었다가는 할 말을 잊어버릴 것 같아 양말의 골을 만지작 댄다. 그러자 자신이 양말을 보통 어디다 쓰는지가 떠오르면서 얼굴이 새빨개져 동작을 멈추고 손을 정강이뼈에서 멀찍이 떨어뜨린다. 시선은 탁자 위의 컵에 떨군다. 아름다운 손님 샬럿은 컵 너머에서 희부옇게 빛난다.

뭐가 흥미로운데? 아름다운 손님 샬럿이 묻는다.

어휘(lexicon)의 특성이요. 그가 말한다.

그 말 어딘가에 또 '섹스'가 숨어 있는 것 같아 다시
얼굴이 붉어진다.

모두가 그를 바라보면서 말을 잇기를 기다린다.

어휘. 어머니가 말한다.

그게 무슨 뜻인데? 누나가 말한다.

낱말들에 관한 낱말이죠. 아름다운 손님 샬럿이 말
한다.

손님은 아름다울 뿐 아니라 언변도 훌륭하다.

네, 정확히 그래요. 로버트가 말한다. 거기서 아버
지는 '잔류(remain)'에 투표했고 어머니는 '탈퇴(leave)'에
투표했죠. 그런데 결국 문자 그대로 '떠나야(leave)' 했던
건 아버지였거든요.

맙소사. 어머니가 말한다. 로버트.

그렇게 보면. 그가 말한다. 탈퇴에 투표한 사람들은
일종의 명령을 내리고 있는 거였어요. 사실 상당히 교묘
해요. 물리 시간에 어떤 아이가, 이름은 모르는데, 그 아

이 아버지가 프랑스인이고 식당을 운영해요. 좋은 식당이고 그 무슨 스타가……

미슐랭 스타? 아름다운 손님이 하도 아름답게 말하는 바람에 로버트는 말을 멈추고 시선을 떨구다가 잠시 후 앞머리 사이로 그녀를 바라본다.

그래, 그리고 그들이 떠나는 거지. 떠날 수밖에 없어졌지. 누나가 말한다.

로버트는 입을 벌리지만 소리가 나오지 않는다.

항상 궁금했던 게 있어요. 어머니가 너무 해맑게 말한다.(화제 전환을 시도하는 것이다.) 우리 젊은 분들이 나 좀 계몽해 주면 좋겠네. 캔슬 컬처(cancel culture)가 대체 뭐예요?

아무도 대답하지 않는다.

아름다운 샬럿이 몸을 앞으로 내민다.

(그녀의 체취가 로버트에게 닿는다.

경이로운 냄새다.)

아름다운 샬럿이 어머니에게 눈을 찡긋한다.

저기요. 그녀가 말한다. 브렉시트 그것들, 아무것도 아니에요. 훅, 하고 날아가 버리는 거예요. 파리가 시체

위에 알을 낳는 것처럼. 왜냐하면 모든 게 비껴서야 하니까요. 모든 게요.

그저 오해를 바로잡자면. 아름다운 샬럿의 말은 듣지도 않은 듯 어머니가 말한다. 우리 싸움, 그러니까 남편하고 내 싸움은 내가 어떻게 투표했는지와는 아무 상관이 없고 오로지 너희들 아빠가 애슐리를 만났기 때문에 벌어진 거야.

하지만요, 엄마. 누나가 말한다. 아빠가 애슐리를 만난 건 2018년이에요. 집을 나간 건 2016년이었고요.

어머니가 어깨를 으쓱하더니 길게 숨을 들이쉰 다음 천장을 향해 내쉬며 배우의 웃음을 웃는다.

상황 종료. 누나가 말한다. 그렇게 끝난 거죠.

좋아질 거야. 어머니가 말한다. 모두에게. 끝내는.

아인슈타인이 미래는 환상이라고 말했어요. 로버트가 말한다. '그리고' 과거도요. '그리고' 현재도요.

변화는 막을 수가 없어. 아름다운 손님 샬럿과 함께 온 남자가 말한다.

로버트는 그의 말을 처음으로 듣는다.

변화는 그냥 오는 거야. 남자가 말한다. 필연처럼 오

게 돼 있어. 거기에 따라가며 그것이 우리에게 주는 걸 갖고 뭔가를 이뤄 내야 해.

변신. 샬럿이 말한다. 그게 언제나 대답할 수 없는 것에 대한 대답이지. 카프카의 경우처럼 딱정벌레로 변하는 것일지라도.

아, 나 카프카 정말 좋은데. 어머니가 말한다. 책이란 우리 내면의 얼어붙은 바다를 깨뜨리는 도끼여야 한다. 정말 사상 최고의 명문장 중 하나일 거야.

로버트가 남자에게서 샬럿으로, 그리고 다시 샬럿에게서 남자로 눈길을 돌린다. 아니야. 같이 자는 사이일리 없어. 그는 항상 냄새를 맡는다. 둘 사이에 뭔가 있긴 하다. 하지만 그런 쪽은 아니다.

궁금해서 그러는데요. 남자가 말한다. 친구분, 아니그 이웃분요…… 애슐리라고 했죠?

그래요, 애슐리예요. 어머니가 말한다.

애슐리의 소유자 같은 말투다.

애슐리가 언어를 힘들어하는 것이 할 말이 너무 많아서가 아닐까 싶어서요. 남자가 말한다.

자신이 언어를 가로막고 있는 느낌 말이지? 샬럿이

말한다.

그 말을 아름답게도 한다.

(로버트가 입을 벌리자 속삭임이 새어 나온다.)

네.

뭐라고, 로버트? 누나가 말한다.

누나가 아주 조금 전부터 믿을 수 없다는 듯 그를 바라보고 있었다. 한쪽 눈썹이 올라간다. 그에게서 샬럿으로, 그리고 다시 그에게로 눈길을 옮긴다. 다른 쪽 눈썹이 마저 올라간다.

왜냐하면, 음, 왜냐하면 애슐리의 책은 사실 그것에 대한 거거든요. 바로 언어요. 로버트가 말한다.

책? 어머니가 말한다.

책을 쓰고 있어요. 로버트가 말한다. 아니, 쓰고 있었어요.

애슐리가 책을 써? 어머니가 말한다.

네가 그걸 어떻게 알아? 누나가 말한다.

읽어 봤어. 다는 아니고. 그가 말한다.

애슐리가? 누나가 말한다. 쓰고 있는 '책을' 읽게 해 줬다고, '너한테?'

어휘에 관한 거야. 그가 말한다. 정치 분야의. 챕터들마다 단어들 또는 구들이 제목으로 붙었어.

어떤 것들인데? 어머니가 말한다.

험버그(Humbug).* 그가 말한다. 걸리스왓(Girly Swot).** 피플스 거번먼트(The People's Government).*** 빅벤스 봉스(Big Ben's Bongs).**** 단어들의 정의를 적어놓은, 책 뒤의 '업데이트된 어휘들'이라는 부분에서는 레터박스(letterbox),***** 음, 범보이(bumboy)****** 같은 단어들의 뜻과 역사를 주목하고 있어요.

멈출 새도 없이 그 낱말이 튀어나온다. 얼굴이 붉어진다. 누나가 킬킬댄다.

범보이? 샬럿이 말한다. 그것에 대해서는 뭐라고 썼어?

그러니까. 그가 말한다. 그 단어의 첫 절반은 그 뜻

---

* 허위.

** 여자 같은 책벌레.

*** 민중의 정부.

**** 빅벤의 물파이프.

***** 우편함.

****** 남색가.

이 음⋯⋯.

(아, 제발.)

엉덩이거든요.

누나가 또 그를 향해 킬킬거린다.

얼굴이 아주 홍당무네. 그녀가 말한다.

계속해 봐. 샬럿이 말한다.

그게 무가치하다는 뜻도 갖고 있다고. 그가 말한다. 또는 제대로 일하지 않는, 게으르고 무책임하고 집 없는 사람을 가리키기도 한다고요. 그래서 결국 그 단어는 동성애자만 뜻하는 게 아닌데, 왜냐하면 온갖 저류하는 의미들도 포함하고 있기 때문이라고요.

저류. 굉장하다. 샬럿이 말한다.

판타스틱*이라는 단어에 대한 챕터도 있는데요. 그가 말한다. 정치에서 지금 모든 게 굉장하고, 이제 굉장해질 거라는 식으로 쓰이고 있다고요. 그리고 항상 환상(fantasy)을 촉발하는 낱말이라고 썼어요. 정치인들이 지금 일어나는 일들을 늘 2차 세계 대전에 맞춰 이야기함

---

* 굉장한.

으로써 사람들이 충성심을 갖고 애국 정신의 편을 들게
만든다.

그 책 제목이 뭔데? 어머니가 말한다.

'부도덕한 상상'요.

음, 그거 봐라. 부도덕한 상상은 없어. 그녀가 말한
다. 도덕적인 상상도 없는 거니까. 상상과 도덕 사이에
어떤 관련이 있다는 발상 자체가 가짜라고.

글쎄요. 남자가 말한다.

상상이야 뭐든지 '할 수는' 있죠. 샬럿이 말한다. 하
지만 인간의 모든 행위에는, 상상의 행위까지 포함해서,
도덕적 맥락이 있어요.

맞아요. 로버트가 말한다. 맞아요, 엄마.

그렇다고 상상 자체가 도덕적이거나 비도덕적이라
고 말할 수 있는 것은 아니잖아요. 어머니가 말한다.

우리가 최소한의 윤리 규약에 따라 살아간다는 것
을 전제로 하죠. 샬럿이 말한다.

로버트가 매우 열심히 고개를 끄덕인다.

누나가 그를 보며 깔깔 웃는다.

상상은 바람처럼 자유로운 거예요. 어머니가 말한다.

뭐, 그런데 바람도 자유롭진 않아요. 누나가 말한다. 기후 변화에 흔들리고 이제는 기후 재앙에 시달리니까요.

그래, 그럼 바람 말고, 바람 아닌 것 중에 네가 상상할 수 있는 가장 자유로운 것만큼 자유롭다고 해 두자. 어머니가 말한다.

음, 그게 문제 아닐까요. 샬럿이 말한다. 우리가 뭘 상상할 수 '있는지'에 달렸으니까요. 그리고 그건 시대정신에 따라, 그리고 누구 또는 무엇이 대중의 상상력을 지배하는지에 따라 달라지기 쉬워요.

!

그녀는 로버트의 심신이 혼미해질 정도로 똑똑하다. 그는 변성기를 절대로 겪지 않을 교회 성가대 소년처럼 똑바로 앉아 있다. 옷도 헐렁한 가운 같은 게 성가대 소년답다. 눈처럼 새하얗다. 그는 이토록 겸손해져 본 적이 없다. 이처럼 머리끝에서부터 발톱까지 정결한 느낌을 가져 본 적도 없다. 그는 빛에 깨끗이 씻겼다. 이제 왜 포르노가 사랑과 전혀 다른지 이해가 된다. 진정으로 사모하는 누구에게 그런 짓들을 그토록 경솔하게, 그토록 굴욕적으로 할 수는 없다.

사모! 평생 이런 단어를 쓸 일이 있으리라 상상이라
도 해 봤던가?

어머니는 아직 계속이다.

상상은 원하는 어떤 것도, 그리고 모든 것을 할 수
있고 또 하는 거예요. 어머니가 말한다.

그럴 수 없어. 로버트가 생각한다. 그래서도 안 되고.

로버트와 자전거 안장처럼 말이죠? 누나가 말한다.

상상의 가운 속에서 성가대 소년 로버트는 부끄러
워 어쩔 줄 모른다.

자전거 안장? 샬럿이 말한다.

그녀는 누나를, 이어서 로버트를 본다. 누나는 붕대
감은 손을 동굴 주거인의 곤봉처럼, 미이라의 손 몽당이
처럼 그를 향해 흔들어 댄다. 로버트는 눈길을 떨군다.
머릿속이 뜨겁다.

끄응. 로버트가 말한다.

그래요, 그리고 쟤가 애슐리의 일에 대해서 뭐든, 어
떻게, 대체 어떻게 알겠어요? 누나가 말한다. 애슐리는
쟤를 집 안에 들이지도 않아요. 관심을 얻으려고 꾸며 내
는 게 틀림없어요.

아냐. 그가 말한다. 하나도 꾸며 내지 않았어. 휴대 전화로 그 책 일부를 찍어 놨다고. 레터박스라는 단어에 대해 이렇게 써 놓았어.

그가 전화기 화면을 내린 다음 손가락으로 사진을 키워 최대한 아나운서 비슷한 목소리로 읽는다.

"레터박스는 레터와 박스 두 낱말로 이루어진 합성어이다."

서두가 아주 평범하구나. 어머니가 말한다.

"레터라는 낱말은 알파벳을 뜻하는 리테라(littera) 와 서한을 뜻하는 리테라이(litterae)를 라틴어 어원으로 하여 고대 프랑스어를 거쳐 중세 영어에서 나온 것이다. 이 낱말의 의미는 여러 가지가 있어서 기호, 알파벳의 일부, 그리고 소리를 표시하기 위해 쓰인 무엇에서부터 주로 우편으로 보내는 전갈까지를 포함한다. 그리고 또한 문학이나 배움, 특히 학문적 성취에서 정확도를 가리키기도 하는데 이를테면 엄밀히(to the letter)와 법률 조문 (letter of the law) 같은 표현이 그렇다. 박스라는 낱말은 그리스어 픽시스(pyxis)와 라틴어 북시스(buxis)에서 유래했다. 보통 무엇인가를 담는 데 사용되는 사면의, 때로

뚜껑이 달린 용기를 가리키는데 그 밖의 의미로는 작은 울, 마부석, 크리켓 선수들의 성기 보호대, 또는······."

그의 얼굴이 붉어진다.

"질(vagina)······."

그의 얼굴이 타오른다.

"또는 관이 있으며, 작은 상록수 또는 산울타리의 이름이기도 하다. 다른 파생어로는 권투에서 볼 수 있듯이 머리에 대한 가격이나 주먹으로 치는 행위를 가리키기도 하고 뭔가를 닫거나 가둔다는 의미도 있다."

아, 진짜. 어머니가 말한다.

더 있어? 샬럿이 말한다.

그가 고개를 끄덕인다.

"영국에서 레터박스는 우편의 수거 또는 배달을 위한 안전한 장소로서 문에 뚫어 둔 구멍 또는 집 밖에 세워놓은 함을, 또는 배달되거나 배달을 기다리는 우편물들이 집배원 또는 수취인에 의하여 안전하게 투입되거나 수거되는 장소, 칸막이 또는 입구를 가리킨다. 비슷한 다른 낱말로는 필러박스가 있는데 수거함의 모양 때문에 붙은 이름이다. 근래에는 영화를 비디오로 변환할 때

와이드스크린 포맷을 소형 화면에 재현하는 데 사용되는 종횡비를 가리키기도 한다."

경묘하구나. 어머니가 말한다.

계속하기를 원하는 분 있나요? 그가 말한다.

나. 샬럿이 말한다.

"영국에서 레터박스가 누리는 상징적인 지위는 영국 레이디버드 어린이용 '쉬운 독서' 출판사가 1965년에 출간한 '일하는 레이디버드 사람들' 시리즈의 한 편인 『집배원과 우편 서비스』 같은 간행물만 봐도 확실히 알 수 있다.(이 책은 영국체신공사 창립 500주년을 기념하여 2016년 재출간됐다.) 책 표지에는 앞에 왕실 문장이 새겨진 선홍색 우편함 속 내용물을 갈색 자루에 담는 집배원의 삽화가 그려져 있다. 그는 영국의 또 다른 상징인 붉은 미니밴이(당시 대부분의 우편물 트럭이 그랬다.) 세워진 보도 연석 옆에 서 있다. 산울타리와 담장 너머로 전형적인 영국 교외 주택이 보인다. 책 속에는 초창기 기마 집배원들의 소지품들과 달리는 기차에서 우편물 자루들을 수거하기 위하여 20세기에 발명된 장비들의 삽화가 그려져 있다. 우표 구매, 편지 우송, 분류, 배달까지의 과정

도 상세히 소개되어 있다. 우편함이 왜 왕실 색상인 붉은
색으로 칠해졌으며 영국체신공사의 이름은 어떻게 지어
진 것인지도 설명하고 있다. 1983년 레이디버드 출판사
는 '우리를 돕는 사람들' 시리즈의 일부로 『우편 서비스』
라는 책을 펴냈다. 현대 우편 업무를 조망하는 이 책은
더 큰 공동체를 위해 헌신하는 공동체의 작업상을 보여
주는 이미지들로 가득하다. 갖가지 차원에서 임무를 완
수하고 모든 상상 가능한 이유로 사람들을 연결 시켜주
기 위해 최선을 다해 노력하는 국가기관이 문자로 쓰인
전갈을 발송 장소에서 배달 장소로 최대한 신속하게 이
동시키는 놀랍고도 일상적인 성취를 설명한다. 지금까지
그 주된 상징 중의 하나는 영국체신공사의 선홍색 우편
함이다."

정말 대단히 유익하기는 한데. 어머니가 말한다. 출
간은 어려울 것 같구나.

마지막 부분을 못 들었잖아요. 그가 말한다. 영국의
상징적 우편함이 업데이트된 어휘들에서 이제 뭘 의미
하는지를요.

계속해 봐. 샬럿이 말한다.

"2018년 여름, 당시 영국 수상과 의견 차이를 보여 외무 장관직에서 사임했으나 그로부터 일 년도 못 돼 새 영국 수상이 된, 한 평의원이 《이브닝 스탠더드》 기고문에서 개인적으로 얼굴 전부를 부르카로 가린 무슬림 여성들이 자신들의 종교가 종종 의무화하는 복장을 금지시켜야 한다고 생각할 만큼 아량이 없지는 않으나 그럼에도 무슬림 여성들이 우편함처럼 차려입고 돌아다니는 것은 우스꽝스럽다고 생각한다고 썼다. 그들이 선택한 복장은 우편함에서 그치는 것이 아니라 은행 강도처럼도 보이기도 한다고 그는 덧붙였다.

　장관 규정 위반인 데다 그 직후 영국 내 반무슬림 공격 및 분쟁이 네 배로 증가한 이유로 지목된 이 기사의 고료로 그는 27만 5000파운드를 받았다.

　2019년 영국 총선 기간 중에도 그는 그의 수사가 전달한 메시지에 해롭거나 무책임하거나 문제가 될 만한 점이 있다고 인정하기를 연거푸 거부했다. 전 세계에서 이슬람 신자들에 대한 공격이 증가하여 미국을 시작으로 인도가 무슬림 영역과의 국경을 폐쇄하고 인도가 반무슬림 정책을 입법화하고 무슬림들에 대한 공격과 구

타와 린치와 체포와 살해를 획책하더니 최근에는 대대
적으로 조직화된 국제적 우익 무장 현상에 편승하여 카
슈미르 전역을 봉쇄한 데 이어 중국에서는 무슬림 '재교
육' 유치장들의 동시다발적 교사로 이어졌다."

와. 샬럿이 말한다.

애슐리 대단하다. 누나가 말한다. 그거 아야트한테
보내도 될까?

안 돼. 로버트가 말한다.

업데이트된 어휘들? 샬럿이 말한다. 그거랬지?

네. 로버트가 말한다.

읽어 줘서 정말 고마워. 샬럿이 말한다.

별말씀을요. 로버트가 말한다.

왜 안 돼? 누나가 말한다. 걔가 나한테 끔찍한 이야
기도 해 줬단 말야. 어떤 남자가 걔네 세탁소 앞 길거리
에서 걔네 엄마를 멈춰 세우고 눈에 편지를 집어넣는 시
늉을 하며 지나가던 사람들을 웃기려고 했다더라고. 아
무도 웃지 않았고 그 남자는 미친놈처럼 보였지. 하지만
그 기사가 나고 걔네 식구에게 실제로 그런 일이 일어난
거야. 미친놈들이 더 발광하게 부추긴 거지.

'아트 인 네이처'에 실으면 아주 좋을 것 같네. 남자가 말한다.

그렇겠다. 샬럿이 말한다.

험버그, 피커니니(piccaninny),* 다이 인 어 디치(die in a ditch)** 페이지들도 사진으로 찍어 둔 게 있는데, 혹시 누구 보거나 듣고 싶어요? 로버트가 말한다. 무척 흥미로워요.

'내가' 보거나 듣고 싶다. 누나가 말한다.

누나 말고 딴 사람. 로버트가 말한다.

그것들을 내게 포워드해 주면 애슐리가 불쾌해할까? 샬럿이 말한다. 혹시 애슐리 이메일 주소 있어?

아닐 거예요. 로버트가 말한다. 뭐, 물어볼 것도 없어요. 전화번호 주시면 지금 바로 포워드할게요.

그래도 먼저 확인하는 게 나을 것 같은데. 샬럿이 말한다.

누나가 소리 죽여 웃는다.

그러니까. 샬럿이 말한다. 애슐리가 낱말들에 대한

---

* 흑인 아이.
** 개죽음을 당하다.

책을 쓰기 시작했는데 그러다 낱말들을 '말하지' 못하게
돼 버렸다, 그거지?

정확히 그거예요. 로버트가 말한다.

애슐리가. 어머니가 말한다. 책을 쓰다니.

여배우처럼 극적으로 고개를 젓는다. 어머니는 교
양 있는 엘리트다. 어머니는 책이란 '본인' 거라고, 다른
누구도 그만한 권리는 갖지 못한 자신만의 사적 소유물
이라고 여긴다.

애슐리가 로버트를 무척 좋아하나 봐. 그걸 읽고 사
진도 찍게 해 준 걸 보면. 샬럿이 말한다. 정말 신임하는
게 분명해.

누나가 폭소를 터뜨린다.

샬럿이 방금 제 이름을 불러 주었으니, 그런 건 상
관없다.

애슐리는 쟤 미워해요. 누나가 말한다.

글을 쓴다는 건 쉬운 일이 아니야. 남자가 말한다.

아서와 샬럿은 '진짜' 경험을 통해 이야기하는 거야.
둘 다 '진짜' 작가거든. 어머니가 말한다.

온라인 활동이죠, 주로. 남자가 말한다.

여기서 의학 연구 중이래. 어머니가 말한다.

음, 그건 아니고. 샬럿이 말한다. 현지 보고에 가까워요.

워딩 해변을 덮쳐 사람들 눈을 손상시키고 구역질나게 만든 매연에 대해서래. 어머니가 말한다.

8월에요. 샬럿이 말한다. 그리고 지난 몇 년간의 오수 범람도요. 산책로와 부두를 폐쇄한 다음, 사람들 전원을 해변에서 내보냈어요.

누나가 전화기 화면을 오르내리며 들여다본다.

찻주전자 덮개. 누나가 말한다. 애슐리에게 그것에 관해 쓸 건지 문자로 물어봐야겠어요. 이산화탄소 방출량을 가리켜 찻주전자 덮개 정도라고 이번 주 초에 수상이 말했어요.

얼마나 상황을 아무렇지도 않게 보고 다른 사람들도 그래 주기를 원하는지 확실히 보여 주지. 샬럿이 말한다.

애슐리 전화는 지금 고장 났어. 로버트가 말한다. 문자 못 받아.

(어차피 괜찮다. 누나는 애슐리에게 찻주전자 덮개에 대

해 이야기해 보겠다는 생각을 벌써 잊어버렸다.)

그리고요. 누나가 말한다. 누가 좀 알려 줘요. 대체 스컹크가 뭐예요?

스컹크를 왜 몰라? 어머니가 말한다. 맙소사, 설마 지금 여기서 누가 그걸 먹고 신종 아시아 바이러스를 만들지는 않겠지?

아무도 웃지 않는다.

인종 차별주의자인 우리 엄마의 말씀. 누나가 말한다. 그리고 나는 '한 마리 동물' 스컹크가 아니라 '스컹크'라는 단어를 말하는 거예요. 마리화나 뭐 그런 것도 아니고. 여기 보면 어떤 병사들이 그것과 함께 팔레스타인인들이 살고 있는 거리를 분무 소독하며 아침을 보냈다고 나와요. 스컹크하고요. 대체 스컹크가 뭘까요?

악취가 나는 뭔가를 가리킬 것 같은데. 샬럿이 말한다.

내 언어의 한계가 내 세계의 한계다. 남자가 말한다. 비트겐슈타인이지, 아마.

(남자는 교양 있는 엘리트 계층이다.)

비트겐슈타인이라, 멋지죠. 어머니가 말한다. 안 그

래요?

우리 아이리스 이모랑 굉장히 비슷해. 남자가 누나에게 말한다.

누가요? 누나가 말한다. 제가요?

그린햄*에 계셨어. 그가 말한다. 앨더매스턴까지 최초의 반핵 평화 행진에 참여하셨고, 포턴 다운 인근에 코뮌을 운영하며 생물학전과 신경가스, 최루탄, 숨겨진 독극물에 저항하고 연구를 통해 대중의 관심을 유도하기도 하셨거든. 그리스에서 지중해 위기 문제에 참여하다 방금 돌아오셨어.

여장부셔. 샬럿이 말한다.

그린햄이 뭐죠? 누나가 말한다.

유명한 활동가 대학이야. 샬럿이 말한다.

비꼬지 마. 남자가 말한다. 이모야말로 세상의 소금이라는 말에 소금이 들어 있는 이유야. 아주 조금이라도.

맞아, 정말 강인한 분이지, 아이리스는. 샬럿이 말한다.

---

* 그린햄 커먼의 여성 평화 캠프.

전적으로 새로운 교육이 필요해요. 누나가 말한다. 과거는 과거고, 상상조차 못 할 것들이 다가오고 있잖아요.

생각했던 것보다 더 아이리스 이모 같은데? 남자가 말한다.

혹시 책을 쓰세요? 로버트가 말한다.

남자가 아니라 샬럿에게 하는 말이다. 하지만 아직도 샬럿을 바라볼 용기가 없어서 그녀가 자기에게 묻는 말임을 알기나 할까 자신 없어 하는데 대답이 날아온다.

아니야. 그녀가 말한다. 우린 정말 그런 종류의 작가는 아니야.

'우리.' 복수형이다. 로버트의 가슴팍이 쑤시듯이 아프다.

우린 온라인 계통이야. 남자가 말한다. '아트 인 네이처'라는 웹 사이트를 운영하는데 사물들이 예술과 자연 속에서 취하는 형태랑, 그래, 언어 같은 것들, 그리고 우리가 살아가는 방식의 구조 등등에 대한 풍부한 분석을 제공하고 있지.

'우리', '우리.'

돈이 많이 되나요? 어머니가 묻는다.

샬럿과 남자는 돈은 거의 들어오지 않지만 방문자는 수천 명이고 아직도 꾸준히 늘고 있어서 언젠가는 돈이 될지도 모른다고, 지금은 물려받은 돈으로 먹고산다고 말한다. 샬럿은 또한 인터넷에, 그것이 모든 사람의 삶을 장악해 버린 것에 질리고 있다고 덧붙인다. 그녀와 함께인 남자는 그 말을 들으며 고통스러운 표정이 된다. 좋았어. 둘 사이에 뭔가 불편한 게 있어.

그래서 제가 늘 그래요. 남자가 말한다. 온라인 분석 사이트를 함께 운영하는 사람이 온라인을 보이콧하면 그 일을 '못 하는' 거라고요.

히트(hit) 수. 누나가 말한다.

그리고 아이들이 집에 가서 외국에서 온 말들을 부모에게 하게 했다고 벽돌로 머리를 얻어맞은(get hit) 로버트의 학교 선생님 이야기를 꺼낸다.

(누나는 그 이야기를 모른다. 이야기를 아는 건 로버트다.

그는 거기 있었다. 누나는 아니었다. 그는 그 일이 일어나는 장면을 목격한 아이들 중 하나였다.

누군가의 아버지: 사람들이 뜻을 모르게 고의로 이런 말

들을 쓰는 거잖아. 당신은 우리 후손들에게 외국 말들을 가르치고 있다고.

선생님 : 하지만 증오는 분노의 다른 말일 뿐이에요. 분노를 멈추자는 이야기예요.

아버지 : 우리가 분노하고 싶으면 우리는 정통 영어의 분노를 쓸 거라고. 당신에게는 다른 언어에서 온 말을 사용할 권리가 이제 없어.

교사 : 빌둥스로만(Bildungsroman)이라는 낱말은 한 사람의 개인적 발달의 이야기를 뜻해요. 독일어에서 영어로 전파되어 이제는 영단어가 됐고요. 이 유명 영국 소설에 대해 시험지에 쓸 땐 빌둥스로만이라는 낱말을 알아야 돼요.

아버지 : 또 그러잖아.

선생님 : 아버님. 이건 팩트입니다. 어떻게 살아야 하고 어떻게 성인으로 자라야 하는지에 관한 이야기를 빌둥스로만이라고 불러요.

그 순간 벽돌이 날아왔고 사람들이 경찰을 불렀다.)

수업 시간에 『데이비드 코퍼필드』라는 책 때문에 나온 단어가 문제였던 거예요. 로버트가 말한다.

『데이비드 코퍼필드』! 어머니가 말한다. 바로 그거

야! 사샤, 바로 그거야! 내가 내 인생의 여주인공이 될 것인지! 그게 『데이비드 코퍼필드』의 첫 행이라고. 아니면 그 역을 다른 사람이 맡을 것인지.

그런데 '주인공' 아닌가요? 샬럿이 말한다. 내가 내 인생의 주인공이 될 것인지.

그래요, 나도 아는데요. 우리는 우리 버전으로 했거든. 어머니가 말한다. 지난 1980년대에, 학교 순회공연을 했어요. 내가 연기하던 시절에요. 그걸 우리는 '돌고 도는 세상'이라고 불렀는데 왜 그랬는지 모르겠고 왜 없어졌는지도 모르겠네요. 전적으로 책 속의 여성 인물들에 관한 거였어요. 우리 모두가 그 행을, 그 행들을 합창으로 읊으며 막이 올랐고, 우리는 전부 그 책을 들고 책장을 뒤졌답니다. "내가 내 인생의 여주인공이 될 것인지, 아니면 그 역을 다른 사람이 맡을 것인지, 이 지면이 보여줍니다."

어머니는 연기를 하던, 젊었던 시절에 대해 쉬지 않고 이야기한다. 손님들이 곧 그녀가 한때 연기를 하며 목가적인 여름을 보낸 어느 곳으로 차를 몰아갈 것이기 때문이다.

희한하기도 해라. 어머니가 말한다. 오랫동안 생각 한번 안 했던 게 오늘 아침에 갑자기 떠오르더라고요. 텔레비전을 보는데 화면에 내가 그때, 오래전에 알았던 여자가 나왔고, 사샤, 네가 학교에 가고 나서는 여기 앉아서 내가 잊었던 온갖 사람들, 일들을 떠올리고 생각한 거야. 어느 여름 서퍽에서 기막히게 멋진 시간을 보냈던 게 떠올랐어요. 그런데 두 분이 지금 거기로 떠나는 거 잖아요.

서퍽? 로버트가 말한다. 노픽 근천가요?

맞아. 샬럿이 말한다. 바로 그 옆.

그녀가 그를 향해 미소 짓는다.

그러자 이어 하려던 말이 뒤죽박죽이 된다.

거기가 크로머 해변과도 가까운가요? 이런 말이 나와 버린다.

누나가 뭔가 알겠다는 듯 다시 깔깔거린다.

샬럿과 함께 온 남자가 돌아가신 자기 어머니의 지인을 찾아냈고, 그래서 둘이 그 사람이 사는 곳을 찾아갈 거라는 것이었다.

실례지만, 어떻게 돌아가신 거예요? 어머니가 말

한다.

오래전, 일 년도 더 전에 돌아가신 그의 어머니 등
등에 대한 대화가 이어진다.

그녀는 타협을 몰랐고 좀처럼 속내를 털어놓지 않
는 사람이었다고 남자는 말한다. 그래서 이런 청을, 이처
럼 구체적인 부탁을 남겼다는 것 자체가 놀라웠다고.

변호사에게 유언을 남기셨죠. 샬럿이 말한다. 아트
가 자신의 가족을 찾아내 소식을 전해 주고 기념물도 전
해 주면 좋겠다고.

한 번도 입에 올린 적 없는 사람이었어요. 남자가
말한다. 적어도 내 기억으로는. 어쨌든 검색을 해 봤더니
정보가 좀 나오더라고요. 1960년대 작곡가였고 아직 생
존중이더군요. 그래서 만나러 가는 길이에요.

어느 바다 쪽으로 가시는데요? 누나가 묻는다.

북해. 로버트가 말한다.

북해는 정말, 그러니까 물로 따져 볼 때 영국 해협
과 실질적으로 다른 데가 있나요? 누나가 말한다. 아니
면 영국 둘레 바다는 다 똑같은 물이고 다른 점이라곤
사람들이 갖다 붙인 이름뿐인가요?

누나는 무식하다.

좋은 질문이네. 샬럿이 말한다.

자신도 좋은 질문이라고 생각하는 척 로버트가 표정을 수습한다.

아, 서픽은 아름다워. 어머니가 말한다. 그 드높은 옥수수밭에 옥수수 대가리들이 황금 물결처럼 흔들려. 위로는 파란 하늘, 그 뒤로 바다. 파랑에 금빛이 기막힌 대조를 이루지.

옥수수 철은 아직 좀 이르고요. 남자가 말한다.

그 여름, 나는 불멸할 것 같았어. 어머니가 말한다.

굉장한 여름이었나 봐요, 그린로 부인. 샬럿이 말한다.

그레이스라고 불러요. 어머니가 말한다. 아, 자. 거기 이야기가 하나 담겼지요. 그 시절 우리는 하나같이 갈색 피부를 원해서 스프레이 페인트병에 올리브유를 담아 몸에 뿌리고 일광욕을 하면서 짙게, 더 짙게 갈색으로 태웠답니다. 정말 어리석었죠. 그래도 더할 나위 없이 굉장한 여름들이었어요. 훌륭했어요. 깎인 잔디의 내음이며.

어머니는 철이 없다.

기존 로버트 [그린로] (소리 없이): 여름은 개나 줘 버리라지. 절대 생각만큼 좋지 않아. 보통은 날씨도 개떡 같고 덥다고들 하지만 덥다는 게 또 온갖 개떡 같은 날씨를 뜻하기도 하거든. 너무 더워 아무것도 할 수 없고, 나뭇잎들도 날이 갈수록 흐리멍덩 꿀꿀한 색으로 변하고 곳곳에 온갖 역겨운 쓰레기 냄새가 진동하는 거야. 쓰레기통마다 우유 썩는 악취를 풍기고 아주 그냥 한 철이, 자전거를 타고 가는데 바로 앞에서 좁아터진 거리를 느릿느릿 지나가는 쓰레기차에서나 날 만한 냄새 자체 잖아.

신규 로버트 (소리 내어): 아인슈타인요. 거기 갔었어요.

아인슈타인? 서픽에? 샬럿이 묻는다.

노픽에요. 로버트가 말한다. 1933년에, 직접요.

그 순간 다른 누군가가 다른 이야기를 꺼낸다. 샬럿이 그 다른 이야기에 귀를 기울인다.

손님들이 출발할 준비를 한다. 고별사라도 할 듯 자리에서 일어선다.

로버트의 심장이 작은 새처럼 파닥거린다.

정말 모두 만나서 반가웠어요. 손님들이 말한다.

그녀가 가고 있다. 떠나고 있다.

자기 없는 전기에 감전된 느낌.

가슴이 쓰려 온다.

눈물이 가득 차오른다.

만물의 기본 구조에 대한 순수하고 지당한 사실을 이제 알겠다. 두 개의 소립자가 서로 얽히고 한쪽에 변화가 발생하면 다른 소립자가 우주에서 어떤 의미를 갖건 함께 변화를 겪게 되는 것이다.

하지만 이런 연루가 일어났는지 아닌지, 소립자들은 어떻게 알까?

그녀는 아마도 서른 살쯤이다.

그는 로버트, 열세 살이다.

불가능한 일이다.

적어도 몇 년, 최소한 삼 년간은 안 된다.

그렇다고 육체적인 어떤 것을 생각하는 건 아니지만.

이것은 순수한 사랑이다.

자기 말고 다른 사람이 그 속에 있다는 전제하에 세상을 생각해 보는 건 로버트로서는 처음 있는 일이다.

누군가를 찾은 후 그 사람을 잃으면, 그리고 둘 사이에 길고 어두운 여러 해가 가로놓여 있으면, 찾은 그 사람을 어떻게 찾아야 하는 걸까?

아인슈타인이 얼굴 앞에 거울을 들고 초당 18만 6000마일 빛의 속도로 이동한다면 그리고 빛이 같은 속도로 그의 얼굴을 떠난다면 아인슈타인은 자신의 얼굴을 떠난 빛을 따라잡을 수 있을까?

유명한 거울 실험에서 아인슈타인의 얼굴에서 빛이 떠나는 상황에 대한 발상이다.

끔찍하다.

빛이 아인슈타인의 얼굴을 떠난다는 것, 그건 로버트가 평생 생각해 본 것 중 가장 고통스러운 것이다. 한밤중 침대 위에 누워서 이 생각에 괴로워했다.

하지만 지금, 오늘까지는, 제대로 이해하지 못했다. 아니, 정확하게는 말과 빛, 속도, 에너지, 거울, 얼굴 같은 현실이 진정으로 뜻했고 뜻하는 것을 '하나도' 이해하지 못했다.

빛이 떠나고 있다.

로버트의 얼굴을 떠나고 있다.

반 시간 후. 빛은 아직 여기 있다.

휴.

!

그녀는 바로 여기 서 있다. 굳이 손을 뻗지 않아도, 감히 그럴 리도 없지만, 닿을 만한 거리다.

이상하게도 바깥문과 안쪽 문 사이의 공간에 한데 모여 서서 모두가, 심지어 말수 적은 그 남자까지 한꺼번에 이야기를 하고 있고, 로버트는 그 이야기들을 듣고만 있다.

남자는 히어로라는 낱말을 이름으로 가진 어떤 사람에 대해 이야기하는 중이다. 여기서도 가까운 공항 근처 감옥에 갇힌 그를 남자는 그제 찾아가서 만났고 그 길에 샬럿도 동행했다. 남자는 지금 누나에게 공항 근처 감옥에 갇힌 사람을 면회하는 게 얼마나 어려운 일인지를, 히어로라는 이름을 가진 사람이 감옥에 갇혀 있고 게다가 히어로라는 이름을 가진 사람이 결백함에도 불구하고 수감 생활을 해야 하는 현실에 참으로 영웅적으로 대처하고 있다는 사실이 얼마나 아이러니한지를 말하고 있다.

그는 떠나온 나라에서 반정부 블로그를 썼다는 이유로 정부의 사주를 받은 폭력배들에게 얻어맞았다. 이 사실을 블로그에 쓰자 이번에는 그를 죽이려고 몰려드는 바람에 그 나라를 떠나야 했다.

한편 어머니는 샬럿에게 문짝이 아직도 경첩에서 비껴나 외투 걸이에 기대져 있는 전기 계량기 선반을 보여 주며 집에 와 보니 현관문이 열려 있더라는, 쇼핑을 좀 하고 돌아오니 분명히 나갈 때 이중으로 잠갔던 문이 아주 활짝 열려 있었다는 이야기를 한다. 아이들 중 하나가 일찍 귀가한 줄 알았는데 아니었다고, 집행관과 열쇠장이와 SA4A 전력에서 온 남자 둘이 문가에 서 있더라고 한다.

강제로 문을 연 거예요? 샬럿이 말한다. 허락도 없이 집 안으로 들어왔고요?

내 집에 들어가지 못하게 막더라고요. 어머니가 말한다. 나 여기 사는 사람인데 누구시냐고, 내가 그랬죠. 그러자 하는 말이 나더러 누레예프 부인이냐는 거예요. 그런 사람 여기 안 산다고 하자 여기 산 지 얼마나 됐냐고 해요. 대략 당신이 태어났을 무렵부터다, 이랬죠. 나한테 무슨 편지 사본들을 보여 주며 R 누레예프 씨가 여기 산다고 하지 뭐예요. 우리 계량기를 선불 계량기로 교체할 건데 누레예프 씨가 일 년 이상 요금을 미납했기 때문이래요.

샬럿이 로버트 쪽을 흘긋 본다.

난 아니야. 그가 말한다.

전화기를 꺼내 내 SA4A 전력 계좌를 보여 줬어요. 어머니가 말한다. 늘 그렇듯 완납된 화면을 보여 줬는데도 안 믿어요. SA4A 전력에 전화를 해서 자동 음성 로봇을 통해 내가 고객임을 확인받았어요. 그 사람들 컴퓨터 파일 어딘가에 물론 왕립 발레단 말고는 실재하지 않는 가상의 R 누레예프 씨가 여기 사는 걸로 돼 있었던 거죠. 집행관과 SA4A 직원이 문을 아예 봉쇄했어요. 정말이지 문가에 서서 이렇게 양팔로 막더라니까요. 뭔가 하던 일을 마치고 나서야 나를 내 집 안으로 데리고 들어가더니 내가 서랍 속에서 주택 등기를 꺼내 우리 이름을 증명해 줄 때까지 양옆에 서서 감시했어요. 그리고 하는 말이 당신은 명백히 제프리 그린로 씨가 아닙니다, 이러며 나를 내 집 밖으로 쫓아내는 거예요.

제프에게 전화를 했죠. 그 사람이 달려와 여권을 보여 줘도 새 계량기를 떼고 이전 계량기를 다시 붙이기를 거부하는 거예요. 그냥 자기네 SA4A 전력 트럭을 타고 떠나더라니까요.

그뿐 아니라 페인트칠한 것도 아주 엉망을 만들었어요. 보세요, 여기, 그리고 여기, 겨우 지난 9월에 한 건데. 나는 아직도 SA4A 자동 음성 로봇들하고 싸우는 중이에요.

아트가 SA4A에서 일했었어요. 샬럿이 웃으며 말한다. 그렇지?

웃는 샬럿은 사랑스럽다. 남자가 얼굴뿐 아니라 목, 귀까지 시뻘게진다.

그 광경에 로버트는 자기 귀도 남들 보기에 이상한 짓을 하고 있는 건 아닌지 걱정이 된다.

보수가 무척 좋았어요. 남자가 말한다.

SA4A는 타지 노숙자들을 버스에 쟁여 이 도시로 데려오는 회사예요. 누나가 말한다.

뭐라고? 남자가 말한다.

친구가 알려 줬는데요. 누나가 말한다. 여기 사람들

이 손이 더 크다고 북부 노숙자들을 실어 온다는 거예요. 그러면 거리에서 객사하는 사람들 수가 줄어들 테니까요.

사샤. 어머니가 말한다. 설마 그럴 리가.

믿을 만한 소식통이에요. 누나가 말한다.

정부가 그런 일들을 절대로 방치할 리 없어. 어머니가 말한다.

사샤를 자주 쫓아다니기 때문에 로버트는 누나가 시내의 늙다리 남자 노숙자랑 가끔 어울린다는 걸 안다. 어쩌면 같이 잘지도 모른다는 생각도 한다. 누나에게는 아무 말도 안 했다. 유사시 써먹을 협상 카드로 보관중이다. 뭐가 됐든 누나의 약점은 로버트 [그린로]에겐 저축에 해당한다.

……거기서 일하는 동안 진짜 인간과 마주치거나 대화를 나눠 본 적이 한 번도 없어요. 남자가 말한다.

남자는 어깨에 멘, 로버트가 조금 전 들여다봤던 캔버스 가방을 이삼 분에 한 번씩 미세하게 조정해 가며 무게 중심을 유지한다.

가방에 뭐가 들었어요? 로버트가 말한다.

무거워 보여요. 누나가 말한다.

무거워. 남자가 말한다.

아서의 '죽음의 경고'야. 샬럿이 말한다. 보여 줘, 아트. 오늘 우리가 전달하는 물건을.

남자가 가방에서 돌을 꺼낸다.

우와, 엄청 큰 구슬(marble)이네요. 누나가 말한다. 대대적인 구슬치기 대회용인가 봐요.

사실 대리석(marble) '맞아.' 그러니까, 대리석으로 만든 거라는 뜻. 샬럿이 말한다.

어머니가 유언장에 남겼다는 바로 그거야. 남자가 말한다. 그걸, 그 유언장을 처음 읽었을 때 우리는 무슨 말인지 전혀 몰랐지. '내 소지품들 중에 부드럽고 둥그런 돌'이라고 쓰셨어. 그런 걸 찾을 수가 없었어. 그 당시 어머니랑 같이 사시던 아이리스 이모에게 여쭤봤는데 마찬가지더라고. 그러다 옷장에서 어머니 물건을 죄다 꺼내 자선 가게에 가져가려고 하는데 여러 켤레 구두들 밑에서 이걸 발견한 거야. 이후 계속 갖고 다녔어. 무게감이 왠지 좋아서.

이 사람, 조금 마조히스트 기질이 있어. 샬럿이 말한다.

로버트는 포르노 사이트들과 '어뷰즈힙'에서 마조

히스트란 말을 여러 번 보았었다.

얼굴이 붉어진다.

그런 건 아니고. 남자가 말한다. 떠나보내고 나면 슬플 것 같아. 늘 지니고 다니는 게 좋았어. 내가 몰랐던, 어머니에 대해서 몰랐던 모든 것들을 떠올리게 해 줘서.

로버트는 사샤와 눈길을 교환한다. 누나도 괴상하다고 생각하는 눈치다.

추억. 무거울 수가 있지. 샬럿이 말한다.

때로는 또 너무 가볍고. 어머니가 말한다.

어쨌든 이제 그걸, 어머니의 추억을 전달하러 떠납니다. 이 돌을, 어머니가 청하신 대로. 남자가 말한다.

모두 한동안 침묵한다.

그들은 열린 현관문 앞에 서 있다.

그들은 아직 가지 않는다.

기적 같기만 하다.

로버트가 조금만 더 어렸다면 저주가 풀릴 때까지, 또는 운명이 실현될 때까지, 아니면 뭐가 됐든 충족될 때까지 아무도 집을 떠날 수 없게 만드는 어떤 힘의 장이 작용중이라고 생각했을 것이다.

어쨌든 현관문이 열렸고 둘 다 코트를 입었으며 샬럿은 차 키를 흔들고 있는데 모두 그냥 거기 서 있다. 그들은 거기 그냥 서 있다, 그냥 서 있다, 그냥 서 있다, 모두 다, 바깥문과 안쪽 문 사이 찬 공기를 맞으며.

전남편분과 애슐리는 어느 쪽에 살아요? 샬럿이 묻는다.

어머니가 고갯짓으로 아버지 집 현관 층계를 가리킨다.

저쪽 집에 사는 남자가 있어요. 반대쪽을 가리키며 어머니가 말한다. 지난여름에 나를 뒷마당 울타리로 불러내더니 남편분하고 이야기 좀 할 수 있을까요, 하더라고요. 뭐에 대해서요, 내가 그랬더니, 그쪽 나무들에 대해 물어볼 게 있어요, 이래요. 우리 정원은 남편이 아닌 내가 관리하니까 나한테 물어봐요, 내가 그랬죠. 그러자 그 남자가 아니에요, 기다렸다가 남편분에게 물어볼게요, 해서 제프에게 전화를 했어요. 토요일이라 집에 있어서 바로 오더라고요. 남자가 바로 거기 서 있는 나무 너머로 제프에게 그쪽 나무들을 좀 잘라 줘야겠어요, 이렇게 외치더군요. 왜냐고 우리가 물었어요. 나무들이 뭐 그

쪽 집을 가로막지도 그 위로 너무 넘어가지도 않았고 하
수도 근처도 아니었거든요. 그냥 오래된 아름드리나무
들이에요. 물푸레나무, 마가목, 사과나무 따위요. 그 남
자 하는 말이 사실 내가 시간이 많이 없어요, 일이 많아
서, 일주일에 잘해야 서너 시간 정원에서 보낼 수가 있는
데 '그쪽' 나무들을 좀 잘라 줘야 내가 '우리' 나무를 심
을 수 있거든요. 누가 못 심게 말리나요? 마음껏 심으세
요, 우리가 대답하자 남자가 내 창 너머로 내 나무 아닌
나무들을 보는 게 싫다고요, 하지 뭐예요.

어머니와 샬럿과 남자는 이웃으로 산다는 것이 얼
마나 복잡한 일인지에 관해 이야기한다.

이어 샬럿이 애슐리에 대해서 떠오른 생각이 있다
고 말한다.

오래전, 지난 세기 중반에 영화를, 아주 좋은 영화를
만든 영화 제작자가 있어요. 그녀가 말한다. 트라우마에
관한 걸로 아는데 굉장히 무서워요. 말하자면 '말하지 않
음'에 대해 말하는 영화예요. 친구 사이인 남자 둘이 있
는데 보통 사람들처럼 말을 못 해서 대신 자신들만의 대
화 방식을 찾아요. 한 사람은 장신에 여위었고 다른 사람

은 땅딸막한 게 달라도 너무 다른데, 또 엄청나게 서로 연결되어 있어요.

종전 직후인 1950년대 초에 만들어진 이 영국 영화에서 두 남자는 폭격으로 황폐해진 런던의 부두 근처에서 일하며 산다고, 그녀가 말한다.

영화는 온갖 복잡한 문제들을 한마디 말도 없이 다루고 있다고, 그녀가 말한다. 아트, 잠깐만. 전화기 잠깐 빌려줘 봐. 영국의 프리 시네마 영화예요. 제작자는 이탈리아인인데 프리 시네마 운동의 초창기 영화 작가 중 유일하게 여성이었어요. 이름이 마체티, 맞아요, 로렌차 마체티. 여기 있네……. 아, 어머 안 돼.

그녀가 전화기 화면을 바라본다.

최근에 죽었네요.

아. 어머니가 말한다. 저런.

한 달 전, 연초예요. 샬럿이 말한다. 로마에서 죽었고, 여기 보면 아흔두 살이었다고 해요. 아.

샬럿은 낙심한 얼굴이다.

아, 저런. 어머니가 다시 말한다. 아는 사람이에요?

아니요. 샬럿이 말한다. 아니, 개인적으로는 아니에

요. 전혀요.

장수하셨네. 어머니가 말한다. 아흔둘이면, 사실.

굉장한 삶이죠. 샬럿이 말한다. 로렌차 마체티. 정말
로요.

그녀가 남자에게 전화기를 돌려준다.

영화 제목은「투게더」예요. 그녀가 말한다.

그리고 로버트를 본다.

얘기 좀 전해 줘. 그녀가 말한다. 애슐리 말이야. 애
슐리에게 그걸, 강력한 이야기야, 그리고 혹시, 도움이
될지 몰라. 나 대신 꼭. 잊지 말고.

그럴게요. 로버트가 말한다. 보자마자 얘기할게요.
잊지 않아요. 로렌차 마체티.「투게더.」

때때로 예술이 도움이 되는 건 사실이에요. 어머니
가 말한다. 하지만 반드시는 아니죠. 세상에서 최고로 훌
륭한 말들이 내 입 밖으로 나왔어요, 과다 복용한 비타민
C처럼요. 내가 어리고 어리석을 때여서 그저 말일 뿐이
고 어떤 효과를 위해 하는 거라고 생각했어요. 뭐라고 말
을 하면 그것이 다른 사람들에게 감흥을 일으켜 어떤 힘
을 발휘하는 걸 볼 수가 있죠. 나는 죽었다 환생한 사람

연기를 해 봤어요. 이틀에 한 차례씩, 보름 동안요. 이 도시 저 도시를 돌아다녔죠, 그 여름. 서픽에서.

그 불멸의 여름 말씀이죠. 남자가 말한다.

로버트가 불쑥 내뱉는다.

저도 가도 될까요? 서픽에요?

뭔 소리야, 로버트. 어머니가 말한다.

안 될 거 없겠지. 남자가 말한다. 네가 원한다면. 여유 공간도 있으니까.

좋은 생각인데. 샬럿이 말한다. 우리 다 함께 가면 어떨까요?

애가 버릇없이 구네요. 어머니가 말한다. 당연히 서픽에 같이 못 가죠. 학교는 어쩌고요.

뭐, 하지만 어디 좀 가고 싶은데. 누나가 말한다.

차에 다 탈 수 있어요. 샬럿이 말한다.

어머니가 웃기 시작한다.

차를 타고 어딜 가겠다는 딸아이 말이 웃겨서 그래요. 어머니가 말한다.

전기 차야. 누나가 말한다.

'모두'라는 말에 애슐리나 부인의 전남편은 포함되

지 않아요. 샬럿이 말한다.

그렇다면 더 좋죠. 어머니가 말한다. 좋겠네요, 좀 떠나 지낸다면. 근사한 생각이고 정말 친절한 제안이에요. 하지만 안 돼요. 사샤의 손만 해도 그렇죠.

나 손 말짱해요. 누나가 말한다. 가고 싶어요.

아냐, 안 돼. 이렇게 즉흥적으로 그럴 순 없어. 어머니가 말한다.

왜요? 남자가 말한다. 인생은 오직 한 번. 아니 부인의 경우는 두 번이겠네요. 이틀에 한 번씩, 보름 동안.

모두 웃음을 터뜨린다. 남자는 깜짝 놀랐다가 흡족한 표정을 짓는다.

하지만 우린 서로에 대해 거의 모르잖아요. 어머니가 말한다.

제게는 신조가 하나 있는데요. 남자가 말한다. 전혀 또는 비교적 낯선 이들과 삶과 시절을 주고받으며 보낸 시간은 꽤 좋은 결과를 가져온다는 거예요. 때로는 인생을 바꿔 놓는 경험이 되기도 하죠.

그래요! 어머니가 말한다. 정말이에요!

어머니가 얼굴을 붉힌다.

로버트도 누나도 알아차렸다.

안 돼요, 아이들을 학교에 보내야 돼요. 게다가 우린 어디 묵게요? 그리고, 그리고…… 모든 걸 다 어떡하고요?

이런 손으로 오늘 학교에 돌아가진 못하죠. 누나가 말한다.

그럼 서퍽에도 못 가는 거지. 어머니가 말한다.

내일 토요일은. 샬럿이 말한다. 바다 근처 어디서 묵고 기차 타고 여유 있게 돌아오시면 돼요.

이미 바다를 끼고 사는데. 어머니가 말한다.

다른 바단데요. 누나가 말한다.

다소간 그렇지. 샬럿이 말한다.

하지만 할 일들이 있으시잖아, 가족 일 말이에요. 어머니가 말한다. 우리가 방해되지 않을까?

저는 생판 낯선 사람을 만날 거예요. 남자가 말한다. 한 시간 안팎일 테고. 어쨌든 원하는 걸 하면서 시간을 보내시면 돼요. 도중에 아무 데서든 맘에 드는 곳에서 빠져나가셔도 되고요.

정확히 어디로 가는데요? 어머니가 묻는다.

남자가 말하는 지명은 로버트가 한 번도 들어 본 적
이 없는 곳이다.

아니요, 모르는 데예요. 어머니가 말한다.

이번에는 샬럿이 역시 들어 본 적 없는 지명을 말한
다. 어머니의 반응은 오르가슴을 방불케 한다.

그거야! 바로 거기예요! 어머니가 말한다.

그러면 불멸하셨던 바로 거기? 남자가 말한다.

맞아요. 어머니가 말한다. 이렇게 놀라울 수가. 거기
가는 거잖아요, 하고많은 곳 중에서. 오늘요.

어머니는 남자와 새롱대는 중이다.

같이 가시죠. 어머님의 불멸의 여름에 대해서도 말
씀해 주시고요. 가는 길에요. 비록 2월이지만 여름도 다
가오고 있으니까요. 남자가 말한다.

남자가 어머니랑 새롱대는 중인가?

표현 좋네요. 어머니가 말한다.

작가니까요. 샬럿이 말한다. 그리고 넌(로버트의 어
깨에 잠깐 손을 얹으며, 그리하여 온몸에 찌릿한 전기 충격을
일으키며), 모래시계와 접착제에 대해서 이제 얘기 좀 해
주겠니?

뭐에 대한 이야기요? 어머니가 말한다.

'샬럿은 알고 있다.'

그가 망가진 인간임을 알고 있는 것이다.

깊은 물속으로 가라앉는 돌멩이처럼 속에서 심장이 쿵 내려앉는다.

그 순간 샬럿이 그에게 눈을 찡긋한다.

눈 깜짝할 새에 세상은 다시 살 만한 곳이 된다.

다행히도 어머니는 접착제는 다 무슨 소리냐고 묻기를 잊고, 젊다는 것과 그 즉시성과 아침 10시 30분에 시간과 상상력의 본질에 대한 대화를 나누는 것과 자동차여행을 떠나는 것에 한껏 감상적이 돼 있다.

하룻밤 묵는 데 필요한 것들을 챙기라고 로버트와 누나를 안으로 들여보낸다.

정말 미안해. 2층으로 올라가는 길에 그가 누나에게 말한다. 아플 줄은 몰랐어. 제발 말하지 말아 줘.

너 죽었어. 누나가 말한다. 손에 흉터가 평생 남을 거라고.

'제때의 한 땀'이란 참으로 재치 있는 말 같아. 그가 말한다.(달래는 중) 그리고 적어도 이제 나를 잊진 않을 거잖아. 볼 때마다 내 생각이 날 테니. 흉터 말이야.

너는 정말 한심한 괴짜 놈이야. 그녀가 말한다. 그리고 리모컨은 대체 어떻게 한 거야?

부쳤어. 그가 말한다.

뭐라고? 그녀가 말한다.

봉투에 담고. 그가 말한다. 아버지 우표 컬렉션에서 몇 개를 갖다 붙이고……

컬렉터용 세트를? 그녀가 말한다. 어떤 거?

전쟁 테마. '스타워즈 2015' 넉 장하고 '아버지의 군대' 석 장. 그가 말한다.

아버지가 가만 안 둘 텐데. 그녀가 말한다. 틀림없어. 그런데, 대체 어디다 보낸 건데?

'기만의 섬'에. 그가 말한다.

가상의 장소에 보냈다고? 그녀가 말한다.

기만의 섬은 정말 있는 곳이야. 그가 말한다. 찾아봤다고. '지상에서 가장 외딴 곳은 어디인가'라고 넣고 검색하자 나온 장소들 중 하나야. 남극에 있고 화산 꼭대기처럼 가운데 구멍이 움푹 난 섬이야. 바로 화산 꼭대기에 있기 때문에 언제 화산이 폭발할지 몰라서 아무도 살지 않아. 한 세기 전에 쓰이던 고래잡이 기지들이 있긴 한데다 무너진 상태야. 해변은 고래 뼈(whale bone)들로 덮여 있고. 새도 갈매기도 바다제비도 아무것도 없어. 펭귄도. 바다표범도 그 새끼도.

썩지도 않고 쓸모도 없어 영원히 쓰레기로 남을 곳에다 플라스틱 덩어리를 보냈다고? 그녀가 말한다. 그리고 네 그 말도 안 되는 변덕에 맞춰 웬 비행기가 세계를 가로질러 그걸 또 배달해 주고?

그가 어깨를 으쓱한다.

돌았구나. 누나가 말한다. 누구한테 보냈어?

W H 에일본(Alebone) 씨에게. 그가 말한다.

누나가 계단 중간에서 멈춰 서더니 붕대를 감지 않은 손으로 난간을 붙잡고 갑자기 걷잡을 수 없는 폭소를 터뜨린다.

누나를 그렇게 웃겨 줄 수 있다는 건 가장 신나는 일 중 하나다.

2020년 5월 1일

친애하는 히어로 씨께

절 모르실 거예요. 우리는 서로 모르는 사이입니다. 얼마 전에 어떤 친구들이 수감돼 계시다며 선생님 이야기를 제게 조금 해 주었어요. 그래서 편지로나마 인사드리고 한두 마디 정다운 이야기 전해 드리고 싶었답니다.

무엇보다도 이 끔찍한 시절에 건강하시기를 먼저 바랍니다.

그 친구들을 통해 이 편지를 보냅니다. 그들 말로는 여섯 주가 넘도록 이동된 상자 안에 밀봉된 채로 여기 오셨고, 미생물학자 자격을 갖고 계시며, 오신 후로는 창고에서 냉장고들을 플라스틱으로 포장하는 일을 하셨다고요.

그리고 3월에 건강 사유로 풀려난 수감자들 가운데 포함되지 않았고 수감된 지는 삼 년이 가깝다고 들었어요.

손바닥 안에 들어갈 만큼 작은 사전을 갖고 영어를 독학하셨을 뿐 아니라 지기들에게 써 보내신 마지막 편지에서 불면증, 적란운, 대기, 그리고 불투명한 창으로 밖을 내다보는 일의 어려움에 대해서 말씀하셨다고 알려 주더군요.

저는 열여섯 살이고 브라이턴에 살아요. 아직도 수감중이시라면 계신 그곳에서 대략 50킬로미터 떨어진 곳이에요.

좋은 학교에 다닙니다. 물론 바이러스 때문에 휴교일 때를 제외하면요. 무척 마음에 들어요. 정말 학교가 그립고요. 제가 배움을 얼마나 '사랑'하는지 이제 알 것 같아요. 전처럼 배우지 못하게 되고 나니까요.

남동생이 있는데, 봉쇄가 싫어 그러겠지만, 요즘 특히 제 신경을 긁어 대요. 엄마는 동생에게 그렇게 동물적으로 굴 게 아니라 논리를 적용해야 한다고 계속 말씀하신답니다. 동물 이야기가 나온 김에, 저는 학교를 졸업하면 수의사가 되기 위한 공부를 할 예정이에요. 수의사 자격증을 따서 동생을 돌봐 주려고요. 농담입니다! 사실 자연과 동물에 정말 관심이 많아서요. 제게는 환경이 전부이고 지금 환경에 가해지는 폐해를 생각하면 '제가' 불면증을 겪어요.

선생님이 처한 상황의 불의를 고려하면 저 따위가 잠을 잘 못 잘 자격도 없지만요.

제가 뭘 써야 히어로 씨께 유익할까 생각해 봤어요.

그래서 칼새에 대해 쓰려고요.

해마다 아프리카에서 얼마, 유럽과 스칸디나비아에서 얼마씩 사는 새라는 것은 아실 거예요. 이제 곧 여기로 돌아올 거예요, 아니, 적어도 그러기를 전 희망해요. 작년에는 5월 13일에 왔어요. 여기 브라이턴이 영국 내에서 그 새들의 귀환을 가장 빨리 볼 수 있는 곳 중 하나예요. 엄마는 칼새야말로 여름을 만드는 존재라며 "칼새가 올 때와 칼새가 떠날 때가 곧 여름의 시작과 끝이란다."라고 하세요. 외할머니가 그렇게 말씀하셨고 외증조할머니도 그렇게 말씀하셨나 봐요. 그렇게 보면 칼새는 병에 쪽지를 담아 날리는 것과 비슷한 것 같아요. 좋아하는 시 중에 에밀리 디킨슨의 것이 있는데, 조금 완곡하게 표현하면 종달새를 반으로 가르면 무슨 일이 일어날까, 물어요. 칼새를 가른다면(물론, 비유적인 표현이에요.) 말아 올린 쪽지가 나오고, 그걸 펴 보면 글자가 나타나는 광경을 상상합니다.

여름.

혹시 잘 모르실까봐 적어 보면 하늘 높이 나는 모습이 검은 화살처럼 보이는 샌데요. 사실 몸 색깔은 잿빛이고 턱 쪽에 흰색이 조금 있고 조그만 머리가 오토바이 헬멧 같으며 지혜로운 눈에 검은 부리를 갖고 있어요.

라틴어 학명은 아푸스 아푸스(apus apus). 발이 없는 듯 보이는 것과 관련 있는 이름이래요. 건물이나 바위를 기어오르는 데 적합하게 진화된 아주 작은 발이 있기는 해요. 공기 역학적으로 구조화된 새들인 건데, 무슨 뜻이

냐면 다른 새들처럼 큰 발이 필요 없는 거예요. 몸체는 작은데도 날개 크기 비율은 모든 조류를 통틀어 가장 크죠. 삶의 대부분을 날면서 보내기 때문이랍니다.

밥도 날면서 먹는대요. 파리와 곤충들을 먹는데, 무는 놈들과 물지 않는 놈들을 가려낼 수 있게 발달됐대요. 말하자면 꿀벌 수벌(drone)과(카메라가 달린 폭파용 드론이 아니라 벌 말입니다.) 다른 벌들을 구분할 수 있는 거예요. 날면서 빗물을 마시고 완전히 내려앉지 않고 강 수면을 스치죠. 심지어 잠도 날면서 자요. 한쪽 뇌는 휴식하면서 반대쪽 뇌만 깨어 있는 채로요.

또 퍽 놀라운 점은 악천후로 지연되지만 않으면 닷새에 약 5000킬로미터를 날 수 있다는 사실이에요. 거의 태어나면서부터 가야 할 곳을 안다는데, 지구의 천연 자기 때문이래요. 평생 날아가는 거리가 약 2만 킬로미터 정도라니 그렇게 작은 몸에 정말 대단하지 않아요?

그 새들이 도착하는 모습을 보기 위해 매일 하늘을 바라보고 있어요. 이런 끔찍한 해에 설상가상으로 강풍으로 인해 4월 초에 북쪽으로 날아가던 그들 수천 마리가 죽었다는 소식이 그리스에서 전해져 왔지 뭐예요.

세상 그 무엇이 새의 눈이나 뇌나 새가 하늘을 나는 모양보다 더 중요한 형태를 띨 수 있을까요?

히어로 씨, 편지 한 통에 제가 너무 많은 말을 담았네요. 지루하지 않으셨기를 바랍니다. 탁 트인 수평선을 보내 드리고 싶었고, 그리고 그게 봉쇄된 이 시절, 제가 미치지 않고 지내게 해 준 것들 중 하나랍니다.

하지만 이미 부당한 처우를 받는 사람들, 그들 삶의 부당함에 비한다면 봉쇄 따위는 아무것도 아니죠.

또 쓸게요.

실제로 만나거나 한 건 아니지만 정말이지 모쪼록 무사하시기를 빕니다.

선생님의 창문도 형편없다는 것을 알지만 설마 간혹 마당에 나가기도 하시지요?

혹시 하늘에서 칼새를 보신다면, 그 새는 선생님이 건강하시길 바라고 선생님을 생각하는 낯모르는 사람의 전갈을 나르고 있는 것입니다.

안녕히 계세요.

사샤 그린로 드림.

2

지나간 시절에서 건너온 또 한 조각의 감동적인 영상이 있다.

두 남자. 둘 다 젊다. 한 사람은 땅딸막한 편이고 다른 사람은 호리호리하다. 그들이 돌 더미 위를 걸어간다. 위로는 잿빛 하늘이, 뒤편으로는 온통 벽과 줄지어 선 굴뚝으로 꽉 찬 도시가 보인다. 대화 중인 두 사람 다 듣지도 말하지도 못하는 농아다. 이렇게 두 남자는 수화를 통해 그리고 상대방의 입 모양이나 표정을 확인하며 대화에 열중한 채 돌 더미 길을 건너가는 중이다.

가로등 꼭대기에 올라가 망을 보던 열 살쯤 된 소년
이 기름통과 술통 더미를 올라가는 다른 아이들에게 우
리에겐 들리지 않는 소리로 뭐라 외친다. 모두 기다리던
중이었나 보다. 소년이 가로등 기둥을 기어서 내려온다.
무너진 담벼락이며 술통 더미 아래로 아이들이 뛰어 내
려온다. 여기저기 벽돌 조각이 흩어진 폭격 당한 공간에
서 아이들이 달려나와 두 남자 뒤에 모이고, 남자들은 그
들의 존재를 눈치 채지 못한 채 깨끗한 포장도로를 걷는
다. 아이들은 이제 작은 무리를 형성했는데, 남자 아이들
뿐 아니라 여자 아이들도 있다.

먼저 아이들이 카메라를 향해 우리에겐 들리지 않
는 소리로 웃으며 모욕적인 말을 던진다. 우스꽝스러운
표정으로 혀를 쑥 내민다. 손을 뿔처럼 머리에 갖다 대고
손가락을 흔들기도 한다. 그들이 웃으며 달아나고 다른
아이들이 카메라 앞으로 달려든다. 눈구멍을 아래로 잡
아당기고 코를 납작하게 누르고 혀로 아랫입술을 민다.
여자 아이 하나는 양손 엄지를 귀에 댄 채로 손이 커다
란 귀라는 듯 흔들어 댄다.

아이들이 두 남자 뒤로 행렬하듯 따라 걷는다. 그들

의 걸음걸이를 조롱한다. 폭격으로 한쪽이 찢겨 나간 주
택 단지를 지나며 웃음을 터뜨리거나 점잖게 걷는다. 더
많은 아이들이 합세한다. 남자 아이 하나가 공중에 주먹
을 날린다.

　대화에 열중한 채로 길을 걷는 두 남자는 뒤에서 무
슨 일이 일어나고 있는지 까맣게 모른다.

　이미 초췌해져 버린 젊은 여자와 무표정한 얼굴의
중년 여자가 초라한 닫힌 문 앞에서 팔짱을 낀 채 이 장
면을 바라보고 있다. 두 남자 중 하나가 모자 끝을 만지
며 인사를 하자 호기심 어린 분위기가 한결 짙어진다. 여
자들은 우리에겐 들리지 않는 말을 주고받더니 남자들
이 다음 집의 열린 문으로 들어가는 모습을 무심히 바라
본다. 우리에겐 들리지 않는 말을 좀 더 한 다음 뭔가 결
정됐다는 듯이 서로에게 고갯짓을 한다.

화창한 여름 아침. 황폐한 들판 위의 목조 오두막들 뒤에 대니얼 글럭이 서 있다. 조금 전 장화 밑에서 집어 펴 본 쓰레기 조각에 그려진 남자 형상의 어깨 또는 어깨와 목의 일부로 보아 이곳은 비교적 최근까지 사격 훈련장이었으리라.

애스콧(Ascot).*

이제 의미가 달라진 낱말, 그리고 장소. 이젠 아주

---

* 영국의 경마장. 상류층이 모여 경마를 관람하는 연례 행사로 유명하다.

다른 걸 뜻한다. 모든 게 이제 아주 다른 무엇을 뜻한다. 이 들판도 최근까지는 아주 다른 곳, 땅에 남아 있는 아직 풍화되지 않은 폭탄 구멍들로 봐서는 작은 숲이었을 것이다. 남아 있는 나무는 단 한 그루뿐이다. 나머지는 뿌리째 뽑혀 나갔다.

아버지가 들판 중간께의 저 하나 남은 나무 밑 어디쯤에 누워 있기를 그는 바란다. 너무 많은 남자들이 햇볕을 피해 밀어 대는 바람에 더는 비집고 들어갈 틈이 없다.

그늘도 달리 없다.

목조 건물들이 더 있기는 한데 너무 멀어서 들어갈 수가 없다. 갈 곳이 달리 없다.

할 일도 달리 없다.

아침에 일어나면 먼저 정문에 우유 수레가 나타나기를 기다린다.

그다음에는 하루 종일 아무 일도 없다.

지금껏 아침마다 우유 배달부가 소식을 전해 주었는데, 어제 오늘 가져온 소식은 그제 그끄제의 것과 똑같았다.

독일군 파리 입성.

(한나*는 아직 파리에 있을지도 모른다.

알 길이 없다.)

그러니.

벙커 침대를 들인 허름한 건물들이 보이고 변소 냄새가 난다.

또는 햇살이 한창이라면 철조망을 새로 단 울타리를 쭉 따라 걸었다가 되돌아올 수도 있고 아니면 허름한 건물들 옆이나 바로 지금 서 있는 황폐한 들판 위에 햇볕을 쬐며 서 있을 수도 있다.

철책을 따라 산책하기엔 너무나 덥다.

장화를 신기에도 너무나 덥다.

"꼭 장화를 신거라, 장화를 신어야 한다. 그게 필요할 거다." 아버지는 말했다. "따뜻한 것을 챙겨라. 알아듣겠냐?"

다시 구름 한 점 없는 화창한 여름 아침. 점호를 위

---

* 영국에서 살아온 대니얼 글럭에게는 독일에 사는 여동생이 있는데, 이 여동생은 영국에 거주하지 않으므로 이름을 영국식인 '해나 글럭'이 아니라 독일식인 '한나 글루크'로 표기한다.

해 대형을 갖추고 줄지어 선 그들의 머리 위로 파란 하늘이 펼쳐져 있다. 반 시간 후, 파란 하늘의 화창한 여름 아침은 정수리를 태운다.

그새 모자가 어디론가 사라져 버렸다.

혹시 찾을 수 있을까, 한쪽 눈으로 머리들을 살핀다.

다른 쪽 눈으로는 누구든 다른 사람의 머리에서 그걸 발견했을 때 자신이나 다른 누구에게 사달을 일으키지 않고 유쾌하게 대응할 채비를 한다.

부서진 철책 기둥에 그가 몸을 기댄다. 손 밑의 나무가 따뜻하다.

화창한 날이네요. 어떤 남자가 지나가며 말한다.

오늘도 변함없어요. 대니얼이 말한다.

다른 손안에 든, 전투복 어깨 일부가 찍힌 접힌 종이를 바라보다 흔들어 편다. 꽤 두텁고 튼튼한 종이다.

그것을 머리 위로 들어 올린다. 될지 모른다.

철책 기둥에 기대어 가장자리를 따라 두 번 접는다. 배 접는 법을 기억하자. 조금만 운이 따라 주면 될 거야.

종이를 펴고 처음부터 다시 시작한다.

월요일 아침. 아침을 먹으러 내려오니 제복 대신에

일요일 교회에 갈 때처럼 정장 저고리와 넥타이 차림의 윌리엄 벨이 식탁에 앉아 아버지와 차를 마시고 있었다. 오전 7시 45분의 공식 사교 방문이었다. 열어 놓은 현관 문 너머 바깥에서는 벌들이 윙윙대는 가운데 다른 웨스트서식스 경찰관이 긴 레인코트를 입고서 아버지의 패랭이꽃과 장미꽃 경계선 근처에서 발뒤꿈치를 차고 있었다. 그렇게 화창한 아침에.

자네로군, 댄. 윌리엄 벨이 말했다. 지금쯤이면 떠났겠지 했는데. 해군, 이었지 아마?

퇴짜 맞았네. 아버지가 말했다. 소변 검사에 당뇨가 나왔거든.

당뇨 아녜요. 대니얼이 말했다. 어찌된 영문인지 나도 몰라요.

어쨌든 못 받아 주겠대. 아버지가 말했다.

아직은. 대니얼이 말했다.

아버지가 찻주전자를 흔들어 대니얼에게 차를 따라 주었다.

가서 아침 먹어라, 대니얼. 아버지가 말했다.

지금 먹으라니까. 대니얼을 쏘아보며 나지막이 말

했다.

자 자, 서두를 것 없어요. 윌리엄 벨이 팔을 들어 머리 뒤로 손깍지를 끼며 말했다.

공연히 여유를 부리지만 윌리엄 벨의 말은 서두르라는 것이었다.

조금 확인할 게 있어요. 윌리엄 벨이 말했다. 오래 안 걸려요.

올라가서 짐을 싸지. 아버지가 말했다. 이 분이면 될 거네.

짐을 쌀 것도 없어요, 월터. 윌리엄 벨이 말했다. 댄, 짐 쌀 필요 없대도. 그냥 찰턴 스트리트로 가면 돼. 점심 때까지는 충분히 돌아와.

아버지는 C등급이에요. 대니얼이 말했다.

전부 다 C등급이라던데. 윌리엄 벨이 말했다. 굳이 '보호 구역 내 외국인 관련 법령'뿐 아니라 그냥 무조건 C등급인 거야. 걱정하지 말아요. 질문 몇 가지라고 하니까. 차도 마저 들어요, 월터, 시간 넉넉하니까.

저도 가도 괜찮죠? 대니얼이 말했다.

그럼. 윌리엄 벨이 말했다. 착하구나, 아버지 대동도

해 드리고.

그럴 필요 없다, 대니얼. 아버지가 말했다.

대니얼이 아버지를 따라 2층으로 향했다.

달리 쓸모도 없잖아요. 윌리엄 벨에게 들리지 않도록 나지막이 말했다. 같이 있는 게 그나마 도움이 될 거예요.

아버지는 한쪽 손에 면도솔을, 다른 손에 끈 풀린 겨울 장화를 들고 침실 문가에 서서 고개를 젓고 있었다.

오, 하느님 맙소사. 아버지가 말했다.

아버지는 고개를 젓는다기보다 고개가, 아니, 온몸이 떨리고 있었다. 떨리는 손에 든 면도솔이 떨리고 있었다.

아니에요. 저도 가요. 대니얼이 말했다.

그럼 장화를 신어라. 아버지가 말했다. 따뜻한 것을 챙기고. 집 안에 있는 돈도 모두 다 가져가야 한다.

서까지 따로 가고 싶을 것 같아서요. 윌리엄 벨이 말했다. 그럼 먼저들 출발하세요. 우리는 잠시 후에 따라갈게요. 도착하거든 당직 경사에게 이름을 말하고 프런트에서 나를 기다리세요. 알겠죠?

남은 빵도 싸 가자, 대니얼. 아버지가 말했다.

괜찮으세요? 현관문을 나서자 젊은 경찰관이 말했다. 짐 지고 갈 만해요?

이웃 사람들이 알아차리지 못하도록 제복 위에 레인코트를 걸친 모습이었다.

짐을 직접 들고 가실 거라네, 브라운리. 윌리엄 벨이 말했다. 실례지만 나는 브라운리하고 간단히 주변을 점검하겠습니다. 말하자면 절차가 그렇게 돼 있어서요, 월터. 뭐든 부적합하거나 위험한 게 나오면 보고를 해야 돼요. 물론 그럴 리 없겠지만, 그래도. 절차상 어쩔 수가 없네요.

그렇게 하게, 빌. 아버지가 말했다. 끝나거든 문은 잠가 주고.

당연하죠. 윌리엄 벨이 말했다.

그들은 윌리엄 벨을 다시 보지 못했다. 찰턴 스트리트의 경찰서에 도착하여 11시가 넘어서까지 프런트에서 기다리고 나서야 죄수 호송차에 태워져('이 둘이 전부예요?') 브라이턴으로 실려 갔다.

브라이턴 경찰서에서 대니얼은 웃옷 주머니에 넣어 간 성냥과 면도날과 과도를 압수당했다. 소지품을 점검한 순경이 대니얼의 손톱 손질 도구함을 열더니 손톱 가위를 꺼냈다.

그런 어처구니없는 건 왜 가져온 거냐? 아버지가 말했다.

손톱을 관리하려고요. 대니얼이 말했다.

너도 참 답답하다. 아버지가 고개를 저으며 말했다.

함께 압수당했던 아버지의 살충제병이 바로 거기 경사의 책상 위에 놓여 있었다.

아버지가 그걸 마실 줄 알았나 봐요. 대니얼이 말했다. 어쨌든 덕분에 나비들이 모두 살아남겠는걸요.

예전에는 월계수를 썼지. 아버지가 말했다. 쉽지는 않겠지만 다시 찾을 수 있을 거야.

의자 세 개와 벤치 하나는 이미 임자가 있어 그들은 바닥에 여행 가방을 깔고 앉았다. 대니얼의 아버지는 공고가 붙은 벽에 기대어 낮잠을 잤다. 대니얼은 사십 대 남자와 이야기를 나눴는데 주말 연휴를 맞아 브라이턴에 왔다가 붙잡힌 런던 출신의 기자였다.

대대적인 수용이라더군. 남자가 말했다. 다 우리 이로우라고 하는 거지.

그는 비꼬는 눈빛을 한 채 마지막 문장을 뱉었다. 경찰서는 남자들과 소년들로 꽉 찼다. 짐이 전혀 없는 이들도, 외투도 못 걸치고 셔츠 바람으로 끌려온 이들도 있었다.

아무 일도 일어나지 않았다.

그저 더 많은 사람들이 배회하고 있을 뿐이었다.

오후 4시에 아버지가 잠에서 깨어 아침에 먹다 남은 빵을 바로 옆의 남자와 나눠 먹었다.

군용 트럭이 도착했다. 아무도, 아무것도 묻지 않았다. 경찰이 장교에게 종이 한 장을 건네자 장교가 서명하여 돌려주었다. 사람들을 모두 트럭에 실었다.

아버지는 여행 가방 위에 앉고, 대니얼은 나이 든 남자에게 앉으라고 가방을 양보한 뒤 트럭 덮개의 틈을 통해 밖이 보이는 뒤쪽 바닥에 책상다리로 앉아 현재 위치를 점검했다. 속도가 느린데도 브라이턴을 떠난 후에는 어딘지 알아내기가 쉽지 않았다. 사람들이 먹은 걸 토해서 악취가 고약했다. 배기구에선 연소된 기름내가 풍겼고 뒤쪽에 앉은 사람들은 트럭이 조금만 움직여도 이쪽 저쪽 번번이 튕겨 나갔다.

어떤 남자는 아내에게 작별 인사도 제대로 못 했다
는 말을 하고 또 했다.

어떤 남자는 현관문을 열어 놓고 왔다며 걱정했다.

트럭 안에 공포가 퍼졌다.

빌이 문을 잠갔으면 좋겠는데. 아버지도 대니얼에
게 나지막이 말했다.

오 분 후에 다시 같은 말을 했다.

그러다…….

빌이 잊지 않고 문을 잠갔을 것 같으냐? 한 시간 후
에 또 물었다.

저녁 빛.

녹음이 우거진 어딘가에 트럭이 정차했다.

두 시간을 그렇게 움직이지 않았다.

어스름.

이윽고 누군가가 어느 석조 건물의 정문을 열고 그
들을 안으로 몰고 갔다. 그것은 축사였다.

버트럼 밀스 서커스예요. 소총에 대검을 단 위병 하
사가 대니얼에게 말했다. 여기서 가축들이 겨울을 나죠.

(한나가 어머니랑 마지막으로 런던을 방문했던 1933년

크리스마스에 그들은 모두 서커스를 보러 갔다. 올림피아 극장의 그랜드 홀이었다. 강치가 한 여자의 귀에 대고 속삭였다. 몸집이 아주 작은 인도인 봄베이오는 굴렁쇠 주위를 날쌔게 달리는 조랑말 위에 서 있었고, 발레용 스커트를 입은 소녀 넷이 커다란 짐마차 말의 등 위에서 서로의 몸을 올라타고 중심을 잡았다. 미녀들과 야수였다. 한 떼의 흰 비둘기 틈에서 마술처럼 한 여자가 나타났다. 온몸을 금빛으로 칠한 곡예사들도 나왔다. 마드무아젤 비올레트 다르장과 사자들도 나왔다. 영국 초연이라고 했다. 가슴도 채 다 가리지 못한 공단 저고리 차림으로 무시무시한 발톱에 근육질의 맹수를 작은 걸상에 앉히더니 얌전히 굴게 했다. 대니얼은 스물이 다 됐었으나 매혹되었다. 열셋 아니면 열네 살의 한나는 집으로 돌아가는 택시 안에서 줄곧 그를 놀려 먹었다.)

긴 탁자가 두엇 있을 뿐 의자는 많지 않았다. 기다란 방 양쪽에 판자가 덧대어진 3층 구조물들이 세 개, 또 세 개, 이렇게 줄지어 서 있었다. 그것은 벙커 침대였다. 3층 벙커 침대가 세 개씩 어둠 속에서 보이지 않는 저 멀리까지 쭉 이어졌다.

바깥에 밀짚이 많습니다. 외인(alien)들은 매트리스

를 각자 원하는 대로 빽빽이 또는 성기게 채우시오. 하사
관이 외쳤다.

대니얼은 하나를 채웠다.

하나를 더 채웠다.

저쪽은 두 개예요. 대니얼보다 젊은 어떤 남자가 외
쳤다. '나도' 두 개 주세요.

늙은 사람, 젊은 사람, 연령대도 가지각색이었다. 이
제 그들은 변소에서 가장 멀고 문에서 가장 가까운 침대
를 차지하려고 이리저리 뛰어다녔다. 밀짚 부대 두 개를
들고 대니얼도 뛰었다. 건물 중간쯤에서 가운데와 아래
가 나란히 빈 침대를 찾았다. 그는 아버지에게 손짓을 하
며 절대 다른 사람이 차지하지 못하게 지키라고 말했다.
그리고 담요를 받아 왔다. 두 장밖에 주지 않았다. 넉 장
을 달랬더니 뻔뻔하다고 여기는 것 같았다.

낡고 거친 모직 담요는 냄새도 안 좋았다. 아버지는
아래층 판자에 풀 죽은 채 앉아서 밀짚 한 줄을 만지작
댔다.

방 한쪽 끝에 남자들이 줄지어 섰다. 침대 옆의 낮
은 벽돌 칸막이 뒤에 변소가 있었다. 실내는 연기와 기침

소리로 그득했다. 누가 난로에 불을 붙이려 하고 있었다. 새벽 3시였다. 바깥에 불이 들어왔다. 누가 난로에 불을 붙여서 물을 데우고 차를 끓였다.

인원수에 비해 컵이 모자랐다.

사람들이 컵을 나눠 썼다.

소동이 잦아들고 정적 비슷한 것이 흘렀다. 코고는 소리, 잠꼬대 소리, 간혹 공포에 질린 비명 소리도 들렸다.

나는 일흔여덟이라오. 아버지 옆의 아래 칸 침대에서 한 남자가 말했다. 이러고 어떻게 산단 말이오.

날이 밝아 여기가 어딘지 알게 되면 한결 나아지고 밝아지겠죠. 대니얼 아래 칸에서 아버지가 말했다.

몰랐소? 여기는 애스콧이라오. 노인이 말했다.

마치 그 단어가 유리로 이루어져 있어 입이 베지 않도록 발음하는 것만 같았다.

경마장이로군요. 아버지가 말했다.

여기 여러 번 와 봤다오. 노인이 말했다. 왕실 구역도 곧잘 들어갔지요. 친구들도 추억도 많은 곳이랍니다. 선생은 어떤 업종에서 일하시오?

맥주요. 아버지가 말했다. 수입해 들여오죠, 소시지

와 피클도 취급합니다. 일반 식품들, 일반 용품들, 그런 것이죠. 최근에는 비누도 했습니다.

그리고 주먹으로 위쪽 침상 바닥을 쳤다.

저 위가 아들이랍니다. 아버지가 말했다. 고객 관리에 판매도 하죠…….

정적.

그러니까 했었다는, 그랬다는 말입니다. 아버지가 말했다.

다 과거로군요. 노인이 말했다.

그리고 덧붙였다.

내 사랑하는 아내는…… 죽었다오.

저런, 상심이 크셨겠네요. 아버지가 말했다.

벌써 십 년이 지났어요. 노인이 말했다.

제 아내는 삼 년 전에 떠났습니다. 아버지가 말했다. 세월 참 빠르네요.

독일 분이군요. 노인이 말했다.

어려서부터 잉글랜드에서 자랐는데 주민 등록을 안 했답니다. 아버지가 말했다. 중대한 실수였죠. 지난 전쟁을 겪어 보고 깨달았어야 했는데. 그런데 막상 그 전쟁이 끝나자 필요 없을 것 같더라고요. 이참에 하려고 했지만 너무 늦어 버렸더군요. 전쟁도 이미 한창이고 주지를 않습디다.

제3제국 지지자가 아니라는 말씀 같은데요. 노인이 말했다.

옳게 보셨습니다. 아버지가 말했다.

이제는 유대인 옆에서 자야 하는 신세가 된 것 같구려. 남자가 말했다.

여기서야 안 그러기가 어렵죠. 어르신 반대편이나 그 위쪽은 어떤지 모르겠지만 안타깝게도 제게는 그 인종의 일원이라는 영예가 없습니다. 아버지가 말했다.

저는 있어요. 대니얼이 말했다.

나도요. 노인 반대편의 남자가 말했다.

나도요. 다른 누군가가 말했다.

나도요, 저 사람도요, 그리고 저 사람도. 또 다른 누군가가 말했다.

문가 경비병이 조용히 하라고, 사람들이 잠을 청하고 있다고 말했다.

돈 많은 검은셔츠단* 당원. 검은셔츠단 당원 및 부역자들 전원은 지금쯤 다 검거됐을 터였다. A등급은 지난 가을에, B등급은 올봄에 갔다. 대니얼이 앞쪽으로 돌아눕자 어슴푸레한 빛 속에서 벽에 붙은 금속 고리가 보였다.

우리는 지금 서커스장에 와 있는 거야. 그는 생각한다. 경마장에 와 있는 거라고.

눈을 감는다.

눈을 뜬다.

끔찍한 소음.

아래 칸의 아버지가 그의 기척을 듣고 무슨 소린지 알려 준다.

기상 신호다.

밝은 여름빛 속에 가장 먼저 보이는 것은 모든 것의 불결함이다. 덮고 잔 담요, 깔고 잔 판자와 밀짚 부대, 마룻바닥과 벽과 천장은 그렇다 치고, 갖고 온 여행 가방 바닥까지도 지저분하기 짝이 없다.

---

* 2차 대전 직전에 강제 해산 당한 영국 파시스트 세력.

아버지는 자신의 불결한 밀짚 부대 끝에 앉아 실내를 둘러보는 대니얼을 지켜본다.

주무셨어요? 대니얼이 말한다.

그리고 아버지에게 슬픈 미소를 지어 보인다.

아들아, 윌리엄 벨이 문을 잠갔을 것 같으냐? 아버지가 말한다.

그럴 거예요. 대니얼이 말한다. 윌리엄은 좋은 사람이니까요.

고양이는 어쩌고? 장미는? 토마토는 누가 돌보지? 토마토는 오늘도 손질해야 하는데. 매일 손질하지 않으면 썩거든. 비누는 어쩌지? 누가 재고를 훔쳐 가면 어쩌지?

아버지는 이제 선라이트 사의 비누 세일즈맨이었다. '거품이 나냐고요? 물론이지요!' 죽을 기다리는 동안에도, 그것을 먹는 동안에도, 첫날 아침 햇볕 속에서 하릴없이 뱅뱅 돌아다니는 동안에도 아버지는 이런 걱정거리들을 다양한 방식으로 변주해 가며 말했다.

그래서 부자는 그 첫날 오후 정규 편지지를 배급받아 스타이닝 경찰서 윌리엄 벨 귀하에게 스물네 줄 안쪽의 정규 편지를 썼다.

그러나 아버지는 못 보았지만 우편물 창구 앞의 위병 하사가 아버지의 편지를, 바닥에서 나뒹굴 만큼 수많은 편지들로 가득 찬 철제함 뒤로 던져 넣는 모습을 대니얼은 보고 말았다.

지금은?

대니얼은 황폐한 들판에 서서 머리에 종이 모자를 쓴다.

단박에 견딜 만해진다.

고맙구나, 낡은 표적지야.

그는 나무 쪽으로 간다.

하지만 그 밑에서 바글대는 사람들 중에 아버지는 보이지 않는다.

혹시 정문에서 찾을 수 있는지 가서 봐야겠다. 매일 우유 배달원이 다녀가면 편지가 올 거라는 기대로 모두들 모여 기다리는 곳이다.

두 손과 팔의 온기. 따스했던 감각이 서늘해진다.

그가 눈을 뜬다.

자신의 두 손을 바라본다.

누군가 따뜻하게 적신 플란넬 천으로 그의 흐느적거리는 안쪽 팔을 가볍게 꾹꾹 문지르고 있다.

오, 안녕. 그가 말한다.

안녕하세요, 글럭 씨. 간호사, 이름이 뭐였더라…….
폴리나가 말한다. 오늘 좀 어떠세요?

아주 좋아요, 폴리나. 그가 말한다. 당신은요?

저도요, 글럭 씨. 일어날 준비 되셨어요? 아침 식사 좀 하실래요?

고마워요, 폴리나.

지금 여기는 최근 그의 집이 된 이웃집이다. 아주 좋은 집이다. 방도 멋지다. 본래 이웃집 딸이 쓰던 방이다.

폴리나는 이불을 젖히고 그가 두 다리를 침대 한편으로 밀 수 있도록 도와준다.

화장실. 다시 침대. 아침밥.

오늘은 캠핑 이야기를 하시더라고요. 폴리나가 이웃집 딸에게 하는 말이 들린다.

이웃집 딸, 이름이 뭐였더라…… 엘리자베스가 집에 돌아왔다. 그렇다면 오늘은 금요일이다.

그리고 폴리나는 곧 이 나라를 떠날 것이다.

한 시대의 끝이군. 폴리나와 그 이야기를 하면서 그가 말했다.

시대는 끝나니까요. 폴리나가 말했다. 저는 루마니아 사람이고 그래서 잘 알아요. 그렇게 돼 있어요. 그래야 새 시대가 시작될 수 있잖아요.

그가 눈을 감는다.

오늘은 잠꼬대도 많이 하시던데요. 폴리나의 말소리다. 캠핑을 간 친구 더글러스에 대해서요. 그리고 경마장에 가서서 캠핑한 이야기도요.

더글러스. 이웃집 딸이 말한다. 그건 사람이 아니라 맨섬의 도시예요. 2차 세계 대전 당시 거기서 아버님이 수감되셨거든요. 적어도 우리가 알기론 그래요. 확실히 알기는 어렵지만.

그래요. 폴리나가 말한다. 그렇다면 하신 말씀이 이해가 되네요.

그 생각을 하고 계신 것 같아요. 이웃집 딸이 말한다. 엄마 아니면 조이가 다시 말씀드렸을 거거든요, 인터넷에서 할아버지 행방을 찾아낸 남자가 있는데 그 남자가 오늘 방문할 예정이라는 사실을요. 내 생각엔 '인터넷'이란 낱말을 듣고 '수용(internment)'이라는 낱말을 떠올린 게 아닐까 싶어요.

생각이 굉장히 독창적이세요, 그 긴 세월을 사셨는데도. 폴리나가 말한다. 104년이잖아요. 내가 이 나라에 살면서 만나 본 중 최고령자세요. 여기 온 지가 십사 년이고 그동안 정말 많은 사람들을 만나 보았거든요. 오늘은 사과 이야기를 해 주셨어요. 어느 날 감옥에 갇힌 남자들을 위해서 누가 정문에 사과 궤짝들을 갖다 놓았는데 불과 몇 초 사이에 공짜 사과가 동이 나고 바닥에 빈 궤짝만 남았다고요. 그런데 아무도 사과를 본 사람이 없고, 아무도 사과를 먹은 사람이 없고, 아무도 다른 사람이 사과 먹는 모습을 본 적이 없었다지 뭐예요. 대신 그 후 여러 주 동안 사람들이 무슨 금지 약물이라도 팔 듯이 사과를 사겠느냐고 물었고, 그러다가 결국은 사과값이 열다섯 배까지 뛰었다고요. 세상사가 그렇죠.

그러게요. 이웃집 딸이 말한다.

어머니와 친구분은 오늘 아침 떠나셨어요. 냉장고에 이미 소스를 친 렌즈콩이 있다고, 런던 돌아가기 전 일요일에 보자고 알려 드리랬어요. 글럭 씨 잠자리 봐 드

리러 저녁에 다시 올게요. 아가씨도 할아버지도 좋은 하
루 되세요.

유쾌한 작별 인사.

현관문이 닫힌다.

눈송이가 얼굴과 손 같은 따뜻한 표면에 닿아 녹듯,
추운 밖에서 안으로 들어가면 옷깃에서 그러듯, 기억이
펼쳐져 밀려든다. 그가 자란 도시의 길거리에서 들리던
말발굽 소리가 창밖에서 들리기도 한다.

저건 말이 아니에요. 이곳 이웃집 사람들이 그에게
말해 준다. 저기 에어비앤드비 스튜디오에 묵는 여행객
들의 여행 가방 바퀴가 갈라진 도로 틈에 걸리는 소리
예요.

우리 여기 얼마나 있게 될 것 같아요? 애스콧에 온
지 이 주째에 담요로 몸을 감싼(건축 현장에서 끌려와 다른
옷이 없다고 했다.) 아일랜드 말씨의 남자가 대니얼의 아
버지에게 물었다.

(대니얼의 아버지가 강제 수감에 대해 잘 안다는 소문이
돌았다.)

나도 모르겠네요. 대니얼의 아버지가 대답했다.

(그로부터 근 삼 주 후에 그들은 이송됐다.)

우리를 얼마 동안이나 여기 둘 것 같아요, 글럭 씨? 그들을 켐프턴 파크에 내려놓고 내기 경마 건물의 관망 창 아래 잠자리를 준비하라고 하자, 중세 프랑스어를 가르치다가 은퇴한 교수가 대니얼의 아버지에게 물었다.

저라고 뭐 알겠습니까. 대니얼의 아버지가 대답했다.

(딱 하룻밤이었다. 그들은 이튿날 다시 사람들을 트럭에 실어 리버풀로 데려가더니 배 한 척에 태우고 쉰 명당 팔뚝만 한 치즈 한 덩이씩을 주며 가는 길에 나눠 먹으라고 했다. 병사 하나가 대검으로 잘게 잘라 주었다. 대니얼은 1인치 반 크기의, 손가락 반만 한 조각을 받았다.

한 번에 다 먹지 마라. 아버지가 말했다. 나중을 위해 좀 남겨 둬라.)

여기 얼마나 있게 될까요? 허친슨 수용소 정문에서 철조망 울타리와 이중 담장을 보고 대니얼이 아버지에게 물었다.

아버지는 안경을 벗어 빗물을 닦아 낸 후 다시 쓰고는 철망 뒤에 늘어선 집들을, 길바닥에 새로 박아 넣은

기둥들을, 비에 함빡 젖은 채 울타리 앞에 서서 혹시 아
는 사람이 들어오는지 보려고 기다리는 수용소 안의 남
자들을 차례로 바라보았다.

내가 보기엔 영영일 것 같구나. 아버지가 말했다.

항구에서 시작된 빗속 행렬 속에서 어느 사십 대 남
자가 햄프스테드 공립 도서관에서 범죄수사국 요원들한
테 잡혀 왔다고 대니얼에게 말했다. 아침에 들이닥치더
니 독서실에서 "모든 적성 외인은 프런트 데스크로 나올
것"이라고 외쳤다는 거였다. 그리고 유대인처럼 생겼는
데 프런트 데스크로 나오지 않은 사람들을 색출하려고
실내를 돌며 사람들의 얼굴을 하나씩 살폈다고 했다. 경
찰서 가는 길에서조차 의심 가는 행인들을 세워 놓고 서
류를 요구하느라 몇 번씩이나 행렬이 중단됐다고 했다.

섬의 토박이 주민들은 입을 떡 벌린 채로 길가에 늘
어서서 언덕을 올라가는 그들을 지켜보았다.

우리가 나치라고 생각하는 것 같아요. 대니얼이 말
했다. 나치 포로라고요.

난 참 상상도 못 했다니까. 옆에서 걸어가던 하사관
이 말했다. 유대인 중 나치가 이렇게 많을 줄은요. 이해

가 안 되네요. 나치는 당신들을 별로 좋아하지 않던데 당신들은 왜 나치를 그렇게 좋아하죠?

우리는 나치가 아니에요. 대니얼이 말했다. 우리만큼 나치랑 정반대일 수도 없다고요. 누가 설명 안 해 줬어요?

아무 설명 못 들었는데. 병사가 말했다.

우리는 나치를 피했다고 믿은 사람들이랍니다. 대니얼 옆 남자가 말했다. 우리는 의사, 교사, 화학자, 상인, 노무자, 공장 근로자 등등이에요. 나치는 절대 아니에요.

아무 말도 못 들었어요. 병사가 말했다. 적성 외인이란 말 말고는. 그럼 독일인들이 아니란 말이에요?

독일인이라고 전부 나치는 아닙니다. 남자가 말했다.

행렬이 느려졌다 빨라지더니 다시 느려졌다. 앞쪽의 적성 외인들이 무언가를 지날 때 멈춰 서서 모자를 벗었기 때문이다. 첫 세계 대전에서 죽은 섬사람들을 기리는 전쟁 기념관임을 보고 다들 걸음을 멈추고 모자 쓴 사람들은 모자를 벗은 것이었다.

저걸 보면 정말 나치 같진 않군. 하사관이 말했다.

뒤쪽 경사가 앞줄 사람들에게 어서 가라고 고함을

쳤다. 대니얼 앞에 걷던 말쑥한 옷차림의 남자가 돌아서서 소리 지르지 말라고, 바로 앞줄 사람이 일흔 넘은 노인인데 지금 최대한 빨리 걷는 중이고 더 빨리는 못 간다고 설명했다.

경사가 바로 고함을 멈추었다.

흠, '이건' 예상 밖이구나. 대니얼의 아버지가 말했다. '전혀' 뜻밖의 상황이야. 여긴 좀 괜찮을지도 모르겠다.

그들은 남자들을 서른 명씩 한 조로 나누고 그 구역의 빈집들을 알려 주며 한 채씩 정해 들어가라고 했다. 휴가용 숙소로, 집주인 여자들은 이미 카펫과 가구 대부분을 갖고 뜬 상태였다. 창은 파란 색칠로 꽁꽁 막혀 있었고 실내는 붉은 전등들이 켜져 있을 뿐 의자 몇 개와 간이 탁자를 빼면 헐벗은 꼴이었다. 그래도 침실에는 침대들이 있었다. 온수는 아니지만 물도 나왔고 주방에는 가스가 있어 조리도 가능했다. 접시나 스푼 같은 식기는 많지 않았다. 조별로 취사를 책임질 사람을 정했고 청소 등 각종 잡무를 돌아가며 맡을 당번도 뽑았다.

빈자의 리비에라! 전쟁만 아니라면 그렇게 불릴 곳이다.

그래도 집들 앞에는 네모난 푸른 잔디밭이 있었고, 새로 깎은 테두리부터 철책을 지나 바다가 보이는 언덕까지 꽃들과 일년생 식물들이 심겨 있다.

　일주일 후에 철책 밖에서 열 살배기 소년이 웃통을 벗은 채로 방금 빤 셔츠를 담장 위에 걸어 말리는 대니얼에게 말해 주기를 《데일리 메일》에 따르면 당신네는 지금 해안 휴가를 보내는 셈이라 하더라고, 호화로운 일광욕 침대와 미니 골프장에 돈도 우리보다 훨씬 많고 온수와 석탄까지 있으며 설탕과 우유와 주인집 여자들이 해주는 달걀프라이로 아침을 먹는다 하더라고 한다.

　미니 골프장. 달걀프라이.

　대니얼은 어깨 너머로 구부정하니 정처 없이, 온화한 여름 공기가 마쳐제라도 되듯 느릿느릿 거리를 배회하는 남자들을 바라본다. 언제 침공당할지 모른다. 이제 모두 다 그렇게 예측한다. 프랑스, 벨기에, 네덜란드가 무너졌다. 주로 유대인들과 그 밖에 파시스트들이 죽이려고 드는 남자들의 이 섬도 언제 그들 수중에 통째로 넘어갈지 모른다.

　이름이 뭐니? 대니얼이 소년에게 묻는다.

나치 말 좀 해 봐요. 소년이 말한다. 얼른요.

나 나치 아냐. 대니얼이 말한다. 나랑 자리 바꿀래?

소년이 눈이 휘둥그레져 대니얼을 본다.

이렇게 하자. 내가 나갈게. 대니얼이 말한다. 네가 여기 들어와 대신 휴가를 즐기렴.

우리는 여기서 휴가 못 즐겨요. 소년이 말한다. 여기 가 집이니까.

운도 좋구나. 대니얼이 말한다.

운은 아저씨가 더 좋죠. 소년이 말한다. 미니 골프장 도 있는데.

여기 골프장 같은 거 없어. 대니얼이 말한다.

《데일리 메일》이 있다고 했어요. 소년이 말한다.

나치들은 대부분 페베릴에 보냈어. 첫 번째 소년 뒤 에서 깨진 담장 조각을 발로 차던 다른 소년이 말한다. 저 사람들은 적성 외인들이야.

적성 외인 말을 좀 해 봐요. 소년이 말한다.

나는 대니얼이야. 대니얼이 말한다. 너도 이름을 알 려 줘.

적성 외인 말이 아니에요. 소년이 말한다. 그냥 영어

잖아요.

나는 영국인이야. 대니얼이 말한다.

그런데 왜 거기 있어요? 소년이 말한다. 얼른 나와요.

나는 여기가 좋아. 대니얼이 말한다. 아버지가 여기
계시거든.

가족이 전부 적성 외인이에요? 소년이 말한다.

말하자면 그렇네. 대니얼이 말한다. 그런데 또 전혀
안 그래.

그건 말이 안 되잖아요. 소년이 말한다.

애 이름은 키스예요. 다른 소년이 말한다.

형제도 있니? 대니얼이 말한다.

알아서 뭐 하게요? 다른 소년이 말한다.

비켜라! 철책에서 물러서!

경비병이 소총을 흔들며 소년들에게 고함을 친다.

《데일리 메일》에 전해 줘, 키스. 대니얼이 소년들의
뒤에 대고 외친다. 내가 여기 사람들 대표로 하는 말인
데, 우리는 수용소 수감자들이지 적군이 아니라고, 감옥
은 언제나 감옥일 뿐이며 그건 하늘이 파란 8월도 마찬
가지라고.

소년들의 등이 언덕 아래로 사라진다.

감옥. 아버지와 그, 둘만을 위한 방이 있는 '동화의 집'으로 대니얼은 돌아간다. 도착했을 때부터 그렇게 불렸는데 누군가 집 앞 창문에 칠해진 페인트를 면도날로 벗겨 내 동화 속 인물들을 그렸기 때문이다.

토끼 귀 남자.

전설 속의 나무.

허수아비.

날개 달린 물고기.

입과 눈이 달린 여행 가방 세 개.

고양이를 밟고 선 생쥐.

이것들이 보인다는 건 햇살이 든다는 뜻이다.

대단히 육감적인 창문을 단 '목욕하는 미녀들의 집'도 있고, 이름난 사자 조련사와 동물원의 코끼리 사육사가 수용된 '동물원의 집'도 있다. 코끼리 사육사가 떠난 후 코끼리들이 밥을 안 먹자 동물원 측은 한시바삐 그를 출소시키려고 노력하는 중이다.

정통파 유대인들이 목욕하는 미녀들을 두고 속세 지도자에게 불평하자 누군가 그들의 퇴창에 성서 속 인물들을 오려서 붙여 줬다. 불평은 사라졌고 성서 속 인물들을 통해 빛이 잘 든다며 모두들 크게 기뻐했다.

어느 화창한 아침, 대니얼이 가게에서 나오는데 울타리 근처에서 소동이 벌어지고 있다. 어느 최고령 피수용자의 긴 회색 수염이 철조망에 낀 것이다. 수용소 쪽의 수감자 셋과 철조망 반대편의 경비병 둘이 수염을 살살 빼내려 하고 있다. 양쪽에서 구경하는 사람들은 저마다 어떻게 해야 저 수염을 빼낼 수 있을지 궁리중이다.

멀리서 지켜보던 경비병 하나가 총에서 대검을 뽑아 소동의 현장으로 다가간다.

광장 건너편의 어느 집에서는 야윈 몸집의 독일인 둘이 이 광경을 바라보고 있다. 그중 하나는 대니얼도 들어 본 적 있듯 휘파람 솜씨가 제법이다. 그가 늘 건사하는 걸로 보아 가족으로 짐작되는 다른 남자는 휘파람 부는 남자의 그림자나 유령 같은 존재로 병사가 대검을 뽑아 들자 어깨를 웅크리고 거의 사라지는 게 흡사 종적을 감추는 마술 같다.

병사가 팔뚝 길이의 대검을 들어 올린다. 아주 정밀한 동작으로 대검 끝을 가지고 철조망에 낀 수염 부분을 잘라 낸다. 노인은 한 발 물러서서 자세를 가다듬고 두 팔을 휘두른다. 수염을 쓰다듬고 민숭민숭 틈새가 나지는 않았는지 확인해 본다. 철조망 양쪽의 사람들이 모두 웃으며 서로에게 축하 인사를 건넨다. 정말 위험천만한 면도였네요!

병사는 노인에게 "턱수염 조심하세요." 하고 말한다.

사시나무 떨듯 몸을 떠는 '유령' 형제의 모습이 여기서도 보인다. '휘파람' 형제가 대니얼의 시선을 알아차린다. 대니얼에게 고갯짓을 하고는 '유령' 형제의 팔을 잡고 다가온다.

시릴 클라인입니다. 그가 말한다. 여기는 내 동생 젤리그이고요. 우리는 크로이던에서 왔어요. 크로이던과 여기 맨섬 더글러스의 허친슨 수용소 전에는 아우크스부르크에 있었고요.

젤은 독일의 다하우라는 수용소에서 목소리를 잃어버렸다고, 나중에 시릴이 대니얼에게 말해 준다.

동생은 훌륭한 테너 음성을 갖고 있어. 그가 말한다. 하지만 이제 노래를 할 수 없게 됐지. 말은 할 수 있지만 그나마 드문드문 하고. 목소리가 숨어 버린 거야. 손가방에서 그들이 질색하는 책들이 적발되어 끌려갔거든. 그냥 이야기책들이었어. 『데어 크리크 데어 벨텐』*과 『다스 쿤스차이데네 메첸』** 같은 건데도 책을 불살랐지. 동생은 유대인이니까 죄목이 세 개야. 나치는 유대인을 증오하고, 독립적인 여자들의 이야기를 증오하고, 침입자들을 죽이는 세균 이야기를 증오하니까. 정치범이 된 거지. 열다섯 살부터 다섯 계절, 열네 달을 갇혀 지냈어. 거기서 본 것들을 눈에서 지워 내지 못하는 거야.

하지만 기적처럼 거기서 나왔어.

그러다 우리 둘 다 여기로 끌려왔지. 나는 서리의 운전기사야. 시릴이 말한다. 그리고 의사이기도 한데 공부를 끝마치기 전에 대학에서 퇴학당했지.

그들이 매일 정문 앞에서 새로 들어오는 사람들을 지켜보는 것을 대니얼은 이미 안다. 아버지를 찾기 위해서라고 시릴이 말한다. 아버지와 어머니, 그 밖의 가족들이 어디 있는지 전혀 모른다고 한다.

어느 저녁, 대니얼 부자의 방 처마 밑에서 시릴은

---

* 우주 전쟁.
** 인공 실크 소녀.

젤리그와 함께 런던 경찰에 잡혀 어느 커다란 동굴로 끌려갔던 이야기를 쾌활하게 들려준다.

올림피아 극장.

전쟁이 아니라면 전시회가 열리는 곳이야. 시릴이 말한다. 수많은 나치 병사들이 한밤중 배에서 내려 들어왔어. '하일 히틀러' 구호 소리며 칼에서 피가 뿜어져 나온다는 노래 소리가 그득했지. 그러다 며칠 후에 우리를 여기 이 사람들과 함께 트럭에 태워 버틀린 휴가 캠프로 데려가더군. 거기서 일요일에 어느 신부가 일어나 신에게 나치의 승리를 빌더라고.

시릴이 웃음을 터뜨린다.

그는 자주 웃는다. 그가 동생의 어깨에 자기 팔을 얹는다. 자라다 만 동생 젤은 형이 웃을 때마다 멍한 미소만 짓는다.

그나저나 내 친구 대니얼, 자네 영어 실력은 최상급이야. 시릴이 말한다.

최상급. 대니얼이 말한다. 영국인으로 태어나 독일인으로 자란 뒤에 여섯 살부터 다시 영국인이 돼서 그렇겠지.

독일인으로 도왔다고(helped)? 시릴이 말한다.

자랐다고(whelped). 대니얼이 말한다.

철자를 알려 주고 의미를 설명한다.

강아지, 그러니까 새끼 개처럼 말이야. 그가 말한다.

언어 실력을 과시하는 자신이 민망하다. 하지만 시릴은 즐거워 보인다.

자랐다(whelpd). 시릴이 말한다. 자랐다(whelpt).

난 여름에만 독일인이야. 대니얼이 말한다. 여기서 자랐거든. 아버지가 독일계 영국인이고 여기서 독일인인 어머니를 만났는데 어머니는 자신이 유대인이라는 생각은 해 본 적도 없는 사람이었어. 그런 도장이 찍힌 서류를 보기 전까지는. 어머니는 삼 년 전 여름에 돌아가셨어. 너무 많은 '의지의 승리'*에 지쳐 살아남으려는 의지 자체가 무너져버린 거야. 어머니는 1915년에 이곳 윗퍼드에서 날 낳으셨어. 이미 전쟁이 시작되면서 아버지는 수감되고 어머니와 나는 독일 본국으로 송환됐지. 여섯 살에야 처음으로 아버지를 만났고, 전쟁이 끝난 후에는

---

* 레니 리펜슈탈이 만든 나치 프로파갠더 영화의 제목.

여기서 학교를 다녔어. 여름만은 독일에서 보냈고.

지금 여름이고. 시릴이 말한다. 그러니까 지금은 자네도 독일인인 거네.

대니얼이 활짝 웃는다.

부탁이 좀 있어. 시릴이 말한다. 나도 독일계 영국인처럼 영어를 잘하게 도와줄래?

대니얼이 흔쾌히 그러겠노라고 대답한다.

시릴이 주머니에서 납작한 쇠붙이로 만든 작은 물건을 꺼내 대니얼의 손에 놓는다. 옷깃에 꽂는 자그마한 에나멜 배지다. 뒷면의 핀은 떨어져 나갔지만 앞면은 대부분 남아 있다. 소녀의 머리와 어깨가 복숭아색과 파란색으로 칠해져 있다. 소녀는 수영모를 쓰고 금빛의 무언가를 머리에 댄 자세다. 그 밑에 검정과 흰색 글자가 박혀 있다.

버틀린의 클랙턴, 1939년.

이걸, 그게 뭐더라? 편지 넣는 상자 옆에서 주웠어.

우편함. 대니얼이 말한다.

아!

시릴이 웃음을 터뜨린다. 젤리그가 희미하게 미소

짓는다.

브리프카슈텐. 시릴이 말한다. 편지. 함. 우편함. 우편함 아가리가 그 위에 덧대어진 금속 막대로 막혀 있어서 우편함'에' 보고(looking to) 있었거든. 이제 이 말을 알게 됐네.

이야. 대니얼이 말한다. 훌륭한 학생이군. 하지만 우편함'을' 보고(looking at) 있었던 거야.

게나우!* 그리고 나는 발밑에서 헤엄치는 소녀가 느껴져서 땅바닥을 본다네.

소녀의 가슴 위로 물결이 파란색 에나멜로 칠해져 있고 그 위로는 흰색 에나멜로 거품이 칠해져 있다.

이걸 줄게, 내 친구 대니얼. 우린 모두 하나의 배를 타고 있으니까. 시릴이 말한다.

같은 배를 타고 있으니까. 대니얼이 말한다.

같은 배를. 시릴이 말한다. 같은 배를.

고맙지만, 받을 수 없어. 대니얼이 말한다.

이 소녀는 왜 이걸 귀에 대고 있을까? 시릴이 말한

---

* 정확해!

다. 그걸 뭐라고 하지, 듣지 못하는 것을?

귀가 먹어서. 대니얼이 말한다. 아니, 아니야. 집음기는 아니고 샴페인 잔 같은데. 우리에게 건배하는 거지. 건배, 이렇게 말하듯이. 샴페인의 거품도 보이고. 여기 에나멜로 된 이 조그만 점들을 봐.

글라주어. 슈멜츠.* 시릴이 말한다.

탁자와 의자 위의 여행 가방을 바라보고 앉았던 젤리그가 들리지도 않는 소리로 뭐라고 말한다.

슈멜츠가 목소리나 음악이 아주 듣기 좋을 때 쓰는 말이라는 걸 내게 기억해 주네. 시릴이 말한다.

상기시켜 준 거야. 대니얼이 말한다. 고마워, 젤.

젤이 고개를 끄덕인다.

그 배지는 이제 자네 거야. 너무 영국인처럼 좀 굴지 말고. 사실 지금은 여름이잖아. 어서 받아. 시릴이 말한다.

고마워. 대니얼이 말한다. 선물 받을게. 정말 고맙네.

젤을 봐. 내가 나의 소녀를 자네에게 준다고 생각하

* 글라주어와 슈멜츠는 둘 다 광택제 이름이다.

는 거야. 시릴이 말한다. 이보다 좋은 선물은 없어. 이제 우리는 평생 가는 친구야. 이 헤엄치는 소녀의 등에 타고 이 섬에서 탈출할 길을 주는 거니까.

대니얼이 미소 지으며 여행 가방 뚜껑에 배지를 집어넣는다.

그 순간, 사라지고 없다.

어디 갔지?

찾아보지만 여행 가방에는 아무것도 없다. 여행 가방도 없다. 누군가 그의 무릎 위에 쟁반을 올려놓았다.

샌드위치네. 이런 고마울 데가.

간식이에요. 이웃집 딸이 말한다.

아. 그가 말한다. 또 왔구나.

네. 그녀가 말한다. 금요일이니까요.

그가 그녀에 대해 이야기하는 것으로 착각하는 것이다. 상관없다.

몸은 어떠세요, 글럭 씨? 그녀가 말한다. 이번 주는 어떻게 보내셨고요?

사실은 "제 한 주가 어땠는지 물어봐 주세요, 글럭 씨." 하는 말이다.

그가 미소 짓는다. 그녀는 친절하고 사랑스럽고 똑똑한 처녀다. 물론 어렸을 적의 활활 타오르는 열정은 가셨다. 대니얼은 가끔 그게 서글프다. 그녀는 자신의 영혼을 갉아먹는 업종에 종사한다. 그녀는 외롭다. 분명하다. 그녀가 부식되어 가는 모습을 목격하는 것만 같다.

대체로, 대개, 전반적으로 좋아. 그가 말한다.

전 수요일에 시에나에서 돌아왔어요. 그녀가 말한다.

아. 그가 말한다.

로렌체티의 그림들을 보여 주러 학생 스무 명과 시청에 갔었어요. 「좋은 정부와 나쁜 정부」요.

나는 본 적이 없어. 그가 말한다.

「폭군」은 멧돼지처럼 아랫니가 입 밖으로 튀어나와 있어요. 그리고 「평화」, 「결기」, 「분별」, 「아량」, 「절제」, 「정의」 등 「좋은 정부」의 중심 인물은 모두 여성이에요. 갑옷 차림의 「결기」는 역시 갑옷 입은 기사들에 둘러싸여 있고요.

그리고 또? 그가 말한다.

「좋은 정부」가 그려진 벽은요. 그녀가 말한다. 조화와 균형이 완벽해요. 상태가 놀랄 만큼 좋다는 사실과도

관계가 있을 거예요. 반대로 「나쁜 정부」가 그려진 벽은
질이 많이 떨어졌거든요.

그림에 대해 말해 주겠니? 그가 말한다.

좋은 쪽요, 나쁜 쪽요? 그녀가 말한다.

언제나 「좋은 정부」를 선택하도록 하자. 그가 말한다.

그녀가 엄지로 전화기 화면을 넘긴다.

기억에서 말이다. 그가 말한다.

그녀가 미소 짓는다.

전화기를 내려놓는다. 눈을 감는다.

밤하늘 아래 빛나는 건물. 그녀가 말한다. 집들, 정
겨운 공동생활. 물건을 파는 사람들, 일하고 쓰고 무언가
를 만드는 사람들. 결혼하는 사람들. 말을 탄 사람들, 서
로 손을 맞잡은 사람들. 인간 열차 또는 사슬, 금성의 아
이들이 추는 춤, 어쩌면 서로 부둥켜안은 그냥 행복한 사
람들. 평화로운 도시. 여름이 왔어요. 인물들은 기운차
보여요. 약간 손상은 있지만 대수롭지 않아요. 훌륭히 복
원됐죠. 여러 세기가 지났음에도 여전히 튼튼하고 여전
히 빛이 나요.

두 사람 다 눈을 감는다.

그런데 오늘 신문에는 뭐가 났을까요? 그녀가 말한다.

권력을 쥔 폭력배와 흥행사들. 그가 말한다. 만날 똑같아. 영리한 바이러스. 그게 뉴스야. 주가가 요동칠 테고 그걸 교묘하게 이용해 먹는 치들이 나오겠지. 다시 한번 우리는 인간과 돈 중 무엇이 더 가치 있는지 깨닫게 될 거야.

어머니의 얼굴을 떠올려 본다. 어머니 쪽 가산은 하이퍼인플레이션으로 종잇조각이 되어 버렸고, 어머니는 장수하여 오십 대까지 사셨다.

나부터도 요절하고 싶지 않아. 그가 말한다.

이웃집 딸이 웃음을 터뜨린다.

엄마가 여기 계셨다면 이러셨을 거예요. 백네 살 영감님, 그러기엔 좀 늦은 것 같구먼요. 그녀가 말한다.

나이가 몇이든 똑같아. 그가 말한다. 다 요절하는 거야.

이웃집 딸이 그를 보고 환하게 웃는다.

이웃집 딸은 그를 사랑한다.

우리 아버지는 스페인 독감도 이기고 살아남으셨

어. 그가 말한다. 내가 언젠가 여쭤 보자 너무 마음에 두지 않는 법을 배워야 한다고 하시더라. 그래야 두렵지 않다면서. 그 이야기는 그만두고. 그래, 뭘 읽고 있니?

지금은 주로 전화기로 뉴스를 읽고 있어요. 그녀가 말한다. 그리고 이것도요.

그녀가 페이퍼백 책을 한 권 들어 보인다.

소설이에요. 그녀가 말한다. 괜찮더라고요. 울프의 아류쯤이랄까요. 어쨌든 제 생각은 그래요. 릴케와 캐서린 맨스필드에 관한 건데요. 두 사람이 스위스에서 가까이 살았는데 한 번도 못 만났다는 거 아셨어요? 릴케를 읽어 보신 적은 있어요?

아. 그가 말한다. 릴케.

릴케에 대해 생각하고픈 것들이 있다. 그런데 지금 당장은 릴케 생각을 할 수 없다. 시릴이 다시 그의 곁에, 이웃집 온실 안의 멋진 의자 옆에 무릎을 꿇고 있어서다.

늘 옆에 있는 파리한 젤리그의 유령을 향해 그가 고갯짓을 한다. 젤리그도 맞받아 고갯짓을 한다.

물론 두 사람 다 온실 안에 있을 리 없다. 젤은 1947년에 죽었다. 오래 버티지 못한 건데, 그럴 수 없었던 게 너무 빨리, 너무 늙어 버렸기 때문이다. 시릴은, 글쎄, 1970년인가에 떠났다.

그런데도 그가 지금 여기 있다. 밝게, 생생하게, 대니얼 곁에서 철책 너머 은빛 바다를 내다보며.

동생은 정말 힘들었다고, 그는 말하곤 했다. 불길이 집어삼켜 자신의 모든 것이 녹아 버리고 형체가 바뀐 다음에도 남는 것이 있다면, 그건 동생의 기억이라고.

거기에 비하면 자신은 별로 고통을 당하지 않았다고. 약간 괴롭혔을 뿐이라고. 운이 좋았다고. 본관으로 끌고 가 머리며 아랫배에 주먹질을 해 대고 동성애자라고 교수형을 당할 거라고 아리아인 처녀를 너무나 여럿 유혹하여 살려 줄 수 없다고 그와 같이 불량한 인간에게는 사형이 내려져야 한다고, 그래서 그날 오후 앞마당에서 목을 매달 거라고 한 다음 앉으라고 해 놓고 막상 앉으려는 찰나에 의자를 뒤로 빼 버려 바닥에 나동그라지자 박장대소하는 방 안의 나치들. 또 그래, 또, 또.

그러던 끝에 건물 다른 곳에서 무슨 일이 일어났고 거기에 정신이 팔리는 바람에 그들은 그를 잊어 버렸고, 그는 기회를 틈타 빠져나갔다. 나가는 길에 복도 양편에

누구든 지나가는 사람을 타격할 준비를 갖춘 채 소총을
들고 늘어선 병사들이 보였다.

주먹질과 모욕, 그것만도 무서웠다고, 엉덩이 밑에
의자가 없다는 것을 알면서도 안 그랬다간 즉시 죽여 버
릴 것임을 알기 때문에 치워 없앤 의자에 앉아야 하는
것, 그것만도 무서워 미칠 것 같았다고 시릴은 말했다.
"그래도 나는 계속 일어났다네. 나동그라질 때마다 다시
일어난 거야. 할 수 있다고, 채플린처럼 될 수 있다고, 머
릿속에서 말했어. 일어나. 양발을 딛고 서는 거야. 그래,
그렇게. 자. 외투를 깨끗이 솔질해."

이웃집 딸의 말이 잘 안 들리고 귀를 기울이기도 힘
들다.

버틀린의 클랙턴, 1939년.

그는 혹시 떨어졌을까 봐 카펫 위 슬리퍼 신은 발을
내려다본다.

물론 거기 있을 리 없다.

어디 다른 시간인 거야, 그렇지?

어디지?

어디에, 언제 그걸 떨어뜨렸지?

누구든 누군가에게 주기 아까울 만큼 멋진 물건이었다.

자신이 몹시 짜증이 난다.

그는 가끔 너무 부주의한 인간이다.

기억하지 못하는 것들을 잊어버린 데 대해 자신이 얼마나 혐오스러운지 말로 다 표현하기 어렵다.

이를테면. 사랑했던 여자. 어느 밤 어둠속에서 두려움에 질려 잠이 깼다. 그녀가 입은 옷은 리브 고슈*가 아니야! 그는 오랫동안 리브 고슈인 줄 알았다. 엉뚱한 소리를 해 댔던, 엉뚱한 이름을 대 왔던 것이다. 전혀 다른 것이었는데!

그는 창피해서 어둠 속에 누워 있었다.

어떻게 속죄해야 할지 알 수 없었고 지금도 마찬가지다. 옳게 돌려놓아야 한다.

하지만 기억을 어떻게 옳게 돌려놓지?

정말, 정말 미안해.

그녀가 입었던 건 다른 프랑스 디자이너의 옷이었

---

* 프랑스 디자이너 이브 생 로랑이 개척한 여성 기성복 라인이자 브랜드명.

다. 졸리. 그래, 졸리 뭐였다.

졸리. 그녀의 방 탁자 위의 병 한쪽 면에 그렇게 쓰여 있다. 반대쪽에는 다른 글자가 쓰여 있다. 머릿속에서 병을 돌려 글자를 읽으려 해 본다.

안 된다.

못 하겠다.

그녀는 수프 키친에서 현찰로 급료를 받으며 일했다. 그림을 좀 팔기도 했다. 그다음에는 연기를 했다. 로열코트 극장과 BBC에서. 그러다가 죽었다.

수프 키친. 그건 수프 만드는 부엌이 아니었다. 수프를 접대하는 식당이었다. 런던이 빈곤에서 더욱 멀어질수록 그곳은 더욱 유행을 탔다. 예술가들이 그곳에서 일했다. 젊은 여자 예술가들이 다 거기 취직했다.

이웃집 딸은 지금 뭔가에 대해 한층 열의를 띠고 말하고 있다.

정말 미안하구나. 그가 말한다. 다시 말해 주겠니?

그녀가 그에게 맨섬에 대해 물어본다.

오.

그건 어떻게 아니? 그가 묻는다.

아까 그가 그에 대해 하는 말을 폴리나가 듣고 말해 줬다고 그녀가 대답한다.

오.

그래. 그가 말한다. 글쎄. 아주 잠깐이었어. 비교적 빨리 나왔지. 그리고 끔찍했어.

예외적이었는데, 그래도 끔찍했단다. 하지만 오래 있진 않았어. 아버지는 첫 대전에서 거의 육 년간 수용소 생활을 하셨어. 웨이크필드. 로프트하우스. 로프트하우스는 좋은 수용소였어. 요금을 받는 고급 시설이었지. 어머니가 비용을 대셨어. 그럼에도 반미치광이로, 몹시 약하고 침울해져서 풀려나셨어. 건강도 망가져서 여생을 병자로 지내셨지.

대니얼이 눈을 감는다.

어두운 '동화의 집'에서 그가 눈을 뜬다. 아버지에게는 매트리스와 침대가 있다. 대신 대니얼에게 담요 한 장을 줬다. 대니얼은 바닥에 누웠다. 담요 두 장을 깔고 다른 한 장은 덮는다. 어둠 속에서 아버지의 목소리가 들린다.

웨이크필드도 휴양지였단다. 지역 전차 근로자들을

위한 곳이었지. 그들은 휴양지를 수용소로 쓰기 좋아하
더구나. 어쨌든 어느 날 열여섯쯤 됐을 예쁜 소녀가 아
마 가시금작화 뒤로 산책을 나왔던 모양인데, 조팝나무
에 손을 뻗는 나를 본 거야. 그걸 꺾어다 물에 넣고는 혹
시 찾으면 설탕도 조금 넣어야겠다, 하고 있었지. 나비들
이 조팝나무를 아주 좋아한단다. 그런데 손에 안 닿았어.
그런 나를 소녀가 보더니 덤불 틈새로 건너와 그걸 꺾어
서 철조망 사이로 아무것도 아니라는 듯 내게 주더구나.
그 일로 웨이크필드 감옥에서 석 달을 살았다고 들었다.
그자들이 아주 콕 짚어서 내게 알려 주었지. 정부 부지에
서의 배회. 적국인과의 내통. 내 탓이었어. 그 소녀 생각
을 자주 한다. 해를 입지 않았길 바라고. 그것이 내게는
크나큰 선물이었단다.

　　우리 여기 얼마나 있을 것 같아요? 대니얼이 묻는다.

　　(몇 주가 지났다. 그 몇 주는 몇 년 같았다.)

　　나는 정말 희망적으로 생각해. 아버지가 낮은 소리
로 말한다.

　　어둠 속에서 대니얼은 깜짝 놀란다.

　　무엇이 됐건 이처럼 태평하게 희망적인 아버지를

본 적이 없기 때문이다.

이번에는 달라. 이제 영국은 달라졌어. 아버지가 말한다. 선량한 쪽으로 변하고 있어. 알아, 안다고, 선동도 좀 있었지. 배반자가 대지의 기름을 빨아먹는다는 구호들, 잡아 가두라는 요구들, 독일인은 전부 다 적의 첩자라는 주장들 등등.

하지만 라스본 여사가 의회에서 연설을 하고, 치체스터 주교도 그렇고, 웨지우드 씨, 청년 풋 씨 등 굉장히 많아. 침입이 임박한 듯 보이고 '그들'에 관해서라면 하나같이 모를 일이지만 그래도 '우리'에 대해 시간을 내서 의회 토론을 하는 거잖니. 게다가 풋 씨는 우리가 나치를 몹시 싫어하면서도 무척 많이 알고 있다는, 그러므로 특별 기술을 갖고 있다는 이유로 지하 군대를 조직하여 영국을 위해 싸우게 하면 굉장히 유용할 거라고 말했어. 전에는 전혀 없었던 소리란다. 상황이 완전히 달라진 거야. 이제 공정이 무엇인지, 왜 전쟁에 나가야 하는지, 그러면 무슨 일이 일어나는지 알아. 어떤 신문이 이윤을 위해 거짓말을 하는지도 알고. 죄 없는 사람들을 감옥에 처넣어선 안 된다는 것도 알아. 영국인들은 공정하고 실용적이고 관대해. 유치하지 않고 침착하고 이제 개화도 됐어. 옳게 돌려 놓을 거야. 머잖아 우리는 여기서 나가게 될 거야. 내 말이 틀리는지 어디 봐라.

아버지는 옳았다.

대니얼은 1941년 1월 말 풀려났다. 같은 시기에 아버지도 석방 서류를 받았다.

부자는 스테이닝에 돌아갔고 봄을 맞아 장미나무 가지를 쳤다. 대니얼은 다시 신체검사를 받았고 이번엔 아무 문제 없이 영국 국민으로 영국 해군에 입대했다.

아버지는 그해 여름에 돌아가셨다. 대니얼은 이미 해상에 있었다.

웨이크필드요? 이웃집 딸이 말하고 있다. 바버라 헵워스, 할아버지의 돌을 만든 그 조각가가 자란 곳 말이에요?

대니얼이 눈을 뜬다. 다른 세기, 온실 안이다.

저 처녀, 어머니와 아이 조각의 남은 부분을 말하는 거야.

그가 한 번 같이 잔 여자가 조각 중 아이 부분을 훔쳐 갔다. 오래전, 그냥 슬쩍 가져갔다.

어머니 부분이라도 남았다며 괘념치 않았지만 어쨌든 팔 수는 없게 돼 버렸고 그건 다행스러운 일이었다. 다른 건 다 팔아 치웠어도 이것만은 간직할 수 있었다. 좋은 일이다. 아주 마음에 든다.

그게 어디 있는지 기억하려고 몸을 뻗는다. 그의 침실에 있고…….

(이제 자신이 어디 있는지 기억하려고 몸을 뻗는다.)

……이 이웃집의 이 방, 책장 꼭대기에 놓여 있다.

그건 그렇고. 대니얼이 말한다. 혹시 여기 어디서 색깔이 화려한 자그만 쇠붙이 본 적 있니?

자그만 쇠붙이요? 이웃집 딸이 말한다.

헤엄치는 소녀 모양이야. 그가 말한다. 잔을 이렇게 머리 쪽으로 들고.

그가 팔을 머리 옆으로 올리고 빈 찻잔을 귀에 걸친다. 의기양양하게. 그녀가 깔깔 웃어 댄다.

아니요. 그녀가 말한다. 못 본 거 같아요. 뭔데요, 그게?

그럼 우리가 알고 지낸 수십 년 동안. 그가 말한다. 내 주변이나 내 집에서 작고 납작한 쇠붙이를 본 적이

있니? 소녀, 헤엄치는 소녀 모양이고 옷깃에 꽂는 배지
란다.

봤을지도 모르겠지만 전혀 기억이 안 나네요. 이웃
집 딸이 말한다.

자그만 거야. 대니얼이 말한다. 그만두자. 내가 잃어
버렸겠지.

그녀가 다시 책을 읽을 때까지 그는 기다린다.

그리고 슬리퍼 신은 발을 몰래 움직여 바닥에 뭐 떨
어진 게 없는지 찾아본다.

화창한 여름 아침. 식당에서 한 남자가 대니얼을 찾
아온다. 더글러스항에 도착했을 때 본, 행렬의 바로 앞줄
에서 걸으며 자기 앞줄 노인이 너무 늙어서 더 빨리 걸
을 수 없다고 경사에게 따졌던 그 남자였다.

프레드 울만 씨라고 그가 자신을 소개한다.

어쩐지 매우 딱딱하고 격식을 차리는 데가 있다. 그
래서 대니얼은 차마 프레드라고 못 부르겠다.

젊은 글럭 씨가 독일어를 알아듣는 영어 원어민자
라 들었다고 울만 씨가 말한다.

여기서 태어났어요. 대니얼이 말한다. 그리고 이주하여 여섯 살 때까지는 독일어만 썼어요. 그다음에는 영어만 썼고. 나의 독일인 자아는 여섯 살인 셈이죠.

나는 번역에 관심이 있습니다. 남자가 말한다. 같은 말인데 다르게 표현되는 것들도요. 두 언어에 고루 능통하시니 흥미로운 사례가 될 것 같군요. 지금 이 작은 시의 다른 판본들을 수집 중이에요.

그가 독일어로 쓴 사행시를 건넨다. 양질의 두터운 종이에(종이가 예전에는 그랬다.) 손으로 쓴 시였다.

할머니가 즐겨 외우시던 시예요. 그가 말한다. 글럭 씨의 영어로 들어 보고 싶어요.

대니얼이 한번 읽어 본다.

장부 관리용으로 쓰던 몽당연필을 꺼내 칼로 깎은 뒤 화장지 한 칸에 쓰고 수정한다.

전체를 다시 쓴 뒤 그것을 다시 수정한다.

운을 바꿔야 했고 문법도 나름대로 좀 손봤어요. 그가 말한다. 아주 초안이지요.

울만 씨가 받아 읽는다.

송영을 읊지 마오, 나를 위해서.

미사를 드리지 마오, 나를 위해서.

그 어떤 노래나 말도 하지 마오,

나 죽는 그날.

시작 치고는 훌륭한데요. 울만 씨가 말한다.

흡족한 얼굴이다.

하이네도 그렇게 생각할지 모르겠네요. 대니얼이 말한다.

게다가 하이네의 시인 것까지 알고요. 울만 씨가 말한다. 학교를 영국에서 다녔으면서.

독일인 여동생이 있어요. 대니얼이 말한다. 어때요? 도움이 되었나요?

맘에 들어요. 울만 씨가 말한다. 아주 맘에 들어요. 훌륭해요. 고맙습니다.

울만 씨, 혹시 대신. 대니얼이 말한다. 하이네 시가 적힌 그 종이와 같은 종이 석 장만 빌려줄 수 있을까요? 수중에 들어오는 대로 그만큼, 아니 그보다 더 좋은 질의 종이 석 장을 돌려드릴 거여서 빌린다는 표현을 쓸게요. 전쟁이 끝나면요. 기억할게요.

울만 씨의 눈이 휘둥그레진다.

대니얼이 치약 한 통을 카운터에 내려놓는다.(치약은 초콜릿만큼이나 값이 비싸다.)

이건 선물이에요. 그가 말한다. 어때요?

울만 씨는 나이가 많다. 못해도 마흔이다. 언론에 보낼 편지에 서명한 예술가들 중 하나다. 편지 사본이 수용소 안에 돌았다. "근계, 현재 맨섬 더글러스의 허친슨 수용소에 억류된 하기 서명 예술가, 화가, 조각가 들은 모든 영국 동료 및 친우 들에게 긴급하게 호소합니다. 너무도 잘 알고 계시듯 우리는 우리 신병과 작품 활동이 지대한 위험에 처한 상황에서 집과 나라를 떠났습니다. 우리가 영국에 온 이유는……."

이어진다.

"……유럽 민주주의의 마지막 희망…… 기약도 없이…… 무엇인가를 창조…… 이 나라에 크게 쓰이도록…… 예술의 소명…… 예술은 철조망 뒤에서 살아남을 수 없습니다……. 어느 신문들에 따르면…… 우리에게 부과된 긴장은…… 수천 명의 긴밀한 공동체…… 수 주간 아무 소식도 없이…… '백서'는 온갖 종류의…… 대비합니다…… 망각된……."

이렇게 끝이 난다.

"……그리고 나치의 탄압을 피해 온 우리 모든 피난민들에게 어떤 예술가도 그것이 결여된 상태에서는 살 수도 일할 수도 없는 존재를 복원해 주십시오. 바로 자유를 말입니다."

그가 체포되고 며칠 후 아내가 첫아이인 딸을 출산했다고, 자신은 아직 그 아기를 보지도 못했다고 울만 씨가 대니얼에게 말한다.

대니얼은 예술가들의 편지를 생각한다.

곧 만나실 거예요. 그가 말한다.

울만 씨는 서글픈 미소로 고맙다는 뜻을 전한다. 그는 변호사였다고 한다. 자격을 취득하고 어느 날 아침 출근하여 사무실에 앉아 있는데 왕립 재판소 어딘가에서 망치질과 톱질 소리가 하도 요란하게 들려와 일에 집중할 수 없었다. 안뜰에 나가 보고 무슨 일인지 알 수 있었다.

인부들 몇이 비계를 세우고 있었던 것이다.

아니다. 그건 단두대였다.

그는 간신히 빠져나와 프랑스로 건너가 화가가 됐

고 스페인에 갔다가 여행중인 젊은 영국 처녀를 만났다. 그녀는 바로 헨리 크로프트 경의 딸로 어린 동생들에게 마르크스를(세상에나!) 가르친 부류였다. 게다가 자그마치 무일푼의 유대인 피난민과 결혼하는 상상할 수 없는 일을 저지르고 말았다. 아내는 경찰서에서 그의 외투 주머니에 잉크 약간과 목탄 한 꾸러미를, 그리고 여행 가방에는 이 양질의 종이 한 묶음을 넣어 주었다. 매일 이 종잇장들에 그림을, 최소한 한 장 어떤 날은 더, 그린다고 그가 말한다. 얼마나 우울한가에 따라 달라지는데 어쨌든 그게 도움이 된다.

그날 저녁 소등 전 그는 '동화의 집'에 건너와 앞문에서 대니얼을 기다렸다가 그 품질 좋은 백지 석 장을 건네준다.

다른 사람이라면 절대 주지 않을 겁니다, 글럭 씨. 그가 말한다. 그림 세 점을 그릴 수 있는 양이니까요.

그가 미소 짓는다.

내 이를 좀 보세요, 얼마나 깨끗한지. 그가 말한다.

어느 날 그는 대니얼에게 그림 그리는 모습을 보여준다. 방에 앉아서 무릎에 균형을 맞춰 올려놓은 여행 가

방 뚜껑 위에 종이를 얹는다.

회화는 아직 별로 그리고 싶지 않아요. 그가 말한다.
드로잉이 진짜죠.

그가 펜을 내려놓고 침대에서 일어선다. 보관함을
열더니 종이를 좀 꺼낸다. 대니얼에게 거무스름한 잉크
드로잉을 한 장 보여 준다.

애스콧의 그 벙커 침대 방이다. 분위기와 어둠이 하
도 정확히 반영되어 아예 냄새도 맡을 수 있을 것만 같
다. 식은땀이 솟는다.

애스콧에서 편지를 기다리다 실성할 지경이었다고
울만 씨가 말한다.

한 달이었죠. 그가 말한다. 통째로 한 달이요. 런던
이 코앞인데 아무한테서도 편지 한 통 없는 거예요. 당장
아기가 나올 참인데.

그는 대니얼에게 현재 작업중인 것들을 몇 개 더 보
여 준다. 그들의 갓난아기에게 바치는 그림들이다. 줄에
매달려 깐닥거리는 풍선을 든 채 지옥을 뚫고 걸어가는
어린 소녀가 자주 보인다. 지옥을 뚫고 가는 동안 풍선은
소녀의 머리 위 허공에 떠 있고, 소녀는 호기심에 차서

두려움 없이 꿋꿋이 걸어가고 그림이 증식함에 따라 그 모습은 주변에서 벌어지는 끔찍한 일들만큼이나, 아니, 그보다 더 강력하게 다가온다. 폐허가 된 건물들과 교수대들, 조각조각 나무에 매달려 죽어 가는 사람들…….

고야의 오마주죠, 봐요. 울만 씨가 그림을 가리킨다…….

……그리고 아이는 파괴의 풍경을, 수북이 쌓인 백골들 곁을 묵묵히 걸어간다. 목이 매달린 여자를 지나친다. 소녀는 공포에 질리지도 않고 명랑한 해골과 춤을 춘다.

그림 그리는 모습을 대니얼에게 보여 준 날, 울만 씨는 허수아비가 서 있는 건초밭 그림에다 새들을 추가하고 있다. 화폭을 가로질러 길이 하나 나 있다. 풍선을 든 소녀가 그 길을 걸어 내려와 다른 아이들을 만나고 함께 함박웃음을 짓는다. 머리 위의 허수아비는 사실은 불어터진 병사의 시신이고 그 군모 위에 작은 새가 앉아 지저귀고 있다.

예술 애호가인가요, 글럭 씨? 울만 씨가 말한다.

저는 아는 것이 없어요, 울만 씨. 대니얼이 말한다.

여동생이 그림을 가끔 그리죠. 하지만 저는 아무것도 몰라요.

사물을 본연의 모습으로, '또한' 본연이 아닌 모습으로 보고 싶은가요? 울만 씨가 말한다.

둘 다 보지 않을 수 없죠. 대니얼이 말한다. 이따금 아니면 좋겠다 싶기도 하지만, 그러지 않을 수가 없어요.

그럼 축하합니다. 예술가 문턱에 서 있는 거예요. 울만 씨가 말한다.

잘못 보신 것 같은데요. 대니얼이 말한다.

울만 씨가 웃는다.

그리고 1920년대 하이퍼인플레이션 당시 가 봤던 카니발 이야기를 꺼낸다.

그런데 느닷없이 온 마을 사람들이 광란의 춤을 추더라고요. 춤의 전염병 같았어요. 울만 씨가 말한다. 마을 전체가 춤을 추고 또 추고, 광란과 빈곤 때문인데 그게 환희로 바뀐 거죠.

그리고 새들을 더 그려 넣는다. 종이 위에서 펜은 좀체 움직이지 않는데도 새들이 들판 위에 자꾸만 모여든다.

다음에 또 합시다. 울만 씨는 너무 우울해져서 더 그릴 수가 없다.

이 나라 상류층이 히틀러의 환심을 사고 친하게 지내려고 할 때 나는 맞서서 싸웠어요. 그가 말한다.

온순한 말씨임에도 원한이 가득했다.

그러더니 태도가 바뀌어 그가 말한다.

혹시 커트를 만나고 싶은가요, 글럭 씨?

커트는 악명 높은 화가다. 저녁이면 수용소 인근 거리에 다 퍼지도록 큰 소리로 개 짖듯 악을 쓰고, 침대 대신 바구니 안에 들어가 개처럼 잔다. 예술인 카페에서 대니얼은 그를 보았다. 짝 맞는 컵과 받침 접시를 찾기가 어려운데 커트는 용케 그렇게 짝을 맞춰 가지고 앉아 있었다. 주변에서 이야기를 나누던 사람들이 점점 조용해졌다. 커트의 웅웅대는 목소리, 그의 행동 때문이었다. 탁자 위에서 컵과 받침 접시를 천천히 돌리면서 "거짓말, 거짓말, 거짓말"이라는 말을 되풀이했다. 아니, 그것은 독일어였다. '좀 조용히 하세요' 할 때의 '조용히'를 뜻하는 독일어 '라이제'였고, 그는 그 말을 아주, 아주 조용히 "라이제, 라이제, 라이제", 이렇게 연발했다. 주변의

'라이제' 사람들이 조용히 듣게 될 때까지, 그리고 그가 '라이제'라는 말을 좀더 힘차게 "라이제, 라이제, 라이제" 함에 따라 '라이제' 침묵이 수면의 동심원처럼 퍼져 나가 결국 온 실내가 "라이제"라고 하면, 그가 '라이저'라는 말을 더욱더 크게 하다 급기야 "라-이-제"라고 외치게 되고, 온몸의 있는 힘을 다하여 낼 수 있는 가장 큰 소리로 "라 — 이 — 제"라고 외치며 이제 자리에서 일어나 컵과 받침 접시를 공중에서 돌리다 받침 접시와 컵이 둘 다 바닥에 세게 내동댕이쳐져 산산조각이 날 때까지.

정적.

모두가 충격에 휩싸였다.

그러더니 다들 소리를 지르고 웃음을 터뜨리고 화를 내고 행복해했다. 한 번에, 동시다발적으로.

대니얼이 느낀 건 언제부턴가 처음으로 제대로 숨 쉬고 있는 자신의 몸이었다. 그 언제가 언제인지는 몰랐다. 체포됐을 때부터? 오래전, 이를테면 십 년 전부터? 날로 끔찍해지기 전부터?

커트의 작품을 히틀러가 몸소 조롱했다는 건 수용소 사람들이 모두 아는 사실이었다.

우리가 여기서 나간다면, 죽지 않고 살아서 나간다면 말이야. 어느 저녁 커트의 개 짖는 소리를 듣다 시릴이 말했다. 개를 한 마리 사서 커트라고 부를 테야. 저 개 짖는 소리는 진짜 쓸모가 있어. 우리 옆방 노인이 놈들이 죽이려고 한다며 도와달라는 비명과 함께 잠에서 깰 때마다 나 자신에게든 젤에게든 어서 다시 자라고, 닥스훈트 커트에 대한 대꾸로 또 누가 짖어 대는 거라고 말해 주거든.

커트가 두 손으로 대니얼의 손을 굳게 잡는다.

이렇게 알고 지내게 되어 기쁘고 행운이라 생각하겠소. 그가 말한다. 자네는 늘 행운과 행복을 지고 다니는 사람이니까.

그리고 대니얼의 맞잡은 손을 흔든다.

행복한 행운의 젊은 손과 악수했으니. 그가 말한다. 이제 이 전쟁에서 살아남겠군. '그리고' 자네는 식당에서 근무하잖아. 바로 그래서 만나자고 했다오. 청이 하나 있어요.

그가 대니얼을 작업장에 데리고 간다.

콜라주를 만드는 중이다. 마치 무지갯빛 레이스로

만든 것 같다.

들여다보니 물고기 껍질이다.

실내는 알싸하고 달콤한, 야릇한 냄새를 풍긴다. 수용소에 나돌던 소문이 떠오른다. 요강을 발로 차서 자빠뜨린 커트는 며칠씩 묵은 내용물이 마룻바닥과 그 아래 방에까지 스며들어 버리는 통에 자칫 작업장을 압수당할까 봐 겁에 질렸다.

(그래서 그는 입었던 옷을 찢어 흘린 오물을 닦은 뒤,

그 옷을 도로 입었다고, 시릴은 말한다.)

낡은 피아노의 부러진 다리 등 파손된 목재로 떠받쳐진 작업장 안에는 청록색의 두상들, 동물상들, 그리고 뭔지 모를 형체들이 널려 있다. 우툴두툴, 거칠어 보인다. 어쩐지 묘하게 낯이 익다.

식당이나 매점에 있는 것들 중 뭐가 됐든지 아무도 쓰거나 먹고 싶어 하지 않아서 어차피 버려지는 것들을 치워 놨다가 건네줄 수 있는지 커트가 대니얼에게 묻는다. 빈 담뱃갑과 치약 겉포장과 초콜릿 껍데기들. 시들어 버린 배춧잎들. 남아 버리는 죽도 간절히 필요하다고 한다. 혹시 아침 식사 후 쓰레기통에 버려진 게 있다면.

그제야 조각들이 굳은 죽으로 만들어졌음이, 그리고 그 위에 곰팡이가 슬어 조각들마다 푸르뎅뎅한 털들이 돋아나고 있음이 대니얼의 눈에 들어온다.

이 조각들은 살아 있군요. 그가 말한다.

커트가 눈살을 찌푸린다.

그보다 더한 칭찬은 없지. 그가 말한다.

그의 찌푸린 얼굴은 미소에 해당한다.

대니얼이 눈을 뜬다.

무슨 전쟁터에 계셨던가 봐요. 이웃집 딸이 말한다.

그녀의 손이 그의 어깨 위에 놓여 있다.

자꾸 몸을 뒤척이며 소리도 지르시고. 그녀가 말한다.

수프를 쟁반에 받쳐 가져온 모양이다.

맞아. 그가 말한다. 정말 그랬어.

어디 계셨어요? 그녀가 말한다. 어디 꿈을 꾸신 거예요?

더글러스 읍내를 걷고 있었어. 대니얼이 말한다. 우리 전부 다. 영화관엘 갔는데 인솔한 경비병이 피곤하다고 나더러 자기 총을 메고 가라지 뭐야.

그때 도망칠 수도 있었겠어요, 꿈속에서요. 그녀가 말한다. 총이 있었으니까. 경비병을 그 사람 총으로 잡아 세워 놓고서 전부 도망치는 거예요.

그가 웃는다.

아, 꿈이 아니었어. 그가 말한다. 정말 일어난 일이 었어. 도망은 또 왜? 파시스트들이나 탈출을 시도했지.

그가 쟁반에 스푼을 내려놓는다.

나중에 채링 크로스 로드에서 울만 씨를 만났어. 악수를 하고 인사를 나누었지. 어떻게 지내냐고. 그다음에 무슨 말을 더 하겠어? 할 말이 없더라고. 그래서 책방을 가리키며 허친슨에서 그린 드로잉들이 책으로 나왔다고 들었다고, 아직은 못 봤지만 고대하고 있다고 했어.

웃음을 터뜨리더구나.

고대한다. 그가 말했어. 굉장한 표현이로군요. 모두들 얼마나 고대했던지 아무도 책을 안 삽디다. 더는 전쟁에 대한 것을 원하는 사람이 없었어요. 책이 나오자 누구도 원하지 않았어요.

질 좋은 종이 석 장을 빚졌다고 내가 말했지.

빚은 탕감됐습니다. 그가 말하더구나.

우리는 명랑하게 작별 인사를 나누었어.

그 뒤로 그를 다시 보지 못했지.

대신 세월이 많이 흐르고 그가 죽은 후에야 그의 책을 보았어. 그림들을 모두 봤는데 그중에는 내가 본 적이 있는, 기억이 나는, 마치 누군가 내 머릿속에 새긴 것처럼 기억이 나는 그림들도 있었어. 그림 속에서 풍선을 들고 있는 그 어린 소녀, 딸, 그 갓난아기는 계속 지옥을 뚫고 책 끝까지 걸어가 마지막 페이지에서…….

그가 웃음을 터뜨린다.

……아 글쎄, 그 성직자들이 입는 그게 뭐더라, 그거 끝을 움켜쥐는 거야…….

음, 캐속 말인가요? 이웃집 딸이 말한다.

그래, 바로 그거야, 캐속. 그러고서 거대한 몸집의 그 성직자를 홱 기울이지. 그의 십자가는 나치의 하켄크로이츠야. 소녀가 캐속 가두리를 붙잡고 아주 손쉽게 자빠뜨리는 거야. 그리고 서커스의 무희나 곡예사처럼 한 발을 들고 손을 허리에 두른 채로 그의 거대한 배 위에서 중심을 잡아. 풍선을 높이 들고 말이지.

울만 씨에게 그걸 봤다고 하고 감사 인사도 할 수

있었더라면 좋았을 걸.

그런데 꿈속에서 영화관에 가셨다고요? 이웃집 딸이 말한다.

아, 그거 꿈 아니야. 실제로 갔어. 그가 말한다. 그들이 데려갔지. 경비병 둘이. 우리는 400명이었어. 11월의 어느 날. 영화관의 전면은 튜더풍이었는데 아주 예뻤어. 「위대한 독재자」. 채플린이 이발사로 나오는데 예쁜 처녀를 사랑하지. 내 여동생과 이름이 같아. 정말로 굉장했어. 그런 식으로 히틀러를 직격하다니. 그날 저녁 캠프로 돌아와서는 음악회에 갔어. 슈베르트였을 거야.

뭐, 도무지 감옥 같지가 않네요. 그녀가 말한다.

감옥은 감옥이야. 그가 말한다. 어떻게 시간을 채우든.

그가 남은 수프를 먹어 치운다.

고맙다. 그가 말한다. 정말 친절하구나.

별말씀을요. 그녀가 말한다.

오후 휴식을 위해 그녀가 그를 침대에 깊이 눕힌다.

그런데, 글럭 씨. 그녀가 말한다. 여쭤볼 게 있어요. 좀 전에 그러니까 여동생이 있다고, 있었다고 그러셨어요?

그랬지. 그가 말한다.

그리고 말을 잇지 않는다.

사람들이 도착하기 조금 전에 깨워 드릴게요. 그녀가 말한다.

사람들. 그가 말한다.

오늘 방문하기로 예정된 사람들이요. 그녀가 말한다. 그 남자. 그 사람 어머님과 아는 사이였다고 하셨어요. 기억나세요?

대니얼이 고개를 젓는다.

오, 그래. 그가 말한다.

그녀가 프렌치 윈도의 커튼을 당겨 닫는다.

그대로 열어 놓자. 그가 말한다. 오늘 바깥 볕이 좋구나.

그녀가 커튼을 다시 연다.

고맙다. 그가 말한다.

그리고 눈을 감는다.

그는 열일곱 살이다. 여동생은 열두 살, 아직 어린아이다. 베를린 아파트의 거실. 그가 여름을 나는 곳이다. 그들은 열어젖힌 커다란 창의 창틀에 팔꿈치를 괴고 서로에게 기댄 채 오후의 바깥 풍경을 내려다보고 있다.

그들은 다투고 있다. 늘 그런다.

막스 랭데*가 더 훌륭한 코미디언이라고 그가 말한다.

그녀는 완전히 채플린 편이다.

하지만 오래 남는 건 랭데야. 그가 말한다. 틀림없어. 지적이고 창의적이거든. 사회적 코미디언, 그러니까 사회적 지성을 지닌 사람이야. 랭데에 비하면 채플린은 그냥 광대, 섀도복서일 뿐이야. 남의 기술을 훔쳐 쓰고도 원조만큼 훌륭할 수 있다고 생각하는 사람이야. 그런데 그럴 수가 없어, 왜냐하면 그렇지 않으니까. 랭데가 원천이야. 랭데가 진짜라고.

한나는 대니얼이 가엾다는 듯 고개를 젓는다.

사회적 코미디언이라. 그녀가 말한다.

천진난만한 소리라는 듯 그녀가 깔깔댄다.

채플린이 상록수라면. 그녀가 영어로 말한다. 막스 랭데는 한 해 예쁘게 피었다 사라지는 식물이야. 기다려

---

* Max Linder. 프랑스의 희극 배우이자 감독.

봐, 여름 오빠.

요즘 그를 이렇게 부르기 시작했다. 마치 그가 그녀의 진짜 오빠가 아니라는 듯. 마치 그가 한 해 한 철만의 오빠라는 듯.

그가 있는 힘껏 위엄을 부려 본다.

그래, 기다려 보자. 그가 말한다.

우리가 그러거나 말거나. 그녀가 말한다. 비렁뱅이가 멋쟁이보다 오래 남겠지, 그것도 수천 년씩.

아직도 화창하고 낮은 덥지만 밤은 쌀쌀한 9월 하순의 늦여름 어느 아침. 대니얼은 '동화의 집' 뒤 양지에 앉아 종잇장들을 편다.

총 석 장이다.

그는 그중 두 장을 바람에 날리지 않게 무릎 위에 올려놓고 다른 한 장은 다시 접어 속주머니에 넣는다.

머리가 새빨간 젊은 경비병이(대니얼은 그를 아일랜드인이라 부르고 그는 대니얼을 잉글랜드인이라 부른다.) 제법 쓸 만한 크기의 연필을 한 자루 빌려줬다.

연필을 깎을 수 있는 부엌 과도가 있다.

"사랑하는 동생 한스에게."

그는 첫 장에 최대한 작으면서도 읽을 수는 있는 크기로 이렇게 쓴다. 세상 누가 뭐라고 해도 하고 싶은 일을 하겠다는 결의가 가장 굳은 상태일 때의 동생을 그는 한스라고 부른다.

"나의 철새 동생아, 너 있는 곳은 어떠니?"

동생은 아마 좋아할 것이다, 반더포겔이라는 말 대신 이렇게 쓴 걸. 아니면 유치하다고 생각할까?

그의 필체는 형편없다.

"필체가 형편없지? 미안해. 연습을 안 해서. 손으로 언어에 관련된 걸 거의 안 하고 살아."

마지막 문장은 다 지워 버린다.

"하지만 이 편지를 쓰는 동안에라도 솜씨를 향상시키고자 노력하려고 해. 미소와 너털웃음으로 인사를 보낸다. 어떻게 지내니? 대결 연습도 좀 하고 있어? 네 생각을 한다. 아버지는……."

그런대로 잘 지내셔…….

쇠약해지셨어…….

한 방 쓰는 사람이 별로인 데다 방도 굉장히 작아…….

"그런대로 잘 지내시고 희망적이기까지 하실 때도 있단다."

이거다.

"내가 너에게 편지 쓰는 걸 아시면 안부 전하라고 하실 거야. 여기 와서 잘됐다 싶은 거라면 브라이턴에서 아버지의 살충제를 압수당해 맨섬의 나비들은 계관 시인이 '여름날의 영혼'이라고 불렀던 대로 마음껏 철책 양쪽을 날아다닐 수 있다는 거야. 봐, 이렇게 네게 들려줄 시편을 하나 외웠어. 오빠 멋지지?"

여동생의 필체가 머릿속에 떠오른다. 똑똑하고, 유려하고, 날카롭고, 그렇게 하면 더 빨리 갈 수 있다는 듯 핸들 위로 몸을 낮추어 자전거를 타던 것처럼 기울어진 필체가.

"나는 이렇게 그저 어리둥절한 이방 땅 옥수수(corn) 밭에 서서가 아니라 어리둥절한 이방 땅 옥수수가 되어 고향을 그리고 있고, 그래, 아주 진부해(corny). 인정해 줘서 고맙구나."

동생은 온갖 시 같은 것은 다 좋아할 것이다.

"존 키츠가 쓴 대로 나는 시의 종처럼 외롭게 나에

게로 돌아온다……. 뭔가 더 듣기 좋은 곡조를 찾고는 있지만 우리가 있는 이곳, 내가 가진 것으로 만족해야 할……."

아니다. '외롭게'와 '돌아온다'를 지운다. 아니, '나는 이렇게'부터 '만족해야 할'까지 모조리 다 지운다.

"이곳 맨섬(Isle of Man)의 사내들의 섬(Island of Men)에서 너의 오빠는 기쁜 마음으로 알린다. 나에게 친구들이 있단다. 실제로 유쾌한 사내와 정말 친구가 됐어. 서로 정답게 지내는데 이런 괴상한 갱도의 강제 군거라는 현실에 친구가 있다는 게 위로가 된다."

마음에 들 것이다. 좋다.

그러나 동생에게 못 할 말이 있다면…….

(혹은 다른 누구에게도)

……그가 언제 절정에 이를지 정확히 알고 시릴이 그를 안아 준다는 것. 둘은 이제 거의 매일 서로에게 그렇게 해 주고 있다. 머릿속에 동생의 모습이 떠오른다. 동생은 단번에 알 것이고, 비난하지 않을 것이다. 수용소 당국이 수감자들의 욕구를 통제하기 위해 죽에 브롬 화합물을 타고 있다는 소문에, 이제 대부분이 죽을 멀리하

고 아울러 커트가 뜻밖의 횡재를 보고 있다는 사실에 배를 잡고 웃을 것이다.

"한스, 멀게만 느껴지지만 우리 모두는 항상 기대하며 산단다."

전부 지운다.

"한스, 멀게만 느껴지지만 너도 틀림없이 좋아할, 그리고 나에게 '대니, 자네는 운 좋은 청년이야.'라고 말해 주는 예술가들이며 똑똑한 사람들 사이에서 나는 지내고 있어. 사실 너도 와 보면 너랑 잘 맞는다고 생각할 것 같아. 물론 감옥만 아니라면 말이야."

마지막 문장에 줄을 쭉 긋는다.

어머니가 돌아가시고 동생이 보낸 편지를 떠올린다. 누군가의 죽음으로 남겨진 사람들은 '슬픔의 섬'의 주민이 되기 쉬우므로, 날은 험해지는데 보트는 없는 바다를 헤엄쳐 나아갈 수 있게 도와줄 구명조끼를 갖고 다녀야 한다고 쓰여 있었다.

동생은 정말 총명하다. 항상 말해질 수 없는 것들을 말했고, 말할 수 있었다. 거기 비하면 더구나 편지 쓰기 실력에 대해서라면 더욱 그는 한참 아래다.

하지만 두려움을 들켜서는 안 된다. 그는 지운다.

"이제 우리는 전보다 침략을 훨씬 두려워하지 않아.'

그렇게 쓰자마자…….

배 속이 울렁거린다고는 쓰지 않을 것이다. 희망과
절망을 오가는 흔들림도 권태도 말하지 않을 것이다. 비
웃음만 사기 십상이다. 자랑스럽게 생각해 낸 아름다운
표현마저도 쓰지 않을 것인데…….

"우리는 여름의 빛나는 열린 문을 지나 여기 철조망
뒤에서 지내왔어."

그가 보기엔 아름다운 언어의 조합이긴 하다. 조를
정할 때 어느 방에 배치됐느냐에 따라 자신이나 아버지
가 캐나다나 호주로 가는 배에 올랐을 수 있다는 말도
쓰지 않을 것이고, 어뢰에 격침당한 배 이야기나 그 먼
거리에서도 리버풀이 불탈 때 하늘이 얼마나 붉었는지
에 대해서도 쓰지 않을 것이다. 시간이 더 이상 시간으로
느껴지지 않는다고도, 자신이 술에 취한 에른스트 삼촌
처럼 걷는 것 같을 때가 있다고도 쓰지 않을 것이다.

에른스트 삼촌. 지금은 죽었을까, 살아 있을까.

'우리는 아무에게도 네 이름을, 네가 어디쯤 있을지

를 말하지 않아. 도처에 듣는 귀가 있고 그들이 찾는 것은 키츠의 아름다운 시편이 아니니까.'

이것 또한 편지에 쓰지 않을 것이다.

대신……

"너 대신 책을 읽어 왔어. 네가 너무 바빠서, 정신이 딴 데 팔려서, 또는 그냥 짬이 안 나서 책을 읽지 못할까 봐서. 물론 그럴 리 없다는 걸 알지만, 혹시나 해서. 그럴 때마다 우리가 다정하게 함께 있는 것 같아. 그리고 소장이 좋은 사람이라 수용소에 책이 좀 있어도 되겠다고 한 거야. 그래서 오래된 책 몇 권이 돌고 있는데 그것들이 닳을수록 더, 더, 더 많은 사람들이 읽고 있단다."

좀 정리해야겠다. '더'가 너무 많이 쓰였다.

"그래도 찰스 디킨스의 『데이비드 코퍼필드』는 상태가 꽤 좋았어. 맘에 드는 구절을 적어주고 싶지만 지금 다른 사람이 재미있게 읽고 있을 거라서 그건 안 되겠다. 학교로 보내지는 데이비드를 위해 어머니가 어린 남동생을 안아 올려 보여 주는 대목에서 네 생각이 나더라. 나이가 들어선지 자꾸 감상적이 되는 것 같구나. 뭐, 어쩌겠니. 카프카도 읽었어. 영주 저택의 대문 앞을 지나가는 남매가 대문에서 노크를 하는지 안하는지 그런 내용이었어. 작은 이야기지만 내가 지금껏 읽은 다른 수많은 책들보다 더 진실을 말하고 깊이가 있다고 느껴지더구나."

디킨스만 놔두고 카프카 부분은 다 지운 뒤 이렇게 고쳐 쓴다.

"그리고 디킨스의 짤막한 크리스마스 이야기도 읽었어. 어떤 남자가 괴로운 옛날 일들에 슬퍼하지 않아도 되게 기억을 가져가 달라고 부탁하자 유령이 남자에게 고통을 일으키는 기억들을 죄다 제거해 버려. 그래서 고통의 원인은 모르게 돼 버렸는데 고통 자체는 남아 있어. 남자는 분하고 화가 나고, 대체 왜 고통을 느끼는지 어리둥절해하지. 그리고 이 억울함과 분노와 괴로움에 대한 기억의 상실이 그가 상대하는 모든 사람들에게 전염병처럼 번지고 급기야 마을 사람들 전부가 이유도 모른 채 화를 내고 억울해하게 돼.

토머스 하디의 「더버빌가의 테스」 상권을 읽는 중이야.(하권은 지금 읽는 사람이 다 읽고 나면 내가 받아 읽기로 돼 있어.) '백리향의 향기가 풍기고 새가 알을 깨고 나

오는 5월의 아침.'

재능과 학식을 갖춘 사람들의 강연을 듣는 것도 큰 행운이야. 일전에는 괴테 강연이 있었어. 플라톤 전공 교수도 있고 릴케 전문가도 있어. 「장미의 그릇」 이야기를 할 때는 당연히 네가 떠오르더라.

하지만 이제 당신은 어떻게 하면 그것들을 잊어버릴지 알고 있어요.

장미의 그릇이 여기 당신 앞에 있고

그것은 잊힐 수 없는 것으로, 존재로 가득하니까요

장미는 앞으로 나아가고

버티고 제자리를 지키며 결코 물러서지 않지요

그러니 우리도 장미처럼 갈 수 있는 데까지 멀리 나아갈 수 있어요

내 번역 맘에 드니? 기억해서 쓴 거라 많이 틀릴 수도 있지만. 이곳의 연사들도 다 기억을 바탕으로 이야기하는데, 쉽지 않은 일이지. 며칠 전에는 정말이지 네 생각이 나는 논쟁이 벌어졌단다. 바로 '예술가는 그의 나이를 그려야 옳은가'라는 주제였는데, 한스, 거의 주먹다짐까지 일어날 뻔했어. 그리고 내 자랑 같지만 내가 일어서

서 말했어. '아니, 어째서 그녀의 나이는 안 되나요.' 그러자 웃음바다가 되는 통에 퇴장당할 뻔했는데 그래도 최소한 주먹다짐의 분위기를 전환시키면서 다시 자기들끼리 공통점을 찾게 해 준 공로는 있다고 봐. 네 그림들도 많이 생각한단다. 여기도 화가들이 있고 실력이 좋지만 내 머릿속엔 온통 네 그림들뿐이야. 잘 들여다보면 꽃잎 모양의 얼굴이 보인다고 내가 생각했던 그 꽃 그림. 그것은 결국 나는 모든 진짜 꽃들 속에서 얼굴을 보지 않을 수가 없다는 뜻이겠지."

제대로 말하고 있는 건가? 자기가 그린 꽃들 속에 얼굴들이 있다고 내가 말했을 때 짜증을 냈잖아. 이제 더는 열여섯 살이 아닌데, 이제 스무 살인데, 그런 유치한 것들은 다 옛이야기라고 생각할지도 몰라.

"그리고 너한테 말하려고 기억해 둔 게 하나 더 있어. 네게 줄 생각으로 의자 다리에 새 목각을 새기는 중이야. 그리고 유감스럽게도 하고 싶은 말은, 네가 알려준 대로 그간 내 살결을 보드랍게 해 주던 그 근사한 로션은 물론이고 귀 뒤에 사마귀가 났다 떨어진 자리에 바르라고 의사가 준 연고도 이제 동나서 손에 걸리는 대로 아무 기름이나 바르는데, 그나마 냄새가 별로 안 좋아서 조금씩 바르는 중이라는 거야.

네가 흥미로워할 소식은 우리 수용소에 필적 전문가이자 필상학자인 스트렐리스카 박사가 있는데 그분을 만나고 왔다는 거란다. 아버지가 나보다 먼저 만나고 오셨는데 아버지 필체를 보더니 '무언가를 기르기 좋아하는 분이군요.'라고 해서 무척 흐뭇했다고 하시더구나.

그래서 내가 '나비들을 질식사시키고 죽은 나비들의 날개를 펼쳐 가슴에 핀을 꽂기를 좋아하는 사람이라고는 안 하던가요?' 했지.

무엇보다도 네가 쓴 글을 스트렐리스카 박사에게 보여 줄 수 있다면 좋겠다. 그걸 본다면 '오호, 여왕들의 왕이자 왕들의 여왕이로군요!'라고 하겠지. 틀림없어.

내가 쓴 글을 보여 줬더니 '당신은 여러 계절의 남자예요.'라고 하더라. 그게 무슨 뜻인지, 끼적거린 글자를 보고 어떻게 그런 말을 할 수 있는지 알 수 없어도 기분은 좋아. '훌륭한 가수가 되어 유명해질 겁니다.' 같은 말을 해 주지 않아 실망도 되지만. 너야 당연히 내 노래

실력이 얼마나 대단한지 정확히 기억할 거야. 하지만 견
뎌내고 있단다. 음악에 재능 있는 친구 클라인 씨와 여
름 노래 한 곡을 쓰는 중이야. 담장에 양말을 걸면서 철
조망에 기보할 예정이거든. 담장을 보표 삼고 섬 풍경을
지면 삼아 말이야. 그리고 그게 완성되면 너에게 바칠 거
야. 첫 행은 이렇게 돼. '백리향의 향기가 풍기고 새가 알
을 깨고 나오는 5월의 아침.'

　　음악 이야기가 나와서 말인데. 아니, 진짜 음악 말이
야. 여기 라비치 씨가 있단다, 란다우어 씨는 이 섬의 다
른 수용소에 있고.* 소장이 라비치 씨에게 음악회를 열
어 달라고 청했어. 그래서 라비치 씨가 수용소에 남겨진
낡은 피아노들을 가지고 해 보려고 했는데 상태가 너무
형편없었지. 하나는 손가락으로 조금 두드려 보자 금세
무너질 정도였고. 뒷면과 옆면 목재들에는 이제 그림이
그려졌고 현들은 기술 학교에서 전선으로 쓰이지. 타륜
들은 어떻게 됐는지 모르겠고 상아로 만든 건반들은 치
과로 보내져서 치아로 재가공될 거래.

* 마리안 라비치와 발터 란다우어는 피아노 듀오로 오스트리아에서 활
동하다가 영국으로 망명했다.

우리 소장은 휴버트 대니얼 소령이야. 화가와 조각가들에게는 작업장을 주었고 작가들에게는 책과 종이를 주었으며 우리에게 우편물들이 제대로 전달되게 신경써 줬어. 그렇게 좋은 사람이야. 리버풀에서 그랜드 피아노 두 대를 공수해 왔고 다른 수용소와 특별 협조를 통해 란다우어 씨가 자기 수용소가 아닌 우리 수용소에서 연주할 수 있게도 해 줬지.

라비치와 란다우어라니! 왕과 여왕 앞에서 연주한 사람들이잖아. 둘은 왕과 여왕을 위한 연주를 마치고 돌아가는 길에 체포되어 여기로 보내져 수감됐어. 그런 그들이 나를 위해 연주를 한 거야. 우리는 풀밭 위에 앉아서 빈의 슈트라우스 곡들을 들었단다.

더글러스의 착한 주민들까지 철조망 앞에 모여들어 우리와 함께 감상했어.

더할 나위 없는 저녁이었단다.

내 동생 한젤. 오늘 편지는 이만하면 될 것 같구나. 게다가 아일랜드인이 근무를 끝내기 전에 남은 연필을 가져가고 싶어 하네.

그럼 다시 만날 때까지.

날 위해 네 '인너리히트카이트'*의 창에 반짝반짝 불 밝혀 주기 바란다.

나도 널 위해 그렇게 할게.

나의 가을 누이야.

영원히 너의 것인, 여름 오빠가."

대니얼은 쓴 것들을 꼼꼼히 읽어 본다.

한 장 남은 양질의 종이를 편다.

무릎에 팔을 괴고, 편지 초안을 발꿈치 밑에 끼운 채로, 더욱 작은 글씨로 수정도 거의 없이 깨끗한 최종안을 써낸다.

그리고 벽에 기대 앉아 철조망 너머 바다를 내다본다.

섬 위 저 높이, 갈매기들 위 저 높이, 갈매기 아닌 새 한 마리가 있다. 여름 새? 이렇게 늦은 철에? 그렇다면 굉장히 늦은 철새다. 어쩌면 길을 잃고 홀로 된 것일 수도.

네가 무엇이든 이 편지를 내 동생에게 전해 주렴,

* 내면.

저 하늘 위의 새야.

이제 그는 고쳐 쓴 초안과 깨끗한 최종안, 이렇게
세 장의 종이를 뒤적여 깔끔하게 정리한다.

그것을 두 쪽으로 찢는다.

그리고 또 두 쪽으로, 다시 또 두 쪽으로 찢는다.

잘게 찢어진 조각들을 '동화의 집' 부엌으로 가져가
요리장의 성냥을 빌린다. 헐벗은 식당 안을 지나 앞문으
로 나온다.

집 앞 돌계단 위에 종잇조각들을 수북이 쌓는다. 종
잇조각 하나의 가장자리에 불을 붙인다.

다른 종잇조각들에 불이 옮겨 붙는다.

종잇조각 더미를 뚫고 나오는 불의 열기가 강렬해
졌다가 사윈다.

그는 불이 꺼지고 적당히 식은 재를 치운다. 재를
두 손에 문지르고 빈 손바닥을 펴 바라본다.

검댕 사이로 손금들이 선명히 도드라진다.

그는 손을 귀 뒤에 대고 삼 년 전 사마귀가 났던 자
리를 만져 본다.

아니,

팔 년 전이다.

귀가 잠에서 깬다.

사마귀는 오래전에 사라졌다.

하지만 의사가 그걸 떼어 내고 꿰맨 자리를 아직 느낄 수 있다. 사라진 것이 있었던, 사라진 것이 아물었던 자리를 아직 느낄 수 있다.

아, 잠깐. 그의 눈도 잠에서 깼다.

그는 이웃집에, 이웃집 딸의 방에 있다.

지금 몇 시지?

아침밥은 이미 먹었다. 샌드위치였다. 수프도 먹었다. 오후다. 아직 밝다.

무슨 달이지?

해가 낮다.

늦겨울, 초봄.

집 밖에 사람들이 있다. 그들의 소리가 들린다. 프렌치 윈도 너머 자동차 진입로에 차가 한 대 보인다. 차에서 내리는 사람들이 이야기를 나누며 웃는다.

뭐, 겨울치고는 화창한 오후인 데다 바깥 공기 속에서 행복한 사람들의 소리를 듣는 것도 즐겁다.

그들이 차 문을 닫고 서서 조금 더 이야기를 나눈다. 젊은 사람들과 나이 든 사람들, 한 가족이다.

행복한 새들 같다.

그림 속 허수아비 위의 새들이 떠오른다. 그는 잉크로 새겨진 그 순간들이 되살아나는 것을 보았고 긴 세월 후에 보게 된 책 속에서 그것들은 그대로 남아 있었다.

방문한 가족 중 젊은 사람 하나가 다가오더니 문에 바짝 붙어 선 채로 자기 모습이 되비치는 프렌치 윈도 안을 들여다본다.

대니얼의 눈에 보이는 건 여동생이다.

맞을까?

한나인가?

저기 서서 들여다보고 있는 건 한나다.

그렇다.

바로 그녀다.

그녀의 젊은 모습이다.

그녀의 젊은 모습 그대로다.

그녀가 창이 달린 문을 연다. 방 안에 선 그것은, 세상에, 소년의 모습을 한 열두 살의 한나다.

아, 안녕. 대니얼이 말한다.

안녕. 한나가 대꾸한다.

여태 어디 있었어? 그가 말한다.

저 사람들이 생각했던 것보다 차가 막혔어. 한나가
말한다.

그래도 너무 길잖아. 대니얼이 말한다. 우리가 시간
에 당한 줄 알았어.

반대야. 시간과 공간이야말로 우리를 하나로 엮어
주는 거니까. 한나가 말한다. 우리를 더 큰 그림의 일부
로 만들어 주는 거고. 보편적으로 말하면 그래. 문제는
우리가 서로 분리되어 있다고 생각하기 쉽다는 거지. 하
지만 그건 망상이야.

아. 대니얼이 말한다.

물론 아인슈타인을 인용한 거야. 한나가 말한다. 뭐,
의역이라는 게 맞겠다. 첫째, 우리가 서로 분리되어 있다
는, 그리고 둘째, 우리가 우주와 분리되어 있다는 망상에
서 벗어나는 일이야말로 인류에게 허락된 유일한 종교
이고 우리가 이 망상을 극복하려고 노력할 때만 마음의
평화를 누릴 수 있다고 그는 말했어. 열한 살 난 아들을

소아마비로 잃은 어느 아버지에게 쓴 편지에 썼던 말이
야. 정확히 오늘이 2월 12일이라면 아인슈타인이 그 남
자에게 이 편지를 발송한 날로부터 칠십 주년 되는 날이
야. 하지만 실제 기념일은 이번 주 수요일이야. 정확히.

아. 대니얼이 말한다.

그래. 한나가 말한다. 아인슈타인이 답장을 써 보낸
그 남자는 사실 2차 세계 대전이 끝날 무렵 많은 어린이
의 목숨을 구하는 데 일조한 사람이었어. 그런데 병에 걸
린 자기 자식을 살리는 데는 아무것도 할 수 없어서 상
심한 거야. 그래서 아인슈타인에게 편지를 써서 설명을
청한 거지. 천진무구하고 재능 있고 죽어서 한줌의 재가
되는 이 모든 것에 무슨 의미가 있는지를. 그 어떤 의미
가 '있기나' 하다면 말이야.

틀림없구나. 대니얼이 말한다. 너는 정말로 너야.

응. 한나가 말한다. 나는 정말로 나야. 오빠도 정말
로 오빠고. 하지만 아인슈타인의 사유를 따라 오빠와 나
와 시간과 공간을 다 합한다면, 그럼 뭐가 나올까?

그렇게 말한 다음 그녀는 항상 그랬듯 대니얼이 드
디어 알아들을 때까지 기다린다.

뭔데? 그럼 뭐가 나오는데? 대니얼이 말한다.

그럼 그냥 오빠와 나의 단순 합보다 더한 게 나와.
한나가 말한다. 우리가 우리가 되는 거지.

시간 보내기에 딱 좋은 이야기가 하나 있다. 옛날 옛적에 기타 등등 왕 또는 영주 또는 공작에게 아리따운 딸이 하나 있었는데 그 딸은 그야말로 절세미녀로 살결이며 머리가 희고 붉고 황금빛이고 검은데 기타 등등 기타 등등 기타 등등 이 딸이 납치되고 기타 등등.

한나 글루크는 오늘 작은 시골 마을들의 묘지들을 샅샅이 훑고 있다. 자전거 바구니에 꽃을 담고 누비며 생몰년을 확인하고 요절한 망자의 이름을 외운다.

이건 훌륭한 정보원이다. 완전히 안전한 것은 아니

지만 출생증명서와 사망증서는 보통 서로 다른 목록에 올라가 있는 데다 운이 좋으면 서로 다른 서랍이나 캐비닛에, 운이 아주 좋으면 서로 다른 건물에 보관되어 있을 때도 있다. 이처럼 운이 따르고 재빨리 움직이면 아무도 양쪽을 다 확인하지는 않거니와 그냥 넘어갈 수도 있다.

그 또한 바뀔 것이다. 운이란 본래 바뀌는 법이니까.

하지만 아직까지는 잘돼 간다.

어디에 있건 그곳을 나와 주로 인근 마을로 외출을 시작했다. 다만 마을이 작을수록 의심이 많기 쉽다. 또는 대개 그런 편이다.

그러니까 묘지에서 이 묘비 저 묘비를 옮겨 다니는 그녀를 보고 못되게 구는 사람들도, 따뜻하게 대해 주는 사람들도 있는 것이다. 늘 흥미롭다. 어떤 반응일지 예측할 수 없기 때문이다.

"대체 누구요?"

"뭐 좀 도와드려요?"

한나 글루크는 두 경우 다 준비가 되어 있다.

이처럼 준비되어 있을 때 한나 글루크는 한나 글루크 그 이상이다. 지금 현재 그녀는 재봉사 아드리엔 알베르다. 아드리엔 알베르는 십팔 개월 전인 1920년 낭시에서 스페인 독감으로 죽었고 거의 동시에 같은 병으로 죽은 어느 할머니와 같은 묘지에 묻혀 있다. 그런데도 그녀는 서류상 나이보다 조금 젊지만 어쨌든 살아 피가 도는 사람으로 숨 쉬고 있고 오늘 자신과 같이 다른 이들도 부활시키려고 묘지를 뒤지는 중이다.

묘비명에 새겨진 이름과 생몰년을 본다.

망자에게 묵언의 승낙을 요청한다.

추도의 염으로 고개를 숙인다.

그리고 새 신분이 필요한 사람에게 이름과 생년월일이라는 선물을 준다.

이건 협잡 행위가 아니다. 훨씬 더 복합적인 것이다. 진정한 무언가가, 애벌레가 나비로 탈바꿈하는 것과 비슷한 변신이 일어난다. 죽은 사람은 바로 여기에 실제로 있고 난관을 뚫고 줄타기를 하는 중이다. 몇 해 전 한나가 본 서커스 소녀만큼. 그 소녀는 다른 두 소녀의 등 위에 선 다른 소녀의 등 위에 한쪽 다리로 한 발로 한 발가락으로 서 있었다. 그들 밑에는 커다란 말 한 마리가 느린 걸음으로 움직이고 있어서 그 위에 '하나'만 올라가서 균형을 잡는 것도 불가능해 보였다. 우레 같은 갈채 속에서 서커스 악단은 「꿈이 걸어가는 걸 본 적 있나요」를 연주했다.

어떻게 그걸 해냈을까?

난관을 뚫고 해냈다.

그리고 좋건 싫건 우리는 모두 종국에는 대단할 것도 없는 이름과 생몰년으로 남게 된다.

하지만 한때 어떤 사람을 가리켰던 말들이 살아 숨쉬는 형체를 만날 때란, 방금 그녀 머리 위에서처럼 외톨이 새가 나무속에서 노래를 하자 여러 정원을 건너 멀리 떨어진 곳의 새가 똑같은 노래로 화답하는 것과 같다. 소립자가 소립자에게, 티끌이 티끌에게, 파편이 파편에게 노래를 하고, 무언가가 서로 연결된다. 먼지 한 톨이 극소량의 물과 만나고 또한 극소량의 산소와 탄소, 질소, 수소, 칼슘, 인, 수은, 칼륨, 마그네슘, 철 등등 수많은 분자 기호들과 만나는 것이다.

한때 아주 잠시나마 한 사람을 가리켰던 말들이 뜨거워진다.

그 사람에 대해서 아는 건 하나도 없다. 그런데도 어쩐지 친숙하다.

그들의 이름과 생몰년을 외우는 순간부터 일어나는
일이다.

그녀는 매번 다른 번호에 전화를 걸어 모르는 누군
가에게 정보를 전달한 뒤 외운 것들과 이별한다. 먼 사
촌이라는 그 사람이 장인들에게 이 정보를 전하고, 그러
면 장인들은 이름에 새 삶을 부여하는 서류를 만들어 낸
다. 무언가가 대대적으로 변한다. 죽은 이름이 새 사람을
취하고 살아 있는 사람이 죽은 이름을 취한다. 삶이 끝나
버렸을 누군가에게 삶이 일어난다. 일어나지 않은 삶에
게 삶이 일어난다. 삶은 감사와 존중의 마음으로 살아지
지 않았던 삶 속으로 들어간다. 운이 좋으면, 한 눈은 추
위를 이겨 내고 다른 눈은 더위를 고마워하며("신이시여,
여름의 불에 감사를 올립니다. 부디 우리 작물과 양 떼와 소들
에게 축복을 내려 주시고 좋은 해를 허락하옵소서.") 새로 태
어난 그 사람은 몇 계절을 더 버틸 것이다.

그럼 이제 할 일은. 요절한 사람들을 찾아 통로를,
커다란 공동묘지의 자갈길을, 고양이가 다니는 샛길과
사람들이 가족을 묻는 펫장 놓은 묏자리 옆을 따라 걸으
며 그녀가 혼잣말을 한다. 삶이 곡예를 요구할 때 해야

할 일은 커다란 말 위에 피라미드처럼 쌓아 올린 소녀들 위의 그 소녀처럼 행동하는 것이야. 다른 소녀들 위에서 뛰어올라 공중제비를 하며 톱밥이 깔린 바닥에 발가락으로 착지한 뒤 단장이 연단 위의 종이 고리들에 인화성 물질을 뿌려 놓은 곳으로 달려가 그것들에 다 불을 붙이고 타오르는 고리들 안으로 몸을 던지던 걸 기억해.

그러자 어릿광대조차, 기억해, 쓸모없고 서툴러 제 발에 걸려 넘어지고 바보 같은 가발을 뒤집어쓰고 몸에 안 맞는 옷을 화덕 옆의 기름걸레처럼 퍼덕댈 것처럼 보였잖아. 그랬던 어릿광대조차 뜻밖의 운동 능력을 보여 주며 물새처럼, 챔피언처럼, 올림픽 선수처럼 불의 고리 안으로 한 번도 아니고 두 번, 세 번, 네 번 연속해서 뛰어들었잖아.

1940년 리옹의 어느 늦여름 아침. 거리를 걷는 한나 옆으로 오빠와 굉장히 비슷해 보이는 남자가 하나 지나간다.

물론 오빠가 아니다. 거의 곧바로 확실해진다.

하지만 일 초도 안 되는 짧은 찰나, 그녀의 오빠는

아니었지만, 아니지만, 그가 거기 그녀 앞에 있었고, 그의 표정 때문에 그녀는 고개를 돌렸다가 다시 몸을 돌린다.

오빠를 보게 되어 너무나 좋다!

오빠가 아니지만.

등을 돌린 뒷모습까지 그렇다. 오빠의 등이 아니지만.

그래서 그녀는 충동에 몸을 맡겨 본다. 뭐가 나올지 한번 가 보자. 그리고 그 남자를 뒤따라간다. 그는 역으로 간다. 그녀도 그를 따라 역 안에 들어간다. 매표창구 앞으로 난 줄에 그 남자가 들어가 서자 그녀도 바로 뒤에 선다. 그가 어디로 가는 차표를 사는지가 들리지 않자 창구 앞에 다가서면서 마치 부부 싸움중인 양 남자의 등을 힐긋 노려보며 "같은 표로 주세요." 한다.

창구 여자가 본 척도 않고 갈 길을 가는 남자를 슬쩍 보더니 한나에게 눈썹을 올려 보인다. 한나도 어깨를 으쓱하고 고개를 좀 흔들며 지쳤다는 표정을 한다.

여자는 차표에 적힌 값의 반만 받는다.

한나는 여자에게 다정하기 그지없는 미소를 지어 보인다.

오빠 아닌 남자를 대여섯 걸음 떨어져 다시 뒤따라
간다.

같은 객차에 탄다.

사실 그 남자는 조금도 오빠 같지 않다. 신체적으로
아주 약간의 유사성이 있을 뿐이다. 그래도. 아주 약간
이라도, 멋진 일이다. 그 남자가 오빠고 둘이 같은 객차
에 앉아 서로 무시하는 상상을 한다. 사실 자주 있었던
일이다.

사람들과 짐으로 객차가 가득 찬다. 한나와 오빠 아
닌 남자 사이에 사람들이 앉는다.

여기서도 그 남자의 옆모습이 보인다.

청회색 도시가 빠르게 스쳐 지나간다. 뜯겨 나간 포
스터 위에서 한 여자가 '망통(MENTON)'이라는 글자
로 만들어진 보트에 앉아 어느 해안을 노 저어간다. 뒤
에는 뜯겨 나간 산이, 머리 위로는 역시 뜯겨 나간 'Sai
d' té'라는 글자들이 보인다. 'BUGAT. Avec Energol
démarrage foudroyant en hiv.'* 광고판은 어둠을 덮은

---

* 원문은 'Avec l'huile Energol "A", démarrage foudroyant en hiver'인데
중간에 글자가 뜯겨 나간 것으로 보인다.

화려한 넝마다. 표면은 전부 거짓이고 광고판을 제대로 바라보는 사람들은 그것을 안다.

(무슨 일로 가는 길인가요?

어머니가 많이 아프셔요. 돌아가실 것 같대요.

어머니가 어디 계신데요?

이모랑 생쥘리앵에요.)

햇빛 찬란한 청록색 시골 풍경들이 스쳐 지나가며 편두통을 부른다. 그녀의 열세 살 적 여름은, 기억해, 편두통의 여름이었다. 그녀 혼자만을 위해 눈 안에서 벌어지는 광선 쇼 비슷하여 편두통은 어딘가 즐거운 데도 있었다. 찌를 듯 눈이 부신 삼각형들이 만화 속 인물들처럼 팡팡 뛰었고, 기하학적 도형의 순회 공연을 방불케 하며, 검은 줄들 사이로 갖가지 형체들이 앞다투어 파고들었다.

두통과 구토? 그건 결코 즐겁지 않았다. 최악은 책을 읽을 수 없다는 것이었다. 책장만 보면 눈 안쪽이 책장에 찍혀 있었고 눈을 감아도 눈꺼풀 안이 전부 보였다. 글자들 중간에 웬 도형이 통통 뛰어오르고 그 둘레로는 휑한 동그라미가 자리 잡으며 알아볼 수는 있되 읽어 내려 할수록 오히려 사라져서 집중할 수 없는 글자들에 둘러싸여 부옇게 흐려졌다.

그래서 상당한 시간을 어두운 방 안에서 지냈다.

그녀는 침대 위에 누웠다. 한쪽 머리 옆 닫아 놓은 문 너머에서 여름을 맞아 돌아온 오빠와 아버지를 비롯한 가족들의 두런대는 소리가 들렸고, 반대쪽 덧창 밖으로는 자동차 지나가는 소리 등 도시의 여름 음향이 들렸다. 행복한 사람들이 낮을 보내는 소리. 폭력배들이 부르는 밤의 노래.

이것들을 다 어떻게 보고 있니? 대니얼이 말했다.

그가 방에 들어와 침대 옆에 앉아 있었다.

뭘 어떻게 봐? 그녀가 말했다.

전부. 그가 말했다.

지금 일어나고 있는 일들을 말하는 것이었다.

그런데 그런 뜻이 아니었던 것처럼 굴었다.

어떤 느낌인 거야? 그가 말했다. 이 속은.

그가 주먹으로 그녀의 이마를 살살 두드렸다.

그녀는 항상 오빠에게 되도록 영어로 말하려고 했다. 영어 실력에 자부심이 있었다. 영어로 된 책도 닥치는 대로 많이 읽었는데, 그것도 바로 여름이 오면 그가 매일 쓰는 언어를 특출하게 잘해서 영국인 오빠를 깜짝 놀라게 해 주고 싶어서였다. 그것은 경쟁심이었을까? 그렇다. 그것은 사랑이었을까? 그렇다.

이 속? 그건. 흠. 영화관에서 손으로 색칠한 동화(動畫)를 본다고 상상해 봐. 근면한('근면한'이라는 단어를 처음으로 사용할 기회를 얻어 기쁘고 모쪼록 올바르게 사용했기를 바라면서 그냥 재미로 한 번 더 쓴다.), 근면한 소녀 화가들이 영화 제작소에 앉아서 필름에 채색하는 상상을 해 봐. 소나기 직후 분홍과 노랑으로 찬란하게 피어나는 영국 장미색으로 가득한 물감 통들에 붓을 적셔 가며 온종일 손으로 색칠하는 거야. 내 눈앞에서 춤을 뛰며 날뛰는 작은 세모들에도 하나씩 색칠을 하고. 화면이 바뀔 때마다 이 색깔들과 그것들을 그것들이 줄지어 걷는 길처럼 감싸 안은 검은 선들이 진동을 하는 거야. 색깔들뿐 아니라 그것들이 걷는 길까지도 감전이 된 것처럼.

그것 참. 그가 말했다. 퍽 볼만하겠구나.

정말로 난 그게 꽤 마음에 들어. 그녀가 말했다. 재미있잖아.

지금 그러고 있는 거야? 그가 말했다.

아니야. 그녀가 말했다. 한나 영화관은 지금 문 닫았어.

그럼(then) 지금(now) 기분은 어떤데? 그가 말했다.

지금(now)과 그때(then). 그녀가 말했다. 흥미로운 부사의 조합이로군.

뭐, 뭐라고? 그가 말했다.

과거와 현재가 함께 있잖아. 그녀가 말했다. 지금. 그때.

당황한 그는 말이 없다.

어두운 방을 가로질러 창가 자리에 가 앉는다.

또 너무 앞질러 나갔다. 잊어버렸다. 오빠는 자기처럼 까불대지 않는다. 잽싸지 않다. 오빠의 에너지는 나무 뿌리처럼 진득하다.

지금? 아무렇지도 않아. 그녀가 말했다. 그때? 뭔가 사나운 것이 날 통째로 삼켰다가 별로 먹고 싶지 않아져서 토해 내는 것하고 비슷해. 그게 나의 지금과 나의 그때야. 가장 안타까운 건 멋진 여름날들을 놓치고 있다는 사실이지.

그가 가느다란 빛이 들어오는 덧창 틈새로 바깥을

내다본다.

놓치고 말고 할 것도 별로 없어. 그가 말했다.

외부 상황이 변해 버려서 내가 여기 이렇게 처박혀 있는 거라고 오빠는 짐작하는 거야. 그녀는 생각했다. 내가 무서워하고 있다고. 오빠는 그게 다가오는 걸, 일어나는 걸 보지 못했어, 적어도 우리처럼은. 그것의 일상적인 성격을 모르는 거야. 오빠야말로 무서울 거야.

나는 무섭지 않아. 그녀가 말했다.

그런 말 안 했는데. 그가 말했다. 그런 생각은, 네가 그럴 거라는 생각은 절대 안 해.

다행이네. 그녀가 말했다.

네 뇌가 너한테 말해 주지 않고 두려워하고 있을 순 있겠지만. 그가 말했다.

그렇게 허락한 적 없어. 그녀가 말했다. 오빠도 그러지 마. 그건 그렇고. 괜찮다면 나도 오빠에게 같은 질문을 할게.

무슨 질문? 그가 말했다.

이것들을 다 어떻게 보고 있는지. 그녀가 말했다.

아. 그가 말했다. 나는 별로 뭘 어떻게 보고 그러진

않아. 알잖아.

그가 벌떡 일어나 문가로 걸어갔다.

(동요하고 있었다.

그녀 생각이 맞았다.)

나머지는 네가 알아서 해 보렴. 그가 말했다.

질문을 조금 바꿀게. 그녀가 말했다. 이것들을 다 어떻게 볼 것 같아?

그가 문을 닫았다.

그녀 말을 들었다. 못 들었을 리 없다.

(그녀는 또한 미래 시제를 사용한 것이 특히나 자랑스러웠다.)

이튿날 오후, 오빠가 방문을 열고 묵직하고 큼직하고 거무스름한 무언가를 담요에 싸서 갖고 들어온다.

임신한 여자 같아. 그녀가 침대에서 말했다.

'임신한'이라는 단어가 난처한 것 같았다. 어색한 반응에서 알아차릴 수 있었다.

그는 어쨌든 그 큼직한 물건을 의자 위에 올려놓고 담요를 벗겨 냈다. 그는 담요를 들고 접을까 말까 망설이며 섰다가 능숙하게 접고는 기계에서 코드와 플러그를 풀었다.

윙윙 소리가 방 안을 채우더니 네모난 달과 해 같은 빛이 벽 위에 둥글게 올라왔다.

그녀가 눈 위에 손을 갖다 댔다.

너무 밝아? 그가 말했다.

아니야. 그녀가 말했다. 이게 뭐야?

대니얼 영화관. 그가 말했다. 표도 필요 없어. 오늘은 네가 우리 손님이거든.

한나는 손가락 틈으로 초점을 맞추는 대니얼을 본다.

채플린. 「데어 아인반더러」.*

배 한 척. 많은 사람들이 갑판 위에, 서로의 몸뚱어리에 겹쳐 누운 채 뱃멀미를 하느라 소리 없이 신음한다.

난간 위에 허리를 굽히고 몸부림치는 사람이 나타난다. 게우고 있는 것 같지만, 아니다. 이건 채플린이고 그는 아프지 않다. 물고기를 잡는 중이다. 그가 돌아서서 두 사람에게 활짝 웃어 보인다.

한나가 웃음을 터뜨렸다.

---

* 이민자.

눈 위에서 손을 치웠다.

뱃멀미로 괴로운 시늉을 하던 배 위의 사람들이 저녁 식사 종이 울리자 앞다투어 식당으로 몰려가는 장면에서는 배를 잡고 웃었다.

배가 미국에 도착하고 밧줄을 걸어 승객들의 진입을 막으며 거들먹거리는 세관원의 엉덩이를 채플린이 걷어차는 장면에서도 웃었다.

영어 자막이 올라왔다. "그 후, 배고픈 빈털터리로."

(외국어를 보자 짜릿했다.)

빈털터리(broke)는 부서진(broken)하고 같은 말인가? 한나가 말했다.

아니야. 오빠가 말했다. 돈이 떨어졌다는 뜻이야.

한나는 그 낱말을 외운다. 빈털터리. 빈털터리.

그러는 동안에도 정다운 흰 얼굴의 채플린은 한나의 침실 벽 위에 남아(히틀러가 자신도 자애로운 사람임을 암시하여 전 세계의 수백만, 그리고 채플린이 버는 그 수백만의 환심을 사려는 듯 약삭빠르게 따라 했던 귀여운 콧수염!) 미국의 길거리에서 1달러 지폐를 발견한다. 그리고 배 위에서 반해 친절하게 대해 준 처녀 에드나와 마주친다.

둘은 식당에 가서 밥을 먹는다. 그가 발견한 돈이 진짜인지 아닌지를 둘러싸고 우스운 이야기가 펼쳐지는데, 물론 진짜가 아니고 그래서 둘은 사실 빈털터리고 그래서 밥값을 치르지 못한다. 웨이터는 밥값을 못 내는 사람들을 초주검이 되도록 두들겨 패는 악당이다.

마침 식당에 앉아 있던 예술가가 두 사람을 보고는 그들의 얼굴이 현시대를 상징할 만큼 독특하고 유의미하다고 생각한다.

그가 그들에게 모델이 되어 달라고 한다.

그리고 모델료를 선불로 지급한다.

퍼붓는 빗속의 해피엔딩.

오빠는 동생이 채플린을 무척 좋아한다는 것을 알았다.

이 영화관은 어디서 났어? 그녀가 말했다.

카메라 가게에서. 여기까지 짊어지고 왔어. 내일 갖다줘야 돼. 오늘 프로그램에는 채플린만 있는 게 아니야. 그가 말했다. 근사한 게 하나 더 있어.

그가 영사기에 걸린 채플린 영화를 되감자 영화가 재밌게도 거꾸로 돌아가는 게 참으로 신기했다. 필름이 다 감기고 돌아가면서 나는 톡톡 소리까지 제법 짜 릿했다.

그가 영사기 필름을 갈아 끼운 다음 안쪽의 햇빛/ 달빛 스위치를 다시 켜고는(이번에는 눈이 전혀 아프지 않 다.) 필름 끝머리를 릴 바퀴에 끼워 넣었다.

이전 것보다 긁힌 자국이 많아 다른 세기에서 온 필 름 같았다. 과연 그랬다.

로마 조각들로 가득한 미술관 아니면 작업실 같은 실내에서 한 남자가 주전자와 잔을 든 귀부인 또는 여신 의 조각을, 아니, 조각도 아닌 드로잉을 끌로 깎고 있다.

그런데 드로잉이 진짜 사람이 되어 주전자의 술을 잔에 따라 조각가에게 권한다. 충격이 너무 커서 받지 못 하자 그것이 대좌에서 내려와 방 안 반대편에 있는 대 좌로 걸어가 하프를 갖고 포즈를 취하더니 연주를 시작 한다. 조각가가 그것을 향해 팔을 휘두르자 그것은 자취 도 없이 사라지고, 그는 제풀에 나자빠진다. 여신이 그 뒤에 나타난다. 그가 다시 그것을 붙잡으려고 하자 그것 은…… 터번으로 변한다.

터번은 어린아이 크기다. 그것이 제멋대로 방 안을

돌아다닌다.

조각가가 터번을 붙잡아 대좌 하나에 올려놓는다. 그런데 살아 있는 조각이 다시 나타난다. 조각가가 달려가 그것을 껴안는다. 그것이 사라져 방 안을 돌아다니더니 첫 번째 대좌에 올라가서(터번도 사라졌다.) 단순한 드로잉으로 돌아간다. 조각가가 머리에 손을 대고서 바닥에 쓰러진다.

한나가 웃음을 터뜨렸다. 박수를 쳤다.

뮤즈를 향한 예술가의 질투네. 그녀가 말했다.

뭐? 대니얼이 말했다.

피그말리온 이야기의 변주야. 그녀가 말했다.

아. 대니얼이 말했다.

여기서는 뮤즈와 작품이 예술가보다 한 수 위였던 거고. 한나가 말했다.

어쨌든 재미있었니? 대니얼이 말했다.

아주 많이. 그녀가 말했다.

그가 필름을 되감고 영사기의 전원을 뽑았다.

그리고 어두운 방의 침대 끝에 누워서 카메라 가게의 비르츠 씨에게서 들은 사라지는 조각 영화를 만든 초창기 영화 제작자 이야기를 해 준다.

어느 날 그가 파리 길거리에서 촬영을 하고 있었어. 대니얼이 말했다. 그런데 카메라 속 뭔가가 걸리고 필름도 걸리면서 작동을 멈추자 카메라를 열어 고치고 다시 촬영을 시작했지. 집에 돌아와 찍은 필름을 점검하는데 바로 그의 눈앞에서 승객들로 가득 찬 버스가 갑자기 영구차로 바뀌고, 거리의 사람들도 말들도 모두 사라졌다지 뭐야. 없었던 사람들이 대신 나타나고 남자들이 여자로 여자들이 남자로 변하고 또 사람들이 말로 말들이 사람으로 변했어. 그래서 영화 제작자는 자신이 시간을 목격하고 기록하는 것뿐 아니라 시간으로 요술을 부리는 법을 발견했다고 생각했대.

한나는 뭔가에 퍼뜩 잠이 깬다.

기차 위, 그녀 옆자리에 앉은 여자가 팔꿈치로 살짝 찌른다.

(아드리엔 알베르, 재봉사다.)

기차가 도착했어요, 전부 내려야 돼요.

국경이 가까워서 검문소가 혼잡하다. 잘됐다.

그녀는 잠시나마 오빠와 약간 비슷해 보였던 남자

의 등을 향해 말없이 작별 인사를 한다.

옷감 꾸러미며 닭장에 쓰일 만한 고리버들 상자를 지고 가는 남루한 옷차림의 노파를 선택한다. 바로 뒤에 가 선다.

어머니가 아파요. 모르겠어요. 방금 들여보내 준 그 할머니가 나를 데려가는 거예요. 역에서 나를 만나 데려오라고 이모가 보냈어요. 리옹에서 온 거라 이곳은 잘 모르거든요. 그래서 마중 나온 거예요. 귀가 먹었어요. 보세요, 나를 놔두고 그냥 막 가잖아요. 나는 어디로 가야 되는지도 모르는데.

그녀가 양쪽 팔을 뻗어 벌린다. 제복 입은 남자에게 가장 아름답고도 성난 표정을 지어 보인다. 남자가 얼굴을 붉히고는 그녀를 잘 보지도 않고 신분증을 돌려주면서 고갯짓으로 통과시킨다.

그녀는 숨을 한껏 들이쉬었다 내쉰다.

노파를 따라잡으려는 듯 걸음을 빨리한다. 조금 떨어져 노파를 따라 부산한 거리를 거쳐 덜 부산한 거리로, 집들을 지나 집은 한 채도 없고 트럭들이 도로를 뚫느라 도려내진 잔디와 말라붙은 흙바닥뿐인 곳으로, 마을의 경계로, 그리고 마을 너머 들판이 시작되는 곳으로 계속 걷는다.

국방색, 도로 표지, 국경을 따라 세워진 방책이 눈에 들어온다.

아랫길을 걸어 듬성듬성 놓인 농지를 지난다.

노파가 언덕의 반대 방향으로 접어들자 한나는 걸음을 멈추고서 나무 밑에서 신발을 벗고 돌멩이라도 들어 있는 듯 들여다본다. 노파는 옹기종기 집들이 모여선 곳으로 사라진다.

한나는 목초지 옆을 따라 반대쪽으로 들어선다.

더없이 아름다운 저녁. 풍성한 여름빛. 그녀는 이정표가 사라진 마을에 도착한다. 집들을 지나쳐서 계속 걷는 걸 보면 어디로 가는지 아는 모양이다. 일하던 사람들은 고개를 들어 그녀를 잠깐 볼 뿐 내버려 둔다. 풀 냄새 그윽한 저녁 공기, 새들의 노래 속에 그녀는 한 시간 넘도록 들판 사이 흙길을 걷는다.

마당 가득히 거위들이 밤을 날 채비를 하고 뒤로는 산 그림자가 내린 외딴집 한 채가 나타난다.

그녀가 문을 연다.

개가 짖는다.

여자가 나와 문을 열고 개의 목덜미를 잡는다.

무슨 일인가요? 여자가 말한다.

여자와 개 뒤, 집 안으로 통하는 문가에는 남자가 하나 서 있다.

물 한잔 얻어 마실 수 있을까요. 한나가 말한다.

물 한잔요. 여자가 말한다.

답례로 돈을 조금 드릴 수도 있어요. 한나가 말한다.

여자가 특이한 미소를 짓는다.

그리고 돌아서서 남자를 본다.

네, 더운 저녁이고, 먼 길을 걸으셨네요. 남자가 말한다.

조금 더 가야 돼요. 한나가 말한다. 그래도 아직 빛이 남아 있어서.

말씀대로 답례를 조금 하신다면 요깃거리도 기꺼이 드리지요. 남자가 말한다.

친절에 감사드립니다. 한나가 말한다.

그녀가 식탁 앞에 앉는다. 남자가 개에게 무슨 말을 한다. 법석을 떨던 개가 얌전해진다. 여자가 한나 앞에

스푼을 내려놓는다.

고맙습니다. 한나가 말한다.

빵과 주전자에서 따른 물 한 잔, 그리고 무슨 스튜가 담긴 그릇을 이어 내려놓는다. 맛있다. 한나가 맛있다고 하자 여자가 흡족한 얼굴로 어깨를 쫙 편다.

한나가 아드리엔이라고 자신을 소개하고 행선지를 말한다.

걸어가려면 여기서 한 시간도 더 걸려요. 여자가 말한다. 통행금지부터 풀려야 되고요. 여벌 담요가 있으니 원한다면 헛간에서 자고 아침에 출발해요.

정말이지 친절하세요. 그녀가 말한다. 두 분 댁의 문을 두드린 게 제게는 행운이었어요.

그리고 식탁 위에 지폐 두 장을 올려놓는다.

날이 밝는 대로 출발할게요. 그녀가 말한다. 더 이상은 폐 끼치지 않겠어요.

폐는요, 무슨. 여자가 말한다.

한나가 둘둘 말린 담요를 든 남자를 따라 헛간으로 향한다. 개도 옆에서 온순하게 걷는다.

저 산요. 그녀가 말한다. 낮이나 저녁이나 더없이 아

름디위요.

네. 남자가 말한다. 항상 우리 거라 생각하며 살았죠.

그가 그녀에게 미소를 짓는다.

어디서 프랑스가 끝나고 스위스가 시작되나요? 그녀가 묻는다.

남자가 헛간 뒤로 그녀를 데려가서 염소들이 가득한 황혼녘의 조그만 뒤뜰을 가리킨다. 그리고 그 가장자리로 다가가 철조망 밖으로 한 발을 내민다.

지금 나는 동시에 두 나라에 서 있어요. 그가 말한다. 내 염소들도 이 울타리 밑으로 머리를 집어넣으면 두 나라의 질 좋은 풀을 뜯어 먹게 되지요. 줄곧 그래 왔어요. 염소젖도 맛이 훌륭하답니다.

그리고 발을 거둬들인다. 자신의 뒤뜰에 발을 딛고 서서 조금도 숨김없는 얼굴로 그녀를 바라본다.

정말 운이 좋으시네요. 그녀가 말한다.

햇볕에 탄 얼굴에 주름을 만들며 그가 활짝 웃는다.

가족을 가끔 데려올 수 있다면, 특히 어린아이들요, 저희 가족에 어린아이가 많아서요, 가끔씩 찾아와서 이 아름다운 풍경을 즐길 수 있다면 좋겠어요. 그녀가 말한다. 그게 아니면 사촌 편에 좀 딸려 보낼 수도 있겠네요. 그러면 저에게 하셨던 것처럼 친절하게 대해 주시겠죠. 당연히 작은 답례를 드리고요.

아가씨네 가족이 찾아온다면 언제나 환영이죠. 남자가 말한다. 저기요…….

(울타리 너머 널따란 잔디밭이 숲으로 이어지는 곳을 가리킨다.)

……저기서 숲으로 들어가는 길이 나와요. 높은 울타리 하나뿐이라 내 염소들이 맘만 먹으면 쉽게 밑으로 들어가는데, 동물들도 많고 아름다운 숲이랍니다. 하이킹에도 최고예요. 그리고 내가 시내에 아는 이가 하나 있어요. 시장인데요. 가정생활을 굉장히 아끼는 사람이죠. 그 사람 앞으로 우리가 오랜 친구라는 쪽지를 써서 현관 층계에 놓아둘 테니 아침에 가져가요.

남자가 집 안으로 들어가고 해가 진다. 그녀는 담요를 말아 접어 건초 더미가 높이 쌓인 헛간 구석에 내려놓는다. 등은 건초 더미에 기대고 엉덩이는 담요를 깔고 앉아서 코에 붙은 조그만 파리를 찰싹 때린다. 현금을 점검한다. 신분증을 확인한다. 주머니에 양손을 넣고 눈을 감는다.

착한 사람들이다.

운이 좋았다.

클로드가 일이 돌아가게 해 줄 것이다.

그가 만들어 준 신분증은 정말 그럴싸했다. 실로 예
술이었다. 공원에 꽃이 만발하고 도시에 폭력배들이 넘쳐
날 때 그녀는 랭보의 「일뤼미나시옹」을 들고 공원에 앉아
있었다. 그가 다가와 옆에 앉았다. 그는 미남이었고 진지
하지만 웃는 얼굴이었고 말씨가 경쾌했다. 오 세종.* 그가
말했다. 오 샤토.** 상처 없는 영혼이 어디 있으랴. 나는
아무도 피할 수 없는 행복에 대한 경이로운 연구를 했노
라. 오래 살아남으라. 우리를 일깨워 줄 드골과 함께.

그를 보고 웃는 그녀에게 그가 물었다. 좋아요?

좋아요. 그녀가 대답했다.

그들은 흐드러지다 못해 절로 꺾이는 꽃들 가운데
앉아 공원 안을 산책하는 사람들을, 아무 일도 없다는 듯
이 나치 공군의 팔에 매달린 여자들을 지켜보았다. 그는

---

* 오 계절이여.
** 오 성이여.

변함없이 경쾌한 태도로 자기가 본 세 가지를 말해 줬다.

그는 매트리스 가게가 돼 버린 니스의 카지노를 보았다. 피난민들이 쓰라고 지역민들이 내놓은 매트리스들이 하도 높이 쌓여 움직일 수 없을 정도였다.

그는 도시의 거리에서 비행기 폭격에 맞아 죽은 사람들을 보았다.

그는 총살을 당해 같은 무덤에 묻힌 어머니와 아이를 보았다. 어머니는 옷을 벗고 살해된 반면, 아이는 옷을 입은 채 숨져 폭력배들의 손에 어머니 시신 위로 내던져졌다.

다른 이야기는 할 필요 없어요. 그녀가 말했다.

그러나 그는 그녀에게 이름을, 그가 이제 깃들어 사는 이름을 알려 주었다. 한나는 그에게 프랑스 이름을 알려 주며 신분증이 없다고 했다.

그는 길에서 진짜 벤틀리를 주웠다고 말했다. 뭐요? 그녀는 벤틀리가 뭔지 몰랐다. 그가 웃음을 터뜨렸다. 벤틀리는 영국제 자동차예요. 아주 고급이고요. 그런데 그게 문이 열리고 시동이 걸린 채로 버려져 있더라고요. 영국으로 돌아가는 마지막 배를 타러 서두르다가 영국인들이 버리고 간 거였죠. 그는 같은 길에서 같은 식으로 버려진 자전거도 주워서 벤틀리 트렁크에 넣고 묶은 뒤 최대한 멀리 차를 몰았다. 기름이 떨어지자 툴롱까지, 나머지 길은 자전거를 꺼내 타고 갔다. 거기서 정원사들을 만났다. 그들은 정원사로 통한다. 사실 꽤 훌륭한 정원사들이기도 하고, 남프랑스 전역에서 정원 손질을 한다.

가 봤어요? 그가 말했다. 마음에 들 거예요.

그가 다 해결해 주었다. 신분증을 마련해 주고 점령지 외곽으로 데려다줬다. 아직은 점령되지 않았지만 오래 못 갈 거예요. 이탈리아가 눈독을 들이고 있거든요. 독일도 자기들이 갖고 싶기 전까지는 그러라고 허락하겠죠.

그는 그녀에게 아무것도 묻지 않았다.

다른 누구의 어머니에게 일어난 일이라며 그녀는 그에게 어머니 이야기를 들려주었다. 이 다른 누구의 어머니가 병에 걸렸는데 약이 금지돼 죽어 갔다고, 심지어 간호사조차 쓰지 못하게 됐다고, 그런데 그 와중에 폭력배들이 아파트와 세간을 전부 압수했다고 했다.

당신도 '내게' 다른 이야기는 할 필요 없어요. 그가
말했다.

그리고 그녀에게 자전거를 주었다.

그는 그녀에게 웃음이야말로 최고의 임신법이라며
무슨 일이 있어도 절대 웃지 않아야 할 것이라고 말했
다. 그래 놓고 사정없이 그녀를 웃겨 댔다. 웃지 않기란
불가능했다. 그는 흉내의 달인이었다. 수위를 흉내 냈고
나치를 흉내 냈고 아쥐르 정원에서 흰색 파란색 꽃에 물
을 주는 원수 필리프 페탱*를 흉내 냈다. 클로데트 콜베
르에다 클라크 게이블까지 그녀가 알아들을 수 있는 영
화배우들까지 모조리 흉내 냈다. 인상 사나운 제과점 여
자도 흉내 냈다. 그렇게 잔뜩 웃겨 놓고 그녀를 완벽하게
이해하는 방식으로 그녀의 몸을 안았다. 그는 그것 또한
잘했는데 이는 전혀 다른 차원의 흉내 내기라 할 수 있
었다.

그가 가 버렸을 거라 생각하며 그녀는 잠에서 깨곤
했다. 그는 아직 담배를 피우며 옆에 누워 있었다. 밖에

* 앙리 필리프 페탱(Henri Phillippe Petain, 1856~1951). 나치에 협력한
비시 프랑스의 군인, 정치가.

는 날이 밝고 있었다.

새날이군. 그가 말했다.

꿈에 쐐기벌레가 나왔어. 그녀가 말했다. 소총 위를
기어가더라. 이건 신호야, 맞지?

쐐기벌레가 어느 쪽으로 갔어? 그가 물었다.

손잡이에서 총구 쪽으로. 그녀가 말했다.

방아쇠에서 멀어진 거네. 그가 말했다.

응. 그녀가 말했다.

좋았어. 그가 말했다. 총에 맞으려거든 쐐기벌레가
쏜 총에는 맞지 마. 나비가 쏜 총에 맞고 싶다고 해.

그 순간 그녀는 처음으로 자신의 진짜 이야기를 얼
떨결에 입 밖에 내고 말았다.

(위험했다. 뇌를 깨끗이 털어 내야만 했다. 자신을 훌쩍
뛰어넘어 생각해야 했다. 그녀만이 아니라 아버지와 오빠의 생
사가 달려 있었다. 어머니는 안전하게 천국에 계셨으니 천만다
행이었다.

'몰라야' 했고 또는 최소한만 알아야 했다. 모든 것을 그
리고 어떤 것이든 말하지 않고 생각하고 말하는 법을 새로 찾
아야 했다.)

그녀는 아버지가 나비를 잡아 죽여서 유리판 뒤에 꽂기를 좋아한다는 말을 분별없이 해 버렸다. 말하는 순간 후회했다. 가슴이 덜컹 내려앉았다. 속이 메스꺼웠다. 당장 토할 것 같았다.

하지만 클로드는 어깨를 으쓱하고 다 피운 담배를 어젯밤 쓰고 남은 더러운 세숫대야 물에 던졌다.

여름은 핀으로 꽂을 수 없어. 그가 말했다.

둘은 입을 맞추고 일어나 하루를 맞을 준비를 했다.

그녀가 클로드에 대해 아는 거라곤 축축한 신문지에 불을 붙여 태울 수 있는 남자라는 것뿐이었다.

그 덕분에 그녀는 추운 겨울을 그런대로 따뜻하게 보낼 터였다.

미친개들과 영국인들. 우리는 남프랑스의 태양 아래 서 있어.

아무도 알아듣지 못하게 아이를 감싼 숄의 일부가 입속에 들어갈 만큼 얼굴을 바짝 대고 한나가 속삭인다.

새파란 하늘 아래 새파란 바다 옆에 새파란 해안이 반짝이고 그 위 언덕에 향수업계가 흡족해할 만큼 꽃들이 흐드러진 꽃의 도시는 피난민들로 들끓고 있다.

일부 피난민들은 아직 돈이 있어서 일부 대형 호텔들은 때 아닌 호황을 구가하는 반면 소형 호텔 대부분은 도산한다.

클로드가 떠났고 그녀도 떠야 한다. 이 도시를 택한다. 문 앞으로 나오며 아기를 보고 환하게 웃는 여자가 마음에 들어 이 호텔을 택한다.

여자가 말해 주는 이름을 한나는 즉시 바꿔 버린다. 여자가 말한 이름은 사라진다. 한나 머릿속에서 여자의 이름은 이제 에티엔 부인이다.

에티엔 부인은 젊고 다정하고 대단히 친절하여 한나와 아기보다 앞장서 계단을 올라 층계참마다 기다렸다가 지붕 경사면에 난 문을 열고 방을 보여 준다.

조금 낡긴 했어요. 카펫이 찢겨 나간 자리를 발끝으로 건드리면서 그녀가 말한다. 하지만 알베르 부인, 저기 바다가 보여요.

에티엔 부인은 아기에게도 퍽 상냥하고 언젠가는 저녁 식사로 순무 아닌 다른 음식을 낼 날이 오리라 믿는다고, 혹시 못 지킬까 봐 한쪽 눈을 찡긋하면서, 약속도 한다. 얼추 같은 나이로 보이는데도 한나가 스물은 연상이라도 되는 듯 꼬박꼬박 알베르 부인이라 부르며 어젯밤 시내 영화관에 경찰이 덮쳐 불을 켜 버렸다고, 그게 다 원수나 히틀러나 무솔리니가 나올 때마다 화면을 향해 물건들을 던지고 야유하는 사람들을 색출하기 위해서였다고 알려 준다.

이런 말을 그녀는 "하지만 비가 오잖아요."나 "날씨가 정말 좋군요."나 "저 개의 우스꽝스러운 얼굴 좀 보세요, 절로 웃음이 나오네요."나 "오늘 그 블라우스 정말 예뻐요."라고 말하듯 태평스럽게 한다.

어젯밤에 라디오를 함께 듣던 남편이 그러더라고요. 베개를 두들겨 모양을 잡으며 역시나 태평하게 말한다. 「레프랑세 파를랑 오프랑세」* 방송을 듣다 잡히면 1만 프랑 벌금에 이 년간 감옥에도 간다고 말이에요. 방이 알베르 부인 마음에 드시나요?

굉장히요. 한나가 말한다.

에티엔 부인이 서랍장 맨 아래 칸을 끝까지 당겨

---

* '프랑스어를 하는 프랑스인들'이라는 뜻.

열고 무릎을 꿇고 앉아 침대에서 벗긴 담요를 두터운 안감처럼 접어 깔고는 한쪽에 베개까지 괴어 넣는다. 그리고 일어나서 자신의 동작 하나하나가 무슨 뜻을 지니고 있는지 까맣게 모르는 발레리나처럼 열린 서랍을 가리킨다.

아기 요람이요. 그녀가 말한다. 괜찮을까요, 알베르 부인? 너무 작은가요?

아주 괜찮을 것 같아요. 한나가 말한다.

에티엔 부인이 아기에게 입을 한 번 더 맞추고는 서둘러 계단을 내려간다.

아기가 발길질을 한다.

클로드는 떠났다.

조원 셋도 사라졌다.

그들은 죽었다.

그는 죽었다.

그 본인을 위해서도 그가 죽었기를 바란다.

그녀는 임무를 받고 여기 왔다. 내일 '사촌' 하나를 대형 호텔에서 만나기로 돼 있다.

말들이 장에 갔다 집으로 돌아오는 노래를 부르며

얼러 주자 아기가 웃는다.

어느새 옹알이를 시작했는가 하면 자꾸만 다리에 힘을 실어 엄마의 몸에 대고 버티는 일도 많다.

명랑한 아이다, 다행히도.

한나는 아기와 절망 틈새에서 하루하루를 보내고 있다. 끔찍한 불의가 만연한 가운데 이 하루하루에는 헤아릴 수 없는 행복 또한 깃들어 있다.

이곳에서의 첫 며칠 동안 그녀는 아기를 품에 안고 쾌적한 햇살 아래 야채밭들이 늘어선 프롬나드 데 장글레*를 찾는다.

이럴 때마다 아이 때문에 눈에 쉽게 띌 거라는, 너무 많은 사람들이 알아보기 시작할 거라는 생각이 든다.

아이를 데리고 호텔 방으로 돌아간다.

그래도 아이가 나온 후부터는 마치 시샘이라도 하듯 날들이 몹시도 빨리 지나간다.

그녀는 매주 다섯 번째 날 항상 다른 장소에서 중간 연락책과 만난다. 현재 그 중간 연락책은 실비라고 이름

---

* 영국인 거리.

을 밝힌 열네 살 여학생이다.

실비는 나무 문짝만큼 평범하고 무뚝뚝하다. 수수하고 우아하며 단단히 잠겨 있다. 한나는 굳이 선물이라고 말하지 않고 그녀에게 자전거를 준다. 실비는 그걸 알아듣고 나무 문짝의 표현력으로 고개만 살짝 끄덕여 감사의 뜻을 전한다.

나무 문짝의 표현력을 과소평가해선 안 된다. 무엇이든 목소리가 있다. 실비를 이루는 자재에는 그처럼 어린 소녀를 통해서도 드러날 만한 나름의 잘 익은 목소리가 있다.

실비는 평소 연락책의 역할에 익숙하다. 손발이 잘 맞는다. 두 사람은 약속한 길거리에서 약속한 시간에 서로를 스쳐 지나간다. 그때 한나는 종이 뭉치를 자전거 바구니 안, 레인코트 깃, 아주 가끔은 대형 호텔 배달용으로 갈색 종이에 싼 고기, 순무, 비트, 근대 따위 아래 밀어 넣는다.

어느 날 식료품 밑에 뭉치를 집어넣는 한나의 손목을 실비가 조그만 손으로 잡는다.

이거 가지세요. 그녀가 말한다.

고깔로 접은 종이를 한나에게 건넨다. 한쪽 페달에 한 발을 놓고 휙 올라가 안장에 앉은 뒤 눈 깜짝할 새에 사라진다.

고깔을 펴 보니 산딸기가 가득하다.

잠긴 나무 문짝에게 이런 구석도 있다.

때로는 아무 일도 하지 않고 그냥 앉아 서랍 속에서 조각배에 둥둥 뜬 것처럼 자는 아이를 바라보며 몇 시간을 보낸다.

언제라도 뒤집혀 버릴 것임을 알면서 부러진 노로 거친 바다를 헤쳐 나가는 그 조각배가 바로 한나다.

그러면.

빈털터리에 부서진 내 자아는 어떻게 봐야 하나?

잠든 아이가 숨을 쉬고 뒤척이는 모습을 바라본다. 아이를 가졌다는 것만으로도 우리는 이미 아이에게 죽음을 주었다고, 아이 입속에 잿빛 빵 조각이나 사과의 응어리를 넣어 주듯이 죽음을 밀어 넣었다고 릴케는 말한다.

부모님은 이 느낌을 알았을까? 그분들의 부모도? 또 그분들의 부모도? 그럼에도 화가 나지는 않는다.

그 시의 마지막 낱말은 '운베슈라이블리히'*이다. 알아도 차마 말할 수 없다는 뜻이리라.

아기가 숨을 들이쉰다.

아기가 숨을 내쉰다.

저토록 작은 입으로 야무지게.

베어 덴 디히터 빌 페어슈텐, 무스 인 디히터스 란데 겐. 오빠를 위해 번역해 보자.

시인을 이해하고 싶다면 시인의 나라에 가 보라.

여기는 분명히 시인의 나라다. 이것은 다른 차원의 시간이다.

주(週)들이 지나간다.

(아이가 너무 커 버려 서랍에 눕힐 수 없어졌다.)

한나는 종이 뭉치를 건네준다.

(아이가 숨을 들이쉬고 내쉬고 또 들이쉰다.)

그녀는 리옹행 차표와 약간의 음식, 지령을 챙긴다.

(아이가 낱말을 엮어 구절을 말하기 시작한다.)

스위스의 연락책에게 비단 지도를 전달하면 그것은

---

* 형언할 수 없는.

또 런던의 연락책에게 전달될 것이다.

더 많은 사람들이 사라질 것이다.

한나는 북쪽으로 가야 한다.

(한나가 외출 중일 때는 에티엔 부인이 아이를 돌봐 준다. 한나가 돌아오면 아이는 양팔을 벌린다.)

이번 주는 조가 둘이다. 그중 한 조에는 아이들이 일곱이다. 등산중인 것처럼 보여야 한다. 복장부터 잘 맞춰야 한다.

(머잖아 한나는 아이를 며칠씩 호텔에 남겨 놓을 것이다.)

이번 주는 성인 다섯이다. 건강과 지구력을 점검하고 서류를 챙겨 줘야 한다. 성인일 때는 잘못될 가능성이 더 높다. 지역민들은 성인들이 국경을 건널 때 더 불안해한다. 아이들은 신경을 덜 쓴다. 안내자도 다른 아이들의 등산을 인도하는 아이로 보여야 한다.

(에티엔 부인과 신중하고 말수가 없고 고장 난 건 뭐든 고치는 그녀의 남편은 현금을 반긴다.)

법이 바뀌어 이제 국경 10킬로미터 안쪽에 있어야 스위스 정부에게서 체류 허락을 받을 수 있다. 근력을 점검해야 하는 이유다.

북쪽.

그리고 다시 남쪽.

북쪽.

다시 남쪽.

이제 한나는 너무나 많은 밤을 아이와 함께 보내지 못한다.

그런 밤에는 어디에 있든 잠들기 전에 자리에 앉아 아이를 무릎에 앉히고 시장 노래를 불러 주는 상상을 해 본다.

함께 있든 아니든 자기 전에는 아이에게 이야기를 들려준다.

저물기가 싫어서 신들과 싸웠다는 여름날에 대한 이야기 같은 것.

나는 영원히 계속될 거요! 여름날이 말했어. 밤은 결코 오지 않을 거요! 겨울도 절대로 오지 않을 거요!

신들은 아주 재미난 농담이라도 들은 듯 일제히 웃음을 터뜨렸어. 누구든 신들에게 이래야 한다 저래야 옳다 말을 꺼내는 순간, 이러게 돼 있단다. 남신과 여신 들이 발코니에 모여 앉았어. 그리고 보잘것없는 우리 세상을, 개미 떼처럼 동동거리며 돌아다니는 인간들의 하찮은 모습을 내려다봤지. 잔인한 심성이 발동했어. 웃기도 좋아해서 우리 꼴을 보고 웃어 젖히다 배꼽이 빠지지는 않을지 조심해야만 했어. 신을 건드려서는 안 돼. 그런데 여름날이 더 길어지고 싶다는 거야. 여름 하루로 족하지 않다는 듯.

신 하나가 웃음을 그치고 느닷없이 얼음 번개를 던지자 맑고 파란 여름 하늘이 온데간데없이 사라지고 거무튀튀한 먹구름이 대신 들어섰어. 구름장에서는 비가 아닌 눈이 떨어졌지. 뜨거운 7월 한여름에 큼지막한 눈송이들이 떨어져 내렸어. 하도 커서 떨어지는 도중에 서로 맞붙어 눈덩이들이 돼 버렸단다. 여름날이 긴 것 같지만 겨울날보다 딱히 길 것이 없는데도, 그날은 늦게까지 이어지는 빛 속에서 지독하게 많은 눈이 내려 문밖에 나가 보면 코 높이까지 쌓여 있었어.

아이가 코에 한 손을 갖다 댔다.

눈이 여름 꽃들을 모두 덮었어. 꽃잎들이 떨며 오그라들었어.

안 돼! 아이가 말했다.

두 손으로 입을 막는다.

그런데, 그다음 날. 한나가 말했다. 무슨 일이 일어났게?

하. 아이가 말했다.

그래. 여름 해. 해가 떠올라 눈을 모두 녹여 버렸어. 하지만 어떤 꽃들은 불쌍하게도 냉기에 타 버렸어. 열기뿐만 아니라 냉기도 태울 수가 있단다.

불쌍한 꼬. 아이가 말했다.

그런데 대부분은 해를 향해 고개를 들었어. 한나가 말했다. 그리고 어떻게 했게?

물 말라. 아이가 말했다.

맞아. 목이 말랐어. 꽃들은 녹은 눈을 모두 마셨어. 그리고 좀 지나자 바로 더 많은 꽃이 피었어. 또 나비랑 벌들도 꽃들을 찾아가서 꿀도 만들고 나무들에 열매도 맺게 해 주고 더 많은 꽃이 피어나게 해 줬어.

새 여름날은 머리를 조아리며 신들에게 말했어. 더 길어지게 해달라고 청하여 미안합니다. 그러자 발코니의 신들도 여름날에게 정중히 답례했고 꽃의 도시 사람들은 갑작스러운 추위에 시달렸던 꽃들이 천천히 고개 드는 모습을 보고 짧은 시간이나마 그들이 돌아온 것을 기뻐했어. 꽃들이 여름에만 피어날 거고 여름은 금방 지나간다는 걸 알았거든. 그래서 말하기를…… 사람들이 뭐라고 말했게?

무엇을 만글어야. 아이가 말했다.

그래. 그녀가 말했다. 이걸로 무엇을 만들어야 하나. 그래서 무엇을 만들었게?

무척 큰 양수. 아이가 말했다.

무척 큰 향수병을. 여름이 가고 가을 겨울이 오면?

쿠. 아이가 말했다.

맞아, 병을 열어서 입구에 코를 대고 아름다운 향기를 즐겼어. 그리고 무엇을 기억했게?

꼬. 아이가 말했다.

꽃들을. 한나가 말했다.

날이 밝으면 가장 앞줄에 서서 야채를 먼저 사려고 시장에서 천막을 치고 노숙하는 아이들 이야기를 들려주는 밤도 있었다.

그 아이들은 어떻지? 그녀가 아기에게 묻는다.

엉리. 아이가 대답한다.

맞아. 그 아이들은 영리해. 그녀가 말한다.

아기를 남겨 두고 떠나야 하는 엄마 이야기를 들려주며 그게 아기를 사랑하지 않아서가 아니라고 말하고, 그럼 엄마가 아기를 얼마나 많이 사랑하는 것이겠느냐고 묻는다.

더 더. 아기가 말한다.

그래. 한나가 말한다. 더욱더 사랑하는 거야.

들판이 어두워지면 눈이 더 밝아진단다. 어느 날 밤 한나가 말한다. 곧 별도 비치기 시작하고 벌레들이 밤새도록 노래를 해. 모든 소리가 그림이 되고, 안다고 생각했던 것들이 희끄무레한 하늘에서 모두 다 낯설어지고 어두워지는데 나무 꼭대기만은 더욱 밝아져. 그냥 지나칠 때는 어둠이 빛을 얼마나 빛나게 해 주는지 모르다가 결국 빛이 어둠에서 벗어나고 우리를 붙잡아 주지.

나무꾼의 아들이 쓴 옛 시. 빛이 시 속의 나무 꼭대기를 만지면 아이는 깜빡 눈을 감는다.

한나는 두 손을 아이의 눈 위에 얹는다.

이탈리아 군대는 떠났다.

나치가 온 마을에 들끓는다.

그녀는 아이를 침대에 눕히고 아래층으로 내려가 에티엔 부인에게 할 이야기가 있다고 한다.

에티엔 부인은 색깔과 향기가 진짜 브랜디 같은 액체를 잔 세 개에 따라 탁자에 놓는다.

진품이에요, 알베르 부인. 그녀가 말한다.

특유의 우아한 동작으로 한나에게 자리에 앉으라고 권한다.

한나는 그대로 서서 일이 몹시 급해졌다고 말한다.

네. 에티엔 부인이 말한다.

자신이 오랫동안 나가 있어야 할 경우 아이가 영구적으로 그들 부부와 살 수 있겠는지 한나가 묻는다.

물론 숙박비를 내는 손님 자격으로요. 그녀가 말한다. 정말 정성껏 저희 둘을 보살펴 주셔서 아이가 안전할 거라고 믿어 드리는 부탁이에요. 그리고 아무래도 제가 한동안 이곳을 떠나 있게 될 것 같아요.

에티엔 부인의 예쁜 이마 위에 주름이 올라온다.

돈은 받지 않아요, 알베르 부인. 그녀가 말한다. 이런 일에 돈이 필요한 것도 아니고요.

그럴 수는 없죠. 한나가 말한다.

그리고 지폐 뭉치를 에티엔 부인의 앞치마 주머니에 넣는다.

글 읽는 법을 좀 가르쳐 주세요. 그녀가 말한다.

에티엔 부인이 고개를 끄덕인다.

고맙습니다. 한나가 말한다.

에티엔 부인이 남편을 부른다. 그가 주방에서 손을 닦으며 들어와서 탁자 앞 여자들 옆에 선다.

아내가 남편에게 말하고 돈을 보여 준다.

되도록 자주 들를게요. 한나가 말한다. 상황이 바뀔 것 같으면 곧장 돌아와 아이를 데려가겠습니다.

폴, 여보. 에티엔 부인이 말한다.

한나는 여태 그의 이름조차 몰랐다.

그의 이름을 알아서는 안 된다.

그의 이름을 머릿속에 넣어 둘 수 없다.

그걸 지워 없앤다.

아이의 이름 또한 머릿속에 담아 둘 수 없다. 물론 알기야 한다. 그녀의 온 존재에 쓰여 있는 이름이다. 하지만 그녀는 훈련되어 있다. 준비되어 있다. 항상 그것을 감춰 없애 버린다.

그러기 위해 묘비를 떠올린다. 아무것도 쓰여 있지 않은 묘비를.

그것이 그녀의 아이다.

무엇에 건배할까요? 아내가 남편에게 묻는다.

형제애에. 그가 말한다.

셋은 술잔을 부딪친다.

'그리운 (늙어 빠진) (하하) 여름 오빠.(나는 항상 오빠보다 젊을 테고 오빠도 그건 어쩌지 못할 거야.)

이건 자화상 같은 거야. 오빠에게 다가가는 나의.

알아보겠어?

그림을 그려 본 게 얼마 만인지 드러날 거야. 완전히 연습 부족이지. 그래도 나야. 친애하는 대니 오빠. 오랜만이네. 알려 두자면 책은 상하지 않게 교묘하게 뜯어낸 지드의 『프로메테우스』 뒷장에다 시간에 관해 뭐라도 써서 지나간 긴 시간을 상쇄시키려고 해.

대니 오빠. 오빠 생각을 하면 무슨 말을 하거나 아무 말도 하지 않은 채 햇빛 속에 함께 앉아 있는 우리 모습이 떠올라. 나는 늘 오빠 어깨에 팔을 두르고 있어. 그게 내 상상인지 실제로 그랬는지는 모르겠어. 실제였다면 오빠는 내 팔을 사정없이 쥐어박았을 거니까.

오빠가 항상 나를 조심스럽게 대해 준 게 자꾸 생각나. 내 무뚝뚝함, 내 속물근성을 받아 주며 갖은 고생을, 그래 그건, 내 말을 들어주고 이해하려 애쓰는 건 분명히 고생이었어, 했잖아. 그런데도 오빠는 항상 그랬지. 항상 그러려고 노력했어. 내 완강한 고집과 갖은 시비와 우둔한 요구들을 그리도 선뜻 견뎌 주었어.

편지를 쓰자고, 쓴 편지를 태워 버리자고 했었지. 기억나?

이 편지를 태울 때 발산될 열은 그 나름대로 세상의 열기와 냉기의 균형을 바꿔 놓을 거야.

그 에너지를 오빠 쪽으로 보내려고 해.

나를 좀 봐. 희망이 없어. 영어로 글을 쓰면 나는 꼭 과장하게 돼.

그냥 단순하게 말할게.

나는 오빠 생각을 해.

나는 아빠 생각을 해.

아빠의 건강이 너무 나쁘지 않았으면, 오빠까지 울

적해질 만큼 울적하지 않으셨으면 좋겠어.

이게 다 지나가면 오빠를 만나겠지.

그날을 손꼽아 기다려.

내 소식을 전할게.

이제 나에겐 아이가 있어.

!

내게 좋은 친구였던 제 아빠를 닮았어.

그리고 어떻게 보면 오빠도 꽤 닮았어.

내겐 좋은 징조야. 아이에게서 오빠가 보이는 날은 날아갈 듯 행복해.

기도를 올릴 만큼 내가 신들을 믿는지는 모르겠지만 만약 그들이 존재한다면 감히 이렇게 말할 테야. 실례지만 거기 계시다면 햇살 가득한 여름날이 더 길어지고 이 어두운 날들은 더 짧아지게 해 주실래요? 엄마가 들려주시던 이야기 혹시 생각나? 적어도 내게는 분명히 들려주셨는데, 여름날과 신들에 대한 이야기였어. 엄마는 또 신들의 이름들을 적어 놓곤 하셨지. 지금 생각해 보면 내게 신들에 대해 가르치셨던 거야. 우리 훌륭한 엄마에게는 어떤 식으로든 엄격한 프로이센식이 아닌 게 없었으니까. 그건 그렇고.

온갖 모양의 온갖 선한 신들에게 비는 바는…… 판들과 제우스들과 디아나들과 플로라들과 포세이돈들과 페르세포네들과 브리이드들과 메브들과 아폴로들과 아테나들과 미네르바들과 마르스들과 오딘들과 토르들과 메르쿠리우스들과 헤르메스들과 발데르들과 플루토들과 데메테르들과 넵투누스들과 베누스들과 바쿠스들과 벤자이텐들과 코레들과 칼리들과 가마들과 아르테미스들과 신들과 알라들과 부처들과 다른 모든 고대의 내가 지금 기억하지 못하는 그 이름들이 부디 나를 용서해 주기를…… 너무 많은데 그중에서도 유피테르들에게…….

그중에서도 유피테르들에게 비는 바는…….

부디 별 고생 없이

자라게 해 주었으면 하는 거야.

저놈의 신들이 벌써 웃고 있군. 다 들려.

신들의 웃음소리는, 음, 지금, 총알들이 돌에 부딪치는 소리 같아.

하지만 내 기도를 들어주는 편이 좋을 거야.

있잖아, 그 아이는 오빠와 나를 모두 떠올리게 해.

너무도 작고 어리지만 벌써 눈치가 빠르고 예민하고 따지기 좋아하고(나) 성미가 느긋하고(오빠) 곰이 겨울잠 자듯 자고(오빠) 순무를 질색하고(내 기억이 옳다면 우리 둘 다지……. 거의 매일같이 달리 먹을 게 별로 없어서 조금씩 실망하며 지내.) 이야기 듣기를 좋아하고(나) 나는 가져 보지 못했던 어떤 내면의 고요함을 갖고 있어서 사람들에게 잘해 주고 싶어 하고(오빠) 예의 바르고(단연코 오빠) 신의가 있고(우리 둘 다) 감정이 풍부하고(오빠) 또 뭐든 보면 잘 웃는 게 재미있지 않은 것도 아주 재미있게 생각해(나 같아.).

며칠 전에는 발을 침대 위 베개 밑에 밀어 넣고는 마치 온 세상 모든 나라에 대단히 중요할 뭔가를 알려 주기라도 하려는 듯 나를 부르는 거야. 다리 위에(발은 베개 밑) 팔을 휘두르며 서커스장의 꼬마 마법사처럼 "발이 없어졌다!" 이러면서. 그러더니 발을 베개 밑에서 빼고 똑같이 팔을 휘두르며 "봐! 발이다!" 하더라고.

하지만 무엇보다 나는 그 아이 같은 사람을 만나 본 적이 없어.

아이는 자기 자신이야.

아직 다 완성되지 않고 말도 잘 못 하는 아이지만 어떤 면에서는 너무도 확신에 찬, 완전한 자아여서 내게는 수수께끼 같을 때가 많은데, 그 애에게는 또 내가 수수께끼인지 가끔씩 뭔가 궁금한 게 많은 눈으로 나를 바라보곤 해.

어느 날 그 애가 그렇게 나를 바라보고 있을 때 내가 물었어. 네가 지금 바라보는 게 누구라고 생각해? 아이가 아주 진지하게 대답했어. 엄마.

또 있어. 벌써 곡조를 맞춰 노래를 할 줄 알아. 알려주지도 않았는데 화음 만드는 법을 알고 그걸 아주 자연스럽게 해내. 앉아서 혼자 노래를 하는 건데 우리가 사는 집 여주인과 함께 들은 적도 있어. 자, 이 재능은 분명히 오빠나 나의 것은 아니지.

아빠한테서 물려받은 게 틀림없어.

그리고 사실, 친애하는 대니 오빠, 오늘 밤 잠이 드는 아이 옆에 누워서 생각했던 것도 다 그 애 덕분이야.

매일같이 우리 주변에서 일어나는 그 음험함은 뿌리가 없는 종양이라는 거야. 선함은 순무랑 더 비슷해.

음험함은 한 가지만 원하는데, 그건 바로 '나 자신을

더'야. 그것은 자신, 자신, 자신 오로지 자신만을 원하고 또 원하지. 뭐든 가리지 않고 그 위에 달라붙는 이끼 같다는 생각이 들기 시작하는데 그것들은 표면에만 붙어있기 때문에 얼마든지 쉽게 발길질로 떼어 낼 수가 있어.

그렇게 발길질로 떼어 내는 생각 자체만으로 그것들을 저 멀리 날려 보낼 수 있어.

거창한 생각 맞아. 내가 좀 그렇잖아. 쉽게 넘어갈 수야 없지.

혼자 잘난 줄 알던 풋내기 여학생 시절(그래, 친애하는 대니 오빠, 나는 아직도 그래……. 후자는 까마득한 옛일이지만 전자만은) 나는 온갖 것들에 대해 정말 생각이 많았어.

내 머릿속에 모든 지식을, 모든 이야기들을, 모든 시들을, 모든 예술을, 모든 학문을 담을 수 있다고 정말 믿었어……. 그리고 이 모든 것들을 이렇게 모아 담아 놓으면 내 것이 되는 거고, 이것이야말로 삶의 이유라고.

요즘은 내가 아는 게 뭘까?

거의 하나도 없지.

내가 이제 아는 게 하나 있다면 그건 내 것이라고 생각했던 그것들 중 어느 것도 내가 갖고 있지 않다는 사실이야.

대신 그 모든 것들이 나를 붙잡고 있지. 이 하늘 아래 우리를 붙잡고 있는 거야.

나는 이것을 태울 거야. 우리가 약속했던 대로.

오빠도 기억할까?

의심하는 건 아니고. 그럴 리가 있겠어.

어떤 식으로든 그 온기가 오빠에게 가닿을 거야

그러니 안심할 것.

가을 여동생이

사랑을 담아

여름 오빠에게 보냄.

2020년 6월 15일

친애하는 히어로 씨께,

아직 저를 보신 적이 없는 데다 만일 제가 지난번 보낸 편지도 받지 못하셨다면 왜 모르는 사람이 편지를 쓰는지 의아하실 거예요. 제가 친구고 친구로서 안부편지를 쓰는 거라고 하면, 충분할 것 같네요.

어떻게 지내세요?

진심으로 건강하시기를 바랍니다.

어디 계시든 전송받으실 수 있도록 이번에는 우리 친구들의 이메일을 통해 이 편지를 보냅니다.

선생님의 이름에 대해 인터넷으로 연구를 해 봤어요. 선생님께는 일상이겠지만 그렇게 불린다는 것은 우리들에게는 정말 굉장한 일이랍니다. 먼저 그리스의 발명가이자 수학 천재 헤론을 찾아봤어요. 인간이 바람을 붙잡아 전력을 일으킬 수 있다는 믿음으로 풍력 발전을 발명했고 뜨거운 물로 가동되는 최초의 증기기관과 자가 발전 분수도 발명한 사람이죠. 원자론자였다고 하네요. 옆방에서 바이올린 독학중인, 다시 말하면 끔찍한 소음을 내고 있는 동생 로버트에게 소리를 질러 원자론자가 뭐냐고 방금 물어봤어요. 그러자 원자론자란 각각의 개별자가 분리 불가능한 완전한 원자들로서 서로 떨어져 있다고 믿는 사람들이며, 그들의 견해를 취한다면 전체를 구성하는 모든 것들보다는 하나의 사고 또는 주제의 분리된 부분들을 바라본다는 뜻이라고 하는군요. 바이올린이 내던 그 소음이 중단돼서 좋았는데, 아, 지금 다시 시작하네요.

민담에 등장하는 여인 헤로도 찾았는데 그게 여자 이름이 될 수 있다는 게 정말 기분이 좋았어요. 헤로는 신화 속 처녀로 매일 밤 등대처럼 불빛을 발하는 자신의 탑까지 헤엄쳐 찾아오는 청년 레안드로스를 사랑해요. 그런데 물론 결국 비극으로 끝나죠. 어느 날 밤 사랑의 여름이 지나자 폭풍이 몰아닥쳐 헤로의 탑에 불이 꺼지고 레안드로스는 파도 속에서 길을 잃고 물에 빠져 죽어요.

이런 옛날이야기들은 늘 있더라고요.

우리에게 일어날 슬픈 일들에 대응할 수 있게 하려고 그러나 보다 싶어요.

어쨌든 시인 존 키츠는 이 이야기를 변형하여 헤로의 아름다움이 뿜어내는 빛에 레안드로스가 익사하는 내용의 시를 썼답니다. 말하자면 그녀 자체가 등대다, 이런 셈인데요. 좀 성차별적으로 들려서 저 나름대로 다시 써봤답니다.

레안드로스는 파도 속을
정처 없이 헤엄치다가
거친 풍랑에 빠져
이제 저 세상 사람이 되었다네.

오 저런 오 저런

걱정 마오 헤로여

울지 마오 헤로여

사랑은 영원히 죽지 않으리니.

너무 까분다고 생각하지 않으셨으면 해요. 절망적인 옛이야기를 뭔가 좀 웃기는 걸로 바꿔 보고 싶었거든요. 슬픔은 이제 넌덜머리가 나요. 올해는 특히 널렸잖아요. 그래도 우리는 운이 좋은 것이, 아무도 아프지 않았으니까요. 길 건너에 사시다 작년에 양로 요양원에 들어가신 할머니는…… '죽었다'는 말을 치기 싫은데요…… 하지만 돌아가셨어요, 네 돌아가셨어요. 할머니랑 같은 양로 요양원에 계시던 다른 노인들 열두 분도 모두 다 같은 주말에 돌아가셨대요. 그리고 조무사랑 증상이 있는 그 조무사와 접촉한 간호사분, 여기서 좀 내려가면 있는 초등학교 선생님 한 분, 그리고 저희 어머니가 아시는 국민건강보험 간호사분도 그렇게 되셨어요.

너무 슬퍼요.

저희 동네 우편배달원은 정말 대단해요. 이름이 샘인데 일을 하도 열심히 해서 마치 소형 발전기를 보는 것 같아요. 그분 말이 자기도 3월에 걸렸던 것 같은데 검사를 안 받았고 아직까지 한 번도 못 받았다는 거예요. 그러면 집에 가서 가족을 볼 수 없는 거예요. 노쇠한 부모님이 여기서 한참 먼 곳에 있는 블랙풀에 사신대요. 그리고 증상으로 볼 때 맞는 것 같은데 검사를 받지 못한 경우가 우리가 아는 사람들만도 쉰 명이 넘어요. 그래서 그냥 모르는 채로 집에서 벌벌 떨며 지독하게 앓는 거죠, 샘처럼요. 아무도 도와주지 못했고 어떤 공식 통계에도 포함이 안 됐어요. 제 친구들도 이런 사례를 아주 많이 알고 있어요. 이제 정부는 항체와 플라스마 때문에라도 그들을 파악하고 싶어 하지만 그때는 아무도 알고 싶어 하지 않았고, 그래서 혼자 죽어 갔던 거예요. 실제로 죽은 사람들도 많고요.

아버지의 사업도 완전히 망했어요. 아버지 여자 친구 애슐리가 없었다면 지금 우리는 빈털터리가 됐을 거예요. 애슐리는 아버지가 정부 지원을 받을 때까지 아버지뿐 아니라 우리 가족 전부를 위해 너그럽게도 각종 경비를 지불하고 식료품도 대 주고 있어요. 안타깝게도 아버지는 아직도 정부 지원 자격이 안 된다는 말만 하고 계신답니다.

저 개인적으로도 계획이 무척 많았는데, 이제 다 포기하고 대신 지금 이 시간으로부터 더 나은 것을 끌어내야겠다고 작정하고 있어요. 십 대 시절은 굉장한 거라고들 하잖아요. 열여섯 살인 제게 지난 석 달간의 최전성기를 꼽으라면 친구들과 넷플릭스 파티를 열어 시답잖은 영화들을 잔뜩 본 것이랍니다.

하지만 이것에서 뭔가 좋은 일이 나온다면 그것은 이미 짓밟혀 뭉개졌던 우리 세대가 더욱더 강인해질 거라는 점이라고 저는 믿어요. 친구들 없이 산다는 게 어떤 것인지를 알기에 친구들과 시간을 보내는 게 얼마나 행운인지도 우리는 알 거예요. 그리고 맹세컨대 우리의 자유를 소중히 할 것이며 그것을 지키기 위해 모든 선을 걸고서 싸울 거예요.

저는 또 우리가 이렇게 살아 있는 것만으로도 목숨을 잃은 수십만 영혼에게 부당한 짓을 하고 있는 것만 같아요.

동생 로버트는 의학 천재들이 백신을 개발하길 기대하고 있어요. 저는 백신을 개발한 그 의학 천재들이 기후 변화의 천재들이기도 하길 기대하고 있고요.

그러면 우리에게 미래가 있을지도 모르죠.

바로 그래서 국민건강보험의 주요 근로자들과 샘처럼 사회가 유지되게 열심히 일하는 사람들, 기후 보호를 위한 전사들, 그리고 조지 플로이드에게 일어난 일에 항거하는 사람들 하나하나야말로 저의 영웅이랍니다, 히어로 씨.

현대적인 의미의 영웅이 하는 일은 보여야만 하는 것들에 빛을 비추는 일이 아닐까 생각합니다. 누군가 그런 일을 할 때 또 나름의 결과가 발생하는 것 같은데요. 한 예로 누군가가 소셜 미디어상의 밝은 빛이라면 불빛을 따라 모여드는 나방들처럼 따르는 사람들도 있는 반면에 화를 내고 공격하는 사람들도 있을 거예요.

하지만 이제 우리는 서로에게, 그리고 세상에게 유독한 존재가 되지 말아야 한다는 것은 깨닫게 되지 않을까요? 턱없이 천진난만한 생각이라는 거 알아요. 유독한 것들은 결코 멈춘 적이 없으니까요. 이를테면 줌으로 역사 수업을 하는데 갑자기 포르노 폭격이 쏟아져서 모두가 그걸 보고 말았거든요. 포르노와 유독한 것은 언제나 살아남을 테고 인류는 팬데믹이 끝나건 계속되건 타자에게 유독한 존재가 될 것인지 아닌지를 결정해야겠죠.

지난 몇 달 새 봉쇄와 함께 이곳과 전 세계에 일어난 일을 통해 선생님의 매일매일이 어떠한지를 약간이라도 맛보게 되지 않았나 싶습니다. 물론 감옥에, 게다가 지은 죄도 없이 갇힌 것하고 같을 수야 없겠지만요.

선생님이 이제 수감 생활에서 '벗어나' 어디 계신지 아무도 모르는 채 노숙자가 될 수도 있다는 것 또한 놀라운 일이에요. 갈 곳도 없는 수감자들이 살아남으려면 꼭 필요한 돈 한 푼 못 받은 채 비밀리에 풀려났다고 우리들의 친구가 편지에 써 보내왔답니다.

히어로 씨가 무사하시기를 바랍니다. 죄 없는 사람들을 불법 무기한 수감에서 풀려나게 하는 게 친절한 인간 본성이나 이해나 선한 법이 아니라 바이러스라는 사실도 기가 막힌 일 같아요. 저도 노숙자를 한 분 아는데요, 그분도 걱정이 돼요. 뉴스에 따르면 노숙자들에게 호텔 방이 지급됐다던데 그분도 받았는지 모르겠어요. 왜 우리는 늘 이러지 않고 바이러스가 퍼질 때만 이러는 걸까요?

그런데 제가 편지를 쓰는 이유가 더 있어요.

바로 칼새가 돌아왔기 때문이랍니다. 하늘에서 칼새들을 보고 길을 걷다가 기뻐서 소리를 질렀어요. 수가 작년만은 못해 보이지만 어쨌든 돌아왔으니까요.

방금 생각난 건데 지난번 편지를 못 받으셨다면 제가 무슨 소리를 하고 있는지 모르실 것 같아요. 제가 가장 좋아하는 새인 칼새에 대해 길게 썼었거든요. 언제나 지난해 떠났던 바로 그 보금자리로 찾아와요. 그러니까 할 수 있는 한, 그새 갑자기 에어비앤드비 같은 걸로 개축되거나 그러지 않았다면 말이죠. 그런 곳들도 이제는 바이러스 때문에 칼새 말고는 아무도 묵지 못하겠군요. 화를 낼 사람들도 많을 테지만 이건 왠지 웃겨요.

그런데 칼새들은 짝과 함께가 아니라 혼자서 전 세계를 가로질러 날아오고 그 보금자리에서 상대를 만난대요. 평생 같은 짝하고 여기서 새끼를 낳아 기르는 거죠. 그러고 나서 헤어졌다가 이듬해 돌아와서 다시 짝짓기를 하고요. 인간도 일 년의 4분의 3을 이렇게 보낸다면 깨지지 않고 유지되는 가정이 꽤 될 것 같아요.

보금자리는 깃털과 종이, 공중에서 물어 온 것들 따

위로 작고 납작한 고리 모양으로 만들어요. 침으로 작은 고리 아니면 납작한 그릇이나 잔 모양으로 이어 붙이고 그 안에 알들을 내려놓고 교대로 따뜻이 품어 줘요. 새끼는 부모 칼새가 무리하지 않게끔 하루씩 쉬어 가며 알에서 깨요. 자연은 정말 총명해요.

요 무렵 새끼들을 찍은 사진을 보면 아직 칼새 꼴을 갖추기 전으로 깃털 하나 없는 괴이한 분홍 살덩이에 머리는 너무 무거워서 들지도 못하고 눈도 아직 안 보인답니다.

하지만 총명한 자연 덕에 무슨 이유로든 부모가 먹이를 갖고 돌아오지 못하면 새끼들은 일종의 혼수상태에 빠져서, 부모에게 재앙이나 악천후가 닥친 경우에도 꽤 오래 살아남을 수가 있대요.

재앙도 재앙이지만 부모 칼새는 한 번 나갈 때마다 1000마리의 파리와 곤충들을 잡아서 목 뒤의 주머니에 덩어리 형태로 저장했다 돌아와 새끼들에게 게워 먹여야 하니 정말 열심히 일해야 돼요.

그러니 혹시 주변에서 칼새가 보이거나 칼새 소리가 들리면 지금 먹이 채집중이라고 보셔도 무방해요. 곧 새끼들은 보금자리 속에서 날개를 딛고 일어서 보며 아프리카로의 긴 비행 채비를 하게 될 거예요. 정말 깜짝 놀랄 일은요, 새끼들은 깃털이 나고 처음으로 보금자리를 떠날 수 있게 되는 순간 단번에 어디로든 날아갈 수가 있고 그렇게 일단 날개를 치고 날아갔다면 최소 일 년, 보통 이 년간 어디에도 내려앉지 않는다는 거예요.

지금부터 대략 육 주 후면 떠나겠네요.

엄마는 칼새 없는 하늘을 보며 "저게 여름이 끝났다는 뜻이야."라고 말씀하시겠죠.

하지만 아직은 아니에요.

아직 몇 주가 남았으니까요.

하늘에서 칼새들의 소리가 들릴 때마다 제가 안부를 전하는 것이라고 생각해 주세요.

부디 평안하시고 건강하세요.

이 편지를 받으시길 바랍니다.

안녕히 계세요!

선생님의 친구

사샤

(그린로)

3

이십 대 초반이던 1950년대 초에 로렌차 마체티는 유럽 대륙인들을 들여와 영국의 농장에서 근로하게 하는 프로그램의 일환으로 피렌체 대학에서 초빙된 일단의 학생들과 함께 잉글랜드에 도착한다.

그녀는 내가 앞에서 묘사했던, 듣지도 말하지도 못하는 남자들이 서로 대화를 나누며 폐허가 된 길을 걷는 장면과 여행 가방 두 개를 들고 고층 건물 끝에 선 남자의 영상을 만든 영화 제작자다.

이탈리아 학생들이 도버에 내리자마자 경찰은 철저

한 신체 수색에 이어 소지품 검열에 들어간다. 마체티는 여권을 압수당한다. 돌려받은 여권에 찍힌 '불량'과 '외인'이라는 스탬프 글자를 보고 그녀는 경악한다.

그나마 마체티는 약골인 데다 신경도 과민하여 농장 일을 제대로 해내지 못한다. 돌이켜 보면 힘겨운 전쟁을 하고 있었을 게 분명하다. 십 대이던 1944년, 한 무리의 나치 장교들이 토스카나 집으로 들이닥쳤다. 그녀가 쌍둥이 자매 파올라와 함께 친척인 고모 니나와 지내던 곳이다. 어머니가 출산 후 바로 사망한 후 이 친척 저 친척의 집을 전전하다 니나와 그녀의 남편이자 알베르트 아인슈타인의 사촌인 로베르트 아인슈타인 부부, 그리고 약간 연상의 사촌 루체, 그리고 안나 마리아와 함께 마침내 정착한 집이었다.

그 여름, 이탈리아의 독일군은 연합군의 진격에 밀려 후퇴하고 있었다. 아름다운 여름날 집에 들이닥친 독일 국방군 장교들은 그들의 추적을 미리 알고 숲으로 피신한 로베르트가 보이지 않자 두 가지 일을 저질렀다.

그들은 집을 부숴 놓았다.

그들은 찾을 수 '있는' 아인슈타인가 사람들 전원을,

즉 니나와 그녀의 딸들을 모두 죽였다.

로렌차 마체티나 그녀의 쌍둥이 자매는 성이 아인 슈타인이 아니었기 때문에 죽이지 않기로 했다.

살육이 벌어지는 동안 다른 마을 사람들과 함께 격리돼 있던 쌍둥이 자매는 집에 돌아와 고모와 사촌들의 시체를 발견했다.

그들의 고모부도 시체로 돌아왔다. 얼마 지나지 않아 자살했던 것이다.

개인사를 고려해 보면 그럴 법도 하지만 지금 잉글랜드에서 마체티는 신경 쇠약 직전이다. 배정받은 농장 주인은 그녀가 무거운 자루들을 운반할 만큼 튼튼하지도 않고 컨베이어 벨트에서 벌레 먹은 감자를 요령 있게 골라내지도 못하고 다른 학생들과 먹을 음식을 만들 요리 솜씨도 없고 거름 더미를 재빨리 치우지도 못하는 것에 화가 잔뜩 나 있다.

그는 그녀를 쫓아낸다.

그녀는 일자리와 살 곳을 찾아 런던으로 향한다.

하지만 그녀는 내면 깊이 부서져 있기에 새로 잡은 일마다 사뭇 초현실적인 결과가 이어진다.

교외에 사는 한 여자가 입주 가정부로 그녀를 고용
했다가 그녀의 소지품을 죄다 길바닥에 내던지고서 도
둑질을 했다며 경찰을 부른다.(훗날 마체티는 오히려 자기
물건을 집주인에게 도난당한 사실을 깨닫는다.)

도시의 아름답고 행복한 집에 사는 아름답고 행복
한 가족이 그녀에게 가정부 일자리를 주고 그들의 아름
다운 생활 속으로 그녀를 따뜻하게 환영해 준다. 하지만
아름답고 행복한 가족 속에서 그녀는 갑자기 전보다도
더 유령에 둘러싸여 산다. 그들은 십 대 소녀 마체티가
목격한 시신의 총탄 구멍들에서 피를 흘리며 말없이 미
소를 지은 채로 그녀 주변에서 서고 앉고 걷는다.

'불행을 좀 찾아보려고 여행 가방을 갖고 달아났
어요.'

그녀는 홀로 길거리를 헤맨다.

남자들이 그녀를 따라다니며 섹스를 요구하고 지분
거린다.

하지만 뜻밖에도 런던 경찰관들은 대단히 친절하
다. 비를 피하게 해 주고 차까지 내주더니 겨울 한철을
줄곧 경찰서에서 따뜻하게 보내도록 해 준다. 한번은 길

을 잃고 거리를 헤매 도는데 어느 가족이 그런 그녀를 집에 들여 밥 한 끼를 먹인다. 난생처음으로 커리를 먹어 본 날이다.

그녀는 채링 크로스 근처에서 오직 오믈렛과 수프만 파는 식당에 취직하여 서빙과 설거지를 한다.

이 일은 계속한다.

하지만 이게 그녀의 진짜 일은 아니다. 그녀가 어려서부터 계속해 온 일은 바로 미술이다. 2020년 초 로마에서 아흔두 살로 사망하기까지의 긴 생애의 말년에 친구 루제로는 어렸을 때 온 가족이 낮잠에서 깨면 마체티 쌍둥이가 그린 그림들이 정원 나무들에 기대어 서 있었다고 회고한다.

안개 자욱한 런던에서 간신히 살아남는 그동안에도 그녀는 계속 그림을 그린다.

어느 날 작품들을 챙겨 슬레이드 미술 대학에 간다.

로비에 서서 입학을 요청한다.

그들은 정중히 거절한다. 무작정 들이닥쳐 입학을 요청할 수는 없다고 설명한다.

그녀는 로비에 선 채로 꿈쩍도 않는다. 다시 말한다.

미술 대학에 입학하고 싶다고.

그들은 여기 절차가 그렇지가 않다고 단호하게 말한 뒤 나가 달라고 단호하게 청한다.

그녀는 학장을 만나고 싶다고 소리를 지른다.

웬 소동인가 싶어 한 남자가 방에서 나온다. 그녀에게 학장을 만나려는 이유를 묻는다. 여기 입학하고 싶다고, 자신은 천재라고 그녀가 대답한다.

그가 그녀의 드로잉들을 본다.

그리고 말한다. "좋아요, 내일부터 우리 학생이에요."

(그가 학장이다.)

미술 대학에 입학한 직후 그녀는 '영화 클럽'이라는 표지가 붙은 벽장 앞을 지나간다. 문을 열어 본다. 영화 장비로 가득하다.

그녀는 영화를 만들어 본 적이 없지만 친구 몇을 모으고 그들과 함께 가능한 한 모든 장비를 그녀의 하숙방에 옮겨 놓는다.

이 친구들과 함께 모르는 사람들의 무척 친절한 도움을 받아 그녀는 가장 좋아하는 이야기인 프란츠 카프카의 「변신」을 바탕으로 단편 영화를 하나 만든다. 아

주 먼 훗날 그녀는 "변신은 우리로 하여금 과거와 현재
와 미래의 불의에 무관심하게 만드는 단조로운 일과에
대한 강력한 규탄의 행위로 보여요."라고 말한다. 그녀는
이 영화에 「K」라는 제목을 붙이고 현상, 더빙 등등의 '조
금 복잡한' 기술적인 부문의 비용을 대학에 청구한다.

며칠 후 다시 학장과 면담한다.

누구의 승인도 받지 않고 대학 이름으로 결제한 거
액에 대해 그가 묻는다.

재무상의 서명을 위조했을 경우 감옥에 갈 수도 있
다고 그녀에게 경고한다.

그녀가 몸을 떨며 영화에 대해 설명한다.

좋아요. 그가 말한다. 이렇게 하죠. 그 영화를 학생
전원에게 보여 준 다음 반응에 따라 학생을 어떻게 처리
할지 결정하겠어요.

영화의 첫 시사회에서 그는 초청받아 온 영국영화
협회 국장에게 그녀를 소개한다.

그녀가 제작한 영화가 끝나자 영국영화협회 국장과
미술 대학 학장과 미술 대학 학생들이 박수를 친다.

영국영화협회는 그녀에게 실험 영화 지원금을 지급

한다.

그녀는 이 돈으로 새 영화 작업에 들어간다.

런던 이스트엔드에서 폐허와 옛 건물들을 배경으로 살며 일하는 언어 장애인 둘이 사랑에 대해, 어떻게 하면 먼지 그득한 전후의 여파 속에 청결과 품위를 지키며 살 수 있는지에 대해, 그리고 자신들의 눈에 이상하거나 아름다운 것들에 대해 수화로 이야기를 나누며 길을 걸어 가는데 무자비한 장난꾸러기 아이들이 자꾸만 뒤를 따라오는 이야기다.

영화 제목은 「투게더」이다.

「K」와 마찬가지로 작고 가냘프지만 한없이 강력하고 일상적이면서도 거의 종말론적이며 당시 다른 영화 제작자의 작품들과는 판이하게 다르다.

그녀는 영화 제작자 린지 앤더슨을 만난다.

그가 「투게더」의 편집을 돕는다.

앤더슨과 카렐 라이츠, 토니 리처드슨과 함께 그녀는 프리 시네마 운동의 창시자가 된다. 그들의 영화와 프로그램들은 영국 영화 제작의 가능성에 일대 변혁을 가져온다. 한편 1956년 칸 영화제에서 「투게더」는 평론가

들과 관객 모두의 찬사와 사랑을 받는다.

이 무렵 로렌차 마체티는 이탈리아로 돌아가 한동안 쌍둥이 자매와 함께 산다. 이 모든 활동중에 유령들이 그녀를 내버려 두었으리라는 상상은 그만두라. 피 흘리는 유령들은 그녀가 어딜 가든 무엇을 하든 계속 따라다녔다. "그들은 내 무의식 속에 너무 오래 머물렀어요."

그래서 그녀는 『일 시엘로 카데』라는 소설을 쓴다. '하늘이 무너지다'라는 의미의 이 장편은 그녀 가족의 피살에 대한, 사람들을 갈라놓고 지배하는 종교적, 정치적 분열에 대한 이야기를 아주 어린아이의 관점에서 그렸다.

그것을 쓴 뒤에 하나를 더 쓴다. 『콘 라비아』. 직역하자면 '분노하여' 또는 '성나서'가 되겠다. 『엘 시엘로 카데』의 속편인 이 작품은 그렇게 많은 사람들에게 일어난 일들에도 불구하고 전후 사회의 곳곳에서 보이는 무관심에 분노한 혁명가적 사춘기 소녀의 관점에서 서술되는 이야기다. "나는 더 이상 고요와 권태 속에서 살 수가 없었어요. 내 손은 피와 비극을 만져 봤고 그래서 나는 권태가 졸고 있는 동안 현실은 종말을 준비하고 있다는 것을 아니까요."

마체티는 평생 그림을 그리고 전시회를 열고 글을 쓰고 여러 형태로 발표하는 가운데 단편 영화도 더 만든다. 그녀의 다른 작품들처럼 이 단편 영화들은 순수와 인식이 만날 때 일어나는 파열에 대해, 어떻게 하면 박살난 성인의 정신 속에서도 그 순수가 유지되는지에 대해 이야기한다. 그녀는 로마의 한가운데 캄포 데 피오리에 인형극 극장을 짓고 수많은 관객들 앞에서 「펀치와 주디」를 자신만의 해석으로 장기간 상연한다.

그녀의 최종 프로젝트인 「알붐 디 파밀리아」 즉 '가족 앨범'은 살인 직전 시점까지의 가족들 초상이며 나치들이 나무 밑에 도사리고 파시스트들이 어린 학생들을 가르치는 화창하고 눈부신 여름날 토스카나 전원 풍경을 담은 그림 모음집으로 화풍, 장소에 상관없이 빛이 떨어지는 방식에 대한 공통된 이해, 그리고 순전한 색채의 현란함 면에서 앙리 마티스와 샬럿 살로몬 같은 화가들을 연상시킨다.

삶은 죽음에서 끝날까?
삶이란 무엇일까?

시간은 무엇이며 우리가 그것을 갖고 뭘 하는지, 그
것은 우리를 갖고 뭘 하는지 우리는 어떻게 이해하게 될
까?

'그 누구의 생명줄도 어디선가 끊긴다.'

여기 쓴 것들 대부분은 로렌차 마체티의 소설들과
회고록 『디아리오 론디네제』(영문판 『런던 일기』도 출간됐
다.)에서 찾을 수 있다.

영단어 'summer는 고대 영어 sumor에서 나왔고 그
것은 원생 인도 유럽어 어근 sam에서 또한 나왔는데 '하
나'와 '함께' 둘 다를 의미한다.

아래 인용한 글은 출처가 기억나지 않는다. 마체티
와는 관계가 없다.(물론 따지고 보면 그녀와 우리 모두랑 관
계있지만.) 몇 년 전 노트에 적어 뒀던 건데 지금은 출처
를 못 찾겠다.

"창의력이 문화적인 것은 그것이 문화에서 파생된
것이어서가 아니라 그것이 문화를 치유하려 들기 때문
이다. 무의식에 푹 젖은 예술은 개개인의 보상적 꿈처럼
작용하여 다시 중심을 잡고 뿌리 깊은 문제들을 놓고 고
심하고자 한다."

마체티는 전한다. 그 여름 가족이 학살되고 얼마 지나지 않아 연합군 선봉대가 살육의 현장에 도착한다. 잉글랜드와 스코틀랜드 병사들의 눈에 새로 판 무덤들 옆에 넋을 잃고 앉은 아이 둘이 보인다.

그들은 먼저 아이들에게 영어 노래들을 가르친다.

그들이 가르쳐준 첫 번째 노래?

「유 아 마이 선샤인」이다.

딱 두 시간 후에 여기서 만나자. 그레이스가 말했다. 산책 좀 갔다 올게.

토요일 아침, 그들은 아직 서픽에 있었다. 해가 났어도 추운 카페 앞 길거리에 그들은 서 있었다.

산책이요? 딸이 말했다.

그래. 그레이스가 말했다.

엄마 혼자? 딸이 말했다.

나 혼자. 그레이스가 말했다.

산책 안 하잖아요. 딸이 말했다. 엄마가 산책 가는

건 한 번도 못 봤는데.

네가 뭐 내 전문가냐? 그레이스가 말했다.

우리도 같이 가면 안 돼요? 딸이 말했다.

안 돼. 그레이스가 말했다.

왜요? 딸이 말했다.

따분하기만 할 거야. 그레이스가 말했다.

'나'는 아니죠. 딸이 말했다. '쟤'는 몰라도.

돈 좀 주세요. 아들이 말했다.

뭐에 쓰게? 그레이스가 말했다.

여기서 두 시간을 기다리면서 아무것도 먹지도 마시지도 않으면 화낼 거예요. 아들이 말했다.

방금 거하게 아침 먹어 놓고는. 그레이스가 말했다.

그건 맞지만 카페에서 그렇게 기다리며 돈 한 푼 안 낼 수는 없어요. 아들이 말했다.

여기서 꼼짝 말고 기다리라는 거 아냐. 그레이스가 말했다. 나가서 뭘 좀, 뭐가 됐든 해도 된다고. 나가서 돌아다녀. 날도 화창하잖아.

추워 죽겠는데요. 딸이 말했다.

저 바닷가에 가 봐. 그레이스가 말했다. 거기 골프

연습장도 있으니까 한번 가 보든지.

문 안 열었어요. 아들이 말했다. 2월에 무슨.

왜 우리랑 같이 안 가려고 하는 거예요? 딸이 말했다.

딸은 정말 따라가고 싶은 마음은 없었다. 다만 어머니가 무슨 이유에선지 혼자 시간을 보내고 싶어 하는 것같아 트집을 잡는 것뿐이었다.

믿거나 말거나 나 혼자 시간을 보내고 싶어서 그런다. 단지 나 혼자만의 이유로. 그레이스가 말했다.

어디 가는 건데요? 딸이 말했다.

옛날 교회를 보려고 그래. 그레이스가 말했다.

에이, 거짓말. 딸이 말했다.

그럼 너희들 게임 센터에 가면 어떠니? 그레이스가 말했다. 거긴 열었을 거야. 부두로 가 봐.

나는 게임 센터 안 갈래요. 딸이 말했다.

게임 센터에서 시간을 보내야 한다면 돈이 좀 필요해요. 아들이 말했다.

그레이스가 지갑을 꺼내 20파운드 지폐를 아들에게 건넸다.

이걸로는 턱없이 모자라요. 아들이 말했다. 터미네

이터에서 열 번만 쏘면 끝난다고요.

모자라기는. 그리고 그거 누나랑 반씩 나눠서 써라. 그레이스가 말했다.

벌써 누나 몫 포함해서 열 번 쏘면 끝난다고 했던 거예요. 아들이 말했다.

여기서 잔돈으로 바꿔도 되겠네요. 딸이 말했다. 내가 할게요.

아냐, 내가 할게. 아들이 말했다. 게임 센터 가서 하면 돼.

나는 게임 센터에 안 간다니까. 딸이 말했다. 얼른 줘, 계산대 남자한테 바꿔 달라고 할 거야.

싫어. 아들이 말했다.

그래. 그레이스가 말했다. 뭐 알아서들 하고. 나는 어쨌든 신경 안 쓸 테니 각자 가서 원하는 대로 시간을 보내고 대신 반드시 다른 곳이 아닌 이 카페 앞에서 12시에 만나는 거야. 택시를 불러 놨거든. 입스위치에서 2시 30분에 출발하는 런던행 열차를 타야 해.

엄마는 뭔가 비밀이 있어서 혼자서만 시간을 보내려고 하는 거야. 딸이 말했다.

맞아. 그레이스가 말했다. 이따 보자.

그녀는 맞다 싶은 방향으로 걸어갔다. 어쩌면 전혀 틀릴지도 모른다. 삼십 년이 지났으니까. 교회 이름도 기억 안 나고 어쩌면 원래 몰랐을 수도 있다. 우연히 발견했다는 것 말고는 아무것도 생각이 안 났다. 교외였는데, 아마 1.6킬로미터 정도? 거기서 가시나무 덤불로 둘러싸인 1차선 도로를 따라갔다.

시내 경계에는 전에 없던 주택 단지가 있었다.

당연히 교회가 이제 없을 수도 있었고 누군가가 우미한 별장으로 만들었거나 또는 그마저도 바닷속으로 무너져 내렸을 수 있었다. 기억이 맞다면 시 경계에서 그리 멀지 않았다.

뒤에서는 아직도 아이들이 티격태격하고 있었다. 그녀는 고개도 돌리지 않았다. 그 아이들이 있지 않은 것처럼, 제 몸으로 낳지도 않은 것처럼, 다른 누군가의 책임일 뿐 자신과 무관한 것처럼 계속 걸었다. 시내와 습지 사이의 다리를 건넌 다음 언덕 위 주택 단지 쪽으로 향했다.

습지에 다다르자 오른쪽으로 꺾었다.

그리고 작은 길을 찾았다.

여기서 왼쪽으로 돌면 어제 만났던, 그리고 그녀의 아들을 자신의 누이로 착각한 노인이 사는 집으로 길이 이어졌다.

가엾은 로버트!

하지만 그 노인은 누이를 만났다는 생각에 '너무나 기뻐했다'고 어제 저녁을 먹으면서 샬럿이 말해 줬다.

벽이 나무로 된 호텔 식당에서 먹은 저녁이었다. 촛불들도 밝혀져 있어 사실 퍽 근사했다.

누이를 용케 '만났다'는 생각에 마냥 행복하셨어요. 샬럿이 말했다. 로버트가 누이가 아니라는 사실 같은 건 상관없었던 거죠.

나는 여자가 아니에요. 아들이 말했다. 여자처럼 생기지도 않았고요.

하지만 너의 어떤 점, 너라는 사람의 무언가가 그분의 누이를 떠올리게 한 거고 그게 그분에게 큰 기쁨을 주었던 거야. 샬럿이 말했다. '너'의 뭔가가 '그분'에게 가닿은 거지. 네가 여자냐 아니냐의 문제가 아니라.

그래도 나는. 그가 말했다. 여자처럼 보이지 않는다

고요.

　남자가 여자처럼 보인다고 뭐가 잘못된 것도 아냐.
샬럿이 말했다. 오히려 양성 간의 공생이랄까 그런 것이
진정한 아름다움의 핵심 자질로 통상 받아들여지고 있어.

　양성 간의 뭐요? 아들이 말했다.

　공생. 아서가 말했다.

　생물학에서 말하는 그런 거요? 아들이 말했다.

　그들이 만난 그 노인은 백네 살이었다. 백하고도 네
살! 저녁을 먹으면서 그들은 그것에 대해 이야기했다.
노인을 보살피는 여자가 친척도 아니고 그냥 친구라는
게, 그녀가 어렸을 때 이웃지간이었다는 사실만으로 그
녀 또는 그녀 가족이 베푼 친절 덕분에 그가 말년을 이
렇게 보낼 수 있다는 게 얼마나 놀라운 일인지를 이야기
했다. 오랜 세월을 알아 온 노인에게 누이가 '있다'는 말
은 이번에 처음 듣는다는 그녀의 설명에 대해서도 이야
기했다.

　그리고 정말 행복해 보이셨어요. 샬럿이 말했다. 눈
앞에 누이가 있다는 생각에. 사실은 아니었지만요.

　'그게' 공생인가요? 아들이 말했다.

그분을 만나는 건 마치 인격화된 역사와 만나는 것 같았어요. 그레이스가 말했다. 정말 대단한 이야기예요. 1차 세계 대전 때부터 줄곧 살아오신 분이니까. 2차 세계 대전 중에는 수용소에 갇히기도 하셨고요.

그건 오버예요. 아들이 말했다. 그분은 인간이지 역사가 아니잖아요.

전쟁의 역사는 '우리'에게도 서려 있어요. 딸이 말했다. 우리 아버지의 어머니요. 제가 할머니 이름을 물려받았는데 할머니의 성함이 사샤 알베르였어요. 혹시 들어보셨어요? 콘서트 바이올리니스트셨대요.

제프가 우겼어요. 그레이스가 말했다. 난 우리 어머니 걸 물려주고 싶었는데.

그러지 않은 게 다행이죠. 딸이 말했다. 그랬다면 지금 다 나를 시빌이라고 부를 테니.

모두 웃음을 터뜨렸다.

그레이스만 빼고.

딸이 죄책감이 깃든 눈으로 어머니를 바라보았다. 민감한 문제라는 건 딸도 알고 있었다.

하지만 그레이스는 아직 낯설기는 하나 다정하고

친절한 사람들과 식사하는 자리이므로 품위를 지키기로 마음을 먹고 친가 쪽 이야기는 해도 괜찮다는 뜻으로 딸에게 고개를 끄덕여 주었다.

딸은 고맙다는 눈길을 보낸 뒤 친가 쪽 가족의 이야기를 계속해 나갔다.

할머니는 프랑스인이셨어요. 딸이 말했다. 제가 열 살 때 돌아가셨죠.

난 일곱 살. 아들이 말했다.

할머니가 겨우 세 살 때 '할머니의' 어머니가 전쟁통에 돌아가셨어요. 딸이 말했다. 어떤 여자가 찾아와서 사연을 전해 줬기 때문에 할머니를 길러 준 사람들은 그 사실을 다 알았어요. 나치가 시장 바닥에 자빠뜨린 여자를 도와주다가 총에 맞아 죽는 걸 사람들이 봤다고 전해 주었던 거예요.

애들 아빠의 이 옛날이야기가 어디까지 사실인지는 아무도 몰라요. 그레이스가 말했다.

사실 '맞아요.' 딸이 말했다. 할머니가 말씀해 주신 거예요.

그렇다고 사실이 되는 건 아니잖니. 그레이스가 말

했다. 집안에서 전해져 내려오는 이야기들이 대체로 그렇듯 말이야. 어쨌든 사샤가 태어나자 아이 아빠가 자기 어머니 이름을 붙여 줘야 한다고 바득바득 우겼어요. 반대하고 그럴 상황도 아닌 게 이야기 자체가 굉장하잖아요. 그 대신 로버트 이름은 내가 정할 수 있었죠.

그리고 난 누구의 이름도 물려받지 않았어요. 아들이 말했다.

너에게 어떤 함의(含意) 같은 걸 붙여 주고 싶지 않았어. 그레이스가 말했다.

그건 단순히 이야기가 아녜요. 딸이 말했다. 정말 있었던, 사실이에요.

할머니의 바이올린들도 다 있잖아요. 아들이 말했다. 그냥 선반에 놓여 있을 뿐 아무도 연주하지 않아요. 아무도 연주할 줄 모르거든요. 다섯 개가 각각 케이스에 담겨 있는데, 뭐랄까, 바이올린의 관 같아요. 아무도 바이올린을 꺼내지 않는 건 물론이고 이젠 쳐다보지도 않아요.

아주 작은 게 하나 있어요. 딸이 말했다. 쿼터 사이즈라고 하는데, 1940년대 할머니가 꼬마였을 때 처음으로 컸던 것일 거라고 우리는 생각해요. 거우 요만해요.

그보다도 작아. 아들이 말했다.

그레이스는 화제를 바꿔 그 처녀 이야기로 아서를 놀린다.

어머니를 알았던 노인을 만나려고 이 먼 길을 온 건 줄 알았는데, 여자들이 아니라. 그레이스가 말했다.

결국 노인은 아서의 어머니를 기억하지 못하는 듯 했다. 하지만 아서의 손을 잡고 놓지 않은 채 잠이 들었고 나중에 샬럿이 해 준 말에 따르면 아서는 몇 시간 후 모두 모여 저녁을 먹기 반 시간 전까지 거기 그대로 있었다.

깨우고 싶지 않았어요. 아서가 말했다.

엘리자베스랑 함께 있고 싶었던 거죠. 그레이스가 말했다.

샬럿이 그의 어깨에 팔을 두르고 볼에 키스를 했다.

정답이네. 그녀가 말했다.

그게 사실이군요. 그레이스가 말했다. 아서가 다른 여자를 그렇게 바라봐도 괜찮다는 거예요. 그렇다면 두 사람은 진짜 연인 관계가 '아닌' 거고요.

아닌 거죠. 아들이 말했다.

이것저것 다 겪어 보았는데요. 아서가 말했다. 지금이 훨씬 좋아요.

우리가 '설령' 연인 관계라 해도 아서가 누굴 쳐다보든 상관 안 할 거예요. 샬럿이 말했다. 사랑은 예고 없이 일어나는 거잖아요.

맞아요. 아들이 말했다. 정말 그래요.

부인할 수 없지. 샬럿이 말했다. 아마 부인해서도 안될 거고.

다시 젊은 시절로 돌아가고 싶군요. 그레이스가 말했다.

어쨌든 이제 아트와 저는 남매나 마찬가지예요. 샬럿이 말했다.

불쌍해라. 딸이 말했다.

사실이 그래. 샬럿은 내게 누이나 마찬가지야. 아서가 말했다.

불쌍해요. 아들이 말했다.

인생은 짧아요. 그레이스가 말했다. 청춘도 짧고요. 잘한 거예요. 부럽군요. 앞날이 그렇게 쫙 펼쳐져 있다는 세. 한순간도 허두루 보내서는 안돼요. 눈 깜짝할 사이에 지나가 버리거든요. 그렇게 지나간 시간은 다시 찾을 수도 없어요.

죄송한데요, 그레이스. 샬럿이 웃으면서 말했다. 제 생각에 그건 다 헛소리예요. 우리는 나이에 상관없이 늘 충만하고 준비된 자아로서 우리 앞의 시간과 마주할 수 있다고 전 생각해요. 그게 다예요.

아휴, 그레이스가 말했다. 천진하기도 해라. 하긴 나도 한때 젊었고 그렇게 믿었답니다.

지금도 늦지 않았어요, 그레이스. 샬럿이 말했다.

그레이스는 자기 이름을 왠지 짜증 나게 부르는 샬럿이 약간 건방지게 느껴졌다.

그리고 지난 전쟁에서 사람들이 수용소에 갇혔다는 걸 누가 알았겠어요? 대신 그렇게 말했다.

나요. 아들이 말했다. 나는 '알았어요.'

거짓말 마. 딸이 말했다.

정말이야. 아들이 말했다. 진짜 알았어.

독일인이었다면. 그레이스가 말했다. 그럴 만도 했겠네. 모두의 안위를 위해서.

아빠의 전쟁 컬렉션에도 있어. 아들이 말했다. 맨섬의 우표들이.

음식이 맛없니, 로버트? 그레이스가 말했다.

그냥 배가 안 고파서요. 그가 말했다.

뭐 대신 필요한 거 있어? 샬럿이 말했다. 주문해 줄까?

샬럿이 웨이터를 부르려고 손을 들었다.

나는 공생이 필요해요. 아들이 말했다.

그런 건 메뉴에 없을 텐데. 딸이 말했다.

이튿날 시내를 걸으며 그레이스는 미소 짓는다. 총명한 내 딸.

그녀의 총명한 딸은 노인의 방 한구석에 놓인 돌이 아서가 갖고 다니는 돌과 정말 놀랄 만큼 똑같다는 사실을 알아차렸다. 아서가 가방에서 돌을 꺼내어 어머니가 유서에 적은 부탁이라며 침대 위에 올려놓자 그걸 보고 노인은 이상한 말을 했다.

"그 돌은 아이다."라니. 어제 저녁 식사 자리에서 그레이스가 말했다. 또 웬 괴상한 소리……

아니에요. 딸이 말을 가로챘다. 그런 말이 아니었어

요. "아이를 다시 데려왔구나."라고 했어요.

엘리자베스라는 여자가 아서에게 돌을 달라고 하여 노인의 방에 있는 조각의 굽이진 자리에 얹었다.

저기 놓으니 정말 보기 좋네요. 딸이 말했다.

저 조각은 진품이에요. 노인이 꾸벅꾸벅 졸자 여자가 그들에게 말했다. 바버라 헵워스라는 조각가의 작품이죠. 그럴 리가 없다고 그레이스는 생각했다. 저 노인이 뭐라고 바버라 헵워스의 조각이 방구석에 돌아다니겠어.

하지만 자려고 누워서도 그 돌 조각 생각이 머릿속을 떠나지 않았다. 예술이란 게 그런 거겠지, 아마. 이유도 모르게 신비로운 감명을 주는 그런 것. 두 개의 돌을 합쳐 놓으니 보기 좋기는 했어. 구멍이 뚫린 굽이진 돌과 완전한 구체의 돌.

지금 포장도로를 걷는 그녀의 머리 앞쪽은 하나의 이미지로 꽉 차올랐다.

어머니의 얼굴을 가면으로 만들어 놓은 것 같은 이미지였다. 죽음의 가면일까, 아니면 삶의 가면일까? 둘 다 아니었다. 삶과 죽음 너머의, 행복과 슬픔 너머의, 살아 있기도 하고 죽었기도 한 어머니 얼굴의 가면이었다.

아니, 죽은 것은 아니었다. 전혀 죽은 기미는 없었다. 그것은 청결했고 뼈 구조와 윤곽선도 깔끔했다. 피부는 생명의 빛을 띠고 머리카락은 이마 위로 편안하게 쓸어 넘겼고 돌로 만들어졌다. 그보다 작은 옆의 석조 가면은 그레이스의 열네 살 적, 어머니가 죽은 그해의, 어머니가 집 거실에 놓인 막 여윈 당신 어머니의 안락의자에 불을 질렀던 그때 그레이스의 얼굴이었다. 길을 걷는 그녀의 머릿속에서 이 두 개의 얼굴이 멍한 눈으로 나란히 앉아 있다.

그레이스는 도리질을 쳐 스스로 통제할 수 있는 자신의 이야기로 돌아온다.

그녀는 교회 묘지를 찾아가는 중이다. 어느 여름 가 봤던 곳이다.

밖에 영화 포스터가 붙은 빌딩을 하나 지나친다.

영광의 행로.

옛날 영화관 건물이라 눈에 들어왔다. 그것은 '그' 옛날 영화관이었다…….

그리고 이때 갖고 있었는지도 몰랐던 기억 하나가 씨앗의 초록 눈이 껍질을 뚫고 나오듯 머릿속에서 모습을 드러냈다…….

조그만 마을 영화관 무대 뒤.

아담하고 예스러운 맛이 있는 곳이네요.

(손드하임 뮤지컬에서처럼 노래하듯 말하는 클레어 던
이다.)

1989년.

불만의 여름.

여기서 이틀 저녁 공연을 한다. 오늘은 셰익스피어,
내일은 디킨스다. 이건 뭐 극장이라고 부르기도 그렇고,
자, 기대를 좀 낮춥시다. 프랭크가 한 말이다. 옳은 말이
었다. 휘장도 커튼도 전혀 없어 허연 은막 앞에서 연기를
해야 한다. 조명 시설도 형편없고 무대랄 것은 그저 기다
란 연단에 불과하며 분장실을 대신한 좁아터진 창고 안
에서 열네 명의 출연진 전원이 틀어박혀 대사를 외웠을
뿐 거울조차 없으니 분장을 손볼 수도 없다.

그래서 그레이스는 뒷문으로 이어지는 콘크리트 계
단에 혼자 앉아 있다. 그녀가 출연하는 전반부는 끝났
다. 이제 극중 인물은 죽었고 다시 불려 나가길 기다리는
중이다. 어슴푸레한 초저녁 하늘, 새들이 높이 날아다닌

다. 저 새들이 돌아오면 엄마는, 여름이 왔구나, 그레이스, 했고 새들이 돌아가면 여름이 갔구나, 그레이스, 했다…….

뒤에서 누군가가 씩씩거린다.

"그레이스, 제기랄, 뭐야. 지금 올라가야 돼. 늦었어. 지금 올라가야 된다고……."

빌어먹을!

그녀는 일어서서 계단을 달음질쳐 올라가 꼬불꼬불한 복도를 지나 정신없이 연단 위로 달려가서 5막, 죽은 왕비의 석상 자세를 취한다.

고개를 들어 보니 제리와 나이지가 아직도 관객들에게 무대 밖에서 일어난 굉장한 사건들에 대해 들려주는 중이다.

그러면 아직 2장이란 얘기다.

대본상 몇 페이지 후에야 등장할 시점이다.

아.

이런.

그래서 그냥 연단 중앙에 달음박질을 멈추고 손을 어째야 할지 모르는 채로 멍하니 서 있는 건데, 관객들은

(이런 외딴 마을에 어울리잖게 오늘 밤은 만원이다.) 죽었어야 할(바로 그거다……. 죽었다가 꼭 맞는 순간에 살아나야 말이 되는 연극인 거다.) 왕비가 어린 소녀처럼 달음박질 치는 모습을 목격하고 말았다.

그녀는 세 발짝 물러난다.

이제 그녀를 숨겨 주게 돼 있는 커튼이 있을 자리쯤에 서 있다.

허리를 펴고 손을 올려 석상 자세로 돌아간다.

관객 한둘이 멈칫멈칫 웃는다.

남자 동료들이 당황한 얼굴로 그녀를 바라본다.

제리가 다시 대사로 돌아간다. 모두들 마치 그녀가 옆에 없는 듯 대사를 읊는다. 나이지에 이어서 랠프와 에드도 각자 대사를 한다. 랠프는 겁에 질린 얼굴로 그녀를 노려본다. 가뜩이나 대사 외우는 걸 어려워하는 배우다. 다부진 에드는 높고 날카로운 소리로 대사를 읊어 나간다. 장면이 끝나자 프랭크와 조이와 젠과 팀과 토니와 톰 등등이 3장 공연을 위해 몰려나와서는 거기 서 있는 그녀를 보고 기겁한다.

하물며 그레이스가 뒤에 숨어 있기로 되어 있는 커

튼 프레임을 돌려야 하는 데다 지금 커튼 뒤에 굉장한
것이 감추어져 있으며 이제 곧 그걸 보게 될 거라는 대
사를 구구절절 읊어야 하는 조이는 더욱 그렇다.

그레이스는 자세를 유지한다.

손의 위치도 그대로다. 조이를 똑바로 바라본다. 마
침내 상황을 파악한 조이가 병원 간호사처럼 쓸데없이
커튼을 올렸다 내리기를 그만두고서 그레이스 앞에 자
리를 잡는다.

휴.

이제 장면이 시작된다.

이미 줄거리를 아는 관객들은 몇 분 전부터 웃음을
터뜨리고 있다. 모르는 사람들은…… 그저 미안할 뿐이
다. 이제 커튼 뒤에 선 그녀는 팔을 흔들어 긴장을 털어
낸다. 대사 스물다섯 줄 후에 "보세요, 훌륭하잖아요."가
나온다. 커튼을 내가고 나면 그들의 시선 속에 석상 자세
를 유지해야 한다. 먼저 석상으로, 이어서 살아 있는 인
물로. 그 후 대사 120줄이 나온 다음 그녀가 말할 차례가
된다. "우리 페르디타가 예쁘게 자랐구나." 머릿속에 대
사를 준비해 둔다.

신들이여 굽어보소서.

내 딸의 머리 위에 거룩한 은총을 내려 주소서.

신들이여 굽어보소서.

내 딸의 머리 위에 거룩한…….

그런데…….

아.

웨스트엔드의 캐스팅 에이전트가 오늘 밤 이 동네에서 휴가중이라고 프랭크가 말했지.

커튼 뒤에서 그레이스는 식은땀을 흘린다.

큐 담당은 클레어 던이었다.

그랬나? 그랬다.

99퍼센트 확실하다.

클레어 던은 웨스트엔드 관련하여 그레이스에게 찾아온 단 하나의 기회를 망쳐 놓았다.

신들이여 굽어보소서.

고의였을까?

내막을 알고 있었던 걸까?

신들이여 굽어보소서.

이튿날 STD(숭고한 긴장 극단(Sublime Tension Drama)? 무슨 성병 극단이냐 하는 농담은 수도 없이 들어 왔으니 시도도 하지 말 것.) 여성 단원들이 이 더위에 뚜껑을 덮어 놓은 화덕 같은 영화관에서 「돌고 도는 세상」의 까다로운 부분을 리허설한다. 「돌고 도는 세상」의 연출을 맡은 에드를 빼고 다른 남자 단원들은(와하하~) 지역 호텔의 아주 근사한 안뜰에 앉아 맥주를 곁들여 점심을 먹는다. 운 좋은 놈들이다.

에드는 영화관 은막 앞의 연단에 모두 둘러앉히고 어떤 연습을 함께 하고 싶다며 meander*라는 낱말에 대해 생각해 보라고 한다.

미(Me). 그가 말한다. 앤더(Ander).

모두들 멍한 표정.

달리 말하면 자신을 타자로 만든다는 뜻이죠. 에드가 말한다. 우리 자신을 다른 누군가로요. 복수의 자아라는 개념을 한번 탐험해 봐요. 그거야말로 『데이비드 코퍼필드』 이야기의 정수거든요. 평생 트롯, 트롯우드, 데

---

* 꼬부랑길, 정처 없이 거닐다.

이지, 데이비같이 여러 다른 이름으로 불리잖아요. 어차피 같은 사람이지만. 맞죠? 그래서 우리도 우리 모두의 눈앞에서 정말로 다른 사람이 되는 연습을 해 봤으면 해요. 물론 여전히 우리 자신으로 남는 거지만 시계 반대 방향으로 가죠. 자, 조이부터.

시계 반대 방향으로, 뭘? 조이가 말한다.

조이는 프랭크의 누이로, 누군가 탈퇴하는 바람에 그가 연출하는 「겨울 이야기」에서 파울리나 역으로 마지막 순간에 발탁되었다. 연극과는 사실 안 어울리지만 진지한 의도의 배우가 아닌 걸 감안하면 파울리나 역을 상당히 잘해 내고 있다. 보통 부동산 중개 사무소에서 일하는데 셰익스피어의 극을 연출하는 프랭크의 부탁으로 이번 여름은 본업을 쉬고 말하자면 선심을 써 주는 터라 이른바 시답잖은 워크숍 따위에 참여할 생각이 전혀 없다.

다른 자신이 되어 보라는 거예요. 에드가 말한다.

시계 반대 방향으로요? 조이가 말한다.

대사는 이거예요. "시계가 울리기 시작했고 동시에 나는 울기 시작했다." 에드가 말한다. 그리고 대사를 치기 전에 당신 안에 있지만 당신이 아닌 누군가가 태어나는 순간으로 돌아가요.

알겠는데 어차피 연기할 때 할 거잖아요. 조이가 말한다. 안 그래요? 그런데 왜 구태여 이러냐고요?

에드는 마음에 상처를 입은 얼굴이다.

그는 다정다감한 동성애자다. 굉장한 비밀처럼 굴지만 나이지와 잔다는 사실은 누구나 안다. 그레이스에게도 비밀이 두엇 있다. 그녀는 톰('플로리첼')하고도 자고 젠('페르디타')하고도 자는데 두 사람 다 이 사실을 모른다. 다른 단원들도 전혀 모르는데 이 또한 적잖은 노력이 필요한 일이지만 지금까지는 버텨 오고 있다. 젠과 톰 둘 다 적어도 여름 동안만큼은 그녀가 자신들만의 것이라고 생각한다. 한편 그녀는 두 사람 모두에게 애인이 있기 때문에 더 이상 지속은 어렵다고, 고향에 있는 고든스톤과 오래 사귀어온 사이라고 밝혀 둔 바도 있다.

(사실 고향도, 그런 사람도 없다. 고든스톤은 그냥 어머니가 아버지를 만나기 전에 일했던 스코틀랜드의 상류층 학교 이름이다. 찰스 황태자가 다녔다고 했다.)

단원들이 내면의 또 다른 자아와 닿기도 전에 논쟁이 벌어진다.

여태껏 변함없이 이어져 온 논쟁이다. 이제 진절머리가 날 정도다. 「겨울 이야기」에서 극이 시작되고 곧바로 레온테스가 길길이 뛰는 이유에 관한 것이다.

페미니즘 논쟁인 거다, 또.

그레이스는 한숨을 쉰다.

하지만 젠더에 '관한' 건 아녜요. 그녀가 말한다. 그냥 '병증'일 뿐이에요. 느닷없이 어떤 병증이 그에게, 그의 정신에, 그의 나라에 내려앉는 거예요. 불합리한 것이고 어떤 근원도 없어요. 그냥 일어날 뿐이에요. 살다 보면 그렇듯 그냥 갑자기 변해 버리는 거죠. 그리고 모든 것이 연약하다는, 우리가 갖고 있다고 생각하고 영원히 우리 것이리라 상상하는 행복도 눈 깜짝할 사이에 사라질 수 있다는 교훈을 주는 거예요. 지금 이런 건 1989년 정치 상황을 1623년 희곡에 갖다 붙이는 셈이에요.

1611년. 에드가 말한다.

오케이. 그레이스가 말한다. 1600년대에서 십 년쯤 빼건 더하건 논지는 달라지지 않아요.

1611년과 1623년 사이의 역사에 정통한 전문가가 아니라면 그건 모를 일이죠, 그레이스. 지넷이 말한다.

정말 이러기예요? 그레이스가 말한다.

그들은 여자들의 말씨에 대한, 그리고 자신보다 언변이 좋은 아내에게 레온테스가 느끼는 시기심에 대한 대사들을 죄다 불러온다.

그래요, 하지만 이런 것들은 다 사소한 디테일에 지나지 않아요. 정말 일어난 일은, 뭐랄까 흑사병처럼 무작위고요. 꽃에 앉은 서리처럼 말이죠. 병증이에요. 난데없이 그야말로 불쑥 들이닥치죠. 셰익스피어는 레온테스에게 그런 말을 시키고 있어요. 그의 뇌가 감염된 거예요.

하지만 감염이라는 것도 어떤 것 또는 어떤 곳에서 오는 거잖아요, 지넷이 말한다.

극의 다른 주제들 또한 치유되어야 할 것은 젠더 간의 관계임을 암시하고 있어요. 젠이 말한다.

몰래 자는 사이인 젠마저 그녀 반대편에 서고 있다.

그레이스가 고개를 젓는다.

이들은 진짜 상실에 대해 아무것도 몰라. 단 한 명도.

그건 '그냥 일어나는 일'이에요. 그녀가 말한다. 겨울에는 슬픈 이야기가 최고죠. 그래서 셰익스피어는 하나의 장치처럼, 그러니까 극작가의 장치로 슬픔을 집어

넣고 있어요. 비로 여름을 '가질' 수 있게 겨울로 감염시키는 거죠. 슬픈 이야기에서 즐거운 이야기를 만들어 내기 위해서요.

에드가 선생님 목소리를 낸다.

우리 잠시 출발점부터 살펴볼까요? 그가 말한다. 바로 첫 장면부터. 카밀로가 하는 말이 "백성(subject)을 고쳐 주는(physics) 것은 용감한 어린아이다."라고 하죠.

지친 그레이스는 더 이상 다투고 싶지 않다.

학교 다닐 때 물리(physics) 과목(subject)하고는 담을 쌓고 살아서요. 그녀가 말한다.

아니, 그레이스. 에드가 말한다. 여기서는 '물리학'을 뜻하는 게 아니에요.

세상에나. 그레이스가 말한다.

사람들을 낫게 해 주는 걸 가리키고 있어요. 에드가 말한다. 또 과목이 아니라 시민, 왕국의 신민을 가리켜요. 왕국의 신민들이 건강하게 살게 하느냐 아니냐의 문제인 거죠. 권력을 가진 자가 여성 혐오적이고 독재적인 폭군인지 아닌지, 시키는 대로 따르지 않는다면 역적이고 배신자라고 모두에게 말하는 편협하고 쓸모없는 왕이나 총독인지 아닌지의 문제이기도 하고요.

맞아요, 그런 게 다 극중의 젠더 이분법하고 연결되어 있어요. 이건 부인할 수 없는 문제예요, 그레이스. 다른 누가 말한다.

그때 클레어가 끼어든다.

톰만 여기 있어도, 그렇죠, 그레이스? 그렇다면 셰익스피어가 감염이며 애정 같은 낱말들을 어떤 의도로 썼는지에 대해서, 그리고 사람들이 다른 사람들에게 충분히 투명하지 않을 때 어떤 일이 일어나는지에 대해서 터놓고 토론할 수 있을 텐데.

무슨 소리예요, 클레어리? 젠이 말한다.

우리 극단의 누가 '그레이스를 물리게' 누리고 있는지를 말하는 거죠. 클레어가 말한다.

이건 정말 물리게 누렸네. 그레이스가 말한다. 담배 피우러 갑니다.

클레어가 그녀를 향해 눈을 찡긋한다.

'새로운 그레이스'로 돌아와요. 클레어가 말한다.

우와, 연극 전체를 쫙 꿰고 있네요, 클레어. 은혜(grace)라는 낱말이 쓰이는 곳들을 죄다 댈 정도니까. 그

많은 걸 다 외워 활용할 수 있다니 놀라워요. 에드가 말한다.

기계 수준의 기억력이죠. 클레어가 말한다. 늦지 않게 돌아와요, 그레이스. 젠과 톰이, 우리 모두가 기다리고 있을게요. '더 나은 그레이스'를 소망하며.

허마이어니를 저토록 정확하게 연기할 수 있는 사람은 본 적 없어요. 비상구 문을 미는 그레이스 뒤에서 누군가가 말한다.

왜 자꾸 톰을 끌어들이죠? 문이 뒤에서 닫히는 순간 젠의 말소리가 들린다.

안도의 한숨.

어둠이 물러가고 휘황한 빛이 눈앞에 있다.

햇볕이 한창이라 바깥은 더운데도 속에서 한기가 느껴져서 그레이스는 몸을 떤다. 잠시 섰다가 담배에 불을 붙인다.

길모퉁이로 가서 마을 너머의 넓은 평원을 내다본다. 집들이 끝나 가는 지점의 아스팔트 길에서 아지랑이가 올라온다.

올여름은 금세기 최고로 쾌청한 여름이라고, 1976년,

1940년, 1914년보다도 더하다고 신문들은 떠들어 댔다.

그녀는 반 피운 담배를 길바닥에 떨어뜨려 발로 뭉
갠다.

저 인간들과 그놈의 주제들은 엿이나 먹으라지.

그냥 발걸음을 옮긴다.

어디든 상관없다. 그냥 어딘가, 세상에서 멀리 떨어
진 곳으로, 필시 톰 또는 아마도 젠을 노리고 있을 테고
무엇보다도 되살아나는 석상이 멋모르는 관객에게 미치
는 정말 놀라운 효과를 목격한 뒤 그레이스의 배역을 탐
내고 있을 클레어의 뜨거운 질투의 아지랑이로부터 멀
리 떨어진 곳으로 가면 된다.

또는 그냥 말썽을 일으키고 싶은지도 모른다.

그런 걸 신선하게 보는 사람들도 많으니까.

그레이스는 걸으며 어깨를 으쓱한다.

톰과의 섹스는 대략 무난하다. 젠과의 섹스는 퍽
괜찮다. 의외로 무모하고 결연한 데가 있다. 다만 약물
중독인 오빠로 인한 감정적 혼란에 귀를 좀 기울여 줘
야 한다. 그래도 그레이스에게는 참을성과 적절한 안면
(facial) 또는 상냥한(facile) 표정이 있다. 그녀는 배우니

까. 이쨌든 톰과는 일정한 거리를 유지할 필요성이 있다.
중요한 역을 맡은 누군가와 잘 수 있게 된 행운을 믿을
수 없어 하는 그는 지난번에 잘 때는 그녀를 무지 사랑
한다고 말했는데, 그럴 때마다 당장 토할 것 같다.

어느 집 앞을 지나가는데 이웃끼리 싸우고 있다. 여
자 하나가 부끄러워 죽겠는 표정을 한 소년의 어깨에 팔
을 감고 길바닥에 서 있다. 아들인가? 엄만가? 여자는 소
년을 사랑의 손길로 꽉 붙들어 세우고 문 앞에 서 있는
가슴이 상당히 큰 여자를 향해 소리를 지르는 중인데 내
용인즉슨……

이건 갈봇집이야, 당신 집은 더도 덜도 아닌 갈봇집
이라고.

문 앞 여자는 한쪽 얼굴에는 미소를 띠고 다른 쪽은
태연한 것이 고문하는 사람을 연상시키며, 수동 공격성
이 가득한 차분한 목소리로 말한다. 그걸 들으며 그레이
스는 저런 사람을 연기해야 할 때 활용하면 좋을 사례로
기억해야겠다고 마음먹는다……

애는 그냥 즐기고 있는 거예요, 맬러드 부인. 즐거운
시간을 보내는 것뿐이라고요.

애 나이가 겨우 '열두 살'이라고. 길 위의 여자가 고함을 지른다.

아무도 피해 입는 것 없잖아요, 맬러드 부인. 그레이스가 그 앞을 지나갈 때 문 앞의 거드름 피우는 여자가 말한다.

소년이 지나가는 그레이스를 힐긋 본다.

그녀가 소년에게 윙크를 한다. 소년이 고개를 돌린다.

소년에게는 엄마가 있다.

그게 얼마나 염병할 행운인지 소년은 모른다.

그녀는 누렇게 탄 잔디와 벌레 우는 소리로 가득한 바싹 마른 습지를 건너간다. 오른쪽으로 나타나는 오솔길이 근사해 보여 그 길을 택한다. 분명 인적이 드문 길이다. 가운데 잔디가 나 있고 그 위로 가시나무 덤불이 서로 맞닿아 있다.

아름답다고, 그녀는 생각한다.

손을 흔들어 각다귀들을 물리친다.

굴뚝새인가 싶은 작은 새 한 마리가 눈앞을 가로질러 날아간다. 안녕, 새야.

산울타리.

녹음.

화단과 나뭇잎과 잔디…… 씨앗머리가 긴 잔디다.

바다 쪽에서부터 길게 펼쳐진 옅고 짙은 금빛의 들판, 모든 것들의 녹색, 옅고 짙은 초록들, 여름을 상상하듯 기다란 잉글랜드의 그림자를 드리우며 서 있는 가로수들.

저 멀리 그 틈새들을 비집고 들어오는 햇살에 도로 표면은 비 온 뒤 햇빛을 받았을 때처럼 반짝거린다.

그녀 내면의 문법이 해체된다. 문장들이 해방된다. 멋지다.

저 풍성하게 흔들리는 나무들.

잉글랜드의 여름 태양 아래서 이십 분 걸었을 뿐인데 이렇게 달라진다.

그녀는 사색에 잠긴다.

하지만 이건 내 여름일 뿐이야. 여름은 빛과 어둠을 향해 이런 길을 걸어 내려가는 것 같은 것이지, 단순히 즐거운 이야기만은 아니야. 어둠 없이는 즐거운 이야기도 없는 법이니까.

그리고 여름은 상상 속의 결말에 관한 것이지. 틀림없이 무슨 의미가 있다고 생각하며 본능적으로 우리는 그걸 향해 다가가. 수평선이 일몰의 약속을 함축하듯 항상 그것을 찾아 그것을 예기하며 우리는 일 년 내내 그걸 향해 다가가. 활짝 뻗어난 풍성한 나뭇잎을, 그 광활한 온기를, 이제 머지않아 드러누워 여름을 맞아들일 수 있다는, 이제 머지않아 세상의 환대를 받을 수 있다는 그 약속을 우리는 항상 찾아가고 있는 거야. 마치 정말로 더 친절한 결말이 있고 그건 가능한 정도가 아니라 확실한 것이며 오직 우리를 위해 햇빛 충만한 풍경이 펼쳐지듯 자연의 조화가 우리 발밑에 펼쳐질 거라는 듯. 마치 이 지상에서의 시간이 결국은 따스한 잔디 위에 누운 우리 육신의 모든 근육이 쭉 뻗어 나가는, 기다란 잔디 한 줄기를 입에 넣자 달큼하게 퍼지는 그 행복한 느낌일 뿐이라는 듯.

아무런 근심 없이.

굉장한 생각이다.

여름.

여름 이야기.

그런 연극은 없어, 그레이스.

정신 좀 차려.

가장 짧고 가장 붙잡기 어려운, 어떤 책임도 지지 않는 계절이 여름인데, 왜냐하면 여름은 이른바, 그보다는 상상 속의 존재일 뿐 결코 존재했던 적 없는 완벽한 여름이란 것의 조각들과 부스러기들과 기억 속 순간들이 아니고는 애당초 '전혀' 잡히지 않아서다.

지금 그녀가 '깃든' 이 여름조차 존재하지 않는다. 금세기 최고의 여름이라고들 하지만 마찬가지다. 정말로 완벽한 이 여름 오후에 이처럼 정말로 아름답고 원형적인 길을 걷고 있어도 마찬가지다.

그러므로 그 안에 깃들어 있으면서 우리는 애도한다.

여름에 여름의 무상함을 생각하면서 길을 걷는 나.

그 한가운데 있을 때조차 나는 그 한가운데에 닿지 못한다.

십 분 후, 차 두 대쯤을 세울 만한 공간과 함께 숲속 빈터가 나타나면서 길이 끝난다. 한쪽에는 오래된 교회가 있다. 작은 석조 건물은 울창하고 커다란 나무들 아래

비석들이 비스듬히 기운 묘지가 둘러서 있다. 정문은 열려 있고 길이 끝나는 지점에 열린 문이 나온다. 열린 문 안쪽에서 음악 소리가 흘러나온다.

교회에 닉 드레이크를 틀어놓은 사람은 누구일까? 「브라이터 레이터」. 플루트 소리가 예쁜 전형적인 1970년대 음악이다.

닉 드레이크가 훌륭한 교회 음악이라고 생각할 만큼 세련된 목사는 누구일까?

옳은 생각이다. 영원한 애수에, 잉글랜드의 여름에 바치는 송가다.

풀이 웃자란 묘지는 벌과 꽃들로 가득하다. 그레이스는 고개를 끄덕이는 꽃들 사이의 길을 따라 올라가 본다. 문 앞에 선다.

교회 안에서 누군가가 휘파람으로 노래를 따라 부르고 있다. 살짝 뭔가를 긁어 내는 소리도 들린다. 소리가 멎는다. 다시 시작한다. 멎는다. 주차장에 작업용 트럭이 서 있는 이유가 짐작된다.

머리 위의 벽에는 연한 색의 돌이 놓여 있고 이런 글귀가 새겨져 있다.

밤이 거의 다 지나
낮이 가까웠습니다.
그러므로 어둠의 행실을
벗어버리고
빛의 갑옷을
입읍시다.
사도 바울
「로마서」 13장 12절
1879년

옛날 옛날에. 그녀는 생각한다. 기사들이 용감했던
그 옛날에. 여자들은 아직 발명되지 않았어. 그래서 그들
은 나무를 부둥켜안고 만족해야만 했지.

이 옛날 노래. 이게 아직도 기억에 남아 있을 줄은
몰랐다. 그녀의 부모. 일요일 오후, 아버지는 새 차를 차
고에 들이는 중이었다. 여덟 살의 그녀는 뒷자리에 앉아
서 부모를 따라 웃음을 터뜨렸다. 재밌고 즐거웠다.

기사들이 용감했던 옛날에는 없었던 무언가를 생각
해 내고 운율도 맞춰야 했다. 아버지는 그걸 아주 잘했는

데 남자들이 여자들에게 뭔가를 하는 내용이라 그랬다. 그레이스는 그게 뭔지 이해하지 못했지만 어쨌든 재밌는 거라는 것만은 어렴풋이 알았다.

기사들이 용감했던 그 옛날에. 브래지어는 태우는 게 아니었어. 그래서 그들은 여자들이 우유를 더 쉽게 젓도록 밤에 브래지어를 벗겨 주었지.

웃음소리.

기사들이 용감했던 그 옛날에. 여자들은 일을 하지 않았어.

어머니는 '광포한'이란 말로 이번 것을 끝냈다.

기사들이 용감했던 그 옛날에. 여자들은 퉁명스럽지 않았어.

그건 안 돼. 어머니가 웃으며 말했다. 꿈도 꾸지 마.

왜? '돈을 걸다'라고 하려던 참인데. 아버지가 말했다.

웃음소리.

뒷자리의 그레이스도 웃었다. 부모가 몸을 돌려 그녀가 웃는 걸 보고 눈길을 주고받더니 다시, 그러나 다른 방식으로 웃었다.

기사들이 용감했던 그 옛날에. 여자들은 "꿈도 꾸지
마."라고 했어. 그리고 맘에 드는 상대의 머리를 잡고 침
실로 끌어들였지.

웃음소리. 웃음소리.

오래전 웃음소리.

기사들은 정말 용감했을까? 스물두 살의 그레이스
는 기대선 석조 건물 교회 벽에서 한기를 느낀다.

교회 안에서 어떤 남자가 긴 의자 위에 몸을 굽히고
있다. 그것을 닦아 대고 있는 것 같다. 어쩌면 청소 중인
지도 모른다. 뒤에서 인기척이 들리자 하던 일을 멈추고
고개를 들어 문가에 선 그녀를 본다.

카세트플레이어를 끈다.

안녕하세요. 그가 말한다.

아, 안녕하세요. 그녀가 말한다.

서른쯤 돼 보이고 꽤 잘생겼다. 「스위트 베이비 제
임스」 앨범 표지의 제임스 테일러와 약간 비슷하되 머리
는 뒤로 넘겨 포니테일로 묶었다.

하시던 일 계속하세요. 그녀가 말한다.

나도 같은 말을 하려던 참인데. 그가 말한다. 음악

틀어 놔서 미안해요. 누가 들어올 줄 몰랐어요. 보통 아무도 안 들어오거든요.

그가 사포를 내려놓고 뒤편의 예배당을 몸짓으로 가리킨다.

들어가세요. 얼마든지 계셔도 좋아요. 그가 말한다.

아니, 괜찮아요. 안 그래도 돼요. 그녀가 말한다. 뭐 교회를 찾아서 오거나 그런 건 아니에요.

아. 그가 말한다. 그렇군요.

그냥 지나가던 길이었는데요. 그녀가 말한다. 문이 열리고 음악 소리가 나서. 닉 드레이크를 좋아하거든요.

좋은 취향을 가지셨네요. 그가 말한다.

뭘 만드시는 거예요? 그녀가 말한다.

신도석을 복구하는 중이에요. 그가 말한다.

뜯겨 나간 좌석을 바꿔 끼우고 새것과 낡은 것이 만나는 부분을 깨끗이 닦고 사포질을 하는 거라고 설명한 다음 사포질 끝에 남은 끄트러기를 치워 없앤다. 앉는 부분의 나무 소재가 나머지와 다른 부분이 그녀의 눈에 들어온다.

이음새도 안 보이네요. 그녀가 말한다. 색깔만 다르

고요. 훌륭한 솜씨예요.

이음새가 안 보이는 거, 바로 그게 제 목표랍니다. 그가 말한다.

어떻게 해야 이 부분이 나머지랑 똑같아 보일 수 있을까요? 그녀가 말한다. 그냥 놔두고 시간이 흐르면서 색이 날아가기를 기다리는 건가요?

작은 기적이 있죠. 그가 말한다.

목재 착색제 깡통을 들어 보인다.

그걸 내려놓고 귀 뒤에서 담배를 내려 그녀에게 권한다.

괜찮아요. 한 개비 남았잖아요. 그녀가 말한다.

여기 제 주머니에 담배 가게가 있거든요. 그가 말한다.

양철갑을 꺼내서 곧장 한 개비를 말기 시작한다.

아. 좋아요, 그럼. 고마워요. 그녀가 말한다. 의자를 이렇게 근사하게 만들 수 있다는 건 정말 굉장한 일 같아요.

최고는 오래 남는다는 거예요. 그가 말한다. 수십 년씩요. 간소한 쾌락이죠.

간소한 쾌락. 그녀가 말한다. 마침 그것들을 생각하며 걷던 참이었어요. 귀착되는 것보다 훨씬 간소한 쾌락을 원하는 것 같다는, 그런.

그가 소리 내어 웃는다.

담배를 만 종이 가장자리를 핥는다.

그리고요? 그가 말한다.

음, 이를테면요. 그녀가 말한다. 모든 게 다 좋을 때조차 우리는 그걸 우리 자신에게서 차단시키지 않고는 못 배기지 않나요? 정말 아름다운 여름인데, 뭐랄까, 아무리 용을 써도 그 아름다움 가까이 가질 못하는 거요.

그가 열린 문가로 오라는 몸짓을 하고 만 담배에 불을 붙인다.

두 사람은 서늘한 석조 건물 그늘에 서 있다.

여름이네요. 그가 말한다.

여름이죠. 그녀가 말한다.

건물의 대들보를 가리키는 말이기도 한 거 알아요? 그가 말한다.

뭐가요? 그녀가 말한다.

여름(summer)이요. 구조상 가장 중요한 들보예요.

그가 밀한다. 바닥과 친정 모두를 지탱하죠. 저기, 저거 예요, 보세요.

그들 뒤쪽으로 마치 허공에 매달린 것 같은 조그만 발코니를 손짓으로 가리킨다.

저거야말로 아름다운 대들보(summer)라고 말하고 싶군요. 그가 말한다.

보통 이렇게 잘생긴 남자라면 그냥 쳐다보면서 듣 는 시늉을 할 뿐 속으로는 딴생각을 하는 그레이스지만 이 사람이 방금 한 말에는 상당히 흥미를 느낀다.

전혀 몰랐어요. 그녀가 말한다.

엄청난 무게를 떠받들 수 있죠, 대들보는요. 그가 말 한다. 그래서 여름/대들보는 몹시 무거운 짐을 지고 갈 수 있는 말(horse)을 가리키기도 해요.

정말요? 그녀가 말한다.

그가 눈썹을 올리면서 어깨를 으쓱한다.

지어낸 거예요? 그녀가 말한다. 도시 사람 엿 먹이 는 거죠?

그럴 리가요. 그가 말한다. 저도 도시 사람인걸요.

재미있네요. 교회 문지방 위쪽의 뜻밖에도 따뜻한

지점에 기대어, 팔에 닿는 감촉을 즐기면서 그녀가 말한다. 사계절 중에 여름에다 우리는 특히 과중한 짐을 지우는 게 아닌가, 온갖 기대들도 그렇고요.

괜찮아요. 손가락으로 담배 끝을 잘라 내 끄며 그가 말한다. 여름은 그쯤은 거뜬하거든요. 그래서 여름이라 불리는 거고.

남은 담배를 귀 뒤에 꽂고 그녀에게 미소를 지어 보인다.

꺼졌어요? 그가 말한다. 나 자신의 몸에 방화를 한 적이 몇 번 있어서요.

꺼졌어요. 그녀가 말한다. 아마도요.

커피 한잔 할래요? 그가 말한다. 뒤에 네스카프랑 찻주전자가 있어요.

좋아요. 그녀가 말한다.

나는 존이에요. 그가 말한다.

그레이스예요. 그녀가 말한다.

우리 탁자처럼 생긴 옛 무덤에서 만날까요? 그런 건 하나뿐이라 금방 찾을 거예요. 저 뒤쪽에 있어요. 그가 말한다.

좋아요. 그녀가 말한다.

위에 해골이 있긴 한데. 그가 말한다. 무척 순하게 생겼어요. 미리 알려 주는 거예요. 혹시 소심한 성격이라면.

해골 따윈 무섭지 않아요. 그녀가 말한다.

그럼 거기서 봐요. 그가 말한다.

그의 이름은 존 마이슨. 가구장이이자 특수 목공이다. 정문 앞에 세워진 트럭 옆쪽에 그렇게 쓰여 있다. 여기서도 보인다. 그녀는 모퉁이를 돌아 굽이진 잔디 사이를 걸어 얼룩얼룩한 나뭇잎 아래 평평한 옛 무덤 위에 앉는다.

그가 컵 두 개를 한손에 들고 나온다. 굉장히 보기 좋은 손이다. 기술자의 손답다. 그녀는 그가 건넨 컵을 받아서 제 손으로 돌린다. 붉은 딸기 문양의 험프리 제품이다. "얼른 마셔요. 험프리는 매끄러워요." 컵을 돌려 읽는 그녀를 그가 바라본다.

제일 좋은 걸로 드렸어요. 그가 말한다. 설탕 안 넣었는데 괜찮으면 좋겠네요.

설탕 안 넣은 것 괜찮아요. 그녀가 말한다.

다행이에요. 그가 말한다.

나비 한 마리가 스쳐 날아간다. 하얀 나비다. 그리고
또 한 마리.

순전한 나비 보호 구역 같아요, 여기. 그녀가 말한다.

미안해요, 뭐라고요? 그가 말한다.

순전한 나비 보호 구역 같다고요. 그녀가 말한다. 나
비는 단 하루를 살아요. 적어도 우리 엄마가 해 준 이야
기에 따르면요.

순전한 나비 보호 구역이라. 그가 말한다.

제가 출연하는 연극 대사예요. 그녀가 말한다.

그거 참 교묘하네요, 보호되어야 하는 존재이면서
'동시에' 하루밖에 못 산다니. 그가 말한다.

찰스 디킨스예요. 그녀가 말한다. 그가 한 말이지 내
가 지어낸 게 아니에요. 그의 책 『데이비드 코퍼필드』의
순전한 나비 보호 구역은, 음, 약 140년간 나비들을 보존
해 왔어요.

신분이 그거예요? 그가 말한다. 학생?

졸업했어요. 그녀가 말한다. 본격 여배우예요.

미안해요, 어떤 종류의? 그가 말한다.

이 시역 순회공연 중이라고 그녀가 말해 준다.

혼자서요? 그가 말한다.

그녀가 웃음을 터뜨린다.

그러면 좋게요. 그녀가 말한다. 아니에요, 극단으로
요. 극단하고요.

그가 무덤에 등을 기대고 잔디 위에 앉으며 실눈을
뜨고 그녀를 본다.

동료들이 있어서 좋겠어요. 그가 말한다.

때로는요, 그래요. 그녀가 말한다.

어떤 연극들을 하는데요? 그가 말한다.

코퍼필드랑 셰익스피어 작품에 대해 그녀가 말해
준다.

셰익스피어 극에서는 왕비로 나오는데요, 남편이
정신이 돌아 가지고 내가 자신의 불알친구와 바람을 피
우고 있다는 헛된 망상을 하고 그래서 친구를 추방하고
나는 옥에 가두고 젖먹이 딸도 쫓아내고 그 분노의 결과
로 아들마저 죽음에 이르게 하고, 그래서 나도 죽어요.
그녀가 말한다.

저런, 맙소사. 그가 말한다.

그런데 십육 년 후의 결말부에서 내가 석상으로 무대에 나가고요, 짜잔, 되살아나요. 결국 죽지 않은 거예요. 그녀가 말한다.

죽은 아이들은요? 그가 말한다. 개들도 살아나나요?

그중 하나만요. 그녀가 말한다. 몹시 심란한 연극이에요, 사실. 희극을 표방하긴 하지만.

그럼 그동안 쭉 살아 있으면서 죽은 척했다는 거예요? 그가 말한다.

그 점은 대본상에서 확실치가 않아요. 그럴 수도 있겠죠. 하지만 또한 가장 놀라운 경이가 일어나서 나를 본떠 깎은 석상이 훗날 되살아나는 것일 수도, 그러므로 훗날 내가 되는 것일 수도 있어요. 비록 그 세월 동안 죽어 있었지만요. 속임수라기보다 마법에 가깝죠.

속임수라기보다 마법에 가깝다. 그가 말한다. 그거 좋네요.

나도요. 그녀가 말한다. 그걸 연기하는 게 꽤 즐거워요. 감동이 있으니까요.

진흙 인형을 만들어 놓고 생명을 불어넣어 지식과 예술이며 법을 활용하는 법, 서로 공평하게 살아가는 법을 가르치는 남자의 이야기처럼요. *그*가 말한다.

그 이야기는 모르겠어요. 그녀가 말한다.

음, 말하자면 묘기 마술사예요. 진흙으로 사람을 만들고 가장 강력한 힘을 훔쳐 그 진흙 인간들에게 주는 거예요. 그런데 그의 일개 피조물들에게 그런 힘을 준 것에 그 강력한 힘이 화를 내고 그를 바위에 묶어 매일같이 여기를 독수리에게 쪼아 먹히게 하는 거예요. 그가 말한다.

그리고 옆구리를 만진다.

아니면 여길지도. 그가 말한다.

반대쪽 옆구리를 만진다.

간이 어느 쪽이죠? 그가 말한다.

잘 모르겠어요. 그녀가 말한다.

양쪽이라고 해 두죠, 안전하게. 그가 말한다.

나는 지금 양쪽 옆구리를 쪼아 먹히고 있어요. 그녀가 노래한다. 위쪽부터 아래쪽까지, 그런데 어쩐 일인지.

둘이 함께 웃는다.

목소리 좋은데요. 그가 말한다.

고마워요. 그녀가 말한다.

셰익스피어의 여름용 연극은 요정들 나오는 그건 줄 알았어요. 「한여름 밤의 꿈」, 그거. 그가 말한다.

아, 요정들. 그녀가 말한다. 「겨울 이야기」는 사실은 여름에 관한 이야기예요. 걱정 마, 다른 세상도 가능해, 이렇게 말해 주는 것 같거든요. 최악의 세상에 붙들려 있을 때 그건 중요해요. 그렇게 말할 수 있다는 것, 적어도 희극을 향하는 것은요.

그가 나뭇잎들과 하늘을 향해 양팔을 활짝 벌린다.

지금은 겨울이 상상조차 안 되는군요. 그가 말한다.

나는 지독히 돼요. 그녀가 말한다. 이틀에 한 살씩 나이를 먹잖아요, 겨울에서 여름으로 또 겨울에서 여름으로. 이 순회공연을 마치면 무려 100살쯤 돼 있겠죠.

한여름에 상의를 뒤집어 입어 요정들을 예우하지 않으면 일 년 내내 골탕을 먹인다고 아버지는 철석같이 믿으세요. 그가 말한다.

흠. 그녀가 말한다. 그러시군요.

할아버지도 증조할아버지도 대대로 그러셨다면서 그리고 민간 전승을 존중해야 한다며 매년 뒤집어 입으시죠. 그가 말한다.

바로 그게 해묵은 관습 같은 것들에 대해 내가 이해 못 하겠는 거예요. 그녀가 말한다. 아니, 대체 요정들이 왜 누군들 상의를 뒤집어 입기를 '바라겠느냐고요.' 그래서 목적이 뭔데요?

지갑을 더 쉽게 훔치기 위한 거죠. 그가 말한다. 우리 아버지는 시내에 노점을 갖고 계세요. 야채며 과일을 파시죠. 누가 자전거를 타고 뭔가를 사러 와서 노점에 자전거를 기대면, 음, "누가 자전거를 기대거든, 존, 재빨리 들어와서 자전거가 자빠지게 확 밀거라."라고 내게 말씀하곤 하셨어요. 그러곤 그들에게 "내 노점에 자전거를 기대지 말라는 요정들의 말씀이니라."라고 하셨고요. 이제 친구분이 상자들 뒤에서 방수포 밑으로 기어 들어가 자전거를 밀어 주신대요. 확 자빠지는 거죠. "요정들 맛 좀 봐라!" 친구분은 일흔이세요.

연로한 요정이시네요. 그녀가 말한다.

그가 웃음을 터뜨린다.

원한다면 내 지갑은 가져가도 좋아요, 요정들 말이에요. 그가 말한다. 상관없어요.

그래요? 그녀가 말한다.

요즘은 하나같이 돈타령이잖아요. 그가 말한다.

그리고 고개를 젓는다.

그런데 그쪽은 새 나무를 낡은 나무처럼 보이게 하는 것만이 삶에서 원하는 것이고. 그녀가 말한다. 성인이거나 바보거나, 둘 중 하나겠어요.

둘 다 아니죠. 그가 말한다. 돈은 언제든 와요. 중요한 건 돈이 아니에요.

굉장히 유행에 떨어지시세요. 그녀가 말한다. 시대(time)를 잘못 타고난 남자네요.

시간(time)에 대해라면 나도 알 건 다 안답니다. 그가 말한다.

위쪽을 가리킨다.

뭔데요? 그녀가 말한다.

들어 봐요. 그가 말한다.

바로 그때 교회 종탑에서 종이 세 번 울린다.

어떻게 한 거예요? 그녀가 말한다.

내면의 시계죠. 그가 말한다.

그가 노래하기 시작한다. 그녀도 아는 옛날 노래다.

햇빛이 비칠 거야. 그것도 아주 많이. 북극의 만년설

도. 녹아내리고 있어.

그녀가 웃음을 터뜨린다.

꽤 잘하네요. 그녀가 말한다.

선탠로션을 챙겨. 그가 노래한다. 저기 바다가 보이
잖아. 일광욕하러 스페인에 가지 않아도 돼.

우리 극단에 들어와도 되겠는데요. 그녀가 말한다.

사양할게요. 그가 말한다. 나는 나, 나로 사는 게 좋
아요.

그가 옛 무덤의 혹 부분에 머리를 기대고 바로 옆의
잔디 위에서 기지개를 켠다.

누군지 모르지만 이 밑에 계신 분들이 개의치 않으
시길. 그가 말한다. 누군지 모르지만 즐거운 여름을 몇
차례 누리셨길. 가난해서 묘비도 못 세우신 분들. 아니
그냥 필요가 없었을지도. 옛날에는 그런 게 필요 없었잖
아요. 아니, 사랑하는 사람이 묻힌 자리를 누가 잊어버리
겠어요? 아무도, 적어도 의미가 있는 동안에는, 아무도
잊지 않을 거예요. 저기, 좀 전에 그 뭐냐 디킨스로 돌아
가서요, 그 당시, 그러니까 1800년대 중반에 올여름만큼
이나 아름다운 여름이 찾아왔어요. 그런데 마침 런던에

막 하수도망을 세운 직후라 집집마다 처음으로 이른바 수세식 변기가 들어갔고 하수도망은 그 모든 오물을 곧장 강물로 내보냈어요. 그래서 강이 오염되면서 결국 수만 명의 주민이, 음, 사망하고 말았죠.

두 사람이 함께 웃는다.

배꼽을 잡고 웃는다.

눈물이 날 때까지 웃는다.

마침내 웃음이 잦아든다. 그녀는 무덤 위에 몸을 펴고 눕는다. 주먹으로 그걸 쳐 본다.

웃어서 미안해요. 그 안에 누운 사람에게 하듯 말한다. 어쩔 수 없었어요.

대체 왜 그렇게 웃겼는지 모르겠네요. 하지만 웃겼어요. 그가 말한다.

여기는 누가 관리하나요? 그녀가 말한다. 장미꽃 향이 기가 막혀요.

모르겠어요. 그가 말한다. 어쨌든 정말 아름답죠. 이런 데서 일하는 게 정말 즐거워요.

그렇게 잔디 위에 누워 준 마이슨은 무어라 말하는데 얼핏 시 또는 주문처럼 들리나 사실은 꽃 이름들을 열거하는 중이다. 수많은 꽃들에, 수많은 초목들.

개쑥갓. 야생마늘. 산미나리아재비. 점나도나물. 별꽃. 이질풀. 살갈퀴. 쐐기풀. 매발톱꽃. 담쟁이덩굴. 사막능소화. 향제비꽃. 조팝나무. 분홍바늘꽃. 카우파슬리. 노란구륜앵초. 앵초. 갈퀴덩굴. 물망초. 꿀풀. 꼬리풀. 쥐오줌풀. 데이지. 캐모마일. 이탈리아천남성. 개쑥갓. 민들레. 민들레 불기 놀이도 잊으면 안 되겠죠.

꿀풀. 그녀가 말한다. 예쁘네요. 사막능소화도 그렇고요.

꿀풀은 저 담 옆에 있어요. 그가 말한다. 봄에 꽃이 피는 화초라 지금은 쐐기풀하고 같아 보이죠. 하지만 쏘진 않아요. 색깔이 은빛이라 알루미늄, 대포라고도 불려요. 사막능소화도 저기 있어요. 꽃이 앙증맞게 예뻐요. 빨강에 분홍 꽃들. 약초예요. 피부랑 상처에 쓰면 좋고 방사능에 노출된 부위에도 효과가 있다고들 해요. 체르노빌에 좀 심어야겠어요. 사막능소화는 토양 청소도 해주어서 산소가 많이 배출돼요. 냄새는 지독한데 그래서 '악취 나는 밥' 또는 까마귀발이라고도 해요.

꽃에 대해 많이 아시네요. 그녀가 말한다.

좋아해서요. 그가 말한다.

두 사람의 대화가 멎는다.

둘은 그렇게, 그녀는 무덤 위에, 그는 아래 잔디밭에 한동안 누워 있다.

그들 위 나무에서 염주비둘기들이 가끔 느닷없이 울어 댄다.

그녀는 눈을 감는다.

두 사람은 몇 분씩 아무 말이 없다.

그녀는 지금 이 순간처럼 행복해 본 적이 없다.

그가 몸을 뒤집어 일어나는 소리가 들린다.

자. 그가 말한다. 나를 따라와요. 그저께 휴식 중에 굉장히 멋진 걸 하나 찾았어요. 오래된 돌인데요.

그녀는 그를 따라 교회 뒤로 돌아간다. 그가 허리를 구부린다.

교회 부지 바로 뒤 가시나무 덤불 틈새에 닳은 돌 하나가 보인다. 글자들이 새겨져 있다.

둘 다 몸을 한껏 구부려야 이끼로 싯누레진 글자들을 읽을 수 있다.

들어 봐요. 존 마이슨이 말한다.

내 안의 나무는 결코 죽지 않을 것이다. 내가 재가되고 흙이 되더라도. 그 나무는 하늘에 가 닿고, 대지와 우리에 와 닿을 것이다. 내 안의 나무는 결코 죽지 않을 것이다. 잠든 애인의 숨결조차 비교가 안 된다. 나뭇잎과 대기에 대한 하늘의 그 수줍은 음악에는.

둘은 웅크리고 앉는다.

너무 예쁘네요. 그녀가 말한다.

수줍은 음악. 그가 말한다.

정말 사랑스러운 시예요. 그녀가 말한다. 누군가를 정말 사랑한 사람이 썼을 것 같아요. 이름이 있나요? 생몰년도?

그냥 이 글귀뿐이에요. 그가 말한다. 이런 시로 기억될 수 있다면 이름이며 생몰년일 따위가 뭐 중요하겠어요. 나도 떠나고 그렇게 되면 좋겠네요.

떠나면 안 돼요. 아무 데도 가면 안 돼요. 그녀가 말한다. 허락할 수 없어요.

그가 소리 내어 웃는다.

당신이 안 떠난다면 나도 안 떠날게요. 그가 말한다.

그가 벌떡 일어선다.

신도석 일을 마쳐야 돼요. 그가 말한다. 나 대신 칠을 해 볼래요, 혹시 원한다면? 그러면 우리 둘 다 역사의 흐름을 바꿔 놓은 셈이 되겠죠.

그들은 모퉁이를 돌아 나와서 탁자로 사용했던 무덤 위에서 커피 잔을 집어 올린다.

어떻게 보면 자기희생이에요. 그가 말한다. 모든 공정 중에서 내가 가장 좋아하는 부분이니까. 나무에 칠을 하는 것이요.

영광이로군요. 그녀가 말한다.

맞아요. 그가 말한다.

삼십 년 후 그레이스에게 남아 있는 기억은 이십 대 시절, 「겨울 이야기」와 「돌고 도는 세상」을 갖고 동부 주들을 돌며 공연하다가 홀로 산책을 나간 길에 안에서 한 남자가 일하는 중인 교회를 발견했고 너무 복잡해져 버렸던, 제대로 먹지 않고 자신을 제대로 건사하지 않고 너무 많은 상대와 자는 바람에 스스로 더 복잡하게 만들어 버렸던 여름의 어느 오후를 복잡하지 않고 유쾌하게 보냈다는, 그 교회 마당을 떠날 때는 한결 가뿐해지고 한결 자기다워지고 한동안 잊고 지낸 희망도 좀더 느낄 수 있었다는 것이다.

기억하지 못하는 것들은…….

그 후 영화관까지 걸어서 돌아온 것은 기억하지 못한다.

리허설은 끝났다. 아무도 남아 있지 않았다.

술집 안뜰에 가 보니 다들 거기 있었다. 그녀는 콩과 치즈를 넣은 전혀 복잡하지 않고 맛있기만 한 구운 감자를 시켜 먹었다. 인생 여정의 이 지점에서 그거면 음식에게 더 이상 바랄 것이 없었다. 「돌고 도는 세상」 출연진은 공연에 맞춰 나타나지 않은 그녀에게 화가 나 있었다. 그녀는 그들의 분노를 웃어넘기면서 젠과 톰과 에드와 그 밖의 누구든 하나하나와 포옹을 했다. 클레어 던까지 안아 주자 모두들 아연실색했다. 그만둬요. 인생은 짧아요. 젠과 톰 앞에서는 말했다. 나를 원하면 둘 다 나를 가져도 돼요. 어쨌든 지금은요. 그리고 그거면 충분할 거예요. 그게 너무 단순하지 않아서 싫다면, 글쎄 어쩌겠어요.

그 여름 이후 젠과 톰 둘 다 그녀 인생에서 사라졌

다. 어쩌면 함께였을지도 모른다.

　다행이다 싶었다.

　그녀가 또 기억하지 못한 것은 그날 저녁 영화관에서 무대 맨 앞에 서서 어머니의 얼굴을 기억한다는 대사를 극 전체를 좌우할 만큼 인상적으로 했다는 사실이다. 그로 인해 「돌고 도는 세상」은 전에 없던 깊이를 확보하게 되었다. 관객들이 기립박수를 쳤으며 공연 후 거의 모든 단원이 반짝이는 눈으로 다가와 안아 주었다. 진정한 무언가가 일어났기 때문이다. 이튿날에는 마을 주민들이든 휴가객이든 생판 모르는 사람들이 길거리에서 그녀를 멈춰 세우고 전날 밤 단원들과 마찬가지로 반짝이는 눈으로 고맙다는 인사를 건네 왔다.

　그야말로 딴사람 같아요. 그날 밤 에드가 한 말이다.

　그런데 삼십 년 후? 그렇게 딴사람이었던 걸 그녀는 까맣게 잊어버렸다. 그리고 이튿날 거리에서 그녀를 멈춰 세운 사람들 중에 웨스트엔드의 캐스팅 에이전트가 있었는데 그가 그녀의 손을 잡고 어젯밤 어머니에 대한 연기가 너무 좋았고 「겨울 이야기」에서는 어머니 역을 또 너무 잘했다며 아주 안성맞춤인 역할이 하나 있으니 이 번호로 전화해 스크린 테스트를 잡아 달라고 말한 사실 또한 잊었다.

미래로 돌아와서 삼십 년 전 찾아갔고 특별한 장소로 어렴풋이 기억에 남은 오래된 잉글랜드 교회를 찾아 걸은 끝에 그녀가 다다른 곳은 평민들의 진입을 가로막고 선 형세의 거대한 철책이다.

그것도 이중 철책. 두 개의 철책 사이에는 새로 아스팔트를 뿌린 길이 나 있다. 바깥 쪽 철책에는 공지가 붙어 있다.

이 부지는 SA4A에 의해 하루 이십사 시간 철저하게 보호 및 순찰되고 있으며, 침입 및 범죄 예방 및 탐지를 위해 전기경보시스템과 CCTV 녹화 시설이 철책에 작동되고 있음을 경고하는 바임.

맞는 방향이길 바라며 한동안 철책을 따라 걸어갔다.

작고 추레한 강아지와 산책 중인 여자와 마주치자 근처에 옛 묘지가 둘러서 있는 교회가 있지 않은지 물었다.

여자는 고개를 저었다.

그리고 말했다.

아, 혹시 '갑옷(Armour)' 말인가요?

그럴 수도 있어요. 그레이스가 말했다.

이제 쓰이지 않아요. 제 말은 그러니까, 문 닫은 교회예요. 그 단어가 뭐더라? 여자가 말했다. 철폐됐어요. 이제 이쪽으로 가지도 못해요. 예전에는 괜찮았는데.

왜 이렇게 높아요? 그레이스가 말했다. 감옥인가요?

정부가 이 나라에 속하지 않은 사람들을 위해서 만든 곳이에요. 여자가 말했다. 그래도 도로 돌아가면 교회를 찾아갈 수 있어요. 저기 저 길로 막다른 길목까지 내려가 인도로 올라간 뒤 그게 끝나는 곳에서 들판을 건너가서 절벽 길을 따라 걸으세요.

그레이스는 허리를 구부리고 개똥을 주워 봉지에 담는 여자에게 거기까지 얼마나 걸릴지 물었다.

기껏해야 반 시간이에요. 여자가 말했다.

그리고 개똥이 든 봉지를 철책 너머로 던졌다. 개똥 봉지는 바깥쪽 철책 철망에 걸린 채로 찢어졌다.

명중(Bullseye)이다. 여자가 말했다.

그레이스는 놀라 그녀를 바라보았다.

방금 왜 그랬는지, 물어볼까도 생각했다.

괜히 관여하지 않기로, 그러지 않는 게 좋겠다고 마음먹었다.

그녀는 돌아서서 왔던 길을 되돌아갔다.

해안 쪽으로 걸어갔다.

요사이의 영국은 헷갈리는 곳이었다.

혹시 개의 이름이 '불스아이'였을까?

아니면 개똥으로 철망을 맞힌 것이 정곡을 맞혔다는 의미였을까? 전깃줄에 걸린 운동화를 맞히는 아이들처럼?

아니면 이민자들이 싫어서 그랬을까?

그것도 아니면 SA4A가 싫어서?

그냥 재미로 그랬을까? 별다른 이유 없이?

괜찮은 사람 같았는데.

잊어버리자.

그레이스는 잊어버렸다.

이제 그녀는 미래와 현재와 과거가 한데 뭉뚱그려진 속에서 잉글랜드 동부의 날로 깎여 드는 해안을 따라 걷고 있었다. 안내판들이 시키는 대로 위험한 가장자리를 피해 새로 난 길을 조심조심 걸었다. 그렇게 걷는 동안 예전에 순회공연을 했던 디킨스 극의 조각들이 켜켜이 쌓인 먼지를 뚫고 머릿속에서 되살아났다.

"변했다는 것을 기억하고 소멸했다는 것을 알지만 번잡한 거리에서 마주친 어떤 얼굴들만큼이나 이토록 또렷하게 바로 지금 내 앞에 다가오는데 그녀의 얼굴이 사라졌다고 말할 수 있을까?"

어둠과 불빛 아래 영화관 연단 위에 서서 데이비드 코퍼필드가 죽은 어머니에 대해 하는 대사를 연기하던 자신을 그레이스는 전혀 기억하지 못했다.

하지만 그날 밤에 떠난 지 오래인 본인 어머니의 얼굴을 떠올리며 이 대사를 했을 때 객석에 앉은 사람들 몇 명은 잃어버리고 잊었다고 생각했던 것들이 '그들' 내면에 그토록 생생하고 선명하고 돌아오자 눈물을 쏟기도 했다.

그녀는 기억하지 못했다.

대신 지난날의 대사가 쏟아져 나오는 가운데 길을 걸으며 사람들 간의 거래란 무엇인지에 관해 생각했다.

사람들이 서로에게서 원하는 건 무엇일까?

그녀의 부모는 무엇을 원했기에 _그_로록 잘못됐던 것일까?

그녀는 제프에게서 무엇을 원할까?

그녀가 그에게 주지 않은 또는 주지 못한 무엇을 애슐리는 주었을까?

온 나라와 심지어 그녀의 가족마저도 치즈를 썰듯 갈라놓았던, 일상의 정중앙을 제대로 잘라 내어 어쩔 줄 모르게 만들었던, 어느 쪽에 투표했든 수많은 사람들이 상대를 상처 주는 데 사용했던, 그녀의 아이 하나에게 끔찍한 저주의 대상이 되었고 다른 아이에게는 타인들에게 못되게 굴 구실이 돼 버린, 그녀에게는 중요하지만 젊고 발랄한 그 처녀 샬럿 같은 이에겐 '송장에 붙은 파리' 같은 그 투표에서 그들 모두는 서로에게서 무엇을 원했을까?

우리에게서 전부 사라져 버린다면. 그녀는 생각했다. 종말론적 본능을 가진 사샤는 깊은 밤에 자다가 온 세상이 불에 타는 환영에, 그녀의 정신을 좀먹는 병증에 두 집 사람들이 죄다 깰 만큼 큰 소리로 비명을 지르는데, 그게 모두 사실이라면.

음, 그럴 리가 없어. 아니야.

그런 일은 절대로 일어나지 않을 것이었다.

그들이 알고 있는 삶의 양태를 무너뜨릴 일은 아닐 것이었다.

병증은 그냥 머릿속의 것일 뿐 세상에 실재하진 않을 터였다.

하지만 혹시, 혹시라도 실재한다면. 만일 그렇다면.

그럼 이게 모두 다 무슨 소용일까?

우리는 왜 여기 있을까?

돈을 최대한 많이 벌려고?

수많은 사람들이 우리 이름을, 텔레비전에 나와 가짜 연기를 하는 그 유명한 클레어 던처럼 우리 것도 아닌 이름을 외치게 하려고?

이 지상에 존재하는 것이 그저 정원의 나무가 누구의 것인가 하는 문제인 걸까? '그게 우리 것이기 때문에' 나무를 보면 만족감과 쾌감과 충일감을 느끼고 그게 우리 것이 '아닐' 경우는 그 나무를 베어 없애고 싶은 그런 것일까?

왼쪽으로 교회 탑이 하나 보인다.

그녀는 내륙 쪽으로 방향을 튼다. 덤불숲 사이의 개
산책로를 따라 내려가 보니 교회 탑 근처에는 헐벗은 나
무들이 서 있다.

하지만 전혀 와 본 적 없는 곳처럼 낯설다.

여기가 거기 맞나?

살짝 실망스럽다.

뭐, 한참 전 일이잖아.

그땐 여름이었고.

빛의 갑옷 교회. 이름도 정말 이상하네.

기사들이 용감했던 그 옛날에.

웃으며 고개를 돌려 그녀를 바라보던 어머니. 하지
만 얼굴에는 상심의 빛이 그득했다.

교회 정문은 잠겨 있었다. 그래서 낮은 석벽을 기어
넘어 겨울 햇살 속 무덤들을 지나 걸었다. 나무 위의 새
들이 호들갑을 떨었다. 기억 속의 것과는 한참 달랐지만
아름다웠다. 그것만으로도 찾아온 보람이 있었다. 겨울
이어도, 옛 무덤들과 낙엽들뿐이어도 무척 예뻤다.

교회 문을 열어 보았다.

잠겨 있었다.

전기 스위치들이 든 금속함 하나를 밟고 서서 격자
창 아래로 안을 들여다봤다.

교회 안에는 아무것도 없었다. 그냥 텅 빈 석조 공
간일 뿐이었다.

좌석들은 어디 갔을까? 그녀는 생각했다.

문득 자신이 다른 것도 아니고 신도석 수리 작업을
도왔다는 사실이 생생히 떠올랐다.

내가 그랬어!

좌석의 목재 일부분을 바꿔 붙여 놓고 그가, 그 남
자가 나한테 페인트칠을 하게 해 줬지.

(그녀는 금속 함에서 내려왔다.

되살아난 기억에 미소가 피어올랐다.)

신도석을 복구하는 중이었어. 나무의 나머지 부분
과 색이 같아지게 나더러 칠을 하게 해 줬어.

그녀는 교회 옆면에 기대고 파묻힌 돌들과 헐벗은
나뭇가지들을 둘러보았다.

상자 모양의 무덤이 하나 있지 않았나? 그 위에 앉
아…… 아니, 누웠었는데.

따스한 온기 속에 잠이 들기까지 했던가?

그녀는 기댔던 몸을 일으켜 세우고 묘지 쪽으로 돌아가 봤다. 무덤도 더 많고 덤불과 잔디도 수북했다. 그래도 나뭇가지 아래, 탁자만큼 크고 싱글베드만큼 높은 상자형의 무덤이 하나 보였다.

그녀는 다가가서 거기 새겨진 글귀들을 읽었다.

그것은 토머스 루미스와 아내 애나, 그리고 겨우 여덟 달 산 마저리 루미스를 비롯한 여러 루미스가 사람들의 묘였다.

생몰년들. 극장 커튼처럼 드리워진 베일 아래로 해골의 양각도 새겨져 있었다.

이런 건 전혀 기억나지 않았다.

무슨 시가 있지 않았나?

그녀는 석판들을 둘러보며 걸었다.

아니야, 여기에는 시가 없었어.

그녀는 무덤에 기대어 눈 위에 두 손을 얹었다.

작고 아름다운 묘비였어. 그 위에 시가 적혀 있었고. 뒤쪽 어디였던 것 같아. 거름 더미 옆이었나, 혹시?

그러나 빛의 갑옷 교회 뒤편은 철책으로 막혀 있었다.

그녀는 철조망이 개나 여우 키만큼 찢겨 나간 틈으로 몸을 밀어 넣었다. 무성하게 자란 덤불에 손을 찔러 넣으니 저쪽에서 뭔가가 만져졌다. 잔가지들을 부러뜨리고 나머지는 밀어 넘겨 봤으나 곧장 그녀 쪽으로 되돌아왔다.

하지만 분명히 저 뒤쪽에 시가 새겨진 돌이 있었다. 믿을 수 없이 친절했떤 그 남자도. 두세 시간 만났던 가구장이의 이름은, 생각 안 난다. 제임스였나? 존이었나? 우리는 별것도 아닌 이야기를 끝없이 나누었어. 뭐 별다른 일을 한 것도 아니고 그냥 무덤에 누워 있었지. 처음 만난 사이였지만 마치 친구처럼. 다시 연락을 주고받으려는 생각도 없었어. 고치고 있던 교회 신도석이 새것처럼 튀지 않도록, 오래된 것처럼 보이게 내게 칠을 하게 해 줬을 뿐. 이름도 생몰일도 없는, 100년 200년 된 것이 틀림없는 옛 비석도 보여 주었어. 우리는 몸을 바짝 구부리고서 그걸 함께 읽었어.

그런 것들이 기억났다.

여기 돌이 있었다. 아직 있었다. 그것은 낡고 구부러지고 풍파와 화초들에 뜯겨 나가 있었다. 그녀는 앞면에서 이끼를 떼어 낸 다음 몸을 최대한 바닥에 구부리고 손가락으로 한 자 한 자 짚으며 시를 읽었다.

정말로 아름다운 시구야.

아이들에게 보여 주려고 그녀는 전화기를 낮춰 들고서 사진을 찍었다.

그리고 다시 일어났다. 시간이 별로 없었다.

기차를 타야 했다. 십 분 후면 열 바짝 받은 두 아이가 길거리에 서 있을 것이었다.

그녀는 철조망의 구멍을 통해 밖으로 나왔다. 얼른 가야만 했다.

광활한 하늘 아래 바다 공기를 음미하며 절벽을 따라 난 길을 걸어 마을까지 반쯤 돌아와서야 좀 전에 찍은 사진을 한번 봤는데, 아름다운 사진이기는 하나 돌 위의 글자들은 한 자도 보이지 않음을 깨달았다. 제대로 찍힌 것은 어른어른한 잔가지들과 푸른 이끼가 앉은 낡은 비석의 표면이 전부였다.

자. 아트가 말한다. 이 시기를 이렇게 넘기자.

3월 말이 가깝다. 샬럿과 아트는 같은 나라의 다른 해안에 있다. 그는 동해안, 그녀는 서해안에.

이렇게 멀리 떨어져 지내기는, 그리고 이제 두어 해 되어 가니 이렇게 오래 떨어져 지내기도 처음이라 두 사람 다 좀 느낌이 이상하다.

아니면 혹시 그녀만 그런 걸까?

아트가 찾은 것이 사랑이고 기타 등등을 고려할 때. '파트너.' 아트는 여자 친구, 남자 친구 같은 말을 좋아하지 않는다. 아트와 샬럿은 '파트너 아님' 상태로 이제 삼 년 넘게 지내왔다. '파트너 아님'이 되기로 한 건 그들에게는 역대 최고의 결정 중 하나다.

하지만 그래도 이상하다. 적어도 샬럿에겐 그렇다. 고작 지난달 처음 만난 사람들 한 무리가 마술처럼 그의 가족이 되어 버렸다. 똑같이 이상한 건 '그녀'가 지금 '그'의 죽은 어머니의 낡은, 너무 커서 허탈할 지경인 콘월 집에서 '그'의 나이 든 이모와 함께 산다는 사실이다. 너무 의미로 충만하거나 너무 무의미한 것의 혼합으로 느껴지는 또 하나는, 그는 여기 없는데 그의 물건 대부분은 여기 있다는 점이다. 그의 책과 노트들이 거꾸로 펼쳐진 채 집 안 여기저기에 널려 있어서 마치 잠깐 나간 것처럼 보인다. 그가 가장 좋아하는 커피 잔이 주방 설거지대에 거꾸로 놓여 있고 그의 체취가 밴 티셔츠도 여기 그녀 침실의 의자 뒤에 걸려 있다. 그의 침실에는 밤중에 일어나면 마실 수 있게 늘 침대 옆에 두는 낡은 플라스틱 물병이 그가 마지막 채워 놓은 그대로 있다. 침대 위 베개에는 그가 마지막 베고 누웠던 부위가 움푹하고 이불도 십 분 전에 나간 듯 뒤로 젖혀져 있다. 워딩 일을 마무리하고 서쪽의 노인을 만나고 돌아오면, 즉 기껏해야 이틀 후에는 다시 여기 누울 줄 알았기 때문이다.

상황은 빨리 변할 수 있다. 정말 그렇다.

지금 온 세상이 동시에 그 교훈을 어떤 식으로든 배우고 있다.

변한 것 중 하나는 이게 지난 이 주간 그들이 나누는 첫 대화라는 사실이다.

샬럿은 화를 내지 않으려고 노력중이다. 하지만 그건 '너무도' 첫눈에 반한 케이스라서 그 첫 시선 이후로 그는 돌아오지 않았다. 처음 몇 주는 런던으로 건너가 아직 대학교 선생들이 출근하던 당시 새 연인과 보내면서 주말이면 그녀의 어머니 집에 함께 돌아가서 지냈다. 봉쇄령이 내려지면서 그도 선택했다.

듣고 있어? 그가 말한다.

지금 전화로 이야기 중이잖아. 샬럿이 말한다. 그럼 내가 듣고 있겠어, 아니겠어?

글쎄 잘 모르겠네. 아트가 말한다. 뭐, 그 멍청한 제임스 본드 전화기를 쓰고 있고 그렇다면 달리 '할 수 있는' 게 없을 테니 듣고 있겠다 싶긴 하다.

올 초에 샬럿이 예고편 화면과 스크린세이버, 들어 보지도 못한 벨 소리 등 십 년 묵은 「퀀텀 오브 솔러스」 관련 프로그램들이 장착된 채 도착한 2008년 소니 C902 제품으로 갈아탄 것이 아트는 한참 못마땅하다. 인터넷 이 그녀를 소유하지 못하게, 그녀의 새로운 유령 팔다리 나 뇌가 되는 사명에 성공하지 못하게 크리스마스에 산 거였다.

그것으로도 인터넷에 접속'할 수 있다.'

하지만 아트에게는 너무 구형이라 못한다고 했다.

그러자 아트는 샬럿더러 비(非)인터넷이라고 했다.

자기에게 스마트폰이 있다면. 그가 말한다. 서로를 볼 수도 있을 거야. 자기가 어디 있는지 내가 볼 수 있단 말이지. 지금 어디야?

계단에 앉아 있어. 그녀가 말한다.

거짓말이다.

자기에게 스마트폰이 있다면 지금 어느 계단에 앉 아 있는지 볼 수 있을 거라고. 그가 말한다.

그게 왜 보고 싶을까? 그녀가 말한다.

('내' 전화기보다 더 비싸. 그녀가 이베이에서 받은 택배

상자를 열어 설정을 마친 전화기로 가장 먼저 아트에게 전화하자 그는 말했다.

그녀는 침실에서 정원을 내다보고 있었고 그는 농지로 전환한 구역에 서 있었다. 둘은 서로에게 손을 흔들며 통화했다.

아무것도 해 주지 '않는' 전화기에 그렇게 돈을 많이 쓰다니 믿어지지가 않아. 그가 말했다.

부정적 수용력. 그녀가 말했다. 낡은 허물 같은 옛 자아가 내가 가는 곳마다 따라다니며 새로 내려 쌓인 눈처럼 깨끗한 내 인생에 발자국을 남기는 게 싫어.

자기가 얼마나 차가운지를 보여 주는 또 하나의 증거야. 아트가 말했다.

'쿨하다' 그런 뜻이겠지. 샬럿이 말했다.

아니, 분명히 차갑다는 뜻으로 한 말이야. 그가 말했다.

인터넷 예술가, 작가, 출판가가 하기엔 특히 언짢은 일이라고 그는 이어 말했다.

언짢은? 그녀가 말했다.

고약한. 그가 말했다.

고……? 그녀가 말했다.

성마른. 그가 말했다. 까다로운.

지금 통화하면서 뭐 전화기로 형용사 검색중이야? 그녀가 말했다.

그럴지도. 그가 말했다.

알겠어? 그녀가 말했다. '이게' 이유라고.)

어쨌든. 그가 말한다. 서로의 말을 듣고 의사소통을 하고 연락을 유지하는 게 이 시기를 제대로 넘기는 길이기 때문에 전화하는 거야.

'이 시기'가 우리 중 누구에게든 과연 곧 끝날지는 미지수지만. 그녀가 말한다. 내 느낌에는 이 시기가 어떤 식으로든 계속 유지될 것만 같은데.

그녀는 침대 위에 앉아 방문 쪽으로 밀어 놓은 의자에 내려앉은 작은 빛을 들여다본다.

아니야. 아트가 말한다. 시간은 지나가는 거야. 분명히. 하지만 우리는 최대한 주의 깊게 우리의 시간을 살아가기로 선택해야 해.

쳇. 샬럿이 말한다.

바로 그래서 자기하고 우리의 일상 구조에 대해 이야기를 나누고 싶었어. 그가 말한다.

'우리'의 일상. 샬럿이 말한다.

음, 자기의 일상. 아트가 말한다. 그리고 나의 일상. 또 어떤 면에서는, 그래, 모두의 일상.

지금 이게. 샬럿이 말한다. 400마일 떨어져 있고 공식적으로 다른 여자의 남자 친구인 자기가 그럼에도 불구하고 나한테 이래라저래라 하려는 거라면.

파트너. 아트가 말한다.

나한테. 샬럿이 말한다. 나의 일상을 규칙적인 식사 시간에다 아침 8시 기상으로 조직하라고 그리고 나의 일상이 뚱뚱해지지 않게 운동하라고 등등 지시하는 거라면 말이야. 나도 그런 건 속속들이 다 알아. 자기처럼 나도 자영업자니까. 우리의 하루하루 일상은 고립이니까. 안 그래?

자신의 말이 되도록 경쾌하게 들렸으면 싶다.

꼭 자기와 나만이 아니야. 우리 '전부'를 뜻하는 거야. 아트가 말한다. 알잖아, 전 인류 말이야.

일상 구조에 대해 전 인류에게 말하고 싶다? 그녀가 말한다. 거창도 하네.

이제 모두 같은 배를 탔으니까. 그가 말한다.

그래, 뭐 비록 인류의 지독히 많은 수가 아직도 배

꽁무니를 간신히 붙들고들 있긴 하지만. 그녀가 말한다.

그러니까. 그가 말한다. 이 시기를 넘길 수 있는 방법 중의 하나는 자기와 내가 매일 인사를 나누는 거야. 지금처럼 전화로, 사적으로, 친밀하게 말이야.

우리가 서로 전화 거는 거? 그녀가 말한다. 그게 자기의 기발한 방안이야?

하루도 빼지 않고 매일 공공연하게 서로에게 전화를 걸어. 그가 말한다. 단 몇 분이어도 괜찮아. 부담은 갖지 말고. 대신 이것도 있어. 그걸 미학적 훈련으로 삼아 보는 거야. 서로에게 공공연하게, 의식적으로 그날 보거나 경험한 무언가를 말하는 거야.

공공연하게라. 샬럿이 말한다.

그렇지. 아트가 말한다.

공공연하게가 아니고 달리 어떻게 서로에게 말할 수 있는데? 그녀가 말한다. 뭐 말하지 '않고' 말할 수도 있나?

어휴. 아트가 말한다.

그런 말이라면. 샬럿이 말한다. 자기의 엘리자베스는 자기가 지금 나한테 전화를 걸어 매일 자기랑 사적이고 친밀하게 지내자고 요청하는 걸 알아?

그런 게 아니고……. 아트가 말한다.

그건 그렇고 엘리자베스는 어때? 샬럿이 말한다.

잘 있어. 그리고 내 말은 그런 게 아니고…… 그게
아니라는 거, 자기도 잘 알잖아. 아트가 말한다.

노인은 어떻고? 그녀가 말한다.

그분도 잘 계셔. 아트가 말한다. 천만다행이야. 여기
계신 게 얼마나 다행인지. 작년 이 무렵에 계셨던 요양
원에 환자들이 몹시 많았다더라고. 아무도 검사를 못 받
았대. 간병인이 그러더라. 매일 오는데 그분 말고도 다른
환자를 꽤 여럿 맡고 있어.

간병인은 마스크랑 장갑이랑 갖고 있어? 샬럿이 말
한다. 아무도 그런 게 없는 것 같던데.

아마존에서 마스크를 좀 샀대. 아트가 말한다. 회사
가 소속 간병인들이 공식 수령품 아닌 물건을 사용하지
못하게 하는 데다가 바로 위 관리자는 불평등하다 소리
안 듣게 처신 잘하고 결핍 사태가 나도 보고하지 말라고
지시를 받아 놔서 문 앞에서 몰래 써야 된다고 하더라고.

맙소사. 샬럿이 말한다. 하나님 맙소사.

그러게. 아트가 말한다. 무슨 영문인지 정부는 모두가 평등하게 위험에 처하기를 바라는 모양이야. 그들이 보살피는 환자들까지.

엘리자베스의 가족은? 샬럿이 말한다.

다 괜찮아. 아트가 말한다. 엘리자베스의 어머니랑 그분 파트너도 잘 계셔. 하지만 모두 함께 살기엔 집이 좀 좁아. 그래서 내가 엘리자베스하고 거실을 침실로 개조했어. 통화 더 길게 하기는 어렵겠다. 어쨌든. 내 말은, 그러니까, 자기와 나, 아트와 샬럿이 매일 이러면 좋겠다는 거야. 서로의 일상에의 작은 문 같은 그런 징표로 말이야.

알았어. 그녀가 말한다. 내가 징표라는 말이군.

그런 말 아니야. 아트가 말한다.

자기는 그러니까 자기가 내게 또는 내가 자기에게 매일 전화를 걸어도 괜찮겠냐고 나에게 묻고 있는 거잖아. 그녀가 말한다. 맞아?

그래. 아트가 말한다. 다만. 상대방이 하는 말을 들어주고 통화가 끝나면 그것을 '기록'하자. 내가 '자기에게' 내가 생각하거나 보거나 뭐 그런 걸 말해 주면 자기는 '나에게' 자기가 생각하거나 보거나 뭐 그런 걸 말해 주지. 그러면 '나는' 통화 후에 자기가 내게 말한 것 중 기억나는 걸 기록하고 자기도 내가 자기에게 말한 것에 대해 그렇게 하는 거야. 그걸 온라인에 올려서 누구든 원하는 대로 코멘트를 달 수 있게 해 주고. 매일 세상 사람들에게 우리의 격리에서 빚어진 선물을 주는 것처럼. 일상이 지속될 수 있도록. 그것들이 기억되도록, 자기와 나를 위해, '그리고' 자기와 나뿐만이 아닌 모두를 위해.

샬럿은 블라인드 끝으로 새어 들어오는 한 줄기 빛을 바라본다.

샬럿? 아트가 말한다. 거기 있어? 여보세요?

그럼 오늘은 자기의 격리에서 빚어진 어떤 선물을 내게 줄 건데? 샬럿이 말한다.

좋아. 예를 들자면. 그가 말한다. 방금 비둘기 한 마리가 창가를 지나 날아가는 걸 봤는데 입에 긴 잔가지를 물고 있었어. 잔가지는 새의 몸체보다 훨씬 길어서 입에 물고 가기엔 걸리적거릴 정도였지만 비둘기는 그래도 해내더라고. 옆으로 자꾸 기우니까 계속 몸의 중심을 바로잡아야 했고 결국 해냈어.

침묵.

이어서……

'그게' 다야? 샬럿이 말한다.

어휴. 아트가 말한다.

오늘 자기 일상이 그런 모습으로 종합되는 거야? 샬럿이 말한다. 보고 나에게 말해 주고 싶었던 그 긴박한 사안이?

그래. 아트가 말한다. 다만. 물론. 왜냐하면, 그러니까, 이걸 보고서 내가 깨달은 것이, 깨달은 것이 뭐냐하면 비둘기는 그 잔가지로 둥지를 지을 거라는 거야. 그리고 그건 지금 모든 것이 초현실적이고 수많은 사람들, 특히 집에 갇혀 있는 사람들에겐 더욱 부서져 가는 이 세상에서 큰 의미가 있어. 자연 속의 생명체들은 서둘러 집을 '만들고' 있는 거잖아. 그러니까 의미가 '있지.' 있고말고. 희망적이고, 또한 자연스러운 거니까. 그건 부인할 수 없을 걸.

그렇군. 샬럿이 말한다. 그리고 자기는 지금 봉쇄된 세상을 향해 그게 전해 줄 가치가 있는 말이라는 생각인 거고, '왜냐하면?'

방금 경험한 것에 대한 내 무해한 분석을, 그것을 통해 타자와 연결되고 그들도 나랑 자기와 연결되게 해주겠다는 나의 결의를 방해하는 이유가 뭐지? 아트가 말한다.

그런 거 아닌데. 샬럿이 말한다.

자꾸 빈정대고 있잖아. 아트가 말한다. 자기가 얼마나 반낭만파인지 내가 잊고 있었네.

클리셰 범벅에다 사랑에 넋을 잃은 낭만파보다 반낭만파가 백번 낫겠다. 샬럿이 말한다.

질투하는 거야? 아트가 말한다.

아니야. 샬럿이 말한다.

기분이 좀 낫다. 아트가 말한다. 마치 육체적으로 함께 있는 것 같아, 이렇게 툴툴대는 자기랑. 어쨌든. 자. 이제 자기가 생각하거나 본 걸 내게 말해 봐. 그리고 우리 둘 다 통화 끝나면 서로의 순간에 대한 각자의 소감을 기록하여 우리 둘 다의, 우리 개인과 상대방의 기록을 온라인에 올리는 거야. 그다음에는…… '아트 인 네이처' 사이트에 올리는 게 좋을까?

샬럿은 손가락의 맥박이 느껴질 만큼 세게 잠옷 바

지 앞 끈을 바짝 돌리더니 재빨리 손가락을 빼 풀어 버린다.

나도 생각을 해 봤는데. 그녀가 말한다. '아트 인 네이처' 사이트를 계속하고 싶을 것 같지가 않아.

침묵.

말하려 했어. 그녀가 말한다.

알았어. 그가 말한다. 좋아. 뭐. 그래. 자기가 맞아. 그것도 변해야 돼. 새로운 상황을 정면으로 맞닥뜨려야겠지. 그러면. 다른 새로운 이름으로 부르면 어떨까? '아트 인 너처(Art in Nurture)'* 어때?

'아트 이너시아(Art Inertia)'**가 낫지 않겠어? 샬럿이 말한다.

아. 아트가 말한다. 알겠네.

내 말은 이제 '아트 인 네이처' 프로젝트를 아예 더 이상 하고 싶지 않다는 거야. 그녀가 말한다.

프로젝트에서 탈퇴하겠다는 뜻이야? 그가 말한다.

(상심한 목소리다.

---

* 생육.
** 무력증.

잘됐다.)

게다가. 그녀가 말한다. 자기가 제안한 걸 '하려면' 그건 딱히 예술이라고 하기는 어렵지. 아니야? 자기 제안으로만 보면 적어도 그래.

어떤 측면에서? 아트가 말한다.

그건 소문자 아트, 즉 예술이 아니잖아. 그녀가 말한다.

샬럿은 어둠 속에 앉아서 이미 벌게진 손톱을 엄지손톱으로 뜯는다.

소문자 아트, 즉 예술이란 것이 '뭔지'에 대해 나는 알거나 결정해선 안 되고 오직 자기만 권위자인 건 대체 왜인지 부디 한 번 더 설명해 줄래? 아트가 말한다.

소문자 아트, 즉 예술은. 그녀가 말한다. 음, 어떤 것과 만나고 그것에 의해 변화되어 자기 속으로 또한 자기 너머로 인도되는 걸, 그리하여 감각을 돌려받는 순간을 가리키지. 그건, 음, 우리를 우리 자신에게 돌려주는 일종의 충격이야.

그게 사실이라면, 지금 이 순간에도 온 세상을 사상 최대의 예술 프로젝트로 만들기에 충분한 충격이 세상

곳곳에서 일어나고 있어. 그가 말한다.

뭐. 그녀가 말한다. 글쎄. 음, 소문자 아트, 즉 예술은 언제나 어려운 개념들을 이해하려는 우리의 시도에 관한 것이었어, 이를테면 유한성, 임의성…….

예술에 봉쇄를 연관 지어 논쟁하겠다는 거야? 지금? 그가 말한다.

임의성. 그녀가 말한다. 그리고 우발성, 또…….

그녀가 이제 피가 나는 것 같은 손톱 부분을 다시 뜯는다.

아하. 그가 말한다. 좋아. 자기는 우리 모두에게 일어나는 일을 생각하지 않아도 되도록 우리 모두에게 일어나는 일을 묘사할 거창한 단어들을 자꾸만 찾고 있어, 알겠어? 그리고 나는 여기 앉아 잔가지를 입에 문 내 비둘기가 어째서 하찮은지, 소문자 아트, 즉 예술이란 것은 무엇이든 뭐라고 느끼고 생각하고 말하는 것에 막대한 부담이 작용하는 지금 같은 시절조차 우리가 말하거나 설명하거나 표현하지 못하는 모든 것들과 우리가 그런 것들을 느끼고 생각하고 그래서 표현할 수 있도록 도와주는 무언가의 도움을 받아 타협하고 그것을 이해하는 거라는 잘못된 생각을 여태 왜 한 건지 돌아봐야겠네.

단. 그녀가 말한다. 소문자 아트, 즉 예술은 누군가를 돕는 것과는 아무 관계도 없지.

아, 그래? 그가 말한다. 자기의 에토스는 누가 싹둑 잘라 냈을까?

예술이 '하는' 건, 존재하는 거야. 샬럿이 말한다. 그리고 우리가 그것과 만나기 때문에 우리도 존재한다는, 그리고 언젠가는 더 이상 존재하지 않을 거라는 사실을 기억하는 거지.

전화선 반대편에서 아트가 하품을 한다.

유독 화가 났을 때 하품하는 버릇이 있다는 것을 함께 살아 본 경험으로 그녀는 안다.

그러자 샬럿도 하품이 나온다.

자기 하품이 옮아 왔어. 그녀가 말한다. 격리가 뭐 이러지?

응. 그가 말한다. 저, 내가 지금 조금 흥분한 것 같으니 우리 이 이야기는 다음에 계속하자.

오케이. 그녀가 말한다.

오케이. 그가 말한다.

그리고 전화 걸어 줘서 고마워. 그녀가 말한다. 내가 좀, 그랬던 건 용서해 주라.

자기가 보거나 들은 무언가에 대해 내게 말해 준 다음 통화를 끝낸다면 용서해 주지. 그가 말한다.

안 돼. 그녀가 말한다. 가야 돼서. 음, 아이리스의 방 정리를 도와주고 싶어. 안 그러면 혼자 다 해 버리실 걸.

그렇잖아도 물어볼 참이었어. 아트가 말한다. 이모는 어떠셔?

잘 지내셔. 샬럿이 말한다.

(사실 아이리스를 본 지 사흘이 지났다.)

대단하셔. 그녀가 말한다. 자전거로 시내를 넘나들면서 당신보다 서른 살은 젊은 사람들에게 식료품 등을 배달하실 뿐 아니라 만나는 사람들에게 큰 소리로 인사하며 뭐 필요한 거나 도와줄 게 있는지 물어보시고. 나가지 마시라고 말씀드려도 설득이 안 되네. 노력은 해 봤지만 말릴 수 없는 일이었어.

남의 말 들으실 이모가 아니지. 그가 말한다. 아무도 못 할 거야. 자기가 꼭 닮았어.

샬럿은 심장이 반으로 접히는 것 같다. 속이 아프다.

정원에 있다 들어와 보니 매트리스들을 나선형 층계로 질질 끌어 3층까지 옮기고 계시더라고. 그녀가 말한다. 다른 건 제가 옮겨 드려요? 그랬더니, 괜찮다, 얘야, 이게 마지막 거야, 그러시는 거야. 그건 다른 매트리스 여섯 개를 그렇게 옮기셨다는 소리지. 직접, 혼자 힘으로 말이야. 나한테는 말도 안 하시고. 정말 기력이 굉장하셔.

굉장한 기력. 아트가 말한다. 내가 말한 그런 웹 사이트 이름으로 '딱' 좋을 것 같은데. 내일 통화할까? 다들 언제 돌아와?

바로 그 순간 샬럿은 전화기를 귀에서 떼고 통화 종료 버튼을 누른다.

전화기를 잠옷 상의 주머니에 넣는다.

울음이 터질 것만 같다.

왜 그녀는 울기 직전일까?

좀 느닷없는 일 때문이다. 낙서투성이 열차의 밝은 쪽들, 그리고 사람들이 코를 대고 문지르는 열차와 버스의 창 안쪽 얼룩들.

이런 것들이 너무 그리워 지금 그녀는 울고 있다.

그냥 그걸 생각해 본다. 비둘기를 생각해 본다. 부리에 잔가지를 문 비둘기를 바라보는 아트를, 이제 전혀 다른 생이 되어 버린 시절이지만 시간상으로 그리 오래되지도 않은 어느 날 함께 탄 열차에서 보았던 차창의 얼룩을 생각해 본다. 지나쳐 간 역의 측선에 서 있던 주황색 조끼를 입은 인부들을 생각해 본다. 모든 것, 모든 사람에 대한, 사람들 하나하나, 젊었건 늙었건 상관없이 날아가는 비둘기에 관해 생각해 보거나 생각해 보지 않은, 또는 대중교통편 차창에 기름기로 번들거리는 코나 입이나 손가락의 얼룩을 남겨 본 일이 있는 모두를 향한 사랑이 차오른다.

그 느낌이 그녀를 하도 꽉 채워 눈으로 삐져나온다. 달리 갈 곳이 없다.

아트에 대한 사랑으로 그녀는 운다.

열차와 기차에서 나란히 앉아 여행하던, 새 차의 문을 쾅 닫고 그녀는 운전석에 아트는 어린 시절이 떠오른다며 으레 그러듯 뒷좌석에 퍼져 누운 채 세상을 향해 돌진하던 그들의 두려움 모르던 자아들에 그녀는 운다.

사랑의 수위가 너무 높아 이제 코가 막힌다.

그녀는 이불 위에 앉아서 입으로 숨을 쉬며 2012년 돌아가신 어머니와 이듬해 돌아가신 아버지를 그리워한다.

맙소사.

그녀는 이제 가족 하나 없는 무연고 신세다.

그녀는 자기 집도 없이 다른 가족의 집에서 살고 있다.

그녀는 두 손에 얼굴을 파묻고 소리 없이 운다.

제발.

정신 차리자.

돌아가셔서 이 꼴을 못 보시는 게 다행이지. 이렇게 주저앉아 엄마 아빠 걱정을 할 일이 아니잖아.

일어나. 아래층으로 내려가자.

아이리스를 돕자.

그녀는 움직이지 않는다.

그럼에도 밖에서는 일상이 펼쳐진다. 새들이 공중을 날아가고 등등.

샬럿은 어둠 속에 앉아 있다.

손가락 옆쪽을 들여다보는데 너무 어두워서 어디서

피가 나고 어디서 안 나는지 보이지가 않는다.

블라인드 끝으로 아직도 새어 들어오는 빛 한 줄기를 바라본다.

강력 테이프가 있다면 블라인드를 창틀에 붙여 저 빛이 들어오지 못하게 할 수도 있을 텐데.

아래층에 강력 테이프가 있을 것이다.

하지만 그건 아래층으로 내려가야 한다는 뜻이다.

오케이. 의자가 두 개 있다. 하나는 문에 괴어 놓았다. 다른 의자를 가져와 뒤에 베개로 중심을 잡아 준 뒤 블라인드에 기대 놓으면 블라인드가 창에 달라붙을 것이다. 그러면 저 빛줄기는 사라진다.

그녀는 일어나서 의자 뒤에서 아트의 '푸시 그랩스 백' 티셔츠를 집어 올려 방구석에 던진다. 의자를 들어 창가로 가져간다. 베개를 갖다 댄다.

빛이 사윈다.

샬럿. 그렇다. '샬럿.'

자신이 퍽 혁명적이라고 생각하던.

'모든 게 변해야만 해요. 모든 게.'

지금은? 모든 게 변해 버렸다.

아이리스는 긴가민가하지만.

정말 블로그에 올릴 게 '너무 많다'고, 샬럿이 컴퓨
터 근처에 있는 게 보이기만 하면 아이리스는 들이댔다.

샬럿은 봉쇄 전에 '아트 인 네이처' 팀의 다른 세 사
람을 집으로 보냈다.

왜 그랬어? 아이리스가 말했다.

함께 지낼 가족이 있으니까요. 샬럿이 말했다. 게다
가 너무 여러 사람이 모여 살면 안 되잖아요.

그들이 필요하잖아. 아이리스가 말했다. 집에서 일
할 수 있을까? 당장 모두들 개인 보호 장비 부족 사태에
대해 써야만 해. 뭔가를 관리하게 되리라고는 일 초도 생
각해 본 적 없는, 무능한 데다 정신이 딴 데 팔린 정부의
늑장 대응도 그렇고. 국무에 대한 그자들의 관심이라곤
그저 어떻게 하면 최대한 빨리 그것을 해체할까밖에는
없어. 권력을 쥐면 자신과 패거리를 위해 돈을 갈퀴로 긁
어모으는 '신나는 삶'일 거라고만 생각한 인간들이니까.

으음, 네. 샬럿이 말했다.

정부의 끔찍한 무관심에 의해 얼마나 많은 사람들

이 죽었고 또 죽을 것인지에 관해 써야만 된다고. 아이리스가 말했다. 사망자 2만이면 잘한 것일 거라고들 하잖아. 잘하기는 개뿔!

(아이리스는 이탈리아에 사는 친구들하고 빠르게 퍼져 가는 대재앙의 참상을 공유해 오고 있다.)

팀원들에게 전해. 아이리스가 말했다. 그래서 쓰라고 해. 이걸 이용해서 헤지 펀드 투자자들이 벌써 수십억을 벌었다는 이야기를. 타인의 희생 덕에 수십억씩이 계좌로 들어오는 자들이 있는가 하면, 간호사와 의사와 청소원들은 세상에 눈가리개를 쓰고 정신없이 일해야 하는 현실을. 그런 노동자들을 발톱의 때만큼도 대우하지 못하는 정부를. 국민 건강 보험은 사람들이 죽어 나가는 것을 원하지 '않아.' 그게 그들과 이 정부의 차이야. 이놈의 정부는 우리가 무슨 소 떼라도 되는 듯, 자기들이 우리의 주인이어서 수천 명씩을 도살장에 보내고 돈을 벌 권리가 있는 듯 이른바 군중의 머릿수나 한가로이 세고 있잖아. 고집불통이라고. 이제 걸음마 단계인 브렉시트 강박에 빠져서 이웃 나라들의 지원과 장비 제공 제안마저 거절하고 있어. 장담컨대 그자들은 지금 한통속인 데이터 과학자들과 고문들, 그리고 구글의 한패들과 공모하여 '팬데믹 데이터를 조작'하고 있을걸. 그러면서 국민들에게는 됭케르크 정신을 들먹이며 죽어 나가게 만드는거지.

으음, 네. 샬럿이 말했다.

한 번도 제대로 가치를 인정받아 보지 못한 사람들이 이 나라를 지탱해 내고 있다는 기사를 써. 아이리스가 말했다. 보건 노동자들과 그 밖에 택배 기사, 집배원, 그리고 공장 및 슈퍼마켓 노동자들을 비롯해서 우리 일상생활을 보살펴 주는 모든 사람들에 대해서 말이야. 그런걸 써 봐. 권세 높은 이턴 출신들이 모처럼 몸을 바짝 낮추고 양순했던 자들이 진정 강한 힘이었음이 드러나다. 왜냐하면, 정말이지, 여기서부터 어느 쪽으로 나갈지 몰라. 그러니 꾸물거리지 말고 생각을 하고 역시 꾸물거리지 말고 단합해야 돼. 내 경험에 따르면 권세 높은 자들은 양순한 자들이 인정받는 꼴을 못 보니까.

하지만, 무슨 단합?

이런 격리 상태로?

샬럿은 고개를 저었다.

생각해 보라. 온라인 활동가를 자처하곤 하던 그녀 샬럿은 이제 깨달았으니, 사실은 잘해 봐야 아류 혁명가, '행복한 삶, 축복받은 집' 시트콤 유의 혁명가, 무늬만 혁명가였던 것이다. 1970년대가 지나고 이십 년 후에 태어났지만 수많은 책과 영화들을 통해서 그 시대는 역사상 가장 정치 논쟁이 격렬했고 예지에 찼으며 분열된 시기였음을 알고, 문화와 1970년대에 대한 논문에서 왜 길버트 오설리번이 성인이 되고도 1940년대 학동 복장을 한 채 자신이 쓴 곡들을 대중문화에 내보냈으며 이후 곡들의 노랫말이며 인기, 그리고 문화적 유산에 이것이 어떤 의미를 가졌는지를 집중적으로 상세하게 써냈던 그녀가 말이다.

샬럿. 아무리 혁명가라도 된 듯 이렇게 또 저렇게 애를 써 본들 그녀는 또다시 본래대로 혼자가 되고 마는 것이다.

일례로 폭풍처럼 내뿜는 아이리스 특유의 장광설 중에 그녀가 진정으로 듣고 진정으로 알아본 낱말은 '신나는 삶'뿐이었다. 바로 머리 옆에서 무슨 폭탄이 터진 것 같은, 그래서 오감과 인지력에 충격이 오고 몸이 중심을 잃고 이상하게 귀가 먹먹하고 아무런 할 말이 없어져 버린 것 같은 느낌 때문이었다.

정말 죄송해요, 아이리스. 그녀가 말했다. 제가 지금 몹시 단절된 기분이에요.

연결되지 않은 건 없어. 아이리스가 말했다.

아이리스는 아트의 이모일 뿐 샬럿과는 혈연관계가 아니다. 그녀는 노련한 좌파 활동가다. 몇 살인지 샬럿에게 알려 주지 않지만 팔십 대가 분명하다. 포턴 다운, 그린햄. 오래전 바로 이 집에서 일종의 코뮌을 함께 운영하기도 한 모양이다. 그러다 누군가가 코뮌을 닫아 버리면서 이 집은 빈집이 되어 썩어 갔다.

그러다 이 집을 좋아했던 아트의 어머니이자 아이리스의 동생이 사업가 기질을 발휘하여 텅 빈 채로 무너져 내리는 집을 사들여 개조했다. 아이리스는 항상 처음 살던 때 없던 벽들이 사방에 올라오더라고 탄식하곤 한다.

그러다 아트의 어머니는 아이리스가 여생을 살아도 괜찮다는 단서와 함께 집과 세간을 아트에게 물려주고 죽었다.

그러다 아트와 샬럿이 '아트 인 네이처' 팀을 옮겨

오면서 전부 함께 살았다. 무료 숙식이었다.

이제 모두가 변해 버린 마당에 그녀와 다른 누구의 이모만이 이 거대한 집에 살고 있다. 각자 한 층씩을 사용한다. 샬럿의 방이 있는 층은 침실이 여섯 개다. 지난 사흘간 이 방과 옆에 붙은 욕실을 빼고 이 집은 물론이거니와 2층의 다른 아무것도 보지 않고 살았다. "바로 돌아올게요." 아이리스에게 그렇게 말한 게 사흘 전 일이다.

매일 밤 아이리스는 방문을 두드린 뒤 음식을 담은 접시와 물주전자를 문밖에 두고 간다.

첫날 저녁에는 이렇게 물었다…….

열이 나는 거야?

아니에요. 방문 반대편에서 샬럿이 대답했다.

그럼 기침? 아이리스가 말했다.

아니, 괜찮아요. 샬럿이 말했다. 정말이에요. 아픈 거 아니에요.

그럼 아파서 자가 격리하는 거 아니지? 아이리스가 말했다.

네. 샬럿이 말했다. 몹시 격리되고 싶어서 자가 격리하는 거예요.

알았어. 아이리스가 말했디. 아프거나 뭐 그런 증상 있으면 알려 줘. 아니 어떤 증상이라도. 아니 뭐든 필요하면. 매일 와서 점검할게, 괜찮다면. 서두르지 마.

애니메이션 영화 작가가 고슴도치 캐릭터를 만든다면 아이리스와 비슷할 것 같다고, 샬럿은 생각한다. 그녀는 머릿결이 거칠다. 그리고 새처럼 빛나는 눈으로 그런 머리카락 틈새로 내다본다. 들은 말들을 종합해 보면 아트를 좀 길러 주기도 했던 모양이다.

자신에 대해 말하는 일이 없다. 대신 이런 식으로 말한다.

"그래, 지금 이것이 초현실적인 것은 맞아. 하지만 어디선가는 항상 비상사태야. 사람들 대부분이 이 지상에서 그야말로 간신히 살아가는데 인생이 보통은 이렇게 엿같이 초현실적일 리 없다고 생각한다면 그건 천진난만한 거야."

샬럿은 지금으로서는 감당이 안 된다.

그리고 나이 든 사람이 이렇게 욕설하는 걸 보면 사실 어쩐지 충격적이다. 그것은 또한 여태까지, 그러니까 진짜배기를 만나기 전까지는, 활동가를 항상 자처해 온 샬럿에게 그녀 자신의 갈망을 드러내 주기도 했다.

'나를 아이어(ire)*라고 불러. 내 이름만이 내게 남은 유일한 아이어거든. 이제 나는 분노를 한참 넘어섰으니까.'

아이리스의 잘 준비되고 노련하고 완벽하게 정리된 측면에 샬럿 내면의 평온한 활동가가 좌절감을 느끼고 어리벙벙해진 것일까?

서퍽에서 돌아온 직후 샬럿은 아이리스에게 아트가 사랑에 빠졌다고 털어놓았다.

그녀와 아이리스는 다정하게 함께 웃었다. 서로가 닮았다고 느끼듯.

그래서 그녀는 아이리스에게, 그녀의 이기적인 자아가 이제는 알듯 어리석게도, 아트와 함께 SA4A 산하 이민자 추방 센터의 한 수감자를 방문할 것이라며 이 총명하고 사려 깊은 청년 바이러스 학자는 영국에선 아무도 바이러스를 심각하게 받아들이지 않던 2월 초에 여러 나라들에서 등장하기 시작하고 그들이 지금 수감돼

---

* 분노.

있는 이민자 추방 센터 바로 옆 공항을(여기서 그들 머리 위로 이륙하는 비행기들 때문에 그들이 앉아 있는 방이 몇 분에 한 번꼴로 '문자 그대로' 진동한다고 했다.) 통해 영국에도 들어왔으며 이제는 그들이 밤을 보내야 하는 길 건너 도시에까지 전파된 모양인 위험하게 들리는 바이러스에 대해 상세하게 설명해 주었다고 말했다.

그는 또 만일 그가 수감된 센터에 바이러스가 침투한다면 그곳에는 창문이 방풍 유리와 쇠막대로 되어 있어 바깥세상을 향해 열 수가 없고 환기 시스템으로 재활용되는 묵은 공기뿐이기 때문에 모든 수감자들이 감염될 것이라고도 했다.

아이리스의 눈에 파드득 불이 들어왔다.

은밀하게 내보낼 거야. 그녀가 말했다. 수감된 사람들이 죽어 나가면 여론이 나빠질 테고 그건 원하지 않을 거거든.

그리고 지난주에 정부가 그런 유행병에 취약한 수백 명의 불법 이민자들을 석방했다는 뉴스가 나왔다.

그들만이 아닐걸. 아이리스가 말했다. 빙산의 일각일 뿐이야. 그리고 어디로 보낸다는 거야? 대체 어디로?

그 사람들이 갈 데가 있어?

모르죠. 샬럿이 말했다.

곧 죄 없는 취약 계층이 무더기로 노숙자가 되겠지. 아이리스가 말했다. 돈도 가족도 없이. 그들에겐 어디든 살 곳이 필사적으로 필요할 거야.

그렇겠죠. 샬럿이 말했다.

'아트 인 네이처'가 떠나고 이제 집에 빈방이 열세 개나 돼. 아이리스가 말했다. 커다란 공용 거실도 세 개 있고. 사람들이 쓸 수 있는 방이 그럼 모두 열여섯 개야. 아트에게 괜찮은지 물어볼게. 제 방을 써도 되는지도. 그러면 열일곱 개가 되네.

(아트가 다른 사람들하고 타지에 가 있은 지 며칠 안 된 때였다.)

그 사람 방을 뭐에 써도 되는지 물어보겠다는 건가요? 샬럿이 말했다.

해결해야 할 문제가 딱 두 개 있어. 아이리스가 말했다. 그러니까 사람들이 도착하기 전까지.

무슨 사람들요? 샬럿이 말했다.

두 달쯤은 모두 먹을 만큼의 식료품이 있을 거니까.

아이리스가 말했다.

(아이리스는 그 지역 건강 식품 도매상에서 매주 사흘 일하고 일반적으로 비상 시국을 염두에 두는 성격인지라 헛간에는 벌써 렌즈콩과 쌀 같은 것들의 포대가 그득하다.)

아니, 진짜 문제는. 아이리스가 말했다. 똥의 양이 늘어날 텐데 그걸 어찌하느냐 그게 될 거야.

똥? 샬럿이 말했다.

체 브레스는 늘 하수 처리에 문제가 있었어. 아이리스가 말했다. 여기 사는 사람들이 서넛을 넘어가면 말이지.

체 브레스가 뭐예요? 샬럿이 말했다.

(1970년대와 1980년대에 아이리스가 여기서 함께 살았다는 혁명 집단의 이름인가 싶었다.)

체 브레스는 이 집의 옛 이름이야. 아이리스가 말했다. 콘월 말인데 생각의 집, 즉 구상의 잉태가 일어나는 집을 가리키지. 정신의 집'이면서' 자궁의 집이랄까. 동생이 집을 개조할 때 빼먹고 안 한 데가 하수도였어. 사랑하는 고인을 험담하자는 건 아니고. 다만 그렇게 똑똑한데도 반드시 해야 하는 것 이상으로 깊이 들어가는 건

귀찮아서 절대 하지 않았지. 이 집의 기초 하부 구조도 그런 거였어. 우리 '둘'만 살 때도 하수도가 가끔 막혔어. 따라서 먼저 해야 할 일은 정화조를 지금 것보다 큰 걸로 교체하는 거야.

샬럿은 아이리스가 말을 할 때마다 조용히 고개를 끄덕이면서도 속으로는 정신없이 차를 몰아 시내의 아스다 상점으로 가서 뭐가 됐든 통조림들과 화장지 따위를 잔뜩 긁어모아서 트렁크를 채우고 집주인에게 전화를 걸어 아파트에 돌아가 살아도 되는지 물어보고 만일 안 된다 해도 제한 속도 이상으로 운전을 하여 런던으로 돌아가 최대한 비슷한 아파트를 구하는 상상을 했다.

화장지는 왜?

호주인들 모두가 패닉 구매를 하는 물품이니까.

따라서 논리적으로 가장 먼저 동날 물건이니까.

화장지는 늘 필요한 물건이니까.

전에 살던 아파트 또는 그 비슷한 아파트여야 하는 이유는?

1인용이라 다른 누가 들어와 살거나 똥을 쌀 공간이 없으니까.

그녀는 일어나 기지개를 켰다.

바로 돌아올게요. 화장실에라도 가듯이 그녀는 말했다.

살짝 위층으로 올라가 웃옷과 지갑과 노트북과 칫솔 따위를 챙겼다.

조용히 뒷문으로 빠져나갔다.

집 안에서 보이지 않는 헛간 쪽으로 돌아가 차 문을 열었다.

문을 열어 놓은 채 운전석에 앉았다.

노트북을 열어 검색창에 '정화조 공급업자 콘월'을 입력했다.

다시 집 안으로 들어가 아이리스에게 굴착 장비를 갖고 와 줄 누군가가 필요할 때 걸 전화번호를 건네주었다.

최소한 '그거라도' 했다.

'그때는' 아직 그녀 안에 그만한 생명력은 남아 있었다.

아이리스는 그게 문제다. 언제나 틀림없이 기죽을 만큼 옳다는 것.

'전쟁 언어, 전쟁 이미지를 그만 사용해 주면 좋겠어. 이건 전쟁이 아니잖아. 전쟁의 반대가 일어나고 있어. 자연이 알고 있듯 팬데믹에는 벽과 국경과 여권 따위가 무의미한 거니까.'

그날 저녁, 반 시간 동안 끝없이 돌아가는 뉴스를 보고 나서……

아이리스. 샬럿이 말했다. 위험 연령군에 속하세요. 격리하셔야 돼요.

말도 안 되는 소리! 아이리스가 말했다. 격리는 내게 '죽-음'과 다름없어. 하지만 걱정 마. 조만간 죽을 생각은 없으니까. 그리고 위험 연령군이란 건 따로 없어. 이제 우리 모두가 위험 연령군일 뿐이지.

고집 좀 그만 부리세요. 샬럿이 말했다. 바이러스 앞에서 선한 의도 같은 건 아무 소용 없어요.

내 말이 상식인 걸 인정 좀 해라. 아이리스가 말했다. 이제 우리 모두가 한 시대와 다른 시대의 경계선 위에 서 있는 거야. 옛 노래가 뭐랬는지는 알겠지?

대체 무슨 옛 노랜데요? 샬럿이 말했다.

한 시절에서 다른 시절로 건너갈 때 온 세상 사람들

이 축배를 들며 부르는 노래. 아이리스가 말했다.

그녀가 사람들이 새해가 되면 서로 손을 맞잡거나 어깨동무를 한 채 부르는 노래의 일부를 불렀다.

그래 여기 손이 있네, 내 충직한 친구여. 노래가 이어졌다. 그리고 자네의 손을 내게 주게나.

내 충직한 공포요? 샬럿이 말했다.

공포(fear)가 아니라 친구(fiere)를 뜻하는 말이야. 아이리스가 말했다. 그리고 우리가 '정말로' 손을 줄 수 없다는 건 나도, 아주 잘, 알아. 우리가 해야 하는 건 다른 모든 가능한 방식으로 최대한 손을 내어주어 도울 수 있도록 노력하는 거야.

내 충직한 공포.

친구.

샬럿은 텔레비전이 있는 방에서 나와 계단에 앉았다. 죽은 듯 멍한 무언가가 속에서 느껴졌다. 마치……그러니까……

화장지 두루마리처럼.

그녀는 손으로, 주먹으로 자신의 가슴을 세게 쳤다. 아팠다.

좋다.

다시 쳤다.

어떻게 하면 죽은 자아를 때려 다시 살아나게 할 수
있을까?

아이리스가 들어오는 소리가 들렸다. 아이리스가
지나가면서 애정 어린 손길로 그녀의 머리를 가볍게 만
졌다. 한쪽 겨드랑이 밑에 빨래를 잔뜩 끼고 옮기는 아이
리스의 입에는 드라이버가 물려 있었다.

아이리스는 복도에 빨래를 내려놓고 현관으로 가
안쪽 잠금장치를 만지작거리기 시작했다.

잠금장치를 제거하는 것임을 샬럿은 깨달았다.

홈에서 뽑긴 예일 제품 장치가 바닥에 떨어지자 아
이리스는 바깥쪽 잠금장치를 만지기 시작했다.

교체하려고요? 샬럿이 말했다.

우리는 봉쇄당하더라도 이 문은 이제 잠기지 않을
거야. 아이리스가 말했다. 긴 시간을 감금당한 사람들에
게 그래서는 안 되지.

샬럿 안의 두루마리 화장지가 더욱 새하얗게 질렸다.

빨래 별채에 갖다 둘까요? 그녀가 말했다.

깨끗한 거야. 아이리스가 말했다. 도와주고 싶나면 집 안에 널려 있는 티셔츠들을 다 모아 갖다줄래?

왜요? 샬럿이 말했다.

마스크 만들려고. 아이리스가 말했다. 나는 열두 개 있고, 서른여섯 개에서 마흔 개 정도가 필요해. 최소 서른여섯 개. 각자 여분 한두 개씩은 있어야 하니까. 너하고 나도 포함해서 말이야. 주방용 가위도 갖다줘. 내가 보여 줄게.

샬럿은 티셔츠를 찾으러 위층으로 올라가는 사람처럼 올라갔다.

바로 돌아올게요. 그녀가 말했다.

대신 자기 방으로 갔다.

사흘 전의 일이다.

문을 닫았다.

밖에서 열지 못하도록 의자 등받이를 문고리 바로 밑에 괴어 놓았다.

블라인드를 내렸다.

그리고 침대로 가 걸터앉았다.

침대로 들어갔다.

블라인드 끝의 틈새로 햇빛 한 줄기가 자꾸 들어와서 이불을 머리 위로 끌어 덮었다.

두 팔로 몸을 감싸 안았다.

샬럿의 비(非)인터넷 전화기에 문자가 하나 도착한다.

아트에게서 온 것이다.

그가 드디어 전화를 걸어오고 둘이 다툰 그날의 좀 나중이다.

이렇게 쓰여 있다.

"이 이야기를 빼먹었네. 서퍽까지 우리랑 함께 갔던 브라이턴의 그린로 가족 기억하지? 오늘 대니얼 영감님 앞으로 소포가 하나 왔어. 안에는 아주 작은 바이올린 케이스가, 그리고 그 케이스 안에는 아주 작은 바이올린이 들어 있었어.

그 아이들도 기억나지? 남자 아이가 자기에게 굉장히 반했었잖아.

그 아이가 이런 편지를 동봉했더라고. 친애하는 글럭 씨, 과거에서 보내온 작은 선물이 반가우실지 모르겠다고 생각했어요. 할아버지의 여동생분이 안부 전하십니다. 로버트 그린로 올림. 작은 바이올린은 정말 아름다워. 대니얼 영감님은 무슨 사연인지는 기억 못 하시지만 바이올린은 좋으신지 굉장히 기뻐하셔. 침대 위 옆자리에 두셨더라고. 하지만 분명히 부모 몰래 보냈을 거야. 혹시 이메일이나 주소 가진 거 있어? 확인해 봐야 해서."

샬럿은 이 문자를 다시 읽는다.

할아버지의 여동생분이 안부 전하십니다. 로버트 그린로 올림.

그녀는 미소를 짓는다.

손을 뻗어 침대 옆 전등을 켠다.

글럭 씨 방문을 마친 직후 그 가족을 태우고 호텔로 차를 몰았던 날의 기억은 이 정도다.

소년: 그 할아버지는 왜 돌을 아이라고 부른 거죠?

아이들의 어머니: 늙었잖아. 늙은 사람들은 머릿속이 굉장히 뒤죽박죽이란다.

소년: 전혀 뒤죽박죽 같지 않던데요.

아이들의 어머니: 그럼 뒤죽박죽이 아닌데 너를 여자 아이로 보냐?

소녀 : '너'는 '여자애'처럼 생겼어.

소년 : 그냥 잠깐 날 아는 사람으로 착각하신 것뿐이에요. 남자 아이냐 여자 아이냐 문제가 아니고요. 아인슈타인 이야기를 할 때도 뒤죽박죽 아니셨어요.

샬럿 : 그분하고 언제 아인슈타인 이야기를 했는데?

소년 : 아인슈타인에 대해 되게 많이 아셨어요. 아인슈타인이 어렸을 때 바이올린을 켰다는 것도 아셨고 아인슈타인이 모차르트를 얼마나 좋아했는지도 아시더라고요. 그리고 아인슈타인이 독일어로 무슨 뜻인지 저한테 알려 주셨는데요. 그건 그냥 이름이 아니고 두 개의 단어예요. 문자 그대로 보면 하나의 돌 또는 어떤 돌을 가리킨대요. 그래서 아인슈타인의 돌 이론에 대해서 이야기를 나누었는데 그것도 아셨어요.

샬럿 : 아인슈타인의 돌 이론이 뭔데?

소년 : 현실은 우리가 보거나 우리에게 보이는 것과 다르며 그걸 증명할 수 있다는 거예요. 정신이 얼마나 외부 영향에 민감한지, 우리가 어떻게 늘 현실을 조작하는지를 서로 색깔이 다른 기하학적 형태의 돌들을 늘어놓고 그것을 세어 보면서요. 그리고 다른 돌들을 추가하는

건데요. 다시 다 세어 보면 숫자가 전과 똑같은 듯 보여서 마치 '아무것도' 추가하지 않은 것 같은 거예요.

아이들의 어머니 : 이제 내가 다 뒤죽박죽이구나.

소년 : 소립자들의 만남에 대해서도 이야기를 나눴어요. 그러니까 소립자 두 개가 '상대방'을 만날 때 둘에게 어떤 변화가 생기는지, 그리고 그다음에 소립자들이 상대방과 멀리 떨어져 있게 되더라도 한쪽이 변화하면 다른 한쪽도 변화한다는 사실에 대해서요.

소녀 : 그래, 예를 들면 아서가 엘리자베스를 만났을 때처럼. 맙소사. 나 말고도 다 봤죠?

아이들이 어머니 : 아, 나도 봤지.

소녀 : 샬럿, 봤어요?

그날 오후 침대에 누운 밝고 매력적인 노인이 아트의 어머니는 기억 못 하는 것 같은데도 아트의 손을 잡고 놓아주지 않았던 그 방에서 샬럿은 엘리자베스라는 여자가 아트를 바라보는 것을 보았다.

아트가 그 여자를 마주 바라보는 것도 보았다.

뭐. 그날 밤 서펙의 잠자리에서 아트가 말했다. 그거야 우리가, 우리 사이에 공통점이 많잖아.

샬럿의 질문에 대한 답변이 아니었다. 그녀는 아무 말도 하지 않았다. 그저 그가 뭔가를, 그녀에게라기보다는 스스로에게, 설명하려고, 말로 표현하려고 시도한 것일 뿐이었다. 하지만 그녀는 느끼고, 알았다. 그의 대화 시도에 그녀가 응해야 한다는 걸. 그래서 그렇게 했다.

예를 들면? 그녀가 말했다.

음, 우선. 우리 둘 다 아버지 없이 자란 거. 그가 말했다.

샬럿은 바닥에 등을 대고 누워 천장 둥 둘레의 석고 장식을 바라보았다. 과일과 꽃 들이 광원을 감싸 안고 있었다.

어떤 느낌이야? 그녀가 말했다.

그냥, 뭐랄까, 옳다는 느낌. 그가 말했다.

옳구나. 샬럿이 말했다.

어떤 여름 풍경 너머로 하늘이 수 마일씩 펼쳐진 굉장히 기다란 전망이 눈앞에 나타난 것만 같아. 그가 말했다.

음. 그녀가 말했다. 그렇군.

그러니까, 그냥, 알 것 같아. 그가 말했다.

그냥 뭘 아는데? 샬럿이 말했다.

내가 그녀와 함께 있을 운명이라는 것을. 아트가 말했다.

나에 대해서도 그렇게 말하지 않았나? 샬럿이 말했다.

에이. 아트가 말했다. 말은 그렇게 해도 그게 과장이라는 것을 나는 늘, 아니 우리는 늘 둘 다 알고 있었어.

그렇지. 샬럿이 말했다.

그녀에 대해서는 과장이 아냐. 그가 말했다. 느낌이 사뭇 달라. 경이롭고. 충격적이고. 아름다워. 뭐랄까, 그냥, 그래. 어디 가? 11시 11분인데. 왜 옷을 입지?

그냥 산책을 나가든지 뭐 그러고 싶어서. 그녀가 말했다.

나도 같이 가 줄까? 그가 말했다.

아니, 아냐, 괜찮아. 그녀가 말했다. 그냥 바람 좀 쐬고 싶을 뿐이야.

차 키도 가져가네? 그가 말했다.

드라이브를 할지도 몰라. 그녀가 말했다.

오래 걸려? 그가 말했다.

아니. 그녀가 말했다.

드라이브를 하고 돌아와 보니 침대가 비어 있었다. 들어가 눕자 아직 그의 온기가 느껴졌다.

그녀의 가방 위에 쪽지가 붙어 있었다.

"엘리자베스에게 가려고. 내일도 자기가 차를 써. 내 입장과 계획이 좀 정리되면 돌아올게."

평생처럼 길었던 육 주가 지난 지금, 샬럿은 빛의 웅덩이 속에 앉아 바이올린에 대한 문자를 다시 읽는다.

기억이 되살아나며 웃음이 터진다.

그 소년. 누나의 손에 유리를 붙여 놓고 그게 깨져서 다치게 만든 그 남자 아이.

호텔에 가는 도중 등대를 지나칠 때, 알베르트 아인슈타인은 한때 이를테면 등대지기가 매일 견뎌 내며 근무를 하는 것처럼 해야 하듯 강제된 고독의 시기가 과학이나 수학에 소질이 있는 젊은이들에게 방해받지 않고 창의성을 발휘할 수 있으므로 유익할 거라는 생각을 한 적이 있었다고 말했던 게 기억난다.

애 말은 하나도 믿으면 안 돼요. 누나 사샤가 말했다.

정말이야. 소년이 말했다. 아인슈타인이 진짜 그렇게 말했다고. 로열 앨버트 홀 연설에서.

그래, 픽이나 그랬겠나. 소년의 누나가 말했다. '샬럿,' 로버트가 '아인슈타인'에 대한 모든 걸 말해 주고 싶대요.

1933년 10월. 소년이 말했다. 증명할 수 있어. 진짜야. 책에 나오니까. 여기 이 책에.

소년은 정말 책을 갖고 있었다. 사실 책 외에 다른 것은 갖고 있지 않았다.

소년의 어머니는 그날 밤 호텔 술집에서 모두가 저녁을 먹는 동안 자기 아들이 하룻밤 잘 짐을 싸면서 잠옷에 칫솔까지 빠뜨렸다고 말했다. 넣은 것이라고는 알베르트 아인슈타인에 대한 책이 다였다.

가볍게(light) 여행하는 주의잖아요. 소년의 누나가 말했다. 그야말로 빛(light)의 속도로…….

그 순간, 사사건건 사납게 다투던 두 아이들이 그 농담에 배를 잡고 웃기 시작했다. 덩달아 절로 기분이 좋아질 만큼 유쾌한 웃음소리여서 식당에 있던 사람들이 일제히 돌아봤는데 조용히 좀 하라거나 불쾌하다는 식이 아니라 뭔가 따스한 일이 일어나면서 실내의 낯선 사람들을 하나 되게 해 주는 그런 분위기였다.

샬럿이 몸을 일으키고 앉는다.

그리고 일어선다.

창가 의자 위의 베개를 바닥에 내려놓고 의자를 책
상 쪽으로 옮긴 다음 불을 하나 더 켠다.

맙소사, 방 청소도 하고 환기도 해야겠다.

창가로 돌아가서 창문을 연다.

낫다.

아트의 티셔츠를 집어 의자 등받이에 걸친다. 그리
고 앉는다.

책상 앞에 앉아서 아트에게 보낼 회신 문자를 제임
스 본드 전화기에 작성하기 시작한다.

"우리가 만난 지 얼마 안 됐을 때 킹스 크로스 북부
를 걸었던 여름 오후가 생각났어. 아파트 단지 외벽에 판
매 표시와 함께 물건들이 놓여 있었고 자기는 도자기 강
아지를 샀지. 3.5파운드라고 가격표가 붙어 있었지만 자
기는 5파운드를 주면서 거스름돈은 필요 없다고 남자에
게 말했어."

그때 생각은 '이 사람 바보구나'였다. 물건부터 쓰레
기였다. 아주 어리거나 아주 쓸모없는 사람이 만든 것이

분명했다. 흰색과 노란색의 구운 점토로 빚은 것이었는데 몸체 중간이 구부러져 있었고 발 모양이 엉성했으며 머리 부분은 양쪽 귀에 엄지 자국이 남아 있었다.

시간이 지나면서 그녀는 그 도자기 강아지가 좋아졌다.

절대로 아트에게 내색하지는 않았다.

자기가 그걸 샀을 때가 우리가 연인이 될 운명은 아니지만 그래도 내가 자기를 사랑한다는 것을 깨달은 순간일 거야. 그녀는 생각한다.

그렇게 쓰지는 않는다. 이미 쓴 것을 조금 지운다.

"나는 겁이 나. 게다가 이상한 꿈을 꾸고 있어. 내 몸의 모든 아픔이 온몸 위의 페인트칠로 변하는 꿈을 꿨어."

그렇게 쓰지는 않는다.

대신 이렇게 쓴다.

"그린로네 이메일이 어딘가 있을 거야. 찾아볼게. 애슐리가 다시 말을 하게 됐는지 궁금하네. 게다가 그녀에게 로렌차 마체티 영화 링크를 보내 주고 싶어. 이제 그러려고.

비둘기 이야기 고마워. 그것에 대해 기록하고 내일

내 글도 보내 줄게. 어쨌든 내가 오늘 본 것에 대한 내 이야기는 온라인에 들어가 우리가 전에 함께 가 본 곳들의 현재 사진들을 봤는데 물론 모두 봉쇄 상황이고 모두 그러니까 하늘에서 무슨 손이 내려와 모두를 데리고 올라간 것 같은, 또는 살아 있는 사람들이 포토샵으로 지워진 것 같은 느낌이 들면서, 또 사진술의 아주 초창기에는 카메라 노출이 오래 걸려 말이나 마차나 걸어가는 사람들이나 무엇이든 움직이는 것은 사라져 버렸잖아. 그것도 떠올랐어. 모두 다 덧없는 존재가 돼 버려 일순 사라지거나 유령처럼 흐릿하게 남곤 했지. 그러다 파리 몽마르트르 거리의 봉쇄 상황 사진들도 찾았는데, 기억나지, 침대가 하도 삐걱거려 둘 다 잠을 못 자고 아예 일어나 앉아 밝아 오는 새벽을 내다봤던 거? 어쨌든 그 거리를 보자 탄성이 절로 나오더라. 1940년대 배경의 영화 촬영지로 쓰이다가 봉쇄가 시작되며 촬영이 중단되는 바람에 장비만 남겨진 게 마치 점령기의 파리처럼 건물들 앞면이 다 갈색인 거야. 사진 속 사람들은 대부분 퍼파 재킷과 마스크 차림에다 조그만 파리 강아지를 데리고 산책 나온 21세기 커플들도 종종 있는 게 현대에서 과거를 방문한 유령처럼 보이진 않았어. 그래서 봉쇄로 인해 촬영 중단된 영화를 찾아봤거든. 「아듀 m. 하프만」이라고 유대인 보석상의 이야기 같아. 이 사람이 살아남으려면 숨어야 해서 조수에게 가게를 넘기고, 조수는 그 보석상에게 자신과 사랑하는 사람이 아이를 갖게 도와달라고 부탁해. 무대극으로 먼저 나왔고 프랑스에서 평판이 좋았거든. 그래서 그걸 찾아봤더니 딱 나온 거야. 무대극은 장 필리프 다게르라는 사람이 썼어. 그래서 현대 극작가 다게르가 다게레오타이프를 발명하고 아까 말한 사라지는 효과가 나타난 초창기 사진들을 찍었던 루이 다게르와 관계가 있는 건 아닌지 궁금해지더라고. 그의 가장 유명한 사진 하나가 1830년대 말의 분주한 탕플 거리를 찍은 건데, 움직이는 또는 살아 있는 거의 모든 것들이 다 사라지고 다만 구두닦이 앞에서 구두를 닦고 서 있는 남자뿐이야. 다른 사람들은 전부 사라졌어! 인터넷에 따르면 사상 최초로 사진에 찍힌 인간이 이 남자래. 움직이지 않고 서 있었던 덕분인 거야. 물론 사라진 사람들도 거기 있기는 하지. 다만 보이지 않을 뿐. 이게 자기에게 해 주고 싶었던 오늘 일어난 일이야. 사람들은 우리가 살고 있는, 음, 그러니까, 우리가 존재하고 있는 이 시절에 대해 자꾸 뭐라고 말을 하지만, 사실 우리는 우리가 존재하지 않는 곳에 있다는 게 더 맞는 것 같아."

'퀀텀 오브 솔러스' 전화기에 이 글을 쓰는 데 한 시간이 걸렸다.

그녀는 발송 버튼을 누른다.

손안의 전화기에서 화면이 사라지더니 저절로 꺼져 버린다.

뭐?

젠장, 뭐야?

그녀는 전화기의 스위치를 다시 켠다.

문자는 사라졌다.

저장되지 않았다.

발신함을 검색해 본다.

거기도 없다.

그녀가 웃음을 터뜨린다.

없는 곳에 있는 거, 맞네!

처음부터 새로 시작한다.

"방금 전 진짜 긴 문자를 보내려고 했는데 제임스

본드 전화기가 압수해 갔어. 단축 버전으로 다시 쓸게. 어딘가 그린로네 이메일이 있을 거야. 그거 썼던 애슐리에게 연락해서 그 글을 사용하게 해 달라고 요청해 보자. 출판사를 하나 시작할 수도 있겠는데. 아트 이너시아, 이렇게. 하하. 그러니까 온라인뿐 아니라 진짜 책으로도 하자 이 말이야. 언어가 우리에게 무슨 일을 했으며 또 하고 있는지, 지금 우리 모두에게 일어나고 있는 일의 과정에서 무엇을 하고 있는지를 보고하는 데 쓸 수 있을 것 같아. 이야기하게 돼서 좋다. 지난 이삼 일 동안 좀 당황했었는데 이제 괜찮아. 거추장러운 잔가지를 입에 문, 뭔가를 짓고 싶어 하는 비둘기 이야기 고마워. 내일 그것에 대해, 그리고 어쩌면 바이올린을 보내 준 그 소년에 대해서도 내 감상을 전할게. 아름다운 이야기야. 그리고 영화 제작자 마체티에 대한 글을 한두 꼭지 써서 온라인에 올리고 싶어. 자기 생각은 어때? 로비도 시작해야 돼. 아이리스가 아는 독일인 예술가가 자기 은행계좌를 들여다보니 9000유로가 들어와 있더래. 9000유로! 어디서 난 돈이게? 독일 정부가 자국의 모든 예술가들과 예술 노동자들에게 아무 조건 없이 보내 준 돈이라네. 아트 인 네

이처에 그에 대한 글도 쓸까 해."

됐다.

그녀는 발송 버튼을 누른다.

발송된다.

무사히 발송된 것 같다.

발신함에도 들어와 있다.

그녀는 의자 등받이에서 티셔츠를 집어 들고 코에
대 본다. 대팻밥과 식초 냄새가 난다. 아트 냄새다.

그녀는 미소를 짓는다.

"할아버지의 여동생분이 안부 전하십니다."

소포를 열어 보니 그 안에 바이올린 케이스가 들어
있다고 상상해 보라. 그것도 아주 작은 것이. 마치 바이
올린 케이스의 새끼처럼. 그 안에는 또 바이올린의 새끼
처럼 작은 바이올린이. 보호용 홈에 착 들어가서 폭신한
쿠션 안감에 싸여 있을 것이다. 송진과 나무 내음, 그리
고 그 둘이 섞여 내뿜는 향이 풍길 것이다.

그녀는 침대에서 일어난다.

문에서 의자를 치운다. 문을 연다. 내려다본다.

발치에 수프 담긴 그릇이 있다.

아이리스가 아마 두 시간 전에 두고 갔을 것이다.

아직 온기가 약간 남아 있다.

그녀는 문지방에 주저앉는다.

맛이 괜찮다.

그날 밤 호텔 아래층에 내려갔을 때만 해도 어째야 할지 아무 생각도 나지 않았다. 어디로 가고 또 어디에 닿을 것인지 전혀 몰랐다. 그저 스스로 새 길을 찾아야지 안 그러면 아무 길도 없으리라는 것만 알았다. 아직 식당의 술집 부분에 앉아 있는 그린로 가족이 눈에 들어왔다.

그레이스는 전화기로 누군가에게 문자를 보내거나, 아니면 뭔가를 읽는 중이었다. 아이들은, 물론, 다투고 있었다.

도덕성 과시야. 소년이 말했다.

부패 과시보다 백번 낫지. 소녀가 되받았다. 그리고 나는 내가 가진 자아만큼의 언어를 원하고 또 필요로 해. 너도 그래야 하고.

나는 영어면 돼. 소년이 말했다. 그 이상을 필요로 하고 아는 건 비애국적인 행동이야.

머저리. 소녀가 말했다. 너는 딱 그거야.

내가 왜? 소년이 말했다. 머저리는 바로 누나야. 넌 수전노에 사기꾼이야. 그러니까 입 닥쳐.

저능아. 소녀가 말했다. 너는 네가 하는 생각이 너만의 독창적인 거라고, 네가 하는 상상이 너를 보호해 준다고 착각하고 있어. 아, 안녕, 샬럿.

아. 소년이 말했다. 안녕하세요.

샬럿이 그들 테이블에 앉았다. 그레이스가 그녀를 향해, 이어서 반쯤 빈 술병을 향해 고개를 끄덕였다.

마셔요. 그녀가 말했다.

안 그러면 엄마가 나머지를 다 비워 버릴 거예요. 소녀가 말했다.

휴가잖아. 그레이스가 말했다. 어른들은 이렇게 놀아.

'어떤' 어른들은 그렇겠죠. 소녀가 말했다.

고맙지만 사양할게요. 샬럿이 말했다.

그녀가 차 키를 흔들었다.

가려고요? 소년이 말했다.

어쩌면. 샬럿이 말했다. 상황을 좀 보고. 너희 둘은 뭘 갖고 다투는 거니?

다툰 거 아녜요. 소년이 말했다.

다툰 거 맞아요. 소녀가 말했다. 먼저 구더기가 공중으로 뛰어오를 수 있다는 말로 구역질 나게 하잖아요.

정말 그래. 소년이 말했다. 몸길이의 30배 높이로 공중제비를 돌 수 있다고. 작은 곡예사들처럼 말이야.

그러더니 또 이제 다른 나라들의 언어를 배울 필요가 없다는 거예요. 소녀가 말했다.

뭐, 프랑스어나 독일어 같은 거? 샬럿이 말했다.

또는 우리 자신의 나라 말도요. 소녀가 말했다. 웨일스어 같은. 애슐리는 할 수 있어요.

언어란. 샬럿이 말했다. 홀로 존재하는 게 아냐. 그들은 가족하고 비슷해. 끊임없이 서로에게 스며들지. 고립된 언어는 없어.

소년의 얼굴이 붉어졌다.

음, 나는 그저 일부러 반대 입장에 서 봤을 뿐이에요. 그가 말했다. 정말 그렇게 생각하는 건 아니고요. 다른 언어들이 근사하다는 게 정확히 내 생각이에요. 누나가 독점권을 갖고 있다고 생각하게 놔두고 싶지 않았어요, 그러니까 음, 음.

독점권이라니, 뭐에 대해? 소녀가 말했다.

나. 소년이 말했다.

그가 테이블 위의 차 키를 바라보았다.

우리는 내일 아침 아주 일찍 출발해. 샬럿이 말했다. 너희들이 일어나기 전에. 6시 전후.

말할 것 없이 우리가 일어나기 전이네. 그레이스가 말했다.

아. 소년이 말했다.

그래서 자려는데 문득 생각이 났어. 샬럿이 말했다. 우리가 말이야, 로버트, 네가 가고 싶다는 거길 아직 못 가 봤잖아.

아인슈타인 거기요? 로버트가 말했다. 정말요?

조건이 한두 가지 있어. 샬럿이 말했다. 첫째, 어머 니가 허락하신다면. 벌써 10시 10분이니까, 어딜 가기엔 픽 늦은 시간이야. 둘째, 여기서 실제 거리가 얼마나 되 느냐에 달렸어.

애 버릇 나빠지게…… 들어주시려고요? 사샤가 말 했다.

멀지만 않으면. 샬럿이 말했다. 누구든 원한다면 같

이 가도 돼.

로버트가 의자를 뒤집어엎다시피 하며 벌떡 일어서 달음박질로 술집을 나가더니 나무 층계가 덜거덕거리는 소리가 들렸다. 객실이 있는 위층으로 올라가는 거였다.

난 안 가요. 그레이스가 말했다. 빼 줘요. 여기 발하고의 소통에 전념해야 돼서.

전화기상의 친구분요? 샬럿이 말했다.

발 폴리첼라 와인. 그레이스가 말했다. 사샤, 손은 어떠니?

아까랑 똑같아요. 사샤가 말했다.

붕대를 갈았거든요. 그레이스가 말했다. 자꾸 지저분해져서.

사샤가 샬럿에게 손을 내밀어 보여 주었다.

아프니? 샬럿이 말했다.

아프냐고 로버트가 물어볼 때만요. 사샤가 말했다. 그럼 진짜, 진짜 아파져요.

네가 가면 로버트도 보내 줄게. 그레이스가 말했다.

그럴 일은 절대로 없죠. 사샤가 말했다.

로버트가 책을 펼쳐 흔들며 번개같이 식당 안으로

들어오더니 테이블 위에 책을 쾅 내려놨다. 와인 병이 덜 거덕거렸다.

러프턴 히스(Roughton Heath). 샬럿이 말했다. 내가 맞게 발음한 거니?

러프턴. 사샤가 말했다. 로턴인가? 저런, 이 테이블에 영어 할 줄 아는 사람이 하나도 없군요.

어떻게 '발음'해야 하는지 몰라도 거기 가는 덴 문제없잖아, 아냐? 로버트가 말했다.

엄마가 나도 가야지 너 혼자는 못 간대. 근데 난 절대 안 갈 거거든. 사샤가 말했다.

로버트, 거긴 그냥 히스가 무성한 광야일 따름이야. 그레이스가 말했다. 가 봐야 아무것도 볼 게 없는 데다가 어두울 거야. 어둠 속에서 덤불과 나무들을 헤쳐 나가는 거지.

그래도요. 샬럿이 말했다. 가 봤다고 할 순 있잖아요.

하지만 내가 가야만 되고. 사샤가 말했다. 그런데 나는 안 간다는 거.

저기요, 내 동생이 홀딱 반한 거 아시죠? 반 시간 후 로버트가 소변을 봐야 해서 노변에 차를 세웠을 때 운전석의 샬럿 뒤에 앉은 사샤가 말했다. 전조등 불빛 속에 잔디가 은빛으로 빛났다.

진지한 목소리였다.

정말 쉽게 상처받는 아이예요. 그녀가 말을 이었다.

샬럿은 백미러 위의 작은 전등을 켜고 몸을 뒤로 돌려 사샤를 보았다.

내가 너보다 조금 더 어렸을 때 일이야. 샬럿이 말했다. 미국 사는 사촌이 들르러 왔어. 뭐, 아직도 세상 어딘가에 살고 있겠지, 어딘진 모르지만. 그 후로 본 적이 없어서. 여름을 보내러 왔던 건데 나보다 일곱 살 위였어, 나는 열 살이었고. 그런데 정말이지 뭐랄까 사상 최고의 발명품 같다 싶을 만큼 내가 만나 본 중에 가장 훌륭한 인간이라는 생각이었어. 사촌도 내 생각을 알았고 그래서 내게 친절했지.

부모님은 그런데 그 시기를 아주 끔찍하게 기억하셨어. 사촌도 몹시 불량한 문제아로 보셨고. 새벽 4시에 키스 마크를 덕지덕지 단 채로 집에 돌아오는, 떠맡은 책임이 두려운 망나니 조카로 말이지. 몇 년간 두고두고 끔찍한 사람, 그 끔찍한 사람으로 인한 끔찍한 시절 이야기를 주고받으시는데 그게 사촌일 줄은 몰랐어. 한참 후에야 그것들이 다 사촌, 나의 매혹적이고 친절하고 재미난 사촌 이야기였다는 걸 깨달았단다. 사촌이 내게 친절했던 덕분에 내 인생이 극적으로 바뀌었다고 난 지금도 생각해.

음. 사샤가 '듣고 있어요'의 의미로 말했다.

우리가 자기를 좋아한다고 생각하면, 사람들은 말이야. 샬럿이 말했다. 글쎄, 둘 다 가능하겠구나. 좋아함, 그리고 좋아함의 대상이 되는 것에는 어마어마한 힘이 작용해. 굉장히 강력한 연결이 이루어지면서 당사자에게는 세상이 더 커지는 기회가 되는 거야. 반대로 더 작아지기도 하겠고. 그게 항상 우리에게 주어진 선택이야.

음. 사샤가 말했다.

그게 바로 우리가 금요일 밤 11시에 아인슈타인의 자취를 따라가는 이유야. 샬럿이 말했다.

동생은 온라인 괴롭힘에 호되게 당했어요. 사샤가 말했다.

아. 샬럿이 말했다.

한심해요, 사실. 사샤가 말했다. 어렸을 때 노래를

불러 상을 받았다는 걸 학교 건달이 찾아냈어요. 그게 맞아요, 정말 노랫소리가 놀랄 만큼 고음이었고 그래서 일종의 지역 유명인이 될 정도였어요. 그걸 찾아낸 아이들이 동생을 놀리기 시작했죠. 동생이 머리가 좋은 걸 갖고도 트집을 잡기 시작하더니 결국 소셜 미디어상의 아이들에다 트롤들까지 가세하여 동생에게 자살하라고 부추기지 뭐예요.

맙소사. 샬럿이 말했다.

그래서 부모님이 전학을 시켰어요. 사샤가 말했다.

다행이네. 샬럿이 말했다.

그런데 본래 학교의 누군가가 새 학교의 누군가에게 알렸고. 사샤가 말했다. 그래서 거기서도 똑같은 일이 벌어졌어요.

정말이지. 샬럿이 말했다. 나한테도 너 같은 누나가 있으면 좋겠다.

뭐가 있는데요? 사샤가 말했다. 남자 형제들이 있어요?

샬럿이 웃음을 터뜨렸다.

나한테는 아서가 있지. 그녀가 말했다.

하지만 혈연관계는 아니니까. 사샤가 말했다. 진짜 가족은 아닌 거죠.

혈연관계여야만 가족이라고 생각해? 샬럿이 말했다.

도움은 될 것 같은데요. 사샤가 말했다. 방해도 되겠지만.

로버트가 차 안으로 돌아왔다.

뭔데? 그가 말했다. 무슨 얘기 한 거야? 내 얘기 했어?

너 안면 인식 프로젝트 했던 거, 그 이야기 샬럿에게 들려줘 봐. 사샤가 말했다.

안 돼. 로버트가 말했다.

자, 어서. 사샤가 말했다. 정말 훌륭했어. F-ART라는 학교 프로젝트로 안면 인식 기술의 페이스 프린트를 밤하늘의 별들처럼 쫙 매핑한 포스터-스크린 프린트 시리즈를 만든 거였어요. 그런데 천체를 서로 연결시킨 드로잉처럼, 그러니까 별들 사이에 선을 넣어 곰이며 쟁기, 오리온처럼 보이게 한 거예요. 다만 로버트의 천체는 다 얼굴로 이루어진 거죠. 내 얼굴이랑 엄마 얼굴이랑 아빠 얼굴로도 만들었는데 각각의 형체 밑에 우리 이름을 써 주기도 했어요…….

애슐리는 아니지. 로버트가 말했다.

……그리고 그 그림들 아래 'FRT*를 예술(art)로 바꾸자'라는 슬로건도 넣었죠. 사샤가 말했다.

굉장하다. 샬럿이 말했다. 근데 왜 애슐리는 아니야? 너 애슐리랑 친한 줄 알았는데.

아휴, 당연하죠. 애슐리랑 엄청 친하죠. 사샤가 말했다.

애슐리와 나의 우정 경로에서 당시는 서로 친하게 말을 주고받는 시점이 아니었거든요. 로버트가 말했다.

어쨌든, 요점은요, 학교가 문제를 삼았어요. 사샤가 말했다. 조잡한 단어로 범벅된 걸 미술실 벽에 붙이려고 스크린 프린트 시리즈를 이용했을 뿐이라면서요. 하지만 정말이지 무척 아름다웠어요. 혁명적이었어요. 내가 보기엔 그래서 안 붙였을 거예요.

페이스북을 해킹하여 사람들 사진 속의 얼굴과 몸을 포켓몬으로 뒤바꿔 놓겠다는 생각을 한 적이 있었다

---

* facial recognition technigue. 안면 인식 기술.

고 샬럿이 말해 주자 둘 다 꼬마들처럼 뒷좌석에서 앞좌석으로 몸을 걸치며 배를 잡고 웃었다. 자신의 혁명적인 계획은 크리스마스 주간에 시내 사무실 빌딩들의 유리문을 다 깨부숴서 노숙자들이 들어가 따뜻하게 지내게 해 주는 거라고 사샤가 말했다.

시내 노숙자 하나한테 뜨거워져서 그런 거예요. 삼십 대나 사십 대쯤의 아주 늙은 남자거든요. 로버트가 말했다. 아야.

뜨겁다니, 그런 거 아냐. 사샤가 말했다.

그럼 약간 따뜻한 정도? 샬럿이 말했다.

그 사람의 마음을 따뜻하게 해 주고 싶은 거겠죠. 로버트가 말했다. 또는 그 사람의 거시기를. 아야. 돈만 주는 게 아닌 게 분명해요. 아야앗!

넌 어때, 로버트? 샬럿이 말했다. 세상을 뒤바꿔 놓을 무슨 계획 없어?

저는 현실주의자예요. 로버트가 말했다.

그게 무슨 뜻이지? 샬럿이 말했다.

이루어질 수 없는 거요. 로버트가 말했다.

패배주의자지. 사샤가 말했다.

누나의 그 '우리 모두 옷이 아니라 나뭇잎을 입는 그날이 곧 올 거야' 식의 허황된 세계관이란. 로버트가 말했다.

그렇게 될 거야. 사샤가 말했다. 우리는 모든 것을 바꿔야만 해. 그리고 나뭇잎은 중요해. 그걸 통해서 우리가 산소를 얻으니까.

자만심 쩐다. 로버트가 말했다.

뭐가? 샬럿이 말했다.

한 개인이 세상을 뒤바꿀 수 있다는 생각이요. 로버트가 말했다.

그거야말로 아인슈타인 주제의 여행에서 하기엔 자만심 쩌는 말 같은데. 샬럿이 말했다.

뭐, 하지만, 그러니까, 그건 알베르트 아인슈타인이잖아요. 로버트가 말했다.

그리고 너는 로버트 그린로고. 샬럿이 말했다.

여기 있도다, 위대한 사샤 그린로의 남동생 로버트 그린로가. 사샤가 말했다.

그래, 사실 내 묘비명에도 그렇게 적힐 거야. 로버트가 말했다. 불쌍히 여기라. 그는 한때 누군가의 남동생이었으니.

로버트 그린로. 사샤가 말했다. 그는 한때 누군가의 남동생이었으니. 그 누이를 불쌍히 여기라.

로버트 그린로. 로버트가 말했다. 포툰으로 이름을 떨쳤다. 그리고 그의 누나, 사샤 그린로. 노숙자들에게 장화를 사라고 돈을 주다가 포툰을 탕진하여 이름을 떨쳤다.

"말했잖아," 그 사람이 장화를 "도둑맞았다고." 사샤가 말했다.

그건 누나 변명이고. 로버트가 말했다.

노숙자들은 항상 신발을 도둑맞아. 사샤가 말했다. 집도 없는 사람들에게 꽤 자주 일어나는 잔인한 일이지.

또는 사람들에게 돈을 더 받아 내려고 꾸며 낸 말일 수도? 로버트가 말했다.

포툰이 뭐니? 샬럿이 말했다.

만화(cartoon) 사이즈의 재산(fortune)요. 로버트가 말했다. 다 온 건가요?

샬럿이 인적 없는 어둠 속에 차를 세웠다.

봐. 그녀가 말했다.

그리고 내비게이션 화면을 가리켰다.

그들의 차를 뜻하는 화살표 왼쪽으로 '러프턴 히스'라는 글자가 떠 있었다.

그녀가 전조등을 껐다.

모두 차에서 내렸다.

어정쩡하게 서 있었다.

달이 밝았다.

달빛 속에 보이는 것은 길게 펼쳐진 단순한 어둠뿐이었다.

쟤가 여기 오자고 한 이유가 뭐였죠? 사샤가 말했다.

"교수형 집행 이전"이라는 글귀와 함께 그의 사진이 박힌 포스터들을 나치가 배포했다고 책에 나와요. 로버트가 말했다. 당시 그는 벨기에에 있었는데 그걸 나치가 알고 곧 들이닥칠 거라고 누가 얘기해 줬고, 마침 이 히스 벌판의 오두막으로 피신하라는 제안이 들어와 그걸 받아들이게 돼요. 제안을 한 사람은 본래 우파로 출발하여 히틀러를 환영했다가 변심한 영국 정치인인데 아인슈타인더러 히스 벌판의 오두막에서 자기와 함께 지내자고 한 거죠. 그래서 아인슈타인은 사냥터지기의 경호를 받으면서 한 달쯤 그렇게 고독 속에서 이론을 정립하며 지내다 한두 달 후 미국으로 떠났어요. 이곳에서 산 그달에는 마을 우체국에 가 달콤한 간식들을 사곤 했대요. 그 우체국에 가 보면 어떨까요?

그들은 다시 차에 탔다.

그리고 내비게이션의 지시를 따라 러프턴 우체국까지 갔다.

차창 너머로 우체국을 들여다보았다.

1933년 우체국 그대로일까요? 로버트가 말했다.

모르겠네. 샬럿이 말했다.

그들은 조금 더 올라가 문 닫은 술집 옆에 차를 세웠다.

봐. 샬럿이 말했다. 로버트.

붕대 감은 손을 멀찌감치 밀고 몸을 웅크린 채로 사샤가 잠들어 있었기 때문에 나지막한 목소리였다.

뉴 인(New Inn)의 닫힌 출입문 옆에 둥글고 푸른 현판이 붙어 있었다. 그리고 그 위에 아인슈타인의 이름이 있었다.

그녀는 차에서 내렸다. 로버트도 내렸다. 둘은 사샤

가 깨지 않도록 문을 조금 열어 두었다.

> 알베르트 아인슈타인
> 나치의 박해로부터 피신하여 미국으로 가던 도중
> 에 러프턴 히스의 오두막에 잠깐 살았다
> 1933년 9월

그 밑에는 《이스턴 데일리 프레스》와 노리치 예술 디자인 학교가 이 현판을 제작했다고 쓰여 있었다.

예술과 디자인과 언론. 샬럿이 말했다. 그들을 위해 건배!

그가 여기 와서 맥주라도 마셨을까요? 로버트가 말했다.

만약 그랬다면. 샬럿이 말했다. "알베르트 아인슈타인 나치의 박해로부터 피신하여 미국으로 가던 도중에 이 술집에서 맥주를 마셨다. 1933년 9월"이라고 써 놓지 않았을까?

그래도 그랬을지 몰라요. 로버트가 말했다. 마을 사람들 중에 아무도 그가 누군지 몰랐다고 책에 나오거든요. 여기 와서 맥주를 마셨는데도 사람들이 그냥 누군지 몰랐을 수도 있을 거예요.

그럴 수도 있겠다, 그래. 샬럿이 말했다.

그럴 수도요. 로버트가 말했다. 그럴 수도, 그럴 수도, 그럴 수도.

그가 닫힌 술집의 출입문 앞을 왔다 갔다 하면서 '그럴 수도'란 말을 되뇐다.

그가 걸었던 땅을 지금 제가 밟고 있는 걸까요? 그가 말했다.

그런데 아인슈타인을 왜 그렇게 좋아해? 샬럿이 말했다.

이 지상에서 뭐든 생각이란 걸 해 본 사람들 중에 가장 뛰어난 인물이란 것 말고 다른 이유요? 로버트가 말했다. 얼굴이 양처럼 생겨서요.

아. 샬럿이 말했다.

우주를 진정으로 사랑해서요. 로버트가 말했다.

그러네. 샬럿이 말했다.

빛의 설계를 이해하고 싶어 해서요. 로버트가 말했다.

빛의 설계. 샬럿이 말했다. 그거 멋지다. 시 제목

같아.

그래요? 로버트가 말했다.

응. 샬럿이 말했다. 네가 생각해 냈어?

모르겠어요. 로버트가 말했다. 어디서 읽은 것일 수
도 있어요. 내 말 같지 않아요. 그리고 만약 샬럿 누나랑
내가, 아니 내가, 블랙홀의 가장자리에 서 있다면, 물론
아니지만, 블랙홀의 가장자리에 서 있게 된다면, 또 누나
가 나보다 그 가장자리의 더 가까이에 서 있다면요.

오케이. 샬럿이 말했다.

그러다 우리 둘 다 지상으로 내려오면요. 로버트가
말했다. 그러면 나는 누나보다 더 빨리 늙게 돼요. 왜냐
하면 나는 거기서 좀 떨어져 서 있었으니까요. 그래서 우
리가 지상으로 내려왔을 때는 나이 차가 줄어들어 있을
수도 있어요.

그거 아주 흥미롭구나. 알려 줘서 고맙다. 샬럿이 말
했다.

그들은 아인슈타인이 한때 걸었을 수도 있는 땅을
밟을 가능성을 최대화하기 위해 술집 앞에서 되도록 멀
리까지 걸어 보기로 했다.

걸으면서 로버트는 샬럿에게 언젠가 본 남자 이야기를 해 준다. 노인이 아니고 젊은 축의 남자였는데 술에 곤죽이 되어 비틀거리며 웨더스푼스에서 나오자마자 길바닥에 고꾸라져서 바지와 속옷이 발목까지 내려온 채로 해변까지 기어가더라고 했다.

금요일도, 심지어 목요일도 아니었어요. 로버트가 말했다. 겨우 월요일이었어요. 친구들과 어울려 술을 마시며 즐긴 것도 아니었어요. 그냥 술에 곤죽이 된 거였어요. 그렇게, 알몸이, 다 드러났어요.

아. 샬럿이 말했다.

원초적이랄까요. 로버트가 말했다.

적절한 표현이네. 샬럿이 말했다.

나는 그런 세상에서 살고 싶지 않아요. 로버트가 말했다.

이미 우리는 원초적인 것하고 대중이 점점 더 융합되는 그런 세상에 살고 있지. 샬럿이 말했다.

그러니까요. 로버트가 말했다.

슬픈 목소리였다.

하지만 우리 모두의 안에 있는 원초적인 것들을

돌봐 주지 않으면. 샬럿이 말했다. 그것들은 다 어디로 갈까?

글쎄요. 로버트가 말했다. 뼛속으로 갈까요?

표면 위로 떠오를 거고 그래서 어찌해야 할지를 결정해야 하게 될 거야. 샬럿이 말했다. 네가 본 그 남자가 있고. 또, 글쎄, 네가 말한, 그러니까, 그것이 있지. 그리고 한 줄기 햇빛의 구조를 이해하기 위해 평생 공부하는 사람들도 있어.

그런데 우리가 그 '모든' 것들의 혼합체라면요? 그리고 그것들 중 '하나'만이기는 불가능하다면요? 로버트가 말했다. 그럼 우리는 뭐가 되죠?

인간? 샬럿이 말했다. 이를테면, 누나의 손에 유리 조각을, 강력 접착제로, 박아 넣는 사람?

그냥 유리가 아니었어요. 로버트가 말했다. '유리 조각'이라고 하기엔 훨씬 중요한 거였어요.

그래, 그게 뭐였니? 샬럿이 말했다.

시간요. 로버트가 말했다.

시간. 샬럿이 말했다. 그럼 그게 우리가 서로 주고받는 선물인 거니?

로버트가 어깨를 으쓱했다.

모르겠어요. 그가 말했다.

나도 모르겠다. 샬럿이 말했다. 아인슈타인은 뭐라
고 할까?

아인슈타인이라면. 로버트가 말했다. 인류는 별을
바라보는 것에서 최고의 지적 도구를 얻어 냈지만, 그렇
다고 우리가 우리 지력을 갖고 하는 행위에 대해서 별에
게 책임을 물을 수는 없다고 할 거예요.

와. 샬럿이 말했다. 로버트. 정말 멋진 말이야.

그래요? 로버트가 말했다.

흡족한 빛이 얼굴에 가득하다.

하지만 내가 한 말은 아니에요. 그가 말했다. 아인슈
타인이 한 말이지.

그래도 '지금' 네가 한 말이잖아. 샬럿이 말했다. 지
금'만은' 네가 한 말인 거야. 네가, 말하자면, 과녁을 맞
혔어. 녹아웃 펀치에 완벽한 타이밍에 홀인원까지.

블랙홀인원. 로버트가 말했다.

두 사람은 밤하늘 아래, 언젠가 아인슈타인이 서 있
었을지도 모를 주차장에 서서 어둠 속에서 빛나는 표적

들을, 먼 옛날 최초의 그리고 이미 죽은 별들을 올려다보았다. 로버트의 누나가 잠에서 깨어, 손을 흔드는 그들을 보고 어깨의 코트 깃을 여미고 차에서 내려 찬 공기 속에 서 있는 그들에게 다가왔다. 세 사람은 다 함께 하늘을 올려다보며 자기들이 이름을 아는 별자리들을 가리켰고, 모르는 것들은 어림짐작을 하기도 했다.

2020년 7월 1일

친애하는 사샤 그린로 양에게,

내게 편지를 써 준 것에 진심으로 감사드립니다. 무척 친절한 글이었어요.

새에 관한 많은 이야기도 고맙습니다.

바로 오늘 내 하늘에서 이 새와 그 가족을 보았기에 이렇게 편지를 쓰게 됐습니다. 사샤 양에게 무척 말해 주고 싶었어요.

우리들의 친구 샬럿과 아서가 편지 두 통을 전해 줬어요. 무척 즐겁게 읽었답니다. 사샤 양의 생활에 대한 이야기도 고맙습니다. 사샤 양의 생활을 상상할 수 있게 해 주어서 고맙습니다. 영웅 이름의 전설들을 들려주어 고맙습니다. 재미있는 시 또한 고맙습니다.

내 이름은 베트남식 영어로 아인 키에트입니다. 키에트의 E 자를 제대로 입력하려면 위에 지붕처럼 모자를 올리고 밑에는 마침표처럼 작은 점도 찍어야 하는데 컴퓨터 자판으로는 도저히 그렇게 되지가 않네요. 베트남어로 내 이름은 어깨가 넓은 인물의 그림이나 두 개의 튼튼하고 널따란 지붕이 위아래로 겹쳐져 놓인 집과 비슷합니다. 내 이름의 글자들을 따로 떼어 놓으면 아래의 뜻이 된답니다.

아인(AHN) : 형제/너

키에트(KIET) : 걸작

함께 붙여 놓으면 영어 단어로 '영웅(hero)'의 뜻이 되고요. 나는 영웅이 아닙니다. 나는 걸작도 아닙니다. 하지만 나는 형제입니다.

나는 지금 같이 풀려난 사람들 열다섯 명과 함께 우리의 친구 샬럿, 그리고 그녀의 아이리스 이모와 한집에서 삽니다. 무척, 무척 친절한 분들입니다. 이민자 추방 센터는 한밤중에 문을 열고 우리를 길바닥에 떨구어 놓았어요. 비가 억수같이 쏟아져 우리는 공항으로 가서 출발장 대기석에서 잤습니다. 전화로 어느 친구에게 연락을 취했지요. 운이 좋았습니다. 그들이 우리를 찾으러 왔어요. 친구들은 커피를 파는 트럭 세 대에 우리들을 나눠 태웠답니다. 장거리 여행에 딱 맞았죠.

사람들이 아프면 나의 변변찮은 의술로 조금이나마 도움을 주고 있어요. 병원에 실려 갔으나 그만 죽은 사람도 하나 있지만, 이제 이 집 안의 모든 사람들이 건강합니다. 여름 정원의 화초들이 정갈하게 잘 자라도록 돕고도 있습니다. 내가 훌륭한 정원사라는, 몰랐던 사실까지 깨달았지 뭡니까. 새 사람이 된 거죠. 이곳 정원은 굉장히 아름답답니다. 오래된 장미 수백 송이가 있는 곳도 있는데, 나를 무척 행복하게 해 줍니다.

사샤 양의 편지도 나를 무척 행복하게 해 줍니다. 새 메시지도 고맙습니다. 모든 나라들의 새. 불이 꺼진 뒤 재로만 만든 무엇처럼, 재의 섬세한 몸짓처럼 보이는 군요. 그래도 실은 바다의 배를 붙들어 주는 닻만큼이나 튼튼합니다.

사샤 양과 가족 전부가 이 시기를 건강히 보내기를 진심으로 바랍니다.

여름은 더 남아 있다는 말에 나도 동의합니다. 사샤 양의 새도 내 하늘에 몇 주는 더 있어 주겠죠. 이 또한 나를 무척 행복하게 해 줍니다.

하늘에 보이는 저 새가, 사샤 양이 내게 보낸 편지 속의 친절한 새가 그 가족들의 모양을 하고 사샤 양의 하늘로 날아갈 것입니다. 나의 가장 진실하고 따뜻한 안부의 인사를 가지고요. 사샤 양과 가족, 친구, 사랑하는 이들에게 건강과 행운이 함께하길 빕니다.

친구 사샤 그린로 양에게
친구이자 형제인
아인 키에트/히어로 보냄

감사의 말

1차 세계 대전과 2차 세계 대전 동안 영국 내의 수용소 관련한 다수의 온-오프라인 문헌, 그중에서도 특히 로널드 스텐트와 위대한 프레드 울만의 기록에 감사드린다.

로버트 그린로가 줄곧 언급하는 책인 앤드루 로빈슨의 『도망치는 아인슈타인』(예일)에 감사드린다.

칼새의 생태에 대해 내가 접한 수많은 정보들 중 가장 깊은 영감을 준 데이비드 랙의 『탑 위의 칼새』(유니콘)에 감사드린다.

사이먼에게 감사드린다.

애나에게 감사드린다.

한나, 레슬리 L, 레슬리 B, 세라, 리처드, 에마, 앨리스, 그리고 해미시 해밀턴 사와 펭귄사의 모든 분들에게 감사드린다.

앤드루에게 감사드린다.

트레이시에게 감사드린다.

와일리의 모든 분에게 감사드린다.

이 나라 이민자 추방 센터에서의 일상을 전해 준 익명의 친구에게 감사드린다.

브리짓 로와 헨리 밀러에게 깊이 감사드린다.

브리짓과 지단 출판사의 로버트 오스번에게 특히 깊이 감사드린다.

BFI의 로빈 베이커와 SFI의 개비 스미스, 올리비아 스미스, 도널드 스미스에게 감사드린다.

제러미 스팬들러와 페미니스트 도서관에게, V&A의

'세계와 이미지 팀'에게 감사드린다.

케이트 톰슨에게 감사드린다.

리지와 댄과 넬과 비아에게 감사드린다.

아일라 캐슨과 애나마리아 하트먼에게 무척 감사드린다.

바티아 네이선과 이디트 엘리아 네이선에게, 모든 것에 생명력을 불어넣는 가족 생활 이야기를 들려준 이제 고인이 된 레이철 로스너에게, 불멸의 「겨울 이야기」를 들려준 길리언 비어에게 정말 특히 감사드린다.

메리, 고마워.

잰드라, 고마워.

세라, 고마워.

옮긴이 김재성

서울대 영어영문학과를 졸업한 후 미국 캘리포니아에 거주하며
출판 기획 및 번역을 하고 있다. 『밤에 우리 영혼은』, 『푸른 밤』,
앨리 스미스의 『가을』, 『봄』 등을 우리말로 옮겼다.

여름

1판 1쇄 찍음 2022년 10월 27일
1판 1쇄 펴냄 2022년 11월 7일

지은이 앨리 스미스
옮긴이 김재성
발행인 박근섭·박상준
펴낸곳 (주)민음사

출판등록 1966. 5. 19. 제16-490호
서울시 강남구 도산대로 1길 62(신사동)
강남출판문화센터 5층(06027)
대표전화 515-2000 | 팩시밀리 515-2007
홈페이지 www.minumsa.com

한국어 판 ⓒ (주)민음사, 2022. Printed in Seoul, Korea

ISBN 978-89-374-2753-4 (03840)

예지력으로 가득한 시리즈의 놀라운 피날레. 앨리 스미스는 계절 4부작을
마치면서 기쁨과 축하를 함께 짜넣었다. 《이브닝 스탠다드》

이처럼 혁신적인 특별함과 굳건한 예지를 지닌 작품을
써낼 수 있는 작가는 그리 많지 않다. 《TLS》

이 시대의 광막한 어둠 속에서 우리 내면 깊숙이 자리한 여름의
모든 빛과 온기를 불러내는 작가의 찬란한 솜씨. 《워싱턴 포스트》